THE ADVENTURESS
RAINBIRD'S REVENGE
by M. C. Beaton

# メイフェアの不運な屋敷に幕は下り

M・C・ビートン
桐谷知未・訳



ラズベリーブックス

# メイフェアの不運な屋敷に幕は下り

目次

# メイフェアの優しい悪女

アリス・リン・マッキーと夫デイヴィッド、
ふたりの娘ケリーに

## 主な登場人物

エミリー・グッデナフ……元部屋係《チェインバーメイド》。
ピーター・フリートウッド伯爵……貴族。
ジェイソン・フィッツジェラルド……フリートウッド伯爵の友人。
ベンジャミン・グッデナフ……元執事。
メアリー・オタリー……フリートウッド伯爵の姉。
パーシヴァル・パードン……紳士。
ジョン・レインバード……執事。
ミドルトン夫人……家政婦。
アンガス・マグレガー……料理人。
ジョゼフ……従僕。
ジェニー……部屋係《チェインバーメイド》。
アリス……家事係《ハウスメイド》。
リジー……皿洗い係《スカラリーメイド》。
デイヴ……厨房助手。
ジョナス・パーマー……屋敷の管理人。
ルーク……隣家の第一従僕。ジョゼフの友人。
ポール・ジェンドロー……サン・ベルタン伯爵の従者。

# 1

ああ、夜の街明かり！　羽振りのよい金細工商、版画店、玩具店、織物商、金物商、パン屋、セントポールズ・チャーチヤード通り、ストランド街。エクセター取引所、チャリング・クロス、黒い馬にまたがる男！　これらは汝《なんじ》の神々だ、ああ、ロンドンよ！

——チャールズ・ラム

夕闇はまだ早い時間からロンドンのウエストエンドのしゃれた街並みを覆い、霧は煙る花輪となって街灯のすすけた球体に掛かり、ハイドパークの木々には一枚の葉も芽吹いていなかったものの、そこにはひそやかな興奮、木の葉ではなく、採寸のためピンで留められたタフタや絹のさらさらという音があった。そこかしこで、ほのかな香りの絹の花がいっせいに開いた。そのつくりごとめいた春、ロンドンの社交シーズンに向けた準備が、胸の鼓動を高鳴らせた。

よごれた窓台はふたたびきれいに磨かれ、鎧戸《よろいど》はあけ放たれて部屋に風が通され、社交界の人々の多くは浮かない顔で、年に二回の入浴というつらい儀式に備えていた。

シーズンの玩具はすべて、箱から取り出されていた——紅、白粉《おしろい》、ポマード、宝石、扇子、エナメルを引いたかぎ煙草《たばこ》入れ。気が確かなら、そんなすてきな宝物を田舎の空気にさらしておこうなどと、夢にも思うはずがない。巨大で不格好な旅行馬車は高貴な乗客の重みに耐えながら街になだれこみ、上流社会の人々は田舎の領地にすっかり飽き飽きして、小作人の手前、清い生活を送るふりをし続けることにもうんざりし、心のコルセットをゆるめて、舞踏会や夜会やパーティーのばか騒ぎを待ちわびていた。

デビューを控えた令嬢たちは自分が市場に出されて売られるのだとわかっていたし、そのことについて何かおかしいとか残酷だとか考える者はほとんどいなかった。それが世の習いなのだ。令嬢たちは、夫となる人が年寄りすぎたり、醜くすぎたりしませんようにと祈るだけだった。とはいえ結局、どんな男でもかまいはしなかった。やたらと金《かね》がかかるシーズンのあと未婚で戻れば、若い婦人にそこまでの高い身分を与えてくださった神さまへの感謝が足りないことになる。

なにしろ、人口の三分の一と同じように、地下で生きることを運命づけられ、どこかのお屋敷の地階で使用人として汗水垂らして働く日々を送っていたかもしれないのだから。

そして、使用人はどこにでもいた。幸運な者たちもいる。彼らは田舎の立派な宮殿や大邸宅で冬を過ごしたあと、主人とともに、シーズンのためにきちんと整えられた街屋敷へ移動した。じゅうぶんな食事を与えられ、人生の荒波に揉《も》まれることもない。

しかし、クラージズ通り六七番地にある街屋敷の使用人たちにとっては、毎シーズンが賭けだった。主人のペラム公爵は、グローヴナースクエアに大邸宅を持っていたので、この所有地の存在にほとんど気づいていなかった。それで、クラージズ通りの屋敷は、毎年シーズン前に貸家として広告に出された。よい借り手は使用人たちに心付けを弾んでくれるし、うまく交渉すれば彼らの乏しい賃金を上げてくれる。屋敷の賃貸を仕切っているのは、公爵の代理人ジョナス・パーマーだった。この男は使用人たちにわずかな賃金しか払わず、主人には多めの賃金を請求して、差額をポケットに収めていた。

時代はきびしく、仕事は少なく、六七番地の小さな集団は、横暴でいけ好かないパーマーに我慢するしかなかった。執事のジョン・レインバードと従僕のジョゼフは、不当な罪に問われて以前の職場を解雇されていたので、どちらかが別の雇い主のもとへ逃げようとすれば悪評を広めてやると脅されていた。残りの者たちが屋敷を離れられないのは、執事に対する忠誠心と、推薦状なしで別の仕事を見つけるのがほとんど不可能なせいだった。たとえ出ていきたくても、パーマーが誰かのためにまともな推薦状を書いてくれるはずがなかった。

屋敷は不運の烙印《らくいん》を押されていた。公爵の父がここで首つり自殺したうえに、その後いくつもの劇的な事件が起こったせいだ。迷信が幅を利かせる時代だった。使用人たちは毎年、ロンドンのうわさ話の輪を外れた誰か、屋敷の不運について何も知らない誰かが借りる気になってくれることを祈るしかなかった。家賃は安く、たったの八十ポンドだった。庶民にとっては大金だが、貴族にとってはなんでもない。もっと劣悪な設備の家に、千ポンド以上払う人も多いのだから。

不確かな将来とつらい生活、近年とりわけきびしかった長い冬の退屈さが、使用人たちを強く結ばれた家族にしていた。執事のレインバードと従僕のジョゼフに加えて、家政婦のミドルトン夫人、料理人のアンガス・マグレガー、部屋係《チェインバーメイド》のジェニー、家事係《ハウスメイド》のアリス、皿洗い係《スカラリーメイド》のリジー、そして小さな厨房《ちゅうぼう》助手のデイヴがいた。

使用人たちは、つましく冬を過ごしていた。以前の借り手たちにもらった賃金からかなりの額を貯金できていたので、貧しかったせいではなく、共同でお金を出し合って宿屋を買う計画を立てていたからだ。そうすれば、パーマーからも、使用人という身分からも逃げられ、自由に結婚できる。使用人には、結婚が許されていなかった。

以前のある借り手に学ぶ喜びを教えてもらってからは、全員が冬のあいだ勉強を続けていた。しかし、知識が増えるにつれて興味も広がり、ただのうわさ話より程度の高い会話を交わすようになったものの、それがちょっとした焦りと苛立《いらだ》ちを引き起こしてもいた。誰ひとり、使用人としての役割に満足していなかった。宿屋の夢はぐっと近づいていたが、同時にまだはるか遠くにあった。レインバードは、みんなで逃げ出せるまで、恵まれたシーズンがあと二回必要だと言っていた。

ある冷え冷えとした日、外の通りでは朝の霜がまだ解けずに光っていたころ、彼らは使用人部屋のテーブルを囲んで朝食をとりながら、きのうひどくがっかりした件をまた話題にしていた。

ジョナス・パーマーが、りゅうとした身なりの紳士、ほかならぬフリートウッド伯爵とともに姿を現したのだ。伯爵はとても威厳があって、とても裕福で、とても尊大だった。パーマーは使用人たちに訪問を予告していなかったので、屋敷は寒く、家具はまだ日よけの布に覆われていた。

伯爵は、部屋から部屋へずんずん歩いていった。それほど長くはかからなかった。縦に細長い屋敷で、ひとつの階にふた部屋ずつある。一階に表と奥の居間、二階に表の食堂と奥の寝室、三階に寝室ふた部屋。最上階の屋根裏には使用人たちの寝室があったが、ミドルトン夫人は裏階段の踊り場にある私室で眠り、スカラリーメイドのリジーは流し場で休み、厨房助手のデイヴは厨房のテーブルの下で寝ていた。

器量がよくおっとりしたハウスメイドのアリスは、伯爵をものすごくハンサムだと思うと言ったが、ミドルトン夫人は、やけに賢《さか》しげでハンサムには思えないという意見だった。伯爵はたっぷりした黒髪に、スラヴ風にも見える頬骨の高い瘦《や》せた顔をしていた。目は鮮やかな青で、瞳の輪郭は黒く、目じりがかすかに切れ上がっている。背が高く、体格がよく、仕立屋〈ウェストン〉であつらえた服で世界に対して一分の隙もなく武装し、輝くヘシアンブーツをはいて、使用人たちがこれまでに見たなかでも一、二を争うくらい複雑に結ばれたクラヴァットを着けていた。しかし、使用人たちはみんな、伯爵に好感を持っていた。伯爵が屋敷を見て回ったあと、物憂げな口調でこう言うまでは。「ひどく狭苦しいな、パーマー。まったく希望に合わない。ここは寒すぎる。どこか別の家を見つけなくてはならないな」そして、聞き耳を立てている使用人たちに向かってうなずきさえせずに、立ち去ってしまった。

これにがっかりした彼らは、こぞって伯爵の悪口を言い始めた。デイヴまでが、顔を出すには地位が低すぎるにもかかわらず（煙突掃除助手としての惨《みじ》めな生活からレインバードに救ってもらってここで暮らしていることを、パーマーが気づいていないせいもあるが）、外階段の手すりの隙間から伯爵が立ち去る姿をちらりと見て、「一週間ほったらかしの鱈《たら》みたいに冷たい顔してる」と言い放った。

「ここには、ああいう人はごめんこうむるね」澄まし屋の従僕、ジョゼフが言った。「ルークと話したら、ありとあらゆる悪いうわさを教えてくれたのさ」ルークとは、となりのチャータリス卿の街屋敷に勤める第一従僕だった。

「どんなうわさだ？」スコットランド出身の料理人、アンガス・マグレガーが尋ねた。

「伯爵は結婚してたんだけど、かわいそうな奥さんを殴り殺したとか」ジョゼフが答えた。

「まあっ！」ミドルトン夫人が叫んだ。つやの悪い臆病そうな顔が、ショックで赤くなった。

「それはいつのこと？」

「八年前だって」ジョゼフは気取った口調を忘れて言い、厨房の猫である風来坊《ムーチャー》を膝から下ろして、テーブルに両肘をつき、身を入れてうわさ話にふける準備をした。

「結婚してたのは、ほんの短いあいだだったんだ」ジョゼフが言った。「サセックスにあるお屋敷にいたころさ。奥さんは、家の近くの森に、ちっちゃい犬を連れて散歩に出かけてた。そのとき使用人たちの耳に、森のほうからおぞましい悲鳴と何かをぶちのめす音が聞こえてきて、犬だけが駆け戻ってきたんだって。使用人たちは急いで森へ走っていって、殴られて血だらけになってる奥さんを発見した。恐ろしいったらないよ」

「ほう、どうして彼らは、ご主人が手を下したと考えたのかな？」レインバードは皮肉っぽく尋ねた。

「奥さんが死ぬ前に」ジョゼフが言った。「きれいな青い目を天に向けて、〝ピーター〟ってつぶやいたんだ。伯爵のクリスチャンネームさ、ほんとですよ」

「だったらなぜ、伯爵はロンドン塔に閉じこめられなかったの？」リジーがきいた。

ジョゼフが横柄にスカラリーメイドを見た。今でもリジーが自分の一言一句に耳を傾けてくれると思っているらしかったが、従僕に対するスカラリーメイドの無批判な献身ぶりは、最近いくらか薄れてきたようだった。ジョゼフが声帯を震わせて、気取った口調を取り戻した。

「なぜなら」偉そうに言う。「貴族階級の一員だからさ。彼らはどんなことからも逃れられる。それに、ルークが言うには、伯爵はどこか別の場所へ狩りに行ってたそうだよ」

「だったら、殺せるわけないじゃない」ルークを嫌っているチェインバーメイドのジェニーがぴしゃりと言った。

「でも薄暗い日で、狩り場じゃしばらくのあいだ、誰も伯爵を見かけなかったんだって」ジョゼフが得意げに言った。「つるし首にするだけの証拠はなかったけど、伯爵がやったことは誰でも知ってる、ってルークは言うのさ」

レインバードは、ミドルトン夫人のおびえた表情をちらりと見た。物騒な殺人の話に、今にも気を失いそうだ。

「ルークの口から出てくるのは、いつだって噓《うそ》ばかりだ」レインバードはきっぱりと言った。そのとき、ゴロゴロガラガラという大きな音が響き、屋敷が揺れた。

「あれは何？」ジェニーが叫んだ。「雷？」

「いや」レインバードは言った。「石炭だよ。何かが配達される音を聞くのはずいぶん久しぶりだから、どんなにやかましい音がするか忘れてしまったんだね。ジョゼフ、歩道に出て、石炭庫のふたがきちんと閉まっているか確かめてくれ。パーマーがすべての部屋で火を焚《た》いてほしがっているんだから、何はともあれ、あいつの出費でみんな暖まれる」

ジョゼフが憤りに背中をこわばらせて歩み去った。きっと、石炭庫のふたを確認する仕事は自分にふさわしくないと考えているのだろう。

リジーがとがった顎を両手で支えて頰杖《ほおづえ》をつき、大きな焦げ茶色の目で執事を見た。「ねえ、レインバードさん。あたしは、伯爵さまはすてきな紳士だと思いました。がっかりさせられたりして嫌いになったけど、ルークの話は信じられない。フリートウッド卿はお優しいかたに見えました」

「でも、すごく高慢ちきだったわ」ジェニーが言った。「それに、あたしたちを見もしなかった。まるで、そこにいないみたいに」

「ああ、いないのさ」レインバードは淡々と言った。「貴族階級の人たちにとってはね。わたしたちは、何人かの風変わりな借り手に甘やかされてきたんだよ。いやはや、参ったな！なぜ借り手を与えてくださらないのか、ああ、神よ！」

「罰当たりだわ」ミドルトン夫人がたしなめた。

「心からの祈りだよ」執事は言い、如才ない喜劇役者のような顔を笑みで輝かせた。アンガス・マグレガーはじゃがいもをむいていた。レインバードはかがんで、いもを六個取り、慣れた手つきでジャグリングし始めた。「腕が落ちないようにしないと」執事は言った。「また子どものころみたいに、移動遊園地で働くかもしれないからな」

「どうか、そんなこと言わないでくださいな」ミドルトン夫人は頼んだ。〝夫人〟というのは儀礼上の敬称で、この独身女性は、自分たちが宿屋を買ったら執事と結婚できないかとひそかに期待していた。

ミドルトン夫人がその宿屋を空想するとき、心に浮かぶのは常に夏の風景だった。薔薇《ばら》と忍冬《すいかずら》の香りに満ち、蜜蜂《みつばち》がブンブンとけだるくうなる音がする輝かしいイギリスの夏。宿屋は割と新しい建物で、おぞましいチューダー様式の屋敷とは違う。チューダー朝時代の人たちは、まともな建築物をひとつも建てなかった。低い梁《はり》には頭がぶつかるし、きたならしい草ぶき屋根には鼠《ねずみ》が住み着くし、排水管は備わっていないし……きっとあの時代の人たちは、無知というよりただ自分勝手な悪意からそういう建物をつくったに違いない、とミドルトン夫人は考えた。宿屋で働き始めたら、もう黒い服はやめて、ギンガムや色のついた綿ローンやモスリンを着よう。めったにエプロンを着けないようにすれば、お客さんはわたしが女主人で、宿屋の主人が夫だとわかるだろう。レインバードは変わり、堂々とした威厳のある人になって、ジャグリングや曲芸や手品を懐かしむこともなくなるだろう。もしかして、本当にうまくいったら、商売を広げて馬車宿にし、おおぜいの使用人を雇って、お泊まりの紳士淑女のお世話をさせられるかもしれない。想像のなかで、ミドルトン夫人は、皇太子の恰幅《かっぷく》のいい体が宿屋の外で馬車から降り、自分とレインバードが石段に立って出迎える場面を思い描いた。そして、まさに殿下にお辞儀をしかけたその瞬間、料理人の強いスコットランド訛《なま》りに現実世界へ引き戻された。

「わたしは、スコットランドに帰る計画を立てたほうがいいんじゃないかと思ってるんだ」アンガス・マグレガーが言った。「じつを言うと、イングランドの宿屋は性に合わんような気がする」

「まあ、そんなことないわ！」ミドルトン夫人は叫んだ。アンガスはすばらしい料理人だから、その料理だけを目当てに客が群れをなして押し寄せるだろう。

「ああ、だけど、わたしにスコットランドのちょっとばかしの土地と、二、三頭の牛をくれたっていいんじゃないかな。自分の祖国で暮らし、もう二度と誰の言いなりにもならんのさ」

「よせやい」デイヴが言った。「マグレガーなんて名前じゃ、ちっぽけな土地にだって近づけやしないよ。牛泥棒、それがマグレガーの正体さ」

アンガスはあまりにもびっくりして、怒るのを忘れた。「そんなこと、どこで覚えてきた？」と叫ぶ。

「リジーがくれた本に、ぜんぶ書いてあったよ」デイヴが答えた。

「嘘をつくな」アンガスはぶつぶつ言ったが、横目でちらりとリジーを見た。家政婦と同じように、空想にふけっているところだった。料理人は、リジーが薄よごれた無学の宿なし子から、たくさん本を読むきれいな若い娘に変わっていくのを見てきた。とはいえ今もスカラリーメイドのままなのだから、きっと生まれながらの身分を恥じる気持ちが募っているに違いない。

しかしリジーも、将来を夢見ていた。いつか、ジョゼフと結婚するだろう。澄ました偉そうな態度を取らなくなったジョゼフ、畑で一日の仕事を終えたあと、健康的に日焼けした男らしいジョゼフと……。リジーは宿屋を、使用人としての労働の延長としか考えていなかったからだ。名前だけの共同所有者になって、皿洗いや掃除や給仕をすることを期待され、社会的地位や独立を手にした喜びを味わえないのではないかと恐れていた。ジョゼフが、慎ましい農場主になることを考えてくれたらいいのに。ふたりに必要なのは、小さな田舎の家と、わずかな土地だけだ。リジーの夢は料理人の夢とよく似ていたが、アンガスがスコットランドのそびえる山々ときらめく湖、草木が生い茂る荒れ地を思い描いていたのに対し、リジーはなだらかに起伏するイギリスの田園地方を心に浮かべていた。いつも太陽が輝き、いつも小麦が豊かに実り、生け垣には薔薇が咲き乱れ、庭の芝生は整えられ青々としている。夕方になったらその庭に立ち、ジョゼフが家に向かって大股で道を歩いてくる姿を見守れる。

黒髪のはしこいジェニーも、黙りこんでいた。宿屋については、結婚するときの身元保証になるとしか考えていなかった。ジェニーの夢のなかでは、アリスといっしょに酒場で給仕していると、ハンサムな騎兵がふたり入ってくる。男たちは瞬く間《ま》にふたりに恋をする。アリスとジェニーは、ふた組同時に結婚式を挙げる。そしてそれぞれの夫とともに半島戦争へ行き、とてつもない勇敢さを示して、それが皇太子の知るところとなり、勲章を賜《たまわ》るのだ。

友人の計画にはまったく気づかず、ブロンドの美しいアリスは、子どもたちの夢を見ていた。ものすごくたくさんの子どもたち。子どもが大好きだから、父親になってくれる夫の顔を思い描こうとするのだが、どうしてもうまくいかなかった。でも、その名前と顔のない男は、ある日馬で宿屋に乗りつけ、アリスをさらって、大きな風通しのよい部屋と大きな子どもも部屋がある田舎屋敷に連れていくのだ。

リジーと同じく小さなデイヴも、宿屋を今のクラージズ通りでの仕事の延長にすぎないと考えることが多かった。鍋をきれいにする誰かが必要だし、その誰かとはいつだって自分に決まっている。なかでもいやでたまらないのは、アンガスが独創的な新作フランス料理をつくり出したあとのソースパンだ。鍋の底に残っているものは、まるでにかわでできているみたいだった。でも、そう、もしレインバードさんが旅立って、お祭りでの生活に戻るつもりなら、自分もいっしょに行こう。路上で気楽に暮らし、星空の下で眠り、観客がレインバードさんのすごい手品に息をのんで拍手をするあいだ、デイヴは帽子を持って投げ銭を集めて回る。移動遊園地はいつも鮮やかに彩られ、太陽が照りつけて暑く、夜じゅう星が瞬いている。

そのときいきなり、ジョゼフが使用人部屋に飛びこんできて、みんなの夏の夢や輝かしい未来はすべて、頭のなかでぐるぐる回って消えてしまった。

「パーマーだよ」従僕が喘《あえ》ぎながら言った。「貴婦人と紳士を連れて、貸し馬車で着いた。屋敷を見に来る」

ジョゼフはエプロンをはぎ取り、大急ぎで黒いビロードの上着をまとった。髪は、ところどころに髪粉をつけてあるだけだった。そこで、大箱から取った小麦粉をたっぷり頭に振りかけ、しまいには黒いビロードの仕着せがふけで覆われたみたいになった。

「ついにいらしたのかもしれない！」レインバードは叫んだ。「わたしたちの新しい借り手だ！」

執事は緑色のベーズのエプロンをかなぐり捨て、ドアの掛け釘《くぎ》にかかった上着をつかんで、階段のほうへ走っていった。

# 2

最初の三時間は月夜だったらしいが、のちに雲が出てきて、三時半には雨の朝になった。こうしてわたしは、まるでひと晩じゅう窓から眺めていたかのように、あらゆる空気の変化を詳しく知らされた。男に賃金を払って、夜じゅう毎時間の天気を伝えさせるのは、じつに奇妙な習慣だ。やがて人は大声にすっかり慣れて、ぐっすり眠り続け、何を言われても聞こえなくなる。

——ロバート・サウジー

「この男が執事です」レインバードが玄関広間に駆けこむと、パーマーが言った。

代理人は、ゲートルを着けた太い両脚を大きく広げて立ち、分厚い両手を後ろで組んでいた。その横に、貴婦人と紳士が立っている。紳士は背が高く瘦せていて、髪はとても細くみごとなほど真っ白で、繊維ガラス製のかつらのように見えた。顔はとても奇妙で、鼻が少しばかり右側を向いていて、薄い唇も同じ方向へねじ曲がっていた。まるで、顔は必死に角を曲がろうとしているのに、目は頑固にまっすぐ前を見続けているかのようだ。服装は地味で流行遅れだったが、最高級の生地で仕立てられていた。やや猫背で、妙に礼儀正しい雰囲気があった。おそらく五十代だろう、とレインバードは判断した。

　レインバードは如才ない澄んだ目を貴婦人に向けたあと、視線をそらせなくなった。美しさとは、強力な磁石だ。女性は漆黒《しっこく》のまつげに縁取られた明るい灰青色の目をしていた。肌はとても白く、透き通るかのようだ。小さなしゃれたボンネットの下からのぞく巻き毛はつやつやと輝く暗褐色で、金色の髪が幾筋か交じっていた。唇はピンク色で温かみがあり、ふっくらしている。眉は繊細なアーチを描き、まるで名匠がふるった一筆のようだった。すっと通った鼻筋、美しいレースのひだ襟からのぞくしなやかな首、好色家がうっとりするような体つき。しかし、目の表情はきびしく横柄だった。

「ぽかんと見とれてる場合か、レインバード」パーマーがどなった。「部屋を案内しろ。あのせせこましい女、ミドルトンは待たなくていい。グッデナフさんたちがここを気に入ったら、使用人たちを並ばせるんだ」

　レインバードは先に立って歩き出した。表の居間に入ると、すばやく動き回って椅子から日よけの布をはがし、フリートウッド伯爵をひどく不快にさせた冷たく空虚な雰囲気を追い払おうとした。暖炉はすばらしく、ふたりがそれに気づいてくれるといいのだが、とレインバードは考えた。正面は大理石で、上には金色の柱で三面に分けられた鏡がのせられ、その柱が金色の額縁を支えている。暖炉の両側には、新しい呼び鈴の紐《ひも》が取りつけられていた。着色した梳毛《そもう》糸製で、冬のあいだミドルトン夫人がつくり、アンガスが磨いた石の玉飾りで仕上げたものだ。

椅子とテーブルは、ホンジュラスから運ばれたあの流行の木材、マホガニー製だった。整理箪笥《だんす》の上には、ガラスをはめたドアと、内側に緑色の絹のカーテンがついた書棚があった。カーテンを閉めれば、無知な者の目から生々しい文学が並ぶ恐ろしい光景をさえぎっておける。

こういうすばらしい家具調度を見せるあいだ、レインバードは、どこか見覚えがあるような、心当たりがあるような、奇妙な感覚に戸惑っていた。グッデナフ氏をどこかで見たことがあるのは確かだった。あの横に曲がった奇妙な顔を、簡単に忘れるはずがない。部屋から部屋へ案内されるあいだ、ふたりは何も言わなかったので、レインバードは気が滅入ってきた。パーマーが予告してさえくれれば、訪問を午後に延ばすように頼み、部屋を暖めて花で飾ることもできたのに。

レインバードはふたりの顔をちらちらと見て、満足なのか不満なのかを探り出そうとした。しかしグッデナフ氏の目は虚ろで、薄い唇は横へ曲がって永遠の笑みを浮かべていた。どちらにしても、若い婦人のほう――彼の娘？――は冷たく横柄な態度で、何を考えているのかさっぱりわからなかった。

ようやく部屋巡りが終わって、パーマー、貴婦人と紳士、レインバードは玄関広間で立ち止まった。

「借りましょう」若い婦人が言った。その声は澄んでいて、訛りはなく、とても冷たかった。

「あなたは執事のレインバードね。わたしはグッデナフ嬢、こちらは叔父《おじ》のベンジャミン・

グッデナフ氏よ。六月四日にシーズンが終わるまで、ここに住みます。では、ほかの使用人たちを見せてちょうだい」

レインバードは裏階段の扉をあけてほかの者たちを呼ぼうとしたが、彼らはすでに扉の反対側に群がって待ちかまえていた。執事は彼らを上階へ通した。

グッデナフ氏はぶらぶらと表の居間に戻って、ぼんやり通りを眺めていた。使用人たちはぎこちない足取りでグッデナフ嬢の前に並んだ。

レインバードが紹介するあいだ、グッデナフ嬢はきびしい目で列を追っていった。視線がジョゼフに留まった。「今度わたしの前に現れるときには、お仕着せにきちんとブラシをかけなさい」グッデナフ嬢が言った。従僕が顔を赤らめて横を向き、初めて上着を覆う小麦粉に気づいた。次に、グッデナフ嬢はミドルトン夫人に注意を向けた。「きょうの午後三時に話しましょう、ミドルトン夫人。家計簿を持ってきてちょうだい。いっしょに点検します。ありがとう。それだけです」

「いつ」パーマーが言った。「引っ越してきます？」

「きょうです」グッデナフ嬢が言った。「行きましょ、ベンジャミン叔父さま」と声をかける。

パーマーは、なんらかの心の葛藤に苦しんでいる様子だった。ふたりに家賃を請求して、驚かせて逃してしまいたくはない。しかし、そうは言っても、彼らは私用の馬車ではなく貸し馬車に乗って、だしぬけに現れたのだ。

「家賃の問題があります」グッデナフ嬢と叔父が玄関のほうへ向かうと、パーマーは言った。言いながら、レインバードを険しい目でにらむ。まるで、もしふたりがその要求をぶしつけだと考えたなら、それを執事のせいにするつもりであるかのように。

「ああ、そうね」グッデナフ嬢が言った。大きなレティキュールを開き、分厚い札束を取り出して、ぱらぱらと数える。レインバードの見たところ、少なくとも五百ポンドはある札束だった。グッデナフ嬢が、五ポンド札と二ポンド札で八十ポンドを抜き取った。

パーマーが目をむいた。「ちょっと誤解があったようです、お嬢さま」おもねるような流し目をしながら言う。「金額は八十ギニー（一ポンドが二十シリングなのに対し、一ギニーには二十一シリングの価値がある）です」

「あら、残念ね」グッデナフ嬢が言った。「わたし、ギニー金貨は使わないの。扱いにくくて、重くて。お札のほうがずっといいわ」札束をレティキュールに戻す。冷たい視線をパーマーの丸々とした顔に据え、かなり長いあいだじっと見ていた。

それから静かな声で言った。「あなたは《モーニング・ポスト》に、この屋敷を八十ポンドで広告に出したのよ。どうやら欲ばって、わたしからさらにお金をくすねようとしてるみたいね。半ファージングだって余計に払うものですか。いっそ法廷ではっきりさせてもいいんですからね」

「ああ、なんてこった！」パーマーが必死に驚いたふりをして叫んだ。「頭がどうかしてたらしい。八十ポンドです」

「今は七十六ポンドよ」グッデナフ嬢がにこやかに言った。「四ポンド儲《もう》けようとしたでしょ。だから、四ポンド損してもらいましょう。いやなら、ペラム公爵に手紙を書いて、あなたのペテンを報告するわ」

「そんなことできませんよ！」パーマーが言った。

「できるし、するつもりよ」グッデナフ嬢が言った。

パーマーはもぞもぞと足を動かした。新聞に広告を出してから、もう三カ月にもなる。グッデナフ嬢のほかに少しでも興味を示したのはフリートウッド伯爵だけだが、伯爵はここを借りないことに決めた。パーマーはグッデナフ嬢の毅然《きぜん》とした顔を見て、この女は本当に法廷に持ちこむか、公爵に手紙を書くかするだろうと悟った——たちの悪い、高慢でけちな女め。

「わかりました」パーマーはぶつぶつと言った。「七十六ポンドで」

グッデナフ嬢がふたたびレティキュールを開き、札束を出して、必要な金額を抜き取り、支払いをした。

「さて、パーマーさん。わたしはあなたの顔も態度も好きじゃないわ。わたしたちが借りているあいだ、くれぐれも屋敷に足を踏み入れないでちょうだいね。行きましょ、ベンジャミン叔父さま」

パーマーと使用人たちが黙ってその場に立っていると、グッデナフ嬢とその叔父は玄関を出て、扉を閉めた。

代理人が、使用人たちに猛然と食ってかかった。「ぜんぶおまえたちのせいだ」歯噛《はが》みしながら言う。「おまえたちの賃金から、四ポンド引いておくからな」そして立ち去った。

使用人たちはぞろぞろと使用人部屋に戻り、デイヴの矢継ぎ早の質問に答えた。

「財布の紐を握ってるのは、お嬢さまだ」レインバードは言った。「しかも、グッデナフ嬢は、これまでの借り手のなかでいちばんの締まり屋になりそうだな」

「我慢するしかないでしょう」ジェニーが言った。「ほかに誰もいないんだし」

「いや、いるかもしれんよ」アンガス・マグレガーが言った。「ふたりをさっさと追い出せればな」

「どうすればそんなことができるの？」ミドルトン夫人が尋ねた。グッデナフ嬢との来るべき面談のことを考えて、早くも身震いしていた。

「簡単だよ」レインバードはじっと考えながら言った。「使用人にとって、誰かを追い払うのは造作もないことだ。パーマーは、あのふたりが何を訴えても耳を貸さないだろう。すでに家賃を払ってしまったんだから、裁判沙汰にはできない。いい考えだよ、アンガス。しかし、うーむ、グッデナフ氏を、どこかで見たことがあるんだがなあ。どこでだったか思い出せればいいんだが」

「やることがいっぱいあるわ」アリスが言った。「きょうの午後引っ越してくるなら、ベッドに風を当てて、火を焚いとかないと」

レインバードは椅子に背中を預けた。「なぜだ？」にやりとして言う。「彼らを追い出したいなら、今すぐ、のんびりすることから始めればいい。ふたりはお茶とケーキを欲しがるだろう。恐ろしくひどいものを出してやったらどうだ、アンガス！」

シティーのホテル〈ブルズ・ヘッド〉で、エミリー・グッデナフ嬢は最後のトランクに紐を掛け、しゃがみこんだ。「さて、これで終わりね。わたしたち、すごくうまくやってると思うわ」

「おまえさんは、若い娘にしてはちょっとばかり高慢すぎる態度を取っていたよ、エミリー」グッデナフ氏が言った。「うっかりばれたらどうするつもりだ」

「でも、あの腹の立つパーマーに、まんまとだまされるわけにはいかなかったのよ！」

「それにおまえさんは、〝くすねる〟と言った。貴婦人は、人が誰かから金をくすねる話など、決してしないものだ。俗っぽい言葉は使わないようにしなさい。わたしたちみたいな詐欺師は、常に用心しないとな」

「わたしたちは、別に詐欺師じゃないわ」エミリーは言った。「役場で公式に名前を変えたんだもの。今はもうグッデナフ氏とグッデナフ嬢だし、あなたはわたしの叔父さまよ。あなたが執事のベンジャミン・スピンクスだったことは忘れて、わたしがあの小さなチェインバーメイドのエミリー・ジェンキンズだったことは忘れるの。今はもう、ふたりとも上流階級の人間よ」

「外見《そとみ》はね」グッデナフ氏が沈んだ声で言った。「でも、中身はいまだに使用人みたいな気分だ」

「でも、わたしたちはお金持ちでしょ」エミリーは言った。「ご高齢だったサー・ハリー・ジャクソンが亡くなって、あなたに全財産を残して、まるで夢が実現したみたいだった。あなたはいつだって紳士になりたがってたし、わたしはいつだってすてきな結婚をしたいと願ってた」

「考えたことはあるかな、エミリー。社交界の誰かひとりでも、かつての執事か、かつてのチェインバーメイドに気づいてしまえば、わたしたちは社会的に破滅するってことを？　あの執事のレインバードには、見覚えがある」

一瞬エミリーは、いかにも年若く、無防備で、途方に暮れた顔つきになった。その瞬間、また使用人に戻って、夢を見ながら生きていたくなった。だがすぐに、気を取り直した。

「大げさね」自信ありげに言う。「わたしは社交界にデビューして、あなたは皇太子殿下にお目にかかるんでしょ。いつもそう言ってたじゃない。勇気を出して、叔父さま。きっとうまくいくわ」

「勇敢になろうと努めるよ」グッデナフ氏が言った。「ここで待っておいで。トランクを運ぶ使用人を呼んでこよう。呼び鈴の紐が壊れているんだ」

〝叔父〟が出ていくと、エミリーは立ち上がって、暖炉の上の緑がかった古い鏡で自分の顔をじっくり眺めた。間違いなく、貴婦人に見える！

けれど、使用人だったときには、中身が貴婦人という気がしていた。今は、中身が使用人という気がする。おかしな話だ。

エミリーは、独身の叔母に育てられた。両親は、エミリーがごく幼いころに亡くなった。叔母はきびしく思いやりのない女性だったが、〝義務を心得ている〟ことを誇りにしていた。亡くなる前に、エミリーをきちんと、サー・ハリー・ジャクソンの屋敷、ブラックストーン・ホールのチェインバーメイドの職に就かせた。サー・ハリーは、独身で子どものいない六十代の男性だった。今ではグッデナフ氏になった執事のスピンクスが、何かとエミリーの面倒を見てくれた。エミリーと同じくスピンクスも夢想家で、ふたりはよく一日の終わりに敷地内を散歩して、雲をつかむような将来の計画を語り合った。エミリーの夢はいつも同じだった。どこかの裕福な貴婦人と親しくなって、社交界デビューを助けてもらい、お金持ちの貴族に見初められて、結婚するのだ。執事の夢は、もっと突飛《とっぴ》で空想的だった。夕方エミリーとふたりで散歩しながら、海賊の王になるとか、宣教師になるとか、陸軍に入隊するなどという空想を巡らせることもあった。とはいえ、何度も繰り返し語っていた夢は、今では摂政皇太子となった皇太子殿下に謁見することだった。

けれど、夢を見ながら散歩するあいだ、ふたりのどちらも、高齢のサー・ハリーがじきに亡くなり、全財産を執事に残すとは想像もしていなかった。

こうして金持ちになり、長いあいだ夢に見ていたシーズンを迎えようとしている今、エミリーは、ふたりのうちしっかりしているのは自分のほうだと気づいた。グッデナフ氏はもともと、気の小さい人だった。ときどき、執事としての生活を懐かしんでいるように思える。自分が結婚して肩書きを手にしたら、ずっといっしょに暮らせばいい、とエミリーは決めていた。年月がたてば、グッデナフ氏も紳士でいることに慣れて、ばれるのではないかと恐れることもなくなるだろう。

「宿代を先払いしたのは失敗だったな」部屋に戻ってきたグッデナフ氏が言った。「でも、あんなに早く貸家が見つかるとは思っていなかった」

「あの屋敷の広告は、三カ月前から出てたのよ」エミリーは言った。「しかも、あんなに安い家賃で。なぜほかに誰も飛びつかなかったのか、不思議だわ」

「家賃のことなんだが」グッデナフ氏がおずおずと言った。「おまえさんは、きっちり八十ポンド払うべきだったような気がするよ。まあ確かに、あのあくどいパーマーをぎゃふんと言わせる必要はあったが、使用人たちの目の前だったし、ほら、憶《おぼ》えているだろう、わたしたち使用人は、けちに見える人間を心から軽蔑するものだからな」

エミリーは笑った。「わたしはあなたよりも早く、使用人の考えかたを忘れかけてるみたい。心配しないで。クラージズ通りの使用人たちが、わたしのやりかたに文句を言う理由なんてないはずよ」


しかし一時間後、エミリーはクラージズ通り六七番地の表の居間に、唇をぎゅっと結んで立っていた。火は焚かれていないし、日よけの布は、今朝レインバードがはぎ取ったときのまま、隅に山積みになっていた。

エミリーは呼び鈴を鳴らして待った。じっと待った。

十分後、猛烈な勢いで紐を引いた。

レインバードがのろのろと入ってきて、鋭い横柄な目つきでこちらを見た。

「お呼びですかあ？」間延びした口調で言う。

「わたしと話すときは、ポケットから手を出しなさい」エミリーは怒りで顔をピンク色にしながら言った。「トランクがまだ、玄関広間に置きっぱなしになってるでしょ。わたしたちの部屋まで運びなさい。二階の大きな部屋は応接間に変えるかもしれないから、三階の寝室を使います。ここの暖炉を焚いて、ほかの部屋の暖炉もぜんぶ焚きなさい。とっととやって。それから、今すぐお茶を持ってきて！」

レインバードがスキップしながら出ていき、エミリーはその後ろ姿を怒りの目でにらんだ。

「いやはや」グッデナフ氏が震え声で言った。「あんなふうにわざと横柄にふるまうということは、わたしたちが卑しい生まれだと気づいたんじゃないかな」

「ばかばかしい！」エミリーは勢いよく言った。

ジョゼフがひどく緩慢な動きでのんびり入ってきて、火をおこし、火箸で炉床に石炭を一度にひとつずつ慎重に置いていくあいだ、ふたりはいらいらと待っていた。

レインバードが戻ってきて、お茶のトレイをコンソールテーブルの上にぞんざいに置いたので、銀と磁器がガチャンと音を立てた。

しかし、エミリーは顔を輝かせた。並んでいるケーキがすごくおいしそうだったからだ。はしたないことに、お腹がぐうぐうと鳴った。

レインバードがスキップしながら立ち去ろうとした。

「ちょっと！」エミリーは呼び止めた。「もっと品よく出ていくことはできないの？」

レインバードが振り返って、気を悪くしたような表情を向けた。「あなたが、とっととやれとおっしゃったんですよ」哀れっぽい調子で言う。「だから、とっとと走っているんです」

「お茶を飲み終えたら」エミリーは抑えた声で言った。「あなたと残りの使用人たち全員、ここに集まりなさい。こんな無礼は、すぐにやめてもらいます」

「無礼？」レインバードが腕組みをして戸口の側柱にもたれ、きき返した。「わたしは――」

はっと口をつぐむ。表玄関の扉を激しくノックする音が聞こえてきたからだ。

レインバードはすばやく応対しに行った。

戸口にフリートウッド伯爵が立っていた。

「この屋敷をもう一度見に来た」伯爵が言って、レインバードの横を抜け、ぶらぶらとなかへ入ってきた。

「借り手がついてしまいました」レインバードは呼びかけたが、フリートウッド卿はすでに表の居間に足を踏み入れていた。

そこにいた絶世の美女、エミリーの姿を見て、はっと立ち止まる。

エミリーは伯爵に目を向け、その端整で賢しげな顔から、洗練された服装、クラヴァットに留められた輝く大きな宝石、そして〝しゃれ者〟ブランメルでさえ嫉妬《しっと》で青ざめそうなブーツにまで、視線をさまよわせた。

「これは失礼、お嬢さん」伯爵が言った。「屋敷にはもう借り手がついたということですね？」

「ええ」エミリーは息もつけずに答えた。「わたしが借りました」

「あなたは？」

「先に自己紹介なさったら？」エミリーは嚙みつくように言った。使用人たちの横柄さにすっかり動転していた。

伯爵が細い眉をつり上げ、尊大なまなざしを向けた。「ぼくの名前は、フリートウッドだ」

「伯爵の」グッデナフ氏が小声で言い添えた。

「そうですか、フリートウッド卿、わたしはエミリー・グッデナフ嬢、こちらは叔父のベンジャミン・グッデナフ氏です」

「よろしく、グッデナフ嬢。いつこの屋敷を借りることに決めたのかな？」

「きょうです」

「で、満足している？」

「いいえ、あまり」エミリーは答えて、険しい目でレインバードをにらんだ。執事は、ひどく奇妙な目つきでケーキを見つめていた。「ここの使用人たちには、敬意が不足してますの。どうぞお座りになって」

フリートウッド卿が座った。「じつを言うと、ぼくは使用人階級の人間が好きじゃないんですよ、グッデナフ嬢。彼らはみんな、うわさ好きで横柄な態度を取るからね」

レインバードがケーキの皿を持ち上げて、戸口へ向かった。

「すぐにそのケーキを戻しなさい」エミリーはぷんぷんしながら言った。「そして出ていきなさい、レインバード。あとで話があります」

レインバードがゆっくりとケーキをトレイに戻し、エミリーは椅子をテーブルに近づけて、フリートウッド卿に砂糖とミルクはいるかと尋ねた。

執事は階段を駆け下り、厨房へ向かった。「アンガス」大声で叫ぶ。「フリートウッド卿が訪ねてきて、グッデナフ嬢があのケーキを勧めようとしている。あのなかに何を入れた？」

「頭が吹き飛ぶほど大量のカレー粉さ」料理人が答えた。

「召し上がるのをお止めしなくちゃ！」ミドルトン夫人が金切り声をあげた。

「なぜだ？」料理人がぶっきらぼうに尋ねた。「わたしはあの男も好かん」

「フリートウッド卿は社交界の第一人者だぞ、でくのぼうめ！」レインバードはどなった。「この屋敷は不運の烙印を押されているうえに、今度は使用人たちが主人に毒を盛ろうとしたなんていううわさが広まってしまう。どうにかしないと」

上階で、エミリーはケーキの皿を伯爵に差し出していた。「ありがとう、グッデナフ嬢」伯爵が言った。「でも、とてもおいしそうだから、あなたが先に選ぶべきじゃないかな」

しかし、エミリーは食欲をなくしていた。グッデナフ氏は荷を解かなければとかなんとかつぶやき、エミリーをこの恐るべき貴族とふたりきりで残して、部屋を出ていってしまった。伯爵の顔に驚きの表情がよぎったことからしても、若い女性を付添いなしで紳士とふたりきりにするのは無作法なことだとわかっていた。

「いいえ、ありがとうございます」エミリーは応じた。「たぶん、もう少ししてから」

伯爵が、チョコレートとクリームでできているらしい大きなケーキを選び、口もとに運んだ。

そのとき、外から甲高い叫び声がした。フリートウッド卿は弾かれたように立ち上がった。窓の外で、伯爵の馬たちが激しく飛び跳ね、馬丁《ばてい》の少年が必死に手綱をつかんでいた。

フリートウッド卿は部屋から駆け出した。エミリーは窓のところへ行き、伯爵がおびえた馬たちを手際よくなだめる姿に見とれていた。

席に戻ろうと振り返ったとたん、恐怖の悲鳴をあげる。大きな灰色の鼠がちょろちょろと部屋に逃げこみ、その後ろを厨房の猫、ムーチャーが追いかけてきたのだ。エミリーは椅子に飛び乗り、スカートをつまみ上げた。レインバードが猫のあとから走ってきて、テーブルに激突し、茶器一式とケーキを部屋の向こうまで飛び散らした。デイヴが表の居間に突進してきて、鼠の尻尾《しっぽ》を器用につかみ、ムーチャーに激しく追われながら駆け出ると、玄関扉をあけて鼠を放り出した。

ところが不運にも、戻ってきた伯爵の顔に鼠がまともにぶつかって、厨房の猫が伯爵に飛びつき、わめいて戦いを挑んだ。

伯爵が、すくんで動かない鼠を顔からはぎ取って、通りのまんなかに投げつけると、鼠は下水溝に落ちた。

フリートウッド卿が急いで居間に戻ったとき、エミリーはまだ悲鳴をあげていた。

「この家には、いやらしい生き物がはびこってる！」エミリーは叫んだ。「出ていくわ。こんなところにいられない」

驚きうろたえてはいたが、伯爵はグッデナフ嬢が引き上げたスカートからのぞく足首がすばらしく美しいことに気づかずにはいられなかった。

「ただの鼠だよ」フリートウッド卿はなだめるように言い、手を貸してエミリーを椅子から下ろしてやった。「まったく、次から次へと何ごとだ！　ぼくの馬丁は、どこかの赤毛の大男が馬たちの前で飛び跳ねながら、声を張り上げて〝ばあ！〟と叫んでいたと言うんだ」

「クズの使用人どものしわざだわ」エミリーは苦々しい口調で言った。「あんな連中、どうとでもなっちまえばいいのに」

不意に伯爵の目つきが冷ややかになったので、エミリーは、身につけたばかりの洗練された話しかたを一瞬忘れて、下品な言葉遣いをしてしまったことに気づいた。

エミリーはなんとか落ち着こうとした。呼び鈴を鳴らしてもう一度お茶を用意させましょう、と言った。しかし伯爵は、社交上の丁重な無表情を保っていた。叔父さまによろしくと言って、屋敷に借り手がついてしまって残念だが、あなた以上に魅力的な借り手がつくことはありえないでしょうと見え透いたお世辞を言い、お辞儀をして出ていった。

エミリーは階段を駆け上がり、困った問題をグッデナフ氏に打ち明けようとしたが、〝叔父〟は寝室の椅子でぐっすり眠っていた。

足を引きずって、表の居間に戻る。ひとりで、あのひどい使用人たちと対決するしかない。

エミリーは二十歳で、最近身につけた偉そうな態度のせいで大人びて見えることも多かったが、暖炉のそばの椅子に身を投げ出してわっと泣き出すと、子どもにしか見えなかった。

ジョゼフが、あと片づけをするためにちりとりと箒《ほうき》を持って居間の扉をあけ、泣いているエミリーを見つけて、まごついて後ずさりし、レインバードとぶつかった。従僕が執事に、お嬢さまが悲しんでいると小声で話しているところへ、ミドルトン夫人がやってきた。臆病な兎《うさぎ》のようにびくびくして、胸に家計簿をしっかり抱えている。三人はいっしょに居間の扉の隙間から、すすり泣いているエミリーのいたいけな姿をのぞいたあと、静かに扉を閉じて、玄関広間にじっと立った。

「おかわいそうに」ミドルトン夫人がぽつりと言った。

「あんなお姿を見ると、胸にこたえるな」レインバードはつぶやいた。「落ち着かれるまで少し待ってから、入っていってお詫《わ》びしよう」

エミリーはようやく涙をふいて、呼び鈴の紐に手を伸ばし、レインバードを呼んだ。悔い改めた執事が現れた。説明は何もしなかったものの、すべての不幸なできごとと自分のふるまいについて謝ったので、エミリーはほっとすると同時に温かい気持ちになった。

レインバードが謝っているあいだに、ジェニーとジョゼフが部屋を片づけ、アリスが鉢に生けた花を運んできた。グッデナフ嬢と叔父を追い払ったあと、新しい借り手が到着する場合に備えて買っておいたものだった。ジョゼフが火をおこし、アンガスがみずから現れてお茶とビスケットをふるまった。

　エミリーは、こういう行き届いた気遣いに、すっかり元気を取り戻した。ミドルトン夫人が家計簿を持って入ってくるころには、家事について話し合うことが楽しくなり始めていた。使用人たちが賃金をいくらもらっているのか尋ねて、その少なさに声をあげて驚く。レインバードは、まだグッデナフ嬢を締まり屋ではないかと疑っていたので、あまり期待せずに、以前の借り手はシーズンのあいだ賃金を補ってくれたとつぶやいた。驚いたことに、グッデナフ嬢はすぐさまその方法に賛成した。

　しかも、提案された家計の予算は、ものすごく気前がよかった。

　エミリーはこの奇妙な使用人たちに対して、よそよそしい態度を保とうとした。あまり親しげにすると、また厚かましくなるかもしれないと恐れていたからだ。しかしいつの間にか、ミドルトン夫人とレインバードを相手に、来るべきデビューの基盤づくりを目的とした夜会の招待状を送る計画について、気軽におしゃべりしていた。

　グッデナフ氏は晩餐《ばんさん》の時刻まで目を覚まさず、眠っているあいだに起こった戦いと収めた勝利のすべてにまったく気づいていなかった。使用人たちがどれほど愛想がよく協力的で有能かわかったと聞いて、とても喜び、おいしい食事とすばらしいワインに気持ちをなごませて、遺産を相続して以来いちばん自信に満ちた表情になってきた。エミリーはなぜか、フリートウッド伯爵の訪問の惨憺《さんたん》たる結末を話す気になれないでいた。エミリーが口をすべらせて下品な言葉遣いをしたことを知れば、グッデナフ氏は驚いておびえてしまうだろう。自分の保護者が、こんなふうにくつろいで楽しそうにしている姿を見るのはすてきだった。この人は、ただエミリーのためだけに、過酷なロンドンのシーズンに向き合おうとしているのだから。

　階下では、使用人たちがグッデナフ氏と同じくらいくつろいで楽しそうに、遅い時間の夕食を取ろうと席に着いていた。

「気さくで、物静かで、上品なおふたりだこと」ミドルトン夫人が言った。「ねえ、レインバードさん、初めてのんびりしたシーズンを迎えられそうじゃありません？」

「同感だよ！」レインバードは言って、グラスを持ち上げた。「ずいぶんばかでかい鼠だったな、アンガス。どうやってあんなにすばやく見つけたんだ？」

「前もって鼠取り器から確保しといたのさ」料理人が答えた。「最初は、グッデナフ嬢のベッドに入れとく計画だったんだ。まあ、やんなくてよかったよ。あのかたは心正しい貴婦人だとわかったからな。馬を驚かせたのがわたしだと、フリートウッド卿が気づかなけりゃいいんだが」

　エミリーにとって、ロンドンで過ごす初めての夜だった。これまでは、田舎でしか眠ったことがなかった。うとうとしかけるたびに、夜警が下の通りにやってきて、よい月夜で万事申し分なし、と叫ぶ。三十分おきに、気象情報を伝えにくるのだ。さらに、クラージズ通りの突き当たりのピカデリー沿いを、夜間乗合馬車が走るキーキーゴトゴトという音が響いていた。そのやかましい音が止まったとたん、朝の荷馬車がガタガタと音を立て始めた。次に、鐘を鳴らしながらごみ収集人がやってきて、「おーい、ごみだよ！」と声をかぎりにどなった。そしてまた、夜警がやってきた。続いて、居酒屋の給仕係が、白鑞《しろめ》製のジョッキをのせたトレイをガチャガチャいわせながら通った。そのあと牛乳配達が来て、さらに次々と数えきれないほどの叫び声と耳をつんざく騒音がしたが、必ず三十分ごとに、よく通る苛立たしい夜警の低い声が割りこむのだった。

エミリーは高いベッドから下りて、ショールをまとった。レティキュールからクラウン銀貨を一枚取り、階下へ向かう。お金を払って、夜警に立ち去ってもらうつもりだった。せめて静かにしてもらえれば、いくらかは眠れるだろう。

フリートウッド伯爵は、セントジェームズ通りにあるクラブから〈リマーズ・ホテル〉に歩いて戻るところだった。ふと気づくとクラージズ通りにいて、あのおかしなグッデナフ嬢は、それに輪をかけておかしな使用人たちとうまくやっているだろうかとぼんやり考えていた。

そのとき、思い浮かべていた女性が、姿を現した。

ひと筋の朝の光が、クラージズ通り六七番地の玄関口に射していた。石段に鎖でつながれた二頭の鉄製の犬を両脇に従えて、エミリー・グッデナフ嬢が立っていた。夜警に何か言い、クラウン銀貨を渡している。夜警が帽子に手を触れて挨拶し、立ち去った。

エミリーはしばらくのあいだ石段に立ち、顔を上げて陽光を浴びていた。

背中に垂れた豊かな髪を照らす太陽が、金色の筋をきらめかせている。白いナイトガウンに白いモスリンのショールをまとった姿は、おとぎ話に出てくるどこかの王女に見えた。

この女性には、ある種の純粋さ、傷つきやすい無邪気さがあった。まるで早朝のようにすがすがしい。

奇妙なほど心を打たれ、伯爵は立ち止まったままじっと見つめていた。やがてエミリーは背を向け、屋敷のなかへ戻った。

# 3

昨夜はランズダウン・ハウスでのパーティー、今夜はレディ・シャーロット・グレヴィル宅でのパーティー――嘆かわしき時間の浪費、そしてかなりの苛立たしさ。伝えるものもなく――得るものもなく――考えもなしに話し……いやはや！――そしてこんなふうに、生活と呼ばれるロンドンの半分は過ぎてゆく。

――バイロン卿

エミリーは深い眠りに落ちかけたところで、鼠のことを思い出した。それから、フリートウッド卿の馬が飛び跳ねたせいで起こった騒ぎを思い出した。あの瞬間、何もかも使用人たちのしわざだと確信した。でも、レインバードはとても申し訳なさそうだった……だけど……だけど、何も説明はしなかった。

エミリーは何度も寝返りを打ち、そのことは忘れようとしたが、今ではきしみや衣擦れの音がすべて、こっそり動き回る鼠の足音に聞こえた。

呼び鈴の紐を引く。

アリスが、きのうと同じくつろいだ美しい姿で応じた。

「すぐに、朝のホットチョコレートをお持ちしますね、お嬢さま」アリスが言って、部屋の奥へ行き、カーテンをあけた。

「いいえ」エミリーは言った。「まだ眠りたいの。でも、あの鼠のことが気になって……。この屋敷は鼠でいっぱいなの？」

アリスは、レインバードと同じく、必要と思えば嘘をつくことにやましさは感じなかった。

「あら、いいえ」のんびりした素朴で朗らかな声で言う。「おとなりのチャータリス卿が、お屋敷に鼠取り器を置いてて、そこから鼠が一匹逃げ出したんです。でも、あたしたちは、厨房の猫ムーチャーのおかげで困ってません。あの子は、狩りが大の得意だから」

「でも、フリートウッド卿の馬は、どうして怖がってたの？」

「わかりません、お嬢さま。ロンドンには変な人がたくさんいるんです。レインバードさんは、恐ろしい顔の男が、馬に向かって叫んで怖がらせてたと言ってました。ほかにご用はございますか？」

「ええ。レインバードは、少し前までの横柄さを謝ったけど、なぜ横柄にふるまったのかは説明しなかった。わけを教えてくれる？」

アリスは大きな青い目でエミリーを見ながら、言い訳を考えようとした。そして、たぶん真実がいちばんの説明になるだろうと思いついた。

「あのね、お嬢さま」アリスは言った。「あたしたち、お給料が死ぬほど少なくて、借り手にお願いして賃金を増やしてもらってるんです。お嬢さまが家賃のことにすごくやかましかったのを見て、家計の出費のことにもすごくやかましいのかな、と思いました。それに、まだ別の借り手を見つける時間もあったし」

「つまり」エミリーは憤然として言った。「わたしを追い出そうとしたってこと?」

「そんなふうに言うと、血も涙もなさそうですけど」アリスが言った。「きびしい暮らしなんです。今ではみんな、すごく申し訳なかったと思ってます」

エミリーは怒ったままでいようとしたが、怒りはあっという間に安堵《あんど》に変わりつつあった。使用人たちはわたしを下品だと思ったわけでも、生まれの卑しい人間だと見下していたわけでもなかった。気づいてはいなかった。ただ、けちな女と考えただけだったのだ。

「そう」エミリーは言った。「だったら、これからは礼儀正しくしてちょうだい。器用で身軽に見えるあの執事が、なぜわざわざテーブルにつまずいたのか、これでわかった気がするわ。あのケーキには何が入ってたの?」

しかしアリスは、手の内を見せるのはこのくらいでいいだろうと考えた。「料理人のマグレガーさんは天才です」アリスは言った。「ケーキがだめになっちゃって残念ですわ」

「フリートウッド卿がこの屋敷に愛想を尽かしてしまったことが残念よ」エミリーは言ったが、伯爵をうんざりさせたのは自分自身だとわかっていた。「彼は名士なの?」

「はい、お嬢さま。レインバードさんが言うには、フリートウッド卿は社交界の第一人者だそうです。奥さまが亡くなってから、ロンドンで過ごす二度めのシーズンです。亡くなったのは八年前ですけど」

「どうして亡くなったの？」使用人とうわさ話をするのはひどく下品だと思ったが、ハンサムな伯爵に対する好奇心は、しだいに強くなっていった。

「伯爵の田舎屋敷の近くにある森で、殴り殺されたそうです」

「なんてこと！　犯人は？」

「まだ見つかってません、お嬢さま」アリスは答えた。ジェニーと同じく、ルークのうわさ話につき合っている暇などないし、フリートウッド卿がみずから殺人を犯したなどというとなりの従僕の話は、ひとことも信じていなかったからだ。

エミリーはそろそろアリスを下がらせるべきだと思ったが、もう長いあいだ歳《とし》の近い同性と話していなかった。「あなたはとてもきれいね、アリス」エミリーは言った。「そのせいで、男性の借り手とのあいだで揉めごとが起こったりしなかった？」不意に、サー・ハリー・ジャクソンがまだ人をもてなすだけの元気があったころ、チェインバーメイドとして経験したいくつかのできごとを思い出した。

「いいえ、お嬢さま。レインバードさんは、そういうことを許さないんです。ある紳士が」アリスは、去年到着したハンサムな借り手を思い出して言った。「最初ちょっとだけおふざけになってましたけど、レインバードさんがお話ししたあとは、困ることはなくなりました」

「ありがとう、アリス」エミリーは言った。かなり長いあいだ、うわさ話にふけってしまった気がした。「行っていいわ」

アリスが静かに外へ出て、扉を閉めた。

エミリーは寝そべって、心地よく毛布にくるまった。そうよ、使用人たちはわたしの正体にまったく気づいていないんだ！　誰も気づきはしないわ、と自分にしっかり言い聞かせる。

サー・ハリーの領地は、イングランドの北の果て、カンバーランドにあった。主人がもてなしていた客たちはたいてい地元の郡から来ていて、たまに旅行者がひとりかふたり、ロンドンへの途上に立ち寄るだけだった。

エミリーはふと、表情を曇らせた。そういう旅行者のひとりが、強引にエミリーに言い寄ろうとしたことがあった。おぞましい男――パーシヴァル・パードン。エミリーが悲鳴をあげると、当時は執事のスピンクスだったグッデナフ氏が、助けに駆けつけてくれた。その後に続いた騒動で、かわいそうな執事は卒中を起こし、回復はしたものの、顔が奇妙にゆがんでしまった。あのいまわしい訪問のすぐあと、サー・ハリーは病気になり、もう人をもてなすこともなくなった。

そう、ロンドンにいる誰も、今や裕福でおしゃれなエミリー・グッデナフとなったチェインバーメイドのエミリー・ジェンキンズや、今や郷士ベンジャミン・グッデナフ氏となった執事のスピンクスに気づくはずはない。

ふたりはしっかり計画を立てていた。急いでロンドンに向かいはせずに、ゆっくり慎重にことを進めてきた。屋敷と領地が売られたあと、ふたりは南へ旅立ち、バースをめざした。

エミリーが貴婦人の礼儀作法を学び、流行の衣装をそろえるためだ。ふたりはバースで丸一年過ごして新しい身分に慣れていった。とはいえ、温泉地の社交の輪には加わらなかった。

ロンドンのどこかに、とエミリーは目を閉じながら考えた。わたしを妻にと望んでくれる礼儀正しい貴族の紳士がいるはず。フリートウッド卿は、たとえわたしを嫌っていないことがわかったとしても、ぜんぜんお呼びじゃないわ。エミリーは、伯爵のハンサムな顔を頭から追いやった。使用人を見下すような男は誰でも、冷たい情け知らずに決まっているのだから。


「なぜ、このきたならしいホテルにいつまでも泊まっているんです？」フリートウッド伯爵の姉、メアリー・オタリー夫人がきつい口調で尋ねた。「グローヴナースクエアに、申し分なく立派な街屋敷があるのに」

「そこには今、姉さんたちが滞在しているでしょう」伯爵は指摘した。「今シーズンも居座るとは思っていませんでしたけどね」

「何が問題なのか、わからないわ」オタリー夫人がむっとして言った。「去年は、わたくしたちといっしょに暮らすことに、すっかり満足していたじゃないの」

「去年のことを思い出してもらえるなら」伯爵はやんわりと言った。「ぼくは再婚するためにシーズンへやってきたんですよ。ぼくが有望な候補を見つけたとたん、姉さんがその婦人とご両親を訪ねることに決めて、その後ぼくは歓迎されなくなりました」

「わたくしとは関係ないわ」オタリー夫人が言った。恰幅がよくがっしりした短気な赤ら顔の女性で、伯爵より十歳ほど年上だった。

「それでも、亡き妻の死をめぐる状況が尋常ではなかったことをぼくの意中の婦人に知らせたのは、メアリー、あなただったという気がしますよ」

「ばかばかしい！　わたくしがそんなことをすると思うの？」

「わがフリートウッドの伯爵位は女性を通じての継承ができますから、姉さんの息子クラレンスは、ぼくが結婚せず子どもを持たなければ、ぼくの称号と領地を相続することになりますよね。警告しておきますよ、メアリー。もう二度と、邪魔しないでください」

オタリー夫人は乾いた目にハンカチを当てて、いかにも芝居がかったすすり泣きをした。

「血を分けた弟が、そんなふうにわたくしを責めるなんて！　かわいそうなクラリッサ。どうしたらそんなにやすやすと彼女を忘れられるの？」

「簡単ですよ」伯爵は容赦なく言った。「ぼくの麗しい妻、クラリッサが亡くなったのは八年も前なんですから」

「あの結婚がどうしてうまくいかなかったのか、理解できないわ」姉が、嘘泣きするのをあきらめて言った。「クラリッサはとても美しくて、とてもたおやかで、貴婦人そのものでで……」

「しかも子どもがいなかった」伯爵が言った。「姉さんが彼女を気に入ったのも当然ですね。あのときも、ぼくは自分の結婚についてあなたとは話さなかった。今回も、話すつもりはありません。サセックスのホワイトクロス・ホールの使用人たちに、もうじゅうぶん苦労させせられたのでね。連中が際限なく余計なおしゃべりやうわさ話をするものだから、ぼくがニューゲート監獄の外でつるし首にならなかったのが不思議なくらいだ。ぼくは悪意あるうわさ話を憎んでいるし、あらゆる使用人が嫌いだから、なかなかロンドンに住まいを見つける気になれないでいる。サセックスにいる今の使用人は、ぼくがみずから厳選した者たちで、貝のように口が堅い。みんな田舎の善良な人間だ。おもにロンドンから呼び寄せた以前の連中とは違ってね」

「あなたと結婚する娘なんていませんよ」オタリー夫人が言った。「あなたは、あまりにもきびしくて情け知らずだもの」

「どんな女性だって、ぼくの称号と財産のためなら結婚しますよ。あなたがその女性の玄関口に現れて、殺人の話をしないかぎりはね。ぼくは愛を求めてはいません。育ちのよさと上品な物腰だけでじゅうぶんです」

「とにかくわたくしに言えるのは」姉が切り出したが、続き部屋に優雅でおしゃれな男性が案内されてきたのを見て、はっと口をつぐんだ。「まあ、あのいけ好かない軽薄男が来たわ。わたくしは帰ります」

姉がドアをばたんと閉めて出ていくと、伯爵は振り返って、新たな客に優しい笑顔を向けて言った。「座ってくれ、フィッツ。来てくれてとてもうれしいよ。苦りきった顔の姉を退散させるきみの能力ほど、ぼくにとってありがたいものはほかにないからな」

ジェイソン・フィッツジェラルド氏は、伯爵の向かいの肘掛け椅子にだらりと腰を下ろした。背が高く痩せた男性で、伯爵と同じく三十代前半だった。明るい金髪で、逆毛を立てて頭のてっぺんをふくらませている。シャツの襟はロンドンで最も高いと言われ、飛びきり硬く糊《のり》づけされていたので、襟の先が頰骨に赤い跡を残すほどだった。体は細かったが、形のよい長くたくましい脚をしていて、今朝はぴったりした鮮やかな黄色のパンタロンをはいていた。顔にはたっぷり白粉が塗られている。上品な額と立派な鼻をしていたが、引っこんだ顎をひそかに気に病んでいて、複雑に結んだクラヴァットを前面に持ち上げて覆うことでごまかしていた。背中を榴散弾《りゅうさんだん》で負傷して陸軍を退役し、歩いたり踊ったりするとき痛みを感じることも多かったが、いつもの軽薄なめかし屋という仮面で隠していた。伯爵だけは、その仮面がどれほどのものか、再入隊できるだけの健康をフィッツがどんなに取り戻したがっているかを知っていた。

「きみのために貸家を見つけてやったぞ」フィッツがだるそうに言った。「よかったら、今すぐ連れていってやろう。きれいな屋敷だよ。使用人はいない。自分で雇え」

「どこにあるんだ？」

「パークレーンさ」

「誰も、パークレーンに住もうなんて思わないぞ！」

「きみは遅れてるな。今はみんなが住みたがってるんだ。来いよ。見せてやろう」

以前は評判の芳《かんば》しくないタイバーンレーン（十八世紀まで処刑場があったタイバーンへ続く通り）だったパークレーンはいまだに、建築現場に残った資材で不ぞろいに舗装や補修がなされているが、かつて公開の絞首刑を見るためにこの道から絞首門へ向かった群衆がいなくなったので、社会的な信用を急速に取り戻していた。現在では、公開の絞首刑はシティーのニューゲート監獄の外で行われている。つい先ごろまで、パークレーンの住人は、自分たちと道のあいだに高い壁を建てて、屋敷をパーク通り《ストリート》に面するようにし、パークレーンだけでなくハイドパークの眺めまでさえぎる高い壁に沿って庭を配置していた。

しかしフィッツが友人のために選んだ屋敷は、建築家のウォリック・ワイマン氏のもので、氏は庭の奥の壁を一部だけ取り壊す許可を、政府の森林局から得ていた。そして、屋敷の裏を表に変える仕事に取りかかり、気持ちのよい張出し窓と、繊細な錬鉄製のバルコニーとベランダ、優雅な列柱のある玄関をつくった。

ワイマン氏本人がそこにいて、部屋を案内してくれた。

氏の改築のおかげで、屋敷はロンドンでも有数の日当たりと風通しのよさを誇っていた。家じゅうにトルコ製の赤いじゅうたんが敷かれ、大理石の各暖炉の前には、新しい発明品である羊毛の敷物が備えてある。もうひとつ新しいのは、巨大な網を柱が支えている真鍮《しんちゅう》製の炉格子だった。ワイマン氏は、新しい発明品が大好きなのだと言って、コレクションを見せてくれた。馬に乗って速駆けしながらひげを剃《そ》れるかみそり、ポケットに入るトースト用フォーク、胡瓜《きゅうり》薄切り機、特許のある化合物製凹型コルク抜き。発明者はこれに〝極上品〟と刻印し、将来コルク抜きの製造をしてみたい者全員に、この先コルク抜きの製造技術は継承できないと警告していた。それから、ワイマン氏の自慢の種――ポケットサイズの暖炉用道具を備えた、携帯用の炉格子もあった。

フリートウッド伯爵は、ワイマン氏に向かってこの最後の宝物を丁重に褒め、不意にこの建築家の正気を疑い始めたことがばれないように気をつけた。頭のおかしい人間以外に、誰が自分の炉格子と暖炉用道具を持って旅行するだろうか？　部屋に初めから炉格子や暖炉用道具が備えてある宿屋や田舎屋敷では、どうするのだろう？　そこにあるものは窓から投げ捨てるのか？　それとも、住人が炉格子を持っていないどこかの原始的な国を訪ねる予定なのか？

しかし、部屋から部屋へ移動するにつれ、ワイマン氏は、頭がおかしいというより、才気走った変わり者なのだとわかってきた。

部屋はすべて、きちんと整えられていた。主要な応接間には、豊かな色合いの綿プリントのカーテンが掛かり、単色の裏地は絹で縁取りされている。カーテンの上には、六枚の複製画を金縁で飾った壁つき燭台《しょくだい》があった。複製画のうち二枚はフランスの画家アレクサンドル・ジャン・ノエルのカディスとリスボンの風景画で、そのほかは、イギリスの歴史を題材にして描かれた、ボイン川の戦いとラ・オーグの海戦、ジェームズ・ウルフ将軍のケベックでの戦死、そしてウィリアム・ペンが自身の植民地ペンシルヴェニアでインディアンたちと協定を結ぶ場面の絵だった。

シーズンの家賃は、七百五十ポンド。伯爵は、たった八十ポンドで借りられたはずのクラージズ通りの屋敷を未練がましく思い出したが、パークレーンの大邸宅がとても気に入ったし、広さはあの屋敷の少なくとも四倍はあった。少しだけ値切ったあと、ワイマン氏の提示した値段に同意した。

「できれば」伯爵は言った。「あなたの発明品のなかに、機械仕掛けの使用人一式があるとよかったのですが……。ああいう連中が好きになれないので」

「残念ながら」ワイマン氏が言った。「生身の使用人に頼っていただくしかなさそうです。よい斡旋所《あっせんじょ》をご紹介しますよ」

「いや」伯爵は応じた。「田舎から自分の使用人たちを連れてきます。最近、むだなおしゃべりやうわさ話を絶対にしないと保証できる新しい使用人たちを雇ったんです」

ワイマン氏とポートワインで乾杯したあと、伯爵とフィッツは帰途につき、ハイドパークを抜けて、サーペンタイン池のまわりをぶらぶらと歩いた。

「ホテルから引っ越せるのがうれしいよ」伯爵は息をついて言った。「あそこはとてつもなく高くて、とてつもなくきたない。今シーズンが、去年ほど退屈でないといいんだがな。ぼくたちが街で送っている人生は、なんて空疎で薄っぺらなんだろう。空疎な会話を彩る、もっと空疎な戯れ。とはいえ、ぼくは早くもひとつ冒険をしたんだ。クラージズ通りにある、あの呪われた不運な屋敷を見にいったことは話したか？」

「いいや。羽目板から幽霊どもが出てきて、きみに向かってじゃらじゃらと鎖を鳴らしたかい？」

「二回行ったが、いや、幽霊はいなかったよ。二回めに行ったとき――最初に行ったとき断ったんだが、やっぱり借りてもいいかもしれないと思ってね――もう借り手がついていることがわかった。見たことがないほど美しい女性だった」

「その女性は実在してないよ！　妖精か何かだよ！」

「いや、違う。しかもいらいらしている最中で、ひどく俗っぽかった」

「その絶世の美女とは誰だい？」

「エミリー・グッデナフ嬢という人さ」

「そうか、きみが書いたチェインバーメイドのエミリアみたいな女かもしれないぞ」

「しーっ。きみ以外の誰かに、本なんか書いていることを知られたら、いったいどうなると思う？　ところで、気に入ったか？　最新刊のことだが。もうすぐ発売になるよ」

「出版社より先に読ませてもらえてうれしかったよ。しかも、すごくおもしろかった。見覚えのある社交界の面々がたくさん登場してたな。きみは観察力が鋭くて、痛烈な皮肉が得意だね。でも、エミリアには見覚えがなかった。かわいそうな子だ。きみは明らかに、使用人を嫌う気持ちをぜんぶ彼女にぶつけてただろう。それに、ちょっと現実感がなさすぎだな。どんなに美しくたって、チェインバーメイドがロンドン社交界にこっそり入りこめるはずはないよ」

「つくり話だよ」伯爵は笑った。「ただの小説さ」

「だったら、現実に戻ろう。その美しいグッデナフ嬢のことだ。いらいらの原因は？」

「ふたりで話をして、ぼくが彼女の美しさにすっかり心を奪われていたとき、ふたつのことが起こった。外につないでいた馬が急におびえ出したんだ。ぼくがなかに戻ると、グッデナフ嬢が椅子の上に立っていて——強靱《きょうじん》な男を気絶させるほどの足音をあらわにして——大声で泣き叫んでいた。そのまわりで『ジャックの建てた家（マザーグースの歌で、どんどんできごとが連なり歌詞が長くなっていく）』みたいな状況が展開していた。鼠が猫に追いかけられ、その猫が小さな少年に追いかけられ、その少年が執事に追いかけられ、その執事がお茶のテーブルをひっくり返したんだ。まあ、脚色もあるけどね。そんなことが起こったように見えたってことさ。ぼくはその場にはいなかったんだが、馬たちを落ち着かせて戻ったとたん、鼠をまともに顔で受け止めて、その鼠をつかまえようとした厨房の猫に飛びかかられて爪で引っかかれた。

美しい女神は、使用人たちのしわざだと言った。すべて彼らがもくろんだことと考えているようだった」

「そうだったのか？」

「ロンドンの使用人で、そこまで大胆なことをやる者はいないだろう」

「で、それがきっかけで、グッデナフ嬢は女神の台座から転げ落ちたのかい？」

「そうだ。控えめに言っても品のない言葉で、使用人たちを悪く言った」

「きみのエミリアとまったく同じだ！」フィッツが叫んだ。「そんなふうに、彼女の恋人が黄金のなかに不純物を見つけてしまう。きみは、エミリアにつらく当たりすぎだと思うな。貴族の恋人と結婚させてやってもよかったじゃないか」

伯爵は笑った。「そして、生意気なチェインバーメイドたちの手本に仕立てるのか？　まさか！」

「正直言って、グッデナフ嬢に会ってみたくてたまらないよ。ご両親もいるのかい？」

「いいや。いたのはちょっと変わった叔父で、ゆがんだ顔をしている」

「おまけに不吉な冷笑を浮かべてるとか？」

「小説家は誰だ？　きみか、それともぼくか？　いいや、遠慮がちで腰の低い紳士だった。いろいろな騒ぎが起こる前に部屋を出て、ぼくとエミリー嬢をふたりきりにしたんだ」

「ずいぶん型破りだな。そして、エミリー嬢の隠れた欠点があらわになった。女神像は今や、台座の下に、ばらばらになって横たわってるわけだ」

「いや……」伯爵はためらいながら言った。「翌朝早く、たまたまクラージズ通りを歩いていたとき、エミリー嬢が夜警に金を渡していたんだ――たぶん追い払うためにね――そのあと、ナイトガウンとショールだけという姿で、髪を背中に垂らして、陽の光を浴びて石段に立っていた」

「どんどんひどく、どんどん下品になっていくな。きみは身震いして歩き続けたんだろう」

「それどころか」伯爵は言った。「ぼくは立ち尽くして、その清らかさと無邪気さと美しさのすべてに見とれ、生まれてからこんなにすばらしいもの、こんなに感動的なものを見たのは初めてだと考えていた」

「へえ！　ついにきみもロマンスに目覚めたのか。これでもう、きみの手きびしい小説で、辛辣《しんらつ》な毒舌に痛い思いをしないで済むようになるな」

「まさか」伯爵は言った。「今後はエミリー嬢に近づかないつもりだよ。彼女が口を開いて、ぼくが目にしたこの世でいちばん美しい光景をだいなしにするかもしれないからな！」

スカラリーメイドのリジーは、シェパード・マーケットからクラージズ通り六七番地へ急いで戻るところだった。料理人のアンガスに言われて黒胡椒《くろこしょう》を買いに出かけ、市場は角を曲がってすぐだったが、つい必要以上に時間をかけて、早春の弱々しい陽光の思いがけない暖かさを楽しんでしまった。

リジーは、何年か前に仕事を始めたときの小さい華奢《きゃしゃ》な子どもから、だいぶ見た目が変わっていた。髪は濃い茶色でたっぷりとして、つやがある。ほかの使用人たちにさまざまな炎症や〝脳の湿気〟を引き起こす危険な習慣だと警告されながらも、定期的に髪を洗っていたからだ。うなじのところでまとめた髪には、かつての借り手からもらった鮮やかな赤い絹のリボンが結ばれていた。新しい木綿のドレスは、白地に細い緑色の縞《しま》が一本だけ入っている。冬のあいだに、ミドルトン夫人に教えてもらいながら自分でつくったものだ。きめの粗い木綿で、貴婦人たちが着る繊細なインドモスリンとは違うが、清潔でこざっぱりして見えた。

角を曲がってクラージズ通りに入ったとき、リジーは、ジョゼフとの結婚というお気に入りの白日夢に浸っていて、前をよく見ておらず、チャータリス家の第一従僕のルークと危うくぶつかりそうになった。リジーは謝罪の言葉をつぶやいて、後ずさりし、ルークに向かってお辞儀をした。使用人の序列では、第一従僕はスカラリーメイドよりずっと高い地位にあった。

「今度からは、ちゃんと前を見ろよ」ルークが冷たく言った。ジョゼフと同じくらい背が高く、黒髪に髪粉をつけている。金モールで飾った赤いフラシ天の新しい仕着せを着ていた。

「はい、ルークさん」リジーはおどおどと答えた。早く逃げたくてたまらなかった。ルークが好きではなく、ジョゼフに悪い影響を与える男と考えていたからだ。

リジーが背を向けたとき、ルークはリジーの豊かでつやのある髪と、すらりとした立ち姿に気づいた。

「ちょっと待てよ、リジー」と呼び止める。「最近、すごくきれいになったじゃないか。ちっちゃな淑女ってところだな」

「ありがとうございます」リジーは、ルークの大胆な視線を避けて小声で言った。

「よかったら、夕方ぼくと出かけないか？」ルークが誘った。

そう言われて喜びに顔を赤らめるくらいの虚栄心は、リジーにもあった。第一従僕にデートに誘われるのは、スカラリーメイドにとってとても名誉なことだった。

ルークと散歩に出かける気はなかったが、その場で申し出を断って気を悪くさせたくはなかった。

「レインバードさんにお許しをもらわなくちゃなりません」リジーは言った。「新しい借り手がついて、すごく忙しいんです」

「ぼくがレインバードのおっさんにお願いするよ」ルークがにやりとして言った。「あとで行くと伝えといてくれ」

リジーはもう一度お辞儀をしてから、六七番地へ駆けていった。

「魅力的な子だな」ルークは考えた。「名誉を与えてやったぼくに、感謝してるに違いない」

〝レインバードさんは、きっとルークを追い返すわ〟リジーは胸のなかでつぶやいた。それでも、褒め言葉がうれしくて、まだ頬が火照《ほて》っていた。

# 4

……パンチ・ロメーヌと料理の皿、
八時半に用意される晩餐の国。
朝の談話室、真夜中の夜会の、
借金と催促、愛と痛風の、
けだるい昼、さえわたる夜の、
危険な目、あからさまな恐怖の国。

――『メイフェア』作者不明

エミリー・グッデナフ嬢は、ロンドンに知り合いが誰もいなければ何者にもなれないことを、まだよくわかっていなかった。

グッデナフ氏の助けを借りて、新聞の社交欄を隅から隅まで読み、初の夜会に誰を招待しようかと考えた。

ジョゼフに付添われて散歩するときには、目に映る周囲のきらびやかな社交の世界に飛びこみたくてたまらなくなった。屋敷で雑誌や新聞をじっくり読んでいるときには、互いを訪問し合ったり馬車で出かけたりする人々のざわめきや笑い声が通りから流れてくるのをじりじりしながら聞き、宝石で豪華に飾り立てて舞踏会へ向かう人々を窓辺に立って眺め、あの社交界の人たちは誰ひとり、まだグッデナフ嬢に気づいてもいないのだと思い知った。

　グッデナフ氏は、カンバーランドで執事をしていたとき上流社会の名士たちすべてを詳しく調べていたので、彼らの名前によく通じていた。だからこそ、フリートウッド伯爵の名前をすぐさま思い出せたのだ。しかし、エミリーと同じく、ぜいたくなもてなしをすれば、すぐに招待状がどっと押し寄せるようになるだろうと決めこんでいた。元使用人のふたりは無邪気にも、裕福になるだけですべてうまくいくと考えていたのだった。

「フリートウッド伯爵もお呼びすべきかしら？」ある晩、エミリーは尋ねた。

「もちろん」グッデナフ氏が答えた。「彼は社交界の第一人者だよ」

　エミリーは少しためらってから、金縁のカードを一枚引き出した。そこには、〝在宅しております《アットホーム》〟という文字が記されていた――なぜなら、人は口では夜会へ招待すると請け合うが、招待状には決まって誰それがいついつの晩に在宅しているとだけ書くからだ。あの伯爵には、気まずい思いをさせられた。エミリーは、うっかり口をすべらせた自分を呪った。

　エミリーの叔母であるカミングズ嬢は、姪を侍女の地位まで昇進させることを期待して、エミリーの発音からおっとりしたカンバーランドの訛りを完全に消すよう訓練したが、話す内容を正すことには失敗した。カミングズ嬢には、ジンを飲みすぎると無遠慮になって下品な言葉遣いをする悪い癖があり、エミリーは叔母のどぎつい言葉のいくつかを何も知らずにまねしながら育った。グッデナフ氏がずいぶん直してくれたのだが、今でもたまに、頭の片隅にひそんでいるああいうひどくがさつな言葉が、場違いなときに飛び出しそうになった。

しかもバースでは、これまで夢にも思わなかったほど学ぶべきことがたくさんあった。オックスフォード通りで買い物する、デビューを控えたロンドンの若い令嬢たちの話し言葉にじっと耳を傾けていて驚いたのは、赤ん坊のような舌足らずな話しかたが流行《はや》っていることだった。あなたは〝あーた〟になり、散歩は〝てくてく〟、馬車での外出は〝公園でのゴトゴトポン〟。すべてがとても不可解だった。短期間であああいう奇妙な言い回しを身につけるのは無理そうだったが、庶民の隠語やがさつな表現を使わないように気をつけていれば、どうにか生きていけるだろう。

エミリーはフリートウッド卿の顔を思い浮かべ、その社会的地位について考えてから、しぶしぶ招待状に彼の名前を書いた。伯爵の称号を持つ男性と結婚したいとは思わなかった。貴族の次男か三男、サー・ナントカ、あるいはただの郷士でじゅうぶんだ。

夜会が開かれる日が近づいてくると、エミリーは熱に浮かされたように買い物に没頭し、しまいには、どこへでも付添っていたジョゼフがべそをかきながら、足が〝壊れちゃう〟と言い出したほどだった。エミリーは宝石を買い、羽根飾りと手袋、扇と絹の花を買った。それから、各部屋を飾るために温室の花を山ほど注文した。ふつう夜会には、軽食や余興も、小さな管弦楽団も必要ないことは知らなかった。

それより、誰も自分の招待に反応して訪ねてきたり、なんらかの返事をくれたりしないのが不思議だったが、それが社交界のやりかたなのだろうと思いこんでいた。もしあの大物たちがみんな来ないつもりなら、きっとそう書いた返事を寄こすはずだ。グッデナフ氏は、たくさんのことが田舎とは違っているからね、と言って、エミリーを元気づけようとした。

夜会の当日は、気が滅入るような日だった。灰色の空から、ぐっしょり濡れるような霧雨が降っていた。エミリーは、天気がもたらす不吉な予感を追い払おうとした。だって、わたしはロンドンの上流社会を丸ごと迎える準備ができているし、使用人たちは穏やかな落ち着いた態度で働いている。

エミリーに、使用人部屋での激しい議論が聞こえなかったことは幸いだった。

「かわいそうなグッデナフ嬢は、ご自分のなさっていることがよくわかっていらっしゃらないんだと思うわ」ミドルトン夫人が言った。「お客さまが最低でも百人来るとおっしゃるの。どうすれば、この小さな屋敷に百人入れるのかしら？」

「押しつぶされるのが流行なのさ」レインバードは言った。「社交界は、押しつぶされ、ぶつけられ、踏みつけられたら、夜会は成功だと考えている」

「でも、気がかりなのは」ミドルトン夫人が心配そうに鼻をひくひくさせて言った。「たぶん、エミリーお嬢さまには知り合いがひとりもいないということなの。フリートウッド卿のほかは、まだどなたも訪ねていらっしゃらないし、伯爵だって、この屋敷を借りられるかと思っていらしただけですからね」

「確かにそうだよ」ジョゼフが、ミドルトン夫人の言葉を継いで言った。「〈走る従僕〉のあたりへ行ってたんだけど、ルークが言うには、ルークが言うには――」

「ルークが言うには、ばっかり」ジェニーがあざけった。

「彼は、ものごとをちゃんと心得てるからね」ジョゼフがむっとして言った。「ルークは、フリートウッド卿の執事のジャイルズと話してたんだ。パークレーンの屋敷を借りた主人のために、田舎から出てきたばかりなのさ。ジャイルズが小耳に挟んだところじゃ、ご主人はグッデナフ嬢から今夜の招待状を受け取ったとき、友人のフィッツジェラルドさんに〝行かないほうがいいだろうな〟と言ったらしいよ。しかもルークが言うには、チャータリスご夫妻は、グッデナフ嬢が自分たちやほかの誰とも知り合いじゃないのに招待状を送ったのは厚かましいと考えてるんだって。おまけに、フランクランド卿の従者によると、みんなが〝その成り上がり者は誰だ？〟って言ってて、こないだなんか〈ホワイツ〉でブランメルが、〝ぼくは行かないよ。ぼくには物足りない《ノット・グッデナフ》からね〟って言って、みんなが大笑いしたんだってさ」

「だけど、エミリーお嬢さまは、食べ物とお花と楽団に、たいへんな出費をなさったのよ」ミドルトン夫人が言った。「夜会には、そういうものはぜんぶ必要ないと教えてあげたかったけれど、なんだか冷たくて横柄な態度でいらしたから、あれこれ指図する気になれなかったの」

「ああ、お嬢さまはずっと、冷淡でとりつく島がなかったな」レインバードは言った。「何が原因なんだろう。わたしのお詫びを受け入れてくださったようだったのに、そのあと翌日には、まるでどぶから這い出てきたものを見るような目で見られた」

「あたしには、なんとなく、理由が、わかる気がするわ」アリスがゆっくりと言った。

「ちょっと、アリス」ジェニーがせき立てた。「何があったの？」

長い間があき、みんなはアリスの頭が活発に働き出すのを待った。

やっとアリスが話し始めた。「お嬢さまが鼠や馬なんかのことをきいたから、あたしは嘘を教えたの。だけど、どうしてレインバードさんがあんなに無礼だったのかってきかれて、それで、あたしは本当のことを話したのよ」

「なんだって！」数人がいっせいに叫んだ。

「嘘を思いつけなかったんだもの」アリスが言った。「お嬢さまが家賃のことで騒いでちょっとけちに思えたから、あたしたちにもけちけちするんじゃないかと心配になって、追い出そうとしたんです、って話しちゃった」

「それで、お嬢さまはなんとおっしゃったの？」ミドルトン夫人が力なく尋ねた。

「もう二度としないでちょうだい、とかなんとかおっしゃって、ほっとしたみたいに見えたわ」

「だとしたら、どうやってかわいそうなお嬢さまをお助けすればいいだろう？」レインバードは顔をしかめて言った。「どう進めるべきかについて忠告しようとすれば、何か企んでいると思われてしまう」

「お嬢さまが、本に出てくる人みたいに、素性を秘密にしなくちゃならない人だったらよかったのに」リジーが夢見るように言った。「ほら、ほんとは外国の王女さまなんだけど、身をやつしてるの」

「試してみようじゃないか」アンガス・マグレガーが言った。「社交界の頭の弱い連中は、誰かが〝これは秘密だぞ〟と言えば、なんでも信じるからな」

「その筋書きで進めるべきだと、本気で言っているのか？」レインバードは驚いてきいた。

「なぜだめなんだ？」アンガスが肩をすくめて言った。「わたしは、この料理がぜんぶむだになるのを見たくないんだよ」

「もうひとつあるわ」ミドルトン夫人が言った。「エミリーお嬢さまは、たとえ誰もいらっしゃらないとしても、女性の付添い人をつけていないのがすごく変に思われることを、おわかりになっていないみたいなの。結婚を望む若い貴婦人は必ず、ふさわしい身分の女性の手で社交界に送り出されるべきよ」

「待ってくれ！」レインバードは言った。「まず、グッデナフ嬢の冷ややかな態度を和らげられるかどうか確かめないと、どこにもたどり着けそうにないな。おや、ドアをたたく音がする。誰だか見てきてくれ、デイヴ」

デイヴが不思議そうな顔で戻ってきた。「ルークだ」続けて言う。「あなたと話したがってるよ、レインバードさん」

「ジョゼフではなくて？」

「違う、あなただって」

レインバードは戸口のところへ行き、ほんの数分で、にやにや笑いながら戻ってきた。「いやはや」少し間を置いて言う。「世に驚きの種は尽きないな。ルークが、リジーを散歩に誘う許可をもらいに来たよ」

リジーは顔を赤らめて、ジョゼフの驚きのまなざしを避けた。

「考えておくと答えて、生意気な小僧を追い返したよ」レインバードは言った。「さあ、ジョゼフ。雷に打たれたみたいな様子で座っていなくてもいいだろう。銀器を磨きなさい。そのあいだにわたしが、グッデナフ嬢のかたくなな心を和らげるから」

レインバードが部屋に入ってくると、エミリーはきびしく偉そうな表情を装った。アリスの告白に対する安堵が徐々に薄れると、自分が適切な態度を取っていなかったように思えてきた。使用人たちのことをパーマーに報告して、別の貸家を探したほうがよかったのかもしれない。しかし、もしシーズンが大失敗に終わったら、宝石とすてきな羽根飾りは売れるだろうが、巨額の家賃はふたりの蓄えを大きく減らしてしまう。お金はたくさんあるものの、エミリーは常に、それがグッデナフ氏のお金であることを忘れないようにしていた。羽振りよく見せながらも、できるかぎり倹約するのが自分の義務だ。だからここにとどまっていたが、できるだけ冷たくよそよそしくして、使用人たちに不快感を伝えようとしていた。

「なんです、レインバード？」エミリーは険しい口調で言った。

「グッデナフさまはどちらに？」レインバードはきいた。

「部屋で休んでます。叔父さまと話したいのですか?」

「いいえ、お嬢さまと内々でお話ししたいのです。先日の横柄な態度についてはお詫びしましたが、先ほどアリスから、なぜわたしがそんな態度を取ったのかをご説明したと初めて聞きました。改めてお詫びいたします」

「謝罪は考慮しておきましょう」エミリーは尊大に言った。「受け入れるかどうかは、あなたの今後のふるまいによります」

「しかし、わたしの善意を証明するために、今後のふるまいを見ていただく時間はないのです」レインバードは言った。「エミリーお嬢さま、あなたには今すぐなんとしても、わたしたちの手助けが必要です」

「いったいどうして?」

「今夜の夜会には、どなたもいらっしゃらないからです」レインバードは言った。「みなさんはお嬢さまがどんな人物かを知りませんし、招待状を送ったことすらぶしつけだと考えているのです」

「誰も来ない?」エミリーがつぶやき、真っ青になった。「誰も?」

レインバードはうなずいた。

「じゃあ、どうしようもないじゃない」エミリーが泣くまいとしながら言った。

「いえ、どうにかできます」レインバードは熱をこめて言った。「まず、流行の装いに仕立てあげるお手伝いをさせてください。次に、女性の付添い人を雇わなくてはなりません。ご自身だけでシーズンにデビューする若い貴婦人はひとりもいらっしゃいません」

エミリーはすっかりうろたえて取り乱していたので、偉そうな見かけを保っていられなくなった。「でも、上流の女性なんて誰も知らないわ！」泣き声で言う。

レインバードはすばやく考えを巡らせてから、ぱっと顔を明るくした。「ミドルトン夫人だ！」と叫ぶ。「家政婦の。彼女は家柄がよく、ものごとの進めかたを知っています。今夜の付添い人としてお役に立てるでしょう」

「でも、役に立ってくれたって、なんになるの」エミリーは暗い声で言った。「もし誰も来ないとしたら？」

「来ます！　来ますとも！」レインバードは言った。

「でも、どうやって来てもらうの？　わかってるわ……みんなの興味をかき立てるために、わたしについてのうわさを広めるんでしょう。どんなうわさ？　教えて、レインバード」

「お嬢さまは外国の王女で、ペテン師や成金につきまとわれるのを恐れて、お忍びで滞在なさっているのだと言うつもりです」

「そんなこと、誰も信じないわ！」

「信じますよ」レインバードは言った。「ええ、きっと信じますとも」

「でも、どの国の王女なのか知りたがるんじゃない？」

「あえて尋ねて、王女さまの気分を害するようなまねをする人はいませんよ。もし誰かに尋ねられたら、お嬢さまは笑って、わたしはグッデナフ嬢という名のありふれた人間です、とおっしゃればいいんです。誰も信じませんよ」

エミリーの頰にゆっくり血の気《け》が戻ってきた。「そんな嘘が通用すると、あなたは思うわけね」慎重な口ぶりで言う。「ただ、叔父さまには知らせないで。あの人は気が小さいの」

「かしこまりました、お嬢さま」

「それじゃ、賢い執事さん、その嘘を本当っぽく見せるためにどうふるまえばいいのか、何か助言はある？」

レインバードは、グッデナフ嬢の小柄で堂々とした体つき、美しい顔、たっぷりした髪を眺めた。「ただご自分らしくふるまってください、エミリーお嬢さま。あなたは王女のように見えます」

エミリーは笑い始め、レインバードがお辞儀をして部屋を出ていっても、まだ笑っていた。王女？　上等じゃない！　エミリーは流れる涙をぬぐった。詐欺師になるつもりなら、とことん派手にやったほうがいいわ！

「グッデナフ嬢の夜会に行かないことにした、っていうのは確かかい？」その日の夕方、フィッツが尋ねた。「ぼくは招待されてないから、きみに連れていってもらわなくちゃならない」

「それよりオペラに行くつもりだよ」フリートウッド伯爵は答えた。さっと振り向き、「ジャイルズ」と執事に向かって言う。「そんなふうにこそこそ歩き回るのはやめて、フィッツジェラルドさんに飲み物を注いであげなさい。それが済んだら、下がっていい」

「かしこまりました、ご主人さま」ジャイルズは応じた。先ほど〈走る従僕〉でエミリー・グッデナフ嬢について聞いたありとあらゆるうわさ話で、胸がはちきれそうになっていた。主人が、使用人のどんなうわさ話にも耳を貸さないことはわかっている。しかも執事が、行くはずだったワイン商のところには行かずに、一日の大半をパブで過ごしたことを知ったら、腹を立てるだろう。

あの執事、レインバードは、ジャイルズに飛びきり親切にしてくれた。そしてまるで古い友人のような態度で、女主人についての心配ごとを打ち明けた。ジャイルズは手助けすると約束したが、うわさ話を許されていない執事にどんな手助けができるだろう？

ジャイルズはフィッツジェラルド氏のグラスにゆっくりカナリーワインを注ぎながら、どうやって話を切り出そうかと考えた。

「まだいるのか、ジャイルズ？」伯爵の声がした。

「おうかがいしたいのですが、ご主人さま」ジャイルズは言った。「今夜、お休みをいただいても差し支えございませんでしょうか？」

「今夜、おまえが必要になることはないと思うよ、ジャイルズ。こんなに早い時間に、ロンドンの誘惑に屈するつもりか？」

「いいえ、ご主人さま。クラージズ通り六七番地の執事に会いまして、今夜訪ねてくれと頼まれたのです」

「六七番地だって？　いや、行ってはだめだ。たまたま、あそこで夜会が開かれることを知った。執事はおまえをもてなす時間などないはずだ。無給で少しばかり手伝わせようとしているだけだろう」

「それどころか、ご主人さま」ジャイルズは言った。「あの執事は、まったく働く必要はないだろうと考えているのです。グッデナフ嬢の夜会には、どなたも出席なさらないと言われていますから」

「それはなぜだ？」

「どなたもお聞きになったことがないお名前だからです。おそらく、もしグッデナフ嬢が実際には外国の王女だとご存知なら……ですが悲しいかな、みなさんはあのおかたを、無名な人と考えているのです。ブランメル氏は、グッデナフ嬢のことを、ご自分には物足りない《ノット・グッデナフ》とおっしゃったそうですね。クラブでは大笑いが起こったそうです」

「もうよせ！　めかし屋たちのおしゃべりに興味はない。下がっていいぞ」

「恐れ入ります、今夜はお休みをいただいてよろしいですか？」

「かわいそうなグッデナフ嬢」フィッツがつぶやいた。「これで決まった。招待された人が誰も行かないなら、招待されてない人が訪ねても喜んでくれるだろう。ぼくは行くよ。彼女は本当に王女だと思うか？」

「いいや、まったく」伯爵は言った。「ああ、わかったよ、フィッツ。ふたりで行こう。だが、十分以上長居はしないからな。おまえは今夜休んでいいぞ、ジャイルズ。しかし、仕事をしてはいけない。クラージズ通りの使用人たちが忙しくしていたら、ここへ戻りなさい」

「はい、ご主人さま」ジャイルズは応じた。

「あれは善良な男なんだが」執事が部屋を出たあと、伯爵は言った。「ロンドンで過ごすのは初めての経験だから、街の使用人たちに惑わされては困る。とにかく、あの男はうわさ話をしないからな」


「で、しかめっつら伯爵とはうまく話せましたか？」ジャイルズが使用人部屋に入っていくと、第一従僕のサイラスが尋ねた。

「行く気にさせたぞ」ジャイルズは得意げに言った。「しかも、今夜お休みをいただいたから、愉快な見ものをぜんぶ見られるというわけだ。彼女が王女だって話も、ちらりとにおわすことができた。いいか、サイラス、あのレインバードってやつを、もう少し助けてやろう。アリントン卿の使用人部屋の近くへ行って、ちょっとばかりうわさ話を……」

レインバードとジョゼフとアンガスは、上位の使用人が集まるパブ〈走る従僕〉を交替で担当し、うわさ話をしまくった。水たまりに石を投げこんだかのように、使用人が使用人に話し、次に使用人が主人や奥方に話すにつれ、うわさ話はさざ波となって外へ外へと広がっていった。

ミドルトン夫人はエミリーと部屋に閉じこもり、外国の王女の付添い人に見えるよう身支度をしていた。散々迷ったあと、自分とエミリーの持ち衣装の両方を組み合わせて身に着けた。紫色の絹のドレス、紫色のターバン、首もとにはエミリーが最近買ったダイヤモンドのネックレスのひとつ。エミリーは、そのダイヤモンドがすっかり〝破裂〟していることを知らなかった。流行遅れになったものはすべて、〝破裂〟したと表現されるのだ。

ミドルトン夫人はとても堂々として頼もしく見えたので、エミリーは助けを求める気になった。

「わたしの母は、すごく立派な貴婦人だったのよ、ミドルトン夫人」エミリーは嘘をついた。「でも、わたしを産んだのは四十代になってからだった。そのせいで、言葉遣いがいつまでもがさつだったの——お母さまが若いときには、がさつなのが流行ってたのよ——それで、困ったことに、わたしは口をすべらせやすいの。もしわたしが身のほどを忘れてしまったら、うまくかばえるように気をつけててね」

ミドルトン夫人はふたつ返事で同意した。しかし、内心ではエミリーと同じくらい緊張していて、うわさ話作戦がうまくいかず誰も来なければいいのにと願っていた。

# 5

親愛なるレディ・XX！　先ほどお送りしたところですわ
こぢんまりした心地よい夜会の招待状を五百通ほど――でも
思いつきませんの、いったいどうしたらこんなに寒い天候のなか
五百人の招待客が集まってくださるのか……つまりね、奥さま、たとえば
ウィンツチッツトップシンゾウドホフ
みたいな名前の人たちだけが、夕べを滞りなく運ばせてくれるのよ――
だから、ロシアの殿方を連れてきてちょうだい――一生恩に着ますわ――
もしその人がアルファベットをぜんぶ言えるなら、ますますけっこうよ。
それに――そうだわ！　もしその人がじつのところ
魚油とろうそくを夕食に召し上がるようなかたなら、わたくしは大得意よ！
では、さようなら、奥さま――急ぎの用事で失礼しますわ――
ちびのガンターがお酒を持ってきたから、味見をしますの。

――トマス・ムーア

「グッデナフ嬢は、きみを待ってると思うか？」伯爵とカーゾン通りをぶらぶらと歩きながら、フィッツが尋ねた。

「さあ、どうだかな」

「もちろん、招待状になんらかの返事はしたんだろう？」

「晩餐つきとわかっていないかぎり、どんな招待状にも返事はしない。行くか、行かないかさ」

「正直、ちょっとばかり興奮で震えてるよ。本当にそんなに美しいのかい？」

「グッデナフ嬢は並外れて美しいよ。尋常ではないほどにね」

「どこかの王女だっていうばかげた話はなんなんだ？」

「よくある手口だよ」フリートウッド卿は言った。「主催する行事に誰も来ないんじゃないかと不安になった女主人が、使用人たちを送り出してうわさ話をさせ、興味をかき立てる嘘を広めるんだ」

「まるでぼくがまぬけみたいじゃないか。そんな手口、聞いたことがないぞ」

「ぼくの亡き妻クラリッサは以前、グローヴナースクエアに大騒動を引き起こしたんだよ。夜会で、頭がふたつある猿を見せるつもりだといううわさを広めてね。そんな動物はいなかったんだが、ばかな社交界の連中は、わが家に入ろうと押し合いへし合い叫び合い、だった。新しいうわさ話を仕入れようと躍起になっていたから、驚くほどおおぜいが、その猿を見ただけじゃなく、ふたつの頭にナッツを食わせてやったと言い張ったんだ」

「それじゃ、たとえ彼女が王女だと誰も信じてなくても、もっとおもしろいうわさの種が現れるまでは、本物だと言い張るのかな？」

「そのとおり」

「もしかすると、そのグッデナフ嬢はきみの花嫁になるかもしれないね」フィッツが友人の端整な顔を横目で見て言った。

「若すぎるし、美しすぎる。ぼくが探しているのは、成熟しているがまだ子どもを産める歳で、優れた知性と威厳のある貴婦人だよ。若い女性は愚かだし、美しい女性は頭が空っぽでうぬぼれが強い。人を楽しませようという努力を少しもせずに生きてこられたんだろうから」

「世に知られるあの屋敷の不運が、いくらか自分に取りつきそうで不安にならないか？」

「ぼくはならないね。縁起をかつぐほうじゃないんだ。賭けごとは好きじゃないしな」

「なんだかすごく静かだよ」角を曲がってクラージズ通りに入ると、フィッツが言った。

「馬車もなければ、押し合いもない」

「だったら、王女の話は成功しなかったんだな」フリートウッド卿は言った。「社交界も良識に目覚めつつあるようだ。そしてぼくは歳を取りつつあるらしい。家で静かに本を読んでいればよかったと思い始めている。〈リマーズ・ホテル〉の騒がしさを経験したあと、やっと快適な環境を見つけた安心感で、どこに出かけるのも気乗りがしないんだ」

「きみにはもっと長く〈リマーズ〉にとどまって、ジョン・コリンズって男がどうやってあのおいしい特製ジン・カクテルをつくってるのか探り出してもらいたかったな」

「残念ながら、まだ誰も彼のレシピを習得していないから、ああいう飲み物が欲しいなら〈リマーズ〉に行くしかないな。さあ、着いたぞ！」


エミリーは、待つことの重圧に気が遠くなってきた。

表の居間の少し高くした壇に、凝った彫刻が施された金色の椅子を置き、そこに座っている。この玉座のような舞台装置をつくってくれたのは、レインバードとアンガスだった。髪は最新のローマ風の髪型に整えられていて、後ろの結び目からつやつやした長い巻き毛を垂らし、前髪を生え際から後ろへしっかり撫《な》でつけて、ダイヤモンドと真珠のティアラが引き立って見えるようにしてあった。

ドレスはバースで買ったものだった。もともとオイスター・サテンでつくられた最新流行の品だったが、ロンドンの仕立て屋によって真珠の刺繍で飾られ、どことなく戴冠式用のドレスのように見えなくもなかった。ネックラインは四角く大胆なほど深くくってあり、両胸の上端があらわになっていた。長い絹の手袋は、〝伸縮性のある〟真珠のブレスレットで留められている。その伸縮性を与えているのは、小さな金のばねだった。細い首には、ティアラに合わせたダイヤモンドと真珠の首飾りを着けていた。宝石商の〈ランデル＆ブリッジ〉は、グッデナフ嬢がティアラと首飾りを買ってくれて大喜びだった。最近ではカーネリアンや珊瑚《さんご》、琥珀《こはく》、柘榴石《ざくろいし》、黒玉が大流行していて、もうダイヤモンドはひと粒も売れないのではないかと危ぶんでいたからだ。

エミリーの〝玉座〟より低い位置に置かれた椅子にはミドルトン夫人が座り、緊張で鼻をひくひくさせ始めていた。

エミリーの背後に立ち、両手を後ろで組んでいるのはグッデナフ氏で、屋敷の主人というより、職務に就く執事のように見えた。

「誰も来ないわ」とうとうエミリーは言った。「誰も。レインバードに、楽団を帰すよう言ってちょうだい、ミドルトン夫人」

ミドルトン夫人は心から安堵のため息をついて、立ち上がった。しかしちょうどそのとき、レインバードがさっと扉をあけて告げた。「フリートウッド伯爵とジェイソン・フィッツジェラルド氏のご到着です」

ミドルトン夫人は、崩れるようにふたたび椅子に座った。

フィッツと伯爵は、エミリーに向かってお辞儀をしてから、背筋を伸ばして視線を注いだ。

エミリーは視線を返し、王女というものはすぐさま軽いおしゃべりを始めるのか、それとも威厳のある沈黙を保つのかと必死に考えた。そして沈黙を選んだ。

フィッツは、畏敬のまなざしでエミリーを見つめた。これほど完璧な素肌、これほどきらきらした瞳、これほど美しく丸い胸には、めったにお目にかかれない。

フリートウッド卿は、思わず表情をゆるめた。沈黙を破るために何か言おうと口を開いたが、思い直して閉じ、エミリー嬢がどのくらい自分の役柄を演じ続けられるか見守るのもおもしろいかもしれないと考えた。

レインバードがシャンパンの栓を抜くポンという大きな音がしたが、エミリーの美しい目は、ふたりの動かないまなざしをいつまでもとらえていた。

レインバードが、伯爵とフィッツにシャンパンのグラスを差し出した。フィッツはエミリーの顔から一度も視線を外さず、上の空でグラスを受け取った。

楽団は、四人のバイオリン奏者と小さなスピネット（小型の鍵盤楽器）の前に座った高齢の紳士という編成で、温室の花でつくった森の向こうにある、奥の居間の片隅に押しこまれていた。

「演奏しろ！」レインバードは場の雰囲気を明るくしようと、小声で命じた。

楽団はゆっくりした一本調子なパヴァーヌを演奏し始め、なんだか客ともてなし役のあいだの沈黙を追い散らすというより強調しているように思えた。

レインバードは厨房まで駆け下りて、ジョゼフをつかまえた。従僕はいちばん上等な仕着せを着て、上階の配置につこうとしていた。「マンドリンを取ってこい、ジョゼフ」レインバードは言った。「そして何か明るく溌剌《はつらつ》とした曲を弾いてくれ。デイヴ、いちばん上等な服を着て、給仕係をやりなさい。アリスとジェニー、きみたちは今夜、従僕の役を務めなくてはならない」

「でも、上階《うえ》は墓地みたいに静まり返ってますよ！」ジェニーが叫んだ。

「これからお客さまが押し寄せる予感がするんだ」レインバードは言った。「さあ、急げ、ジョゼフ。でないとエミリーお嬢さまは彫像みたいにあそこに座り続けて、紳士たちは帰ってしまうぞ！」

フリートウッド卿の執事ジャイルズは、仕事を手伝わされる前に帰ることにした。上階では、ミドルトン夫人が上品に咳払いをしながら、何か言わなければと懸命に考えていた。エミリーは、じっと座ってまっすぐ前を見ていた。先ほど家政婦と相談して、頭の働きが鈍るといけないので、ふたりとも何も飲まないことに決めた。今、エミリーはグラス一杯のシャンパンが飲みたくてたまらなかったが、それを口に出すのが怖かった。伯爵はいたずらっぽく目を躍らせていたが、ひとことも発しない。フィッツは恍惚《こうこつ》状態になったかのように立ち尽くしていた。

グッデナフ氏は、エミリー以外の誰かと社交的な会話をすることにひどく不慣れだったので、口を閉じたまま、最初に沈黙を破るのは自分の役割ではないだろうと思っていた。

エミリーは威厳たっぷりの仮面の裏で、恐怖に震えていた。もう二度と口が利けなくなりそうな気がした。

フリートウッド伯爵は、真っ黒い髪とあの切れ長の青い目をして、悪魔のように魅力的だった。夜会服はとても洗練されていて一分の隙もなく、あまりにも完璧だったので、先日会ったときより二倍りりしく、二倍恐ろしく見えた。フィッツジェラルド氏も、同じくらい油断ならなかった。〝しゃれ者〟をこんなに間近にするのは初めてだった。ウエストを詰めた夜会服と、刺繍入りのベスト、糊で硬くした巨大な襟でものすごくぜいたくに着飾っていたので、エミリーにはなんだか現実の存在に思えなかった。よく見ると、フィッツジェラルド氏の顔には、高級娼家《しょうか》の女性たちの顔と同じくらい厚く白粉が塗られていた。エミリーは、内心ぞっとしながら考えた。わたしは今、歩く退廃と向かい合ってるんだわ！

奥の居間でやかましい口論が起こったあと、陰気な音楽がやんだ。

フリートウッド卿は、お楽しみはこのくらいで切り上げようと決めたところだった。お辞儀をして帰る頃合いだ。しかしそのとき、イタリアの流行歌の浮き浮きした快活な旋律が部屋を満たし、ジョゼフがみごとなテノールで歌い出した。

エミリーの白い頬にうっすらと赤みが差してきて、不意に口もとがゆるんだ。伯爵の目から、おもしろがるかのようなまなざしが消えた。友人と同じように、まじまじとエミリーを見つめている。

「おや、陽気な曲だね」フィッツが言った。

「シャンパンを少しいただけるかしら、レインバード？」エミリーは頼んだ。

「わたしも一杯欲しいわ」ミドルトン夫人が言った。

「わたしは座ることにしよう」グッデナフ氏がきっぱりと言った。「どう思われますかな、紳士諸君？　新たな摂政皇太子は、ついに摂政の地位に就かれた今、身を落ち着けるでしょうか？」

フィッツはグッデナフ氏のそばへ行って、うわさ話をし始めた。エミリーはシャンパンのグラスを取り、今度は伯爵に向かってはにかんだ笑みを見せた。「少しだけ、歩き回ってよろしいかしら」

エミリーはフリートウッド卿と並んで小さな部屋を行きつ戻りつし、そのあいだミドルトン夫人は歩調を合わせて後ろからついていき、上品な言葉遣いに乱れが生じたら正さなければと気を揉んでいた。しかし、部屋がとても狭かったので、邪魔にならずにいるのがひどくむずかしかった。エミリーと伯爵の後ろについたとたん、ふたりがくるりと振り返って、危うくぶつかりそうになる。ミドルトン夫人は、エミリーのふるまいにはなんの問題もなさそうだと判断し、隅に下がって座った。

グッデナフ氏は、あこがれの存在である摂政になったばかりの皇太子について話すうちに、すっかり元気になってきた。フィッツは、皇太子に対するグッデナフ氏の賛辞に礼儀正しく耳を傾けて調子を合わせていたが、心のなかでは皮肉っぽく、あの自堕落で強欲なプリニーにそんな称賛はもったいないな、と考えていた。それに、フィッツの頭の半分を占めていたのは、伯爵がエミリーとどんな話をしているかだった。

「料理人については幸運だったようですね」伯爵は、方向転換して六回めとなる部屋の往復を始めながら、エミリーに言った。「厨房から、おいしそうなにおいが漂ってくる」

「本当に、彼はとても優秀ですの」エミリーは言った。「フランス料理だけじゃなく、伝統的なイギリス料理にも通じてますわ。彼のビーフサーロインは、どんぴしゃの焼き具合ですの」

「ほう！」フリートウッド卿は言って、エミリー嬢のピンク色の唇から品のない言い回しがとても穏やかにこぼれてきたのでぎょっとした。

レインバードが、シャンパンのグラスがのったトレイを持って通りかかった。エミリーは空《から》のグラスをトレイに置き、なみなみと注がれたグラスを取って、ひと息で飲み干した。「すごく喉が渇いてましたの」弁解するように言い、遅まきながら、少しずつ飲むべきだったことを思い出した。

「本物のフランス人の料理人を見つけるのはむずかしいですね」伯爵が言った。「フランス人だと言い張る者の多くが、ドーバーの南には行ったこともないんですよ」

「料理人のマグレガーは、スコットランド人なんです」エミリーは言った。「でもほんとに貴重な宝で、ぶっ続けで出る四の目、三の目とは違うの。いえ、その」顔を真っ赤にしながら説明する。「彼は本当に優秀な料理人で、そんな……」

「イカサマさいころとは違う」伯爵が言って、説明を補った。「ぼくは隠語に通じているんですよ、グッデナフ嬢。でも、あなたがそんなによく知っていることには驚きです。そういう言葉を流行らせるつもりですか？」

エミリーは大きく息を吸って、嘘をつくことにした。すでに嘘を演じているのだ。偽りがもうひとつ増えたってかまわないでしょう？

「お許しくださいね、伯爵さま」エミリーは言った。「英語はわたしの母語ではないものですから」

そう言いながら上を向いて伯爵の目をのぞきこむと、うつむいてこちらの目をのぞく青い目のなかに、いたずらな子鬼が踊っているのが見えた。

「ついてますね、グッデナフ嬢」フリートウッド卿が言った。「ぼくはたくさんの外国語を話せるんです。何語で話したいですか？」

エミリーは惨めな気持ちで伯爵を見て、どう答えようかと考えたが、レインバードに救われた。執事が表の居間に続く扉をさっとあけ、新たに到着した人たちを紹介し始めたからだ。

彼らは群れをなしてやってきて、押し合いへし合いしながらなかへ入ろうとし、遅れたことを詫び、婦人たちは甘ったるい声で舌足らずに話し、紳士たちはお辞儀をしてレースのハンカチを振り、小さな嗅ぎ煙草入れをさっとあけた。

エミリーが熱心で好奇心旺盛なロンドン社交界の人々に取り囲まれると、伯爵は後ろに下がった。

エミリーは、自分から何か言う必要はなく、ただ耳を傾けて微笑《ほほえ》んでいればいいことに気づいた。ジョゼフの軽快な音楽が、細長い屋敷を活気づけ、各部屋は徐々に人でいっぱいになってきた。

フリートウッド卿はフィッツと視線を合わせ、そろそろ帰ろうと合図した。エミリーは玉座に退いて、群がる男女に囲まれて謁見式を行っていた。伯爵が群衆のあいだをじりじりと進みながら、いとまを告げようとしたちょうどそのとき、ある興奮しやすい若い女性が、掲げたグラスを振り回し、中身の半分をエミリーのドレスに、もう半分をエミリーのとなりに立っていた高齢のめかし屋、アグネスビー卿の膝丈ズボンにぶちまけた。

エミリーはドレスにこぼれたシャンパンをハンカチでふき取りながら、よく通る澄んだ声で悲しげに言った。「いやだ、ディッキーまでびしょ濡れだわ」唖然《あぜん》とした衝撃の沈黙があった。女性のペティコートをディッキーと呼ぶのは、考えられるかぎり最も下品な俗語の使いかただったからだ。

エミリーは明らかな失敗をごまかそうとして、アグネスビー卿を振り返ってこう言い、事態をさらに悪くした。「ズボンはだいなしにならなかったでしょうね」

息を吸いこむ音が響いた。〝ズボン〟などという言葉を口にする貴婦人はひとりもいなかった。恥ずかしそうに〝言えないもの〟と表現することはあるが、ほかの名前では決して呼ばない。

エミリーの社交界における前途は危うくなってきた。

そのとき、静寂のなかに、フリートウッド伯爵の楽しげなかすれ声が響いた。「殿下」と切り出してから、はっとして、間違いを正すように言い直す。「失礼しました、グッデナフ嬢。フィッツジェラルド氏とぼくは、すばらしいおもてなしに感謝いたします。できましたらあす、でん……あなたを訪ねて、馬車での外出にお誘いしたいのですが」

伯爵の周囲で、興奮気味のちょっとしたざわめきとささやきがわき起こった。ある若い貴婦人が、友人に熱をこめて耳打ちした。「ほら、王女だって言ったでしょう。あのシャーロット王妃だって、まるで厩《うまや》で生まれ育ったような話しかたをなさるんだから!」

伯爵とフィッツは、お辞儀をして立ち去った。人込みを押し分けて外に出るまでに、優に十分はかかった。

「ふう！」屋敷から少し離れたところまで歩いてから、フィッツが言って、額をぬぐった。「きみは彼女を救ったな。間違いなく救ったよ。なんという天使、しかしなんという口の悪さ！　彼女はいったい何者だと思う？」

「わからない」フリートウッド卿は考えこみながら言った。「しかし、探り出してやるぞ！」

エミリーは、客たちが永遠に帰らないのではないかと思った。笑みを貼りつけた顔がこわばってきた。ミドルトン夫人には、心から感謝していた。家政婦は数杯のシャンパンで気分が上がったらしく、堂々たる態度でしゃべりまくり、エミリーに投げかけられるあらゆる質問を、社交の達人のごとくさばいていった。

エミリーはやっとのことでレインバードに、もうお開きにしたいことを小声で伝えた。レインバードは奥の居間に退き、ジョゼフに演奏をやめるように言ってから、陰気な楽団に仕事を再開してもよいと告げた。

楽団が、あの物憂いパヴァーヌを、中断させられたところから演奏し始めた。葬送行進曲のように変化のない、一本調子な旋律が客たちの耳に届いた。

怒りを静めて、魂を心地よくなだめるのにうってつけの音楽だ。楽団の選曲は、死の象徴のようだった――ゆっくりとした悲しげな調べが、社交界の人々に、人生の虚しさと感情の不安定さを思い出させた。

最初はひとりかふたりずつ帰り始め、それから大きな集団が続いた。エミリーの美の聖堂で永遠に拝んでいようとしているらしい紳士も数人いたが、レインバードがワインとシャンパンのグラスを回すのをやめると、まだ宵《よい》の口だし、エミリーを崇めるのはあすでもわけなくできると気づいたようだった。ほどなく、最後の馬車がクラージズ通りを去っていった。

エミリーは、グッデナフ氏とともに上階の食堂の隅に引き上げ、使用人たちにあと片づけを任せたが、いつになったら奉仕されることに慣れるのだろうと考えていた。

「ふむ、とてもうまくいったな、エミリー」グッデナフ氏が言った。「だが、もしあのときフリートウッド伯爵が助け船を出してくれなければ、大惨事になっていたかもしれない。おまえの言葉遣いはひどいものだな、エミリー。それに、王女になりすますつもりだと、わたしにあらかじめ言っておくべきだった」

「わかってる」エミリーは言った。「フリートウッド卿に感謝しなくちゃいけないんだけど、あの人にはなんだか怖いところがあるの。もしかすると、彼はわたしがどんな人間なのかぜんぶ知ってて笑い物にしてるんじゃないか、それに、そうよ、わたしのつくり話を信じるばかな社交界も笑い物にしてるんじゃないかって気がするわ」

「伯爵の地位にある人と結婚するなんていう望みを持ってはいけないよ」グッデナフ氏が、小さくため息をついて言った。「彼にはもう二度と会うこともないだろう。おまえにあまり興味を持っていないようだったし、すぐに帰ってしまったからな」

「どうして伯爵の地位にある人とは結婚できないの？」エミリーは気になって尋ねたが、自分でもそんなことが可能だとはまったく考えていなかった。「ロンドンでシーズンを過ごす計画を最初に思いついたとき、わたしなら公爵とでも結婚できるって言ったじゃない」

「わたしたちは夢想家なんだよ」グッデナフ氏が言った。「だが、わたしたちのような夢想家も、現実と向き合わなくてはならない。フリートウッド卿が伯爵だからというだけではない、彼がとても裕福な伯爵だからだ。いいかい、もしフリートウッド卿がおまえに結婚を申し込んだとしたら、わたしは勢ぞろいした彼の弁護士たちに立ち向かわなくてはならない。ありとあらゆる質問を浴びせられ、婚姻前契約の話をされたり、おまえの家柄の詳細を求められたりするだろう。いや、いや。貧しい紳士――まあ、あまり金持ちすぎない男性が、おまえには必要だ。貧しい紳士なら、もし弁護士を雇えたとしても、条件のいい結婚相手にあれこれ質問させて、愛想を尽かされるようなことはしないだろう」

「だったら、フリートウッド卿がわたしに興味を持たなくてよかったのね」エミリーは笑った。「この屋敷が不運だっていうあの話はなんなの？」

「ああ、家賃の安さには理由があると知っておくべきだったな。いろいろなお客さまから、この屋根の下で起こったありとあらゆる恐ろしいことを教えられたよ。ある美しい婦人が殺され、殺人犯が正体を暴かれたものの、借り手のひとりを殺そうとし、またある家族は破滅し、さらにはおぞましい自殺まであったそうだ」

「おぞましい自殺って、どんな？」エミリーは小声できいた。

「先代のペラム公爵の自殺だ」

「まあ、なんてこと！　みなさんが訪ねてくる気になったのが驚きだわ！」

「ああ、彼らは、ここに住んでいる者だけに不運が降りかかると思っているんだ。わたしは、そんなばかばかしいたわごとは信じていないがね。おまえはどうだい？」

「信じないわ」エミリーはきっぱりと答えた。

しかしその晩、寝室へ向かうとき、エミリーはジョゼフに明かりを持って上階まで案内してくれるように頼み、かなり長いあいだ目を覚ましたまま横になって、灯心草ろうそくの明かりが天井に描く模様を眺め、伯爵の目に躍っていたあのいたずらっぽい、あざけるようなまなざしを思い出していた。

「厄介なことが起こりそう」エミリーは胸のなかでつぶやき、ぶるっと身震いした。「そんな予感がする！」

# 6

わたしたちの祝宴に来てくれ、そして着飾ってくれ
最新の、最高級の刺繍で！
わたしたちの祝宴に来てくれ、そしてもう一度見せてくれ
あの黄緑色の上着を、しゃれ者の花形よ！
前回あれを見た人は、みんなほれぼれしていたよ
ブランメルまで「あれは誰の仕立てかな？」と尋ねたほどだ

――トマス・ムーア

「きれいな王女と馬車で出かけた感想は？」翌日の夕方、フィッツが尋ねた。ふたりの紳士は二角帽とステッキを小脇に抱えて、オペラに向かうところだった。

「グッデナフ嬢を散歩に連れ出す機会がなかったんだ。応接間は好奇心旺盛な社交界の人々であふれ返っていて、みんな、まるでバーソロミューの市の見世物を見るみたいな目で彼女を眺めて満足しているんだ。ぼくは挨拶して、あまりおおぜいの客に取り囲まれていないときを狙ってまた訪ねると約束して、帰った」フリートウッド卿は言った。

「みんなの注目を集めて楽しんでるんだろうな」

「そんなことはない」伯爵は言って、通りかかった掃除人に小銭を投げた。「うわべは落ち着きと威厳を保っていたが、目の奥に恐れがちらりと見えた。ぼくたちの王女は、王女でないだけじゃなく、きっとただの庶民だろう。彼女の叔父は、紳士というより、使用人でいたがっているかのようだった」

「おいおい！　きみはきびしすぎるよ。ぼくはグッデナフ氏をすごく紳士的だと思ったな」

「でもそこには、遠慮があるんだ。全体的に奉仕の姿勢が感じられるんだよ。うまく説明できないが」

「ことによると、グッデナフ嬢は本当に王女なのかもしれないよ。だとしたら、不安げな様子やおかしな英語の説明がつくだろう」

「彼女はぼくに、英語は母語ではないと言いかけたんだ。ぼくは信じないね。いいか、社交界の若い貴婦人たちは恥ずかしがり屋で気が小さく極端に感じやすいふりをするが、彼女たちの目を見れば、自分の身分をわきまえ、当然の権利を心得ていることがわかる。きょうの午後ぼくは、麗しのエミリーが執事に向かって何度か、同類の者に訴えかけるような目配せをしたことに気づいた。そう、ぼくはグッデナフ嬢が女詐欺師だってことを突き止めるつもりだ」

「そんなにひどい犯罪かな？　社交界は成り上がり者だらけだし、あんなにきれいな人はそうはいないぞ」

「犯罪だとは思わないよ。彼女が奥方のドレスと宝石を盗んで逃げた使用人だなんてことが明らかにならないかぎりはね。身分が低いことと、使用人であることは別問題だ。クラリッサが遺体で見つかったとき、使用人たちがどんなに猛烈な勢いでおしゃべりやうわさ話に興じたことか」

「かわいそうな奥さんを本当は誰が殺したのか、きみはしょっちゅう考えてるんだろうね」

フリートウッド卿は、暗く険しい表情を浮かべた。少し間を置いてから言う。「もっと楽しいことを話そう。ぼくの本が、来週出るんだ。《エディンバラ・レビュー》でこき下ろされると思うか？」

「批評家を笑い物にしたならね」フィッツが言った。

ふたりとも、無粋ではあるがコヴェントガーデンまで歩いていくほうがいいと考えた。馬車に乗って何時間も行列をつくり、オペラハウスの外に降りられるまで待つ意味がわからなかったからだ。

到着してみると、その晩歌う予定だった有名なカタリーニは体調が悪く、一流とはいえない女性歌手が代役を務めることになっていた。

「野次がすごいだろうな」フリートウッド卿は言った。「なかに入る価値はなさそうだ」

「きみはじつにおかしな男だな！」フィッツが笑って言った。「音楽を聴きにオペラに行く人は、ロンドンじゅうできみひとりに違いないよ。ほかのみんなは、自分の姿を見られに行く。さあ、来いよ。まだこの新しい上着で社交界をびっくりさせてないんだから」

「肩にもう少しパッドを入れて、襟をもう少し高くしたら」伯爵はそっけなく言った。「みんなはきみのことを頭のない男だと思いこむだろうな。それに騒々しいオペラハウスは必ず暑くなるし、暑いときみの紅が溶けてしまうぞ」

「血色がいいだけだよ」フィッツがむっとして言った。

「その頬を染める派手な夕焼けが、自分の顔色だなんて言わないだろう！」

「ちょっと補ってるだけさ」

「大切な友よ、きみが顔をごしごし洗っていた日々を、もうぼんやりとしか思い出せないよ。きみの顔は、あばたもないし、血色が悪いわけでもない。なぜそんなに厚い化粧をしたがるんだ？」

しかし、フィッツは説明できなかった。負傷し、男として半人前になってしまったと感じるようになってから、フィッツはめかし屋になった。流行の最先端を行く突飛な服を着ていると、背中の痛みを我慢できるような気がした。流行の服による装飾で、ひとときのあいだ別人になったかのように。

ふたりが入ると、オペラハウスはすでに人でいっぱいだった。娼婦たちは中央のボックス席で活発な取引に励み、前方の上等席の若者たちはカタリーニの代役に投げつけるためのオレンジを買っていた。

「きみの王女がいるよ」フィッツが言った。

エミリーは、サイドのボックス席に座っていた。ミドルトン夫人がその横にいて、グッデナフ氏は後方の椅子でうとうとしている。人々がそのボックス席に入ってきて、ほどなくエミリーの姿は見えなくなった。

「かわいそうに」フィッツが言った。「いまだに社交界最新の興味の的なんだな。彼女は耐えられると思うかい？」

「グッデナフ嬢はとても若い」フリートウッド卿は言った。「言葉遣いはがさつだが、とても感じやすいんだ。きっとすでに、かなり参っているだろうな」

「騎士道精神の時代は去りぬ」フィッツが言って、首を振った。「別の気晴らしを考え出すべきだな。社交界の注目をほかへ移させるような何かを」

オーケストラが、序曲の冒頭の和音を鳴らした。エミリーのまわりに集まった群衆が去った。エミリーはその場に座り、頭上の巨大なシャンデリアが投げかける煌々《こうこう》とした明かりに照らされて、すっかり血の気の引いた顔をし、膝に置いた両手でハンカチを揉みしぼっていた。

フリートウッド卿は片眼鏡《かため がね》を持ち上げて、エミリーをまじまじと見つめた。彼女のことはほとんど知らないし、ただ美しいからといって自分の心を惹きつける女はいないという確信があった。しかしエミリーの姿を眺めているうちに、不意に同情の気持ちがこみ上げてきた。確かに自身の愚かな行為のせいだろうが、それが招いた結果から守ってやりたいという奇妙な切望を感じた。

伯爵は小声でぶつぶつと何か言ってから、立ち上がってボックス席を出た。

通り道のボックス席を次々と訪れて挨拶を受け、ようやくエミリーの前にたどり着き、お辞儀をした。フィッツは、友人がいったい何をもくろんでいるのかといぶかった。前方の上等席の野次は、どんどん大きくきびしくなっていった。舞台上の女性歌手はひどく腹を立て、投げつけられた飛び道具を観客に投げ返した。これがなかなか潔い行動と見なされ、少し叫び声や野次が続いたあと、観客は彼女にチャンスを与えることにして、静かに耳を傾けた。

フリートウッド卿は幕間《まくあい》に戻ってきた。「行こう、フィッツ」と声をかける。「やることがたくさんあるぞ。夜会を開くことにした——真夜中の、不意打ちの夜会を」

「でも、みんなオペラ後の舞踏会までここにいるんだよ！　誰も来やしない」

「いや、もちろん来るさ。みんな、ロンドンの最も新しい人気者と知り合いになりたくてたまらないと言っている——アナスタシア・ムースポフ王女とね」

「聞いたことがないな。誰だい？」

「きみさ、親友よ。きみのことだ」

「本当に、フリートウッド卿の夜会に出席したほうがいいと思う？」エミリーはミドルトン夫人に尋ねた。

「そのほうがいいと思いますよ、エミリーお嬢さま。フリートウッド卿はみなさんに敬愛されています。夜会のうわさがお耳に入れば、摂政皇太子殿下までがいらっしゃるかもしれません」

「だったら、行くしかあるまい」グッデナフ氏が叫んだ。「わたしはずっと前から、摂政皇太子殿下の崇拝者なのだ。殿下にお会いすることが昔からの夢だった」

「でもフリートウッド卿は、わたしたちをばかにするつもりなのかも」エミリーは不安な気持ちで言った。「もうひとりの王女ですって！　ご招待しますと言いながら、例のおもしろそうなおどけた目つきをしてたの。もう王女だと思われることにはうんざりだわ。社交界の注目をわたしからそらす何かが起こらないと、余計な詮索をする誰かに、正体をばらされちゃう」

「もしかするとその新しい王女が、まさに望んでいたものかもしれません」ミドルトン夫人が言った。

「でも、わたしがもうひとりの王女だと紹介されて、彼女があれこれ質問し始めたら？」

「そうなったら、ほかのみなさんに向かってしてきたことをするしかありません」ミドルトン夫人が言った。「王女であることを否定するんです。今のところ誰も信じてはいないようですけど、たぶんアナスタシア王女に向かってそうおっしゃっているのを聞けば、みなさんはお嬢さまをグッデナフ嬢として受け入れるようになりますよ。だけど、これがいい思いつきだったことはお認めになるでしょう。リジーの思いつきがなければ、お嬢さまは社交界のどなたとも会えなかったんですから」

「リジーって誰？」

「小さなスカラリーメイドです。並外れた子なんですよ。しーっ！　第二幕が始まります」

エミリーはほとんど何も聴いていなかった。詐欺師でいることに重荷を感じていた。元チェインバーメイドであることだけでかなり悪い状況なのに——王女のふりをするなんて！ほんの先週、どこかの不運な人が、世襲貴族のふりをしたかどで、ニューゲート監獄の外で絞首刑になった。でもそれは、イギリスの貴族だ。まさか外国の王女のふりをしたかどで人を絞首刑にはできないだろう。なぜフリートウッド卿は、あのあざけるような楽しげな目つきでわたしを見たのだろう？

かわいそうなエミリーの心配はいつまでも続き、そのあいだ無名に近いイタリアの作曲家によるぱっとしないオペラはだらだらと終演へ向かった。オペラのあとに笑劇が続き、とうとうフリートウッド伯爵のパークレーンの屋敷へ行く時間になった。

オペラハウスを出るとき、エミリーは細長い鏡の一枚に映る自分の姿をちらりと見た。美しく優雅な貴婦人がこちらを見返した。〝中身が貴婦人だと感じられたらいいのに〟悲しい気持ちで胸につぶやいた。

貸し馬車に乗り、後部の革紐に背の高いジョゼフをつかまらせてパークレーンへ向かう道すがら、三人の乗客はそれぞれの私的な思いに浸っていた。エミリーは、正体がばれれば、ある意味でほっとするだろうと考え始めていた。ロンドンでシーズンを過ごす計画は大失敗だった。どうしてあの人たちの一員との結婚を夢見ることができたのだろう？　大切な友人と田舎に引きこもって、静かで気楽な生活を送るほうがいい。神さまは、わたしたちが生まれ落ちたその日に、定められた身分をお与えになるのだし、上や下へ移動しようとするのは由々しい罪だ。

グッデナフ氏は、摂政皇太子がいらしてくれますようにと祈っていた。ご挨拶ができ、あのご尊顔を拝することができたなら、死んでもいいくらい幸せな気持ちになるだろう。

ミドルトン夫人は死ぬほど疲れていた。夜会にはあまり長居せずに済めばいいのだけれど……。足は新しい靴のなかで腫《は》れ、新しいコルセットはウエストの上を締めつけている。エミリー嬢は、オペラが始まる前の人々との交流で一度もがさつな言葉遣いをしなかった。ミドルトン夫人は、ひとときだけ社会的地位が上がった状況を楽しんではいたが、今望んでいるのは居心地のいい自室に帰り、家政婦に戻ることだけだった。

伯爵の屋敷は、上から下までまばゆい明かりに照らされていた。エミリーとグッデナフ氏とミドルトン夫人は、馬車が人込みを縫ってじりじりと進むあいだ、かなり長く待たなくてはならなかった。

ようやく降り立つと、エミリーはジョゼフを呼んで、なかまで付添ってくれるよう命じた。いつの間にかますますクラージズ通りの使用人たちに頼るようになっていて、背の高いジョゼフが夜会で後ろにいてくれれば安心できるように思えた。

ジョゼフは、本物の王女を見られることにわくわくした。ずっと頭に引っかかっているリジーのこと、なぜルークが急に彼女に興味を持ち始めたのかという心配を、思わず忘れそうになったほどだ。

エミリーが最初に気づいたのは、軽食も、カードも、音楽もないことだった。顔を赤らめて、自分の奮闘を思い出し、食べ物や飲み物や楽団を用意したことで成金と思われただろうかと考えた。

エミリー、グッデナフ氏、ミドルトン夫人、そしてジョゼフは列に並んで階段をのぼり、二階の応接間へ向かった。

紳士や貴婦人のなかには、人を押しのけて上へ進む者や、王女に謁見する栄誉にあずかったあと下へ突進する者もいて、たいへんな押し合いへし合いがあった。

やっとのことで、エミリーの一行は応接間の両開き戸にたどり着いた。

グッデナフ氏はあわてて名刺入れを捜したが、見つけられず、震え声で自分たちの名前を伝えた。

小さな集団は先へ進んだ。

エミリーはしょんぼりした。

ここには確かに、本物の王女がいたからだ。

背が高く優雅な貴婦人で、髪粉をかけた巨大なかつらをかぶっている。顔は真っ白な仮面のようで、両頬が紅で丸く塗られていた。身にまとった長くゆったりした真紅のビロードのローブは、金糸の刺繡で豪華に飾られている。古い金に大きなルビーとサファイヤをはめこんだ繊細さに欠ける派手なネックレスが首に掛けられ、平らな胸を越えてウエストの近くまで垂れていた。

フリートウッド卿は、王女の椅子の後ろに立っていた。

「こちらはどなたです？」王女が驚くほど野太い声で尋ねた。

「エミリー・グッデナフ嬢」伯爵が小声で答えた。「叔父上のベンジャミン・グッデナフ氏、そしてエミリー嬢の付添い人のミドルトン夫人です」

「なんともお美しいお嬢さんだこと」王女が言った。「わたくしにキスしてもよろしくてよ」

エミリーはおずおずと進み出て、深くお辞儀をしてから、王女の頬にキスしようとした。ふと気づくと強い力で体をつかまれ、唇にしっかりキスされたのでびっくりしてしまった。

「あとで憶えていろよ、この好き者め」伯爵が言った。

エミリーは真っ赤になって後ろへ下がり、驚きの目で伯爵と王女を見つめた。

グッデナフ氏は深く頭を下げて挨拶し、ミドルトン夫人は膝をかがめて丁重にお辞儀をした。

一行が帰ろうとしたちょうどそのとき、謁見を待つ人たちのあいだで大きなざわめきと衣擦れの音と叫び声が起こったあと、ジャイルズが大声で告げた。「摂政皇太子殿下、ジョージ・ブランメル氏、アルヴァンリー卿のご到着です」

「なんだって！」伯爵が叫んだ。

摂政皇太子がのしのしと入ってきた。ぴったりした膝丈ズボンをはき、夜会服の上着は肩の部分がぴんと張っている。有名な〝しゃれ者〟ブランメルは、すらりとした優雅で楽しげな姿で、ずんぐりした力強いアルヴァンリー卿とともにその後ろに立っていた。

「アナスタシア王女さま」皇太子が言った。「わが国へようこそお越しくださいました」

王女が立ち上がり、ぎこちなく膝をかがめてお辞儀をした。

「大使からは、あなたのご到着をうかがっておりませんでしたな」皇太子が続けた。

「遺憾に存じます」王女がぼそぼそと言った。

「ええと、どちらの大使でしたか……？」皇太子が問いかけるように王女に視線を注いだ。

王女が助けを求めるようにあたふたと伯爵を見た。

「申し訳ありません、殿下」フリートウッド卿は言った。「こちらの王女は……」手を伸ばしてアナスタシア王女の頭からかつらを持ち上げる。「じつはほかならぬ、ジェイソン・フィッツジェラルド氏なのです」

フィッツがうやうやしくお辞儀をした。摂政皇太子は憤然として、フィッツをにらんだ。

そのとき、彼らの背後でエミリーが笑い始めた。澄みきった、よく響く、ついつられてしまうような笑い声だった。皇太子が振り返って、エミリーをじっと見た。お腹を抱えて、思いきり笑っている。

「いやはや、なんたることだ！」皇太子が叫んだ。「フリートウッド、この悪魔め！」いっしょに笑い始める。すると、誰も彼もが調子を合わせて笑い始めた。まだ階段でぎゅう詰めになっていて、皇太子が何を笑っているのかわからない人たちまで笑い始めた。もし皇太子が何かをおもしろいと思ったなら、その冗談がわかろうとわかるまいと、誰もがおもしろがらなければならないからだ。

「こちらはどなたかな？」笑い終わると、皇太子がエミリーを見て尋ねた。

「ロンドンきっての美女をご紹介いたします」フリートウッド卿が言った。「エミリー・グッデナフ嬢です」エミリーの後ろに立って期待と興奮に震えているグッデナフ氏に目を向ける。「そして叔父上のグッデナフ氏、付添い人のミドルトン夫人です」

エミリーの美しさは、しばし忘れられた。皇太子が、グッデナフ氏のゆがんだ顔に浮かぶ、震えるほどの畏敬と称賛に目を留めたからだ。

皇太子が肉づきのいい胸をふくらませた。ずんぐりした指を二本差し出す。「初めまして、グッデナフさん」

グッデナフ氏は興奮のあまり蒼白《そうはく》になって、その威厳ある指を握った。「殿下」喘ぎながら言う。「このひとときを、一生の宝といたします」

「ちっちっ」皇太子が言って、そっけなく手を振ったが、とてもうれしそうだった。「そしてミドルトン夫人だな？　会えてうれしいよ」

ミドルトン夫人が、英雄を崇めるようなまなざしで皇太子を見つめた。

刻々と上機嫌になってきた皇太子は、エミリーの顎の下を撫でた。「確かに美女だな」少し間を置いて言う。「彼女をかっさらうつもりか、どうなのだ、フリートウッド？」

「グッデナフ嬢が、そうする機会を与えてくださるなら」伯爵がよどみなく言った。「ジャイルズ！　殿下にシャンパンをお注ぎしてくれ、頼むよ」

笑いさざめく群衆が皇太子を取り囲み、エミリーの視界からその姿が消えた。

エミリーは呆然《ぼうぜん》と立ち尽くしていた。摂政皇太子に会ったのだ！　もっと重要なのは、グッデナフ氏が摂政皇太子に会ったことだった。このシーズンに求めるものは、もうほかに何もないはずだ。

まわりからいろいろな声が聞こえてきた。「ぼくたちの夜会では、何か違うことを計画しなくちゃならないな」ある声が言った。「王女はもうすっかり〝破裂〟してしまったよ、きみ。たぶんグッデナフ嬢も、ぼくたちをからかってたんだな。だけど、今や彼女はプリニーのお気に入りだから、何をしても正しいってことさ。どっちにしても、ぼくは王女だなんて信じてなかったしね」

「でも、彼女は名門のお生まれでしょう」別の声が言った。「でなければ、フリートウッドが皇太子の御前で結婚を申し込むはずないわ」

「申し込んでないよ！」

「はっきりとは言わなかったけれど、そうほのめかしてたわよ。それにフリートウッドは、とても格式にうるさいの。グッデナフねえ。聞いたことがないわ。きっと爵位のない上流階級の出なのね」

エミリーは安堵のため息をついた。とりあえず、もう王女のふりをしなくてもいいのだ。ぼんやりしているミドルトン夫人に、そろそろ帰ろうと合図する。

ジョゼフは彼らに続いて階段を下りながら、つぶやいていた。「すごい！　すごいや！　レインバードさんに話すのが待ちきれないな。うちのミドルトン夫人が皇太子に会ったなんて。すごいや！」

ジョゼフは、早く使用人部屋に帰ってみんなにこのニュースを伝えたくてたまらなかった。しかし、王女としての役割が終わって喜びに浮かれていたエミリーは、使用人たちを表の居間に呼び出し、レインバードに頼んで全員にシャンパンをふるまった。

〝すごく庶民っぽいふるまいをしてるわ〟エミリーは心のなかで言った。〝使用人をもてなすなんて。でも、もう貴婦人でいることに疲れちゃった。これからは、自分らしく生きよう〟

すっかり安心してわくわくしてきたエミリーは、自分が今も詐欺師であり、もし元チェインバーメイドであることがばれたら社交界の人々に街から追い出されることを忘れてしまった。

# 7

昨夜は〝年老いた罪深き男たち〟の集まりで貴殿とお会いできず残念であった、いつもどおり最高の晩餐会を催してくれたよ――彼のスープは至高――彼の魚はまさに極上――彼のパテは絶品――彼のカツレツは抜群だ！ひとことで言えば、心地よい晩餐会であり

エレンボロー伯爵の胃を興奮で震わせるほどであった、

伯爵は、いかにも、驚異的な勢いで食べ始めた、そして口いっぱいに頬張りながら、声を大にして言った「もちろん、男の料理人さ！――生きているあいだは――（そのふたの下はなんだ、おや、見てくれ）――生きているあいだは――（これから味わうよ）――決して女の料理人は雇わないね、理にかなったサリカ法典だよ――（そのトーストを少しもらおう）――法典では、女はかまどを取り仕切るべからずと定められている。料理術は秘密であり――（この亀は珍味だね）――石工術と同じく、女には決して探り出せないのだから！」

――トマス・ムーア

その翌週、フリートウッド卿は訪ねてこなかった。エミリーは、これで安心できると自分に言い聞かせようとした。もっとも、伯爵は――もちろん意識はせずにだろうが――王女を装い続けなければならない状況から救ってくれたのだけれど……。男性の友人がたくさんでき、招待状が次から次へと届いた。エミリーとグッデナフ氏は、次にどうするか決める前に、くつろいでシーズンをもう少し楽しむことにした。エミリーは、夫を見つけることをほとんどあきらめていた。その決断のおかげで、生きるのが楽になった。もう口をすべらせて下品な言葉遣いをすることもなくなり、そのうち常に気をつけていなくても自然に会話できるようになった。

エミリーの平穏を打ち破ったのは、よりによってリジー、スカラリーメイドのリジーだった。階段をきれいに洗って、外の石段をパイプ白土《はくど》で磨くのはリジーの仕事の一部だ。

だからある日の午後、エミリーがオックスフォード通りの店を見て歩こうと、ジョゼフを伴って屋敷を出たとき、玄関の外でリジーに出くわした。スカラリーメイドは、目の前の石段に本を広げて読みながら、夢見心地で石段を磨いているところだった。

リジーが、ぱっと立ち上がってお辞儀をした。

「その本を楽しんでるみたいね」エミリーは微笑んで言った。「誰が書いたの？」

「わからないんです、お嬢さま」リジーが答えた。「〝ある紳士〟としか書かれてなくて。すごくおもしろいんですけど、ちょっと辛ろつです」

「辛辣？　どんなふうに？」

「ええと、主人公はエミリアっていうチェインバーメイドで、ご主人さまの宝石を盗んでロンドンへ逃げるんです。そこで貴婦人のふりをして、貴族の紳士をだまして結婚しようとします。紳士は最初、エミリアの言葉遣いのちょっとしたがさつさに気づいて、疑うようになって――」

「ありがとう」エミリーはこわばった声で言った。「仕事に戻ってちょうだい」

後ろにジョゼフを伴って、さっそうとクラージズ通りを歩く。

ジョゼフは、小走りしなければついていけなかった。エミリーは混乱し、おびえていた。自分がロンドンに来てからのごく短い期間に、著者が登場人物のモデルとしてエミリーを使い、本を出版することなどほぼ不可能だとは気づかなかった。社交界の誰かが偽装を見破り、猫が鼠を見つめるように、どこかに座って自分を見つめているのだと思った。

しかし、オックスフォード通りに着くころには、動揺は静まっていた。ただの偶然、それだけのことだ。わたしは何も盗んでいないのだから。ピカデリーの〈ハチャーズ書店〉に行って、あの本を買い、何もかも思い過ごしであることを確かめよう。ジョゼフは心のなかでうめき、ピカデリーに戻るという突然の決定を疑問に思った。最初からそこをめざせば、あっという間に着いたのに。

〈ハチャーズ書店〉で、エミリーは本が売り切れだと言われた。タイトルがわからなかったが、最近出た〝ある紳士〟の本は、『身のほど知らず――あるいは生意気な使用人のうぬぼれた愚行』だけだと店員が請け合った。

　エミリーはクラージズ通りに戻った。ピカデリーから角を曲がったとき、ジョゼフが抑えた叫び声をあげるのが聞こえたが、いつものように足が痛いのだろうと考えた。この従僕はいつも、二サイズ小さい靴をはいていたからだ。こういう愚かなことをしているのは、ジョゼフだけではなかった。小さな足は貴族的だと見なされていて、ロンドンにはねじ曲がったつま先や扁平足があふれ、驚くほど多くの人が虚栄心のために苦痛に耐えていることを如実に物語っていた。しかし、ジョゼフが叫んだのは、ルークが六七番地の手すりにくつろいだ様子でもたれ、リジーに話しかけているのを目にしたからだった。

　ルークはふたりが近づいてくるのを見て、リジーに何か言ってから、六五番地の外階段を駆け下りていった。

　エミリーは、今では本が閉じられて石段の脇に置かれていることに気づいた。

「あなたの本、借りてもいいかしら？」近づいてきたリジーに尋ねる。

「もちろんです、お嬢さま」リジーがお辞儀をして言った。「あたしの本ってわけじゃありません。新しい本を読みたいときは、みんなでお金を出し合ってるんです。たいていは、古本を買ってます」

　リジーが本を手渡した。エミリーはぼそぼそとお礼を言った。扉をあけて押さえているレインバードの横をかすめて抜け、本をぎゅっと抱えて、急ぎ足で階段をのぼる。レインバードは驚きの表情で、その後ろ姿を見送った。笑顔も〝ごきげんよう〟もなく通り過ぎるのは、エミリー嬢らしくなかった。

エミリーはボンネットをすばやく脱いで、窓際の椅子に座り、本を読み始めた。

本に登場するメイドのエミリアは、エミリーとまったく同じ、暗褐色の髪と灰青色の目をしていた。エミリアは執事にそそのかされ手助けされて、女主人の宝石を盗む――〝品性の卑しさをあらわにするゆがんだ邪悪な顔を持つ男〟に。エミリーは、がっくりしながら続きを読んだ。著者の考えによると、使用人階級の人間は、必ず本性をあらわにしてしまう。生まれの卑しさと下等な血筋が、必ず詐欺師の正体をあばく。このエミリアが、きれいだが腹の底は陰険でふしだらな娘として描かれているだけでなく、本に登場する使用人はみんな、強欲でうわさ好きな告げ口屋として描写されていた。著者が、社交界の気取った態度と二重基準を同じくらいきびしく批判しているという事実は、おびえたエミリーの頭には入ってこなかった。エミリアの淫《みだ》らで素朴な情熱も、卑しい生まれの例として挙げられていた。著者によると、貴婦人は肉体的な衝動を何も感じないのが当然らしかった。

しかし、エミリーは感じた。ロマンチックな切望や、ときには不埒《ふらち》なほどの夢のすべてが、今では自分の貴婦人らしからぬ性質の一例のように思えた。どうやら貴婦人というものは、どこかの男性の財産を増やすために結婚し、子どもを産むらしい。情熱のなすがままになる女性は、下層社会か、高級娼家にいるものなのだ。

レインバードがときどき扉を軽くたたき、どこどこの紳士がご挨拶のため階下でお待ちですと告げたが、エミリーは毎回、頭痛がすると答えた。この本を読み終えるまでは部屋を出たくなかった。

本はかなり短く、少なくとも三巻は続くたいていの小説とは違って一巻しかなかったが、エミリーはゆっくりていねいに読んだ。

読み終えるころには、誰かが自分とグッデナフ氏のことを知っているのだと確信していた。屋敷を眺めてあざ笑っている顔が見えるのではと疑うかのように、窓のところまで歩く。

本をグッデナフ氏に見せようかと迷ってから、やめることにした。この不安の重荷には、ひとりで耐えなくてはならない。グッデナフ氏は気が弱い。それに卒中を起こして以来、疲れやすくなっていた。

ふと、フリートウッド伯爵のいたずらっぽい目がこちらを見返したような気がした。訪ねてくる紳士たちは、心からの敬愛を示してくれる。伯爵だけが、まるでエミリーのどこかにおもしろいところがあるかのような目で見るのだ。

それに、フリートウッド卿は訪ねてこない！

突然、エミリーはもう一度伯爵に会って、ロンドンに自分の正体を見破る人はおらず、元チェインバーメイドがロンドン社交界をだまして貴婦人になりすましているという本が出たのは偶然であることを確かめたくなった。

しかし、もう一度会うにはどうすればいいのだろう？　もちろん、招待されているたくさんの社交行事に出席し続けていれば、どこかでばったり会うはずだが、あまりにも不安で待てそうになかった。

フリートウッド卿は、不意打ちの夜会を開いた。だったら、わたしだって不意打ちの晩餐会を開いていいはずだ。エミリーは紙を一枚引き出し、羽根ペンを削ってから、フリートウッド伯爵の名前を含む招待客のリストをつくり始めた。


「ぼくたちの新たな美女は、自分の力にかなり自信があるらしいな」翌日、フィッツがぶらぶらと応接間に入ってくると、フリートウッド卿は言った。「あすの晩に行われる不意打ちの晩餐会に呼び出された」

「ぼくもだよ」フィッツが言った。「絶対に出席するつもりさ。きみはどうする？」

「行くよ、きっとおもしろいだろう。なんと、フィッツ。さっぱりしたな！」

「ぼくはいつだってさっぱりしてるよ」フィッツが、頑固者らしくひどく頑固に言った。

「でも、親友よ、まったく化粧をしていないじゃないか！　それに、上着の肩がふつうの高さだよ」

フィッツが悲しげな笑みを浮かべた。「あの王女の仮装をしたことで、過剰に着飾る癖が直ったんだよ。今じゃ、ぼくの従者が、ロンドンでいちばん高い襟とパッドが最も厚い上着を自慢にしてる」

「とても人間らしくみえるよ。新しいフィッツに慣れるのに、しばらく時間がかかりそうだ」

「きみが本のなかでぼくを茶化したせいでもあるんだぞ。フォップワーシー卿がぼくだと、すぐにわかったからな」

「きみを笑い物にしようなんて、夢にも思わないよ！　悲しいかな、誰もがぼくの本のなかに自分を見つけるのさ。でも安心してくれ、登場人物はみんなぼくの想像の産物で、個人的な知り合いは誰ひとりモデルになっていない」

「だけど、誰もそんなこと信じないよ！　それにみんな、メイドのエミリアの正体を憶測し始めてる」

「すぐに、別の何かについて憶測するようになるさ」

「じゃ、小説での稼ぎを祝って、何をするつもりだい？　パーティーを開くか？」

「いいや。初回の報酬は、トットヒル・フィールズの救貧院に送ったんだ。収容されている人の食事の改善に使うようにという指示をつけてね」

「きみもおめでたいやつだな。その金は、委員会のポケットへと消えてしまうよ」

「いや、彼らにその勇気はないだろう。ぼくが突然の訪問をするという意地の悪い癖を持っていることを、知っているからね。変装して行ったことまであるんだよ。第一作の収入を送ったとき、委員会は小さな少年を通りの角に配置して、ぼくが救貧院に来たら警告させ、訪問のあいだだけ収容されている人にまともな食べ物を与えていたんだ。幸い、救貧院のなかに読み書きのできる男がいて、何が起こっているのかを伝える手紙を苦心して送ってくれた。彼は、今ではぼくの馬丁になっているよ。じつを言うと、しばらくのあいだその男を救貧院に残して、指示がきちんと実行されていることを確認したんだけどね」

「きみが慈善家だとは知らなかった」フィッツが決まり悪そうに言った。「いや、とても立派なことだとは思うが、あまり現実的ではないな。ああいう人たちは、みずから貧しくあろうとしてるんだ。それに、肉を与えすぎると、革命的な思想をいだくようになる。もしフランスに栄養状態のいい市民階級の連中がいなかったなら、革命は起こらなかっただろう。農民は腹が減りすぎてて、次の食事のこと以外考えられなかったからね」

「フィッツ、きみの言うことは大げさだよ」

「そんなことないさ」フィッツがかたくなに言った。「人は生まれ落ちたその日に、定められた身分を与えられるんだ。きみは全能の神にけんかを売ってるんだよ。それに、きみは本のなかであのチェインバーメイドを笑い物にしてるじゃないか。下層の連中が這い上がろうとすればああいうことが起こるという、万人に対する教訓だろう」

「なあ、フィッツ、きみはぼくに、ずっと前からわかっていた事実を確信させたのかもしれないな――つくづくばからしい本を書いたってことを。ぼくは作家ではない。ちょっとした文学愛好家にすぎないんだ。書くのはすごく楽しかったし、そのときはすべてがおもしろく思えたんだが、正直に言うと、先日読み直してみたら、才能より虚栄心にあふれた社交界の誰かが書いた、あのあきれるほどつまらない作品のひとつを読んでいる気がしてきた」

「でも、ものすごくおもしろかったよ！　ロンドンじゅうが早くも、バイロンに対するきみの風刺について話してる」

「ほら、また始まった！　バイロンのことなど考えてもいなかったよ。ぼくのばかな本のことは忘れてくれ。それより、グッデナフ嬢のことが気にかかる」

「きみはプリニーの前で、彼女に結婚を申し込んだようなものだからな」

「なぜあんなことを言ったのかわからない」フリートウッド卿は力なく言った。「少し動転していたし、彼女がとても……愛らしく思えたんだ」

「だけどきみは、ただの美女では満足しないんだろう。彼女と結婚したと仮定してみろ。あの下品な言葉遣いに我慢できるはずないよ」

「彼女は、善良な心の持ち主だと思う」

「弟のハリーから連絡はあったか？」

「ぼくの弟とグッデナフ嬢に、いったいなんの関係があるんだ？」

「急に思い出したんだよ。ハリーはいつだって、どこかの女性に猛烈に恋してただろう」

「いや、連絡はないよ。どうやら今も第八十七重騎兵連隊の大尉のままで、たぶん半島で出会ったあらゆるスペインのお嬢さま《セニョリータ》に恋する気満々だろうな」

「〈ホワイツ〉で何人かの仲間と三番勝負をする予定なんだ。きみも来るかい？」

「いや、ぼくはいい。グッデナフ嬢との刺激的な晩餐だけで、一日の予定としてはじゅうぶんだよ」伯爵は言った。

　フィッツが帰ると、入れ替わりにほとんどすぐさま、姉のオタリー夫人が訪ねてきた。フリートウッド卿は心から、姉が来る前にフィッツといっしょに逃げればよかったと思った。

「わざわざお越しいただいたのはどういうわけでしょう？」伯爵は尋ね、毎度のことながら、姉はいつもなんて意地悪く不機嫌な顔をしているのだろうと考えた。

「醜聞よ」オタリー夫人が言って、シェラトンの椅子に重い体をどすんと預けた。「見知らぬ女に結婚を申し込んだそうじゃありませんか」

「夜会を開いて、冗談を言ったんです。それだけのことですよ」

「聞いた話とは違いますね」オタリー夫人が鼻を鳴らした。「グッデナフとかいう女が、あなたの注意を引いたんですって。どこの馬の骨とも知れない女に入れこんで人生をむだにする前に、自分の名前にどんな栄誉が伴うのかを思い出してちょうだい。今シーズンになるまで、あんな小娘は誰も知らなかったんですから」

「再婚するつもりがあれば、自分ひとりで調べますよ、メアリー。もしそれを言うために来たのなら、もう言ったんですから、どうぞお帰りください」

「そのグッデナフ嬢には、ろくに財産もないはずよ」オタリー夫人がひるみもせずに言った。「でなければ、なぜクラージズ通りのあの不運な屋敷を借りたんでしょうね？　誰でも知っているとおり、あそこに借り手がつくのは、単にばかばかしいほど家賃が安いからですよ」

「ぼくは財産には興味ありません。じゅうぶんに持っていますから」

「あなたひとりの身には多すぎるくらいにね」姉が鋭い口調で言った。

心のなかの意地悪な小鬼が、伯爵をけしかけてこう言わせた。「じつはね、メアリー、グッデナフ嬢は本当に並外れた人なんです。結婚するのも悪くないかもしれない。それに、ぼくはグローヴナースクエアの家を取り戻さなくてはならない。あなたはいつでも、こっちに住んでいいんですよ」

「でもここは、上流階級の人間が住む地区とはほど遠いわ！」

「とんでもない。この地区の評判は上がっているんですよ。パークレーンはどこから見てもきちんとした住宅街です。そんなに体裁を気にするなら、なぜレディ・メアリー・オタリーときちんと称号を使わないんです？」

「夫がわたくしに称号を使わせたがらないことは、よくわかっているでしょう」

「そして、親愛なる義兄殿はとても裕福だから、従わなければならないんですね。そのくせ、義兄《にい》さんは、ぼくの屋敷に住むことに自尊心が傷つきはしないらしい。もうあとに引く気はありませんよ、メアリー。姉さんが来てくれたおかげで、自分だけのとても立派な屋敷があるのに、シーズンのための屋敷をわざわざ借りる必要はないことを思い出しました。グッデナフ嬢も、きっと姉さんと同じ意見だと思いますよ。パークレーンより、グローヴナースクエアのほうがずっと気に入るでしょう」

「あなたはふざけているのよ。その結婚とかいうたわごとは、ぜんぶ冗談でしょう。わたくしをいらいらさせたいだけなんだわ！」

「そしてすごくうまくいった……ならうれしいのですが」夫人の弟は言った。「どうぞお帰りください、メアリー。でないとぼくは、発作を起こすかもしれない」

しかし、発作を起こしそうなのはむしろオタリー夫人のほうだった。猛然とパーク通りに飛び出す――絶対にパークレーン側を歩く気にはなれなかった。成金どもがうろつく街路だと考えていたからだ。

　オタリー夫人は御者に、クラージズ通りへ向かうよう命じた。

　ほどなく、レインバードがレディ・メアリー・オタリーの到着を告げた。オタリー夫人が称号を使うことに決めた、ただ一度の機会だった。

　エミリーが表の居間で春の花を生けていると、オタリー夫人が案内されて入ってきた。エミリーは、けんか腰の訪問者に座るよう勧めた。オタリー夫人は、レインバードがリキュールのグラスを置いて下がるまでじりじりと待ってから、攻撃を開始した。

「先ほど聞いたのですけど、グッデナフ嬢」ひと呼吸置いて続ける。「わたくしの弟が、あなたに結婚を申し込むつもりだとか」

「弟さん……？」

「フリートウッドよ」

「夜会で何かおっしゃってましたけど」エミリーは言った。「ただの冗談ですわ。そのあとはお会いしてません」

　オタリー夫人は、ゴクゴクと大きな音を立てて一気にリキュールを飲み干し、膝にのせた巨大なレティキュールをつかんで、貫くようなきびしいまなざしでエミリーをにらんだ。目つきにこめた力で、この娘のはっとするほどの美しさを少ししぼませられないかと願うかのように。

「そのとおりならいいんですけどね」オタリー夫人が言った。「あなたのため、あなたの人生のために、そのとおりならいいと思うわ」

エミリーは、この貴婦人が心底嫌いになっていた。「わたしを脅してるんですか？」と尋ねる。

「あらいやだ、まさか！」オタリー夫人は陽気な笑い声をあげようとしたが、その響きは楽しげどころか、さびた門が冬の夜に強風できしる音のようだった。「弟はとても嫉妬深い男で、危険なほど気分が変わりやすいの。ああ、かわいそうなクラリッサ！」

エミリーは柔らかい唇をぎゅっと結び、クラリッサとは誰なのかという質問は絶対にしなかった。

「フリートウッドの奥方よ」オタリー夫人が、まるで質問されたかのように言った。「殴り殺されて、遺体で発見されたの。フリートウッドは、つるし首にならなくて幸運だったわ」

「ご自身の弟さんであるフリートウッド卿が、殺人犯だとおっしゃりたいのですか？」

「あら、そんなことは言っていなくてよ」オタリー夫人が言った。「ここへ来たのは、ほかのかたがたがどう言っているかをあなたに教えるためですの」

しかし元使用人であるエミリーは、昨シーズンにフリートウッド卿が興味を示した若い貴婦人ほど、だまされやすくなかった。

屋敷の主人がまだ人をもてなすだけの元気があったころ、チェインバーメイドとして、たくさんの悪意に満ちたうわさ話を聞いていた。そのほとんどは事実に反していて、使用人を耳の聞こえない連中と思っているらしい紳士淑女がでっち上げた話だった。エミリーは、伯爵の姉を少しも好きになれなかった。

まばゆい笑みをオタリー夫人に向ける。「まあ、レディ・メアリー」さざ波のような笑い声をあげて言う。「弟さんの奥方が、まだ生きてるとおっしゃるのかと思いましたわ！ ほっとしました。これで、彼の求婚を安心して受けられます」

「だけどあなた、弟がなんの関心も示していないと言ったじゃないの！」

エミリーは大きく息を吸った。数秒のあいだに、社交界の誰にも、二度とおびえたりしないと決めた。おびえるのはもううんざりだった。彼らもただの人間だ。感じのいい人もいれば、オタリー夫人のように意地悪な人もいる。

「冗談でしたの」エミリーは言った。呼び鈴を鳴らす。「ごきげんよう、奥さま。もうお会いすることはなさそうですけど……もちろん、フリートウッドが結婚式にあなたをご招待したいと思えば別ですわ」

オタリー夫人が、釣り上げられた鯉《こい》のように口をぱくぱくさせた。

この小娘は、いかにも無邪気に見えたし、確かにオタリー夫人が部屋に入ってきたときにはおどおどしていたのに、今では最悪なときのフリートウッドと同じくらい、人を小ばかにした態度でおもしろがっているようだった。

レインバードが戸口に現れた。「奥さまはお帰りです」エミリーは言った。「外までお送りして」

オタリー夫人は、捨て台詞《ぜりふ》を残さずに退場するのは嫌いだった。今回もこのまま退場するつもりはなかった。はあはあと息を切らし、体をふくらませ、目を見開いて、気力を奮い起こし、罵倒を浴びせようとした。

しかし、極度の倹約が、失敗を招くことになった。多くの貴族と同じく、オタリー夫人にはけちなところがあった。通りかかる掃除人に金を払わずに靴を泥でよごすほうを選ぶ者もいれば、ワインを水で薄める者もいるし、侍女を昼も夜も働かせて昨年流行した服を今年の新作に作り替えさせる者はさらに多かった。オタリー夫人は、コルセットをけちっていた。胴回りを囲んでいる巨大な鯨《くじら》ひげ――コルセットにふさわしく、婚礼の日以来同じもの――は最初、圧力を受けて不吉なぎしぎしという音を立てた。それから、一本の鯨ひげの芯が、着古した生地から弾け飛び、夫人のだらりと垂れた左側の胸にまっすぐ突き刺さった。

オタリー夫人の顔が、暗赤色になり、次に蒼白になった。恐ろしい痛みを和らげるには、刺された胸を両手で持って押し上げるしかなかった。口を開こうとしたが、今味わっている屈辱はあまりにも強烈だった。まるでプディングを抱えるように、大きな胸を両手で抱え、オタリー夫人は外へ飛び出した。

「あれは侮辱なのかしら、レインバード？」執事が玄関扉を閉めて戻ってくると、エミリーは尋ねた。

「侮辱とは、お嬢さま？」

「ほら、人をばかにするしぐさ――指を鼻に当てるみたいな。奥さまはご自分の……ええと……を両手でつかんで、そうしながら恐ろしい顔色になって、こちらをにらみつけてたのよ」

「いいえ、お嬢さま。おそらく発作を起こされたのです。たいへん多くの貴婦人が、脾臓《ひぞう》を悪くしていらっしゃいます。わたしの記憶では……」

「あの人のことは、もういいわ」エミリーは急いで言って、できるだけ早くオタリー夫人の訪問を忘れてしまおうとした。「あなたとミドルトン夫人とマグレガーに相談があるのよ。あすの晩、不意打ちの晩餐会を開くつもりなの」

「かしこまりました」レインバードが言った。「すぐに彼らを呼んでまいります」

ほどなく、ミドルトン夫人、レインバード、アンガス・マグレガーはせわしなくメニューを検討し始めた。最初マグレガーは、料理人としての才能をひけらかす機会に大喜びし、すべてに対してやる気満々だった。しかし、レインバードとエミリーが、ミドルトン夫人には晩餐会のあいだも付添い人を務めてもらうのがいちばんだと決めたとき、アンガスは押し黙っていた。

エミリーはレインバードとの話し合いを終えて、料理人を振り返った。どこもかしこも赤いわ、とエミリーは思った。白い頭蓋帽《ずがいぼう》の下から飛び出た真っ赤な髪、真っ赤な顔……。

「アンガス!」ふと気づくと、レインバードが驚いて声をかけていた。「だいじょうぶか?」

「すごく暑いんだ」アンガスが言って、額に手を当てた。「なんだか急におかしくなった」

「部屋に戻って、横になったほうがいいかもしれないわ」エミリーは心配になって言った。

「あしたには元気になってもらわないと」

「はい」アンガスが言った。立ち上がったが、そこに立ったままふらふらしている。レインバードが腰に腕を回して支え、戸口まで連れていった。すぐに、ふたりが階段をのぼる音が聞こえてきた。

「どうしましょう」ミドルトン夫人が言った。「あしたにはアンガスの具合がよくなるといいんですけど。彼の料理帳があって、わたしでもどうにかお食事を料理できると思うんですけど、まったく同じというわけにはまいりませんわ、お嬢さま。だって……女の料理人だなんて！」

「そうね」エミリーはしょんぼりと言った。そのくらいは、使用人時代に学んでいた。ひとかどの人間は誰も、女の料理人は雇わない。

上階では、レインバードがアンガスをベッドに寝かせ、熱を下げるなんらかの粉薬を持ってくると約束していた。料理人の熱はますます上がっているようだった。しばらくして、レインバードは階段を下りていった。最初の踊り場にグッデナフ氏が立ち、壁に掛かった古い鏡をのぞいてクラヴァットを直していた。

ひどく粗悪な鏡で、人の姿が、気の毒なグッデナフ氏の実際の顔くらいゆがんで映るのだった。レインバードは、グッデナフ氏の肩の向こうをちらりと見て、身をこわばらせた。

鏡に映った執事の顔はゆがんでいたが、古い鏡は、グッデナフ氏の容貌に逆の効果を及ぼしていた。奇妙なほどまっすぐ整っていて、卒中を起こす前と同じ顔に見えたのだ。

こうして、レインバードは以前にどこでグッデナフ氏を見たのかを思い出すことになった。何年も前、レインバードがトランピントン卿の屋敷で従僕をしていたころ、主人が北へ旅する途中で、サー・ハリス・ジャクソンという人の屋敷に立ち寄ったことがあった。サー・ハリス・ジャクソンの執事、スピンクスは、若く未熟な従僕だったジョン・レインバードにとても親切にしてくれた。いったいどうして、スピンクスは紳士になりすましているのだろう？　そして、あの姪は何者なんだ？

「どうかしたのかね、レインバード？」グッデナフ氏が振り返って尋ねた。

「いえ、ご主人さま」レインバードは静かに答えた。「なんでもございません」

# 8

汝はわが心のよりどころだ、メイフェアよ！
あちらでは偉大なる人が土地の空気を吸い、
あちらでは栄光に包まれた上流の人が座り、
いまだ一カ所たりとも庶民に汚されてはいない。
われらは汝の境界を定め、汝を豊かで愚かにする
ピカデリーそばの通りに沿って

――作者不明

なんという日！

エミリーは食卓を見下ろし、ついにやってのけたことが信じられずにいた。客たちは席に着き、食事はすばらしかった。

自分とミドルトン夫人とグッデナフ氏、伯爵とフィッツジェラルド氏のほかには、ジャマーズ卿と奥方、アグネスビー卿、少し年上のふたりの独身女性、ハリエット・ジャイルズ

－デントン嬢とベッシー・プラムトリー嬢がいた。ジャマーズ卿夫妻は、さまざまな社交行事で会ったとき気さくに話しかけ親切にしてくれたし、アグネスビー卿は無害に思えたし、プラムトリー嬢とジャイルズ－デントン嬢は、何人か若い貴婦人も招待したほうがいいからという理由で、ずらりと並ぶデビューしたての令嬢のなかから選ばれた。そしてエミリーは一瞬たりとも、自分の競争相手として劣るとひそかに考えているからふたりを選んだとは認めなかった。ジャイルズ－デントン嬢は穏やかで色が白く、まとまらないブロンドの髪をしていて、プラムトリー嬢は怒った顔つきの小柄な茶色の髪の女性で、シーズンが不成功に終わるたびにますます怒った顔つきになっていくのだった。

昼間はあわただしかった。アンガス・マグレガーのために医者が呼ばれた。アンガスは瀉《しゃ》血《けつ》をされ、熱は下がったが、ひどく体が弱っていた。地階まで抱えられていき、厨房の床に置いた間に合わせのベッドに寝かされると、そこからか細い声で、大あわての仲間たちに料理のつくりかたを指示した。ミドルトン夫人は、自分が芸術性の高い料理に対するまれな才能を持っていることに気づいた。びくびくおろおろしながら忙しく働いていたが、臆病な家政婦がこれほど自分の価値を実感できたのは初めてだった。客が到着する直前に、レインバードがミドルトン夫人を階上に行かせ、ドレスに着替えてエミリーの付添い人として客を迎えるように命じた。

エミリーは、白いモスリンに金の鍵型の刺繡が施された古典的なギリシャ風ドレスをまとった堂々たる姿で、食卓の一方の端に着き、もう一方の端にはミドルトン夫人が着いた。

客たちがもりもりと食べ、ソースのおいしさに感嘆の声をあげ、アグネスビー卿が料理人の名前を尋ねて、答えを知ると、こんな天才的な料理がつくれるのは男だけだと断言し、そうこうするうちエミリーは、初めて上流社会の一員になれたような気がし始めた。外へ広がっているメイフェアが、頭のなかでは居心地のよい広さの優雅な村に縮まっていた。今のわたしは、その村に属している。オタリー夫人の訪問中に、エミリーのなかで何かが起こった。気後れと恐れの大部分が消えてしまった。この晩餐会を取り仕切って――成功させたのだ。そう考えたとき、確かにエミリーは社交界の仲間入りをしたのだった。なぜなら、その成功がほぼ完全に六七番地の使用人たちのおかげであることを、少しのあいだ忘れていたからだ。大小問わずあらゆることについて彼らに助言をもらい、何を着て何を話せばいいか教えてくれるミドルトン夫人に頼ることにすっかり慣れていたので、おずおずしたはにかみ屋のエミリーは過去の姿になり、使用人の手助けを当たり前のことと思うようになっていた。

しかし、あの本に対する不安は、頭の隅に引っかかっている小さな心配ごとになってはいたものの、まだそこにあった。最初の数皿が運ばれるあいだ、エミリーはフリートウッド伯爵と当たり障りのない話をしていたが、カスタードの海に浮かべたプディングが出てくると、軽い口調で言った。「伯爵さま、出版されたばかりの、チェインバーメイドが主人公の本を読みましたか？　著者は名前を出す勇気がなくて、ただ扉に〝ある紳士〟とだけ書いてますの」

「その本なら、読みました」フリートウッド卿が答えた。「あなたも読んだようですね。どう思いましたか？」

「すごくおもしろかったです」エミリーは言った。「でも、とてもありそうにない話でしたわ。あんなによこしまな使用人たちがいるなんて信じられませんし、あの本に書かれてたような人たちに現実に会うことがあるとは思えません」

「すばらしい！」伯爵が言った。「ほとんどの人は、あの平凡な作品の登場人物が、おそらくみんな架空の人間であることを理解していないようなんです」

フリートウッド卿は、エミリーの緊張が薄れていったことに気づき、自分が何か安心させるようなことを言ったのだろうかと不思議に思った。エミリーは、社交界の人々が信じたとおりの王女に見えた。美しく、しとやかだ。がさつな言葉遣いもまったくしない。落ち着いて、自信に満ち、女主人役をみごとにこなしていた。しかしフリートウッド卿は、用心深い動物のような目にいわく言いがたい何かを湛《たた》えていた別のエミリーも、鮮明に憶えていた。何がこの変化をもたらしたのだろう？　もしかすると、ロンドンに到着したころは田舎臭さが抜けていなかったせいかもしれない、と伯爵は考えた。ふと気づくと、エミリーは会話を伯爵の本の話題から移して、最近の『魔笛』の上演をどう思うかと尋ねていた。

「それなりにいいですよ」フリートウッド卿は答えた。「と言っても――聞いた話ですが」

「いくつかの曲はとても美しくて、涙が出ました」エミリーは言った。「でも、モーツァルトが『古きイングランドのローストビーフ』をつくったなんて信じられないわ」

「演出家がオペラのなかに何曲かイギリスの流行歌を挟みこんで、観客がいっしょに歌えるようにするんですよ。それで、オペラの夕べが、むしろ〈コールホール〉の夕べみたいになるんです」

エミリーが戸惑った顔をしたので、伯爵は説明した。「〈コールホール〉とは、ストランドにある居酒屋で、人気のバラッド歌手や、いろいろな芸人のショーがあります」

「もしロンドンに、音楽を愛する人のためのオペラハウスがあったらすばらしいでしょうね」エミリーがあこがれをこめた表情で言った。「単に行くのが流行だからという理由で行くのではない劇場が」

フリートウッド卿はびっくりした。「あなたは変わった人ですね、グッデナフ嬢」反対側に座っているジャイルズ－デントン嬢を振り返って言う。「グッデナフ嬢は、音楽を愛する人のためだけのオペラハウスが欲しいそうです」

ジャイルズ－デントン嬢は、〝澄ました態度〟を取った。それは、作家に霊感をさずけようかどうしようかと熟慮している知恵の女神ミネルヴァのポーズだった。目を見開いて、一本の指を額の中央に当てている。伯爵は辛抱強く待った。

「貴婦人は、音楽に興味を持つべきじゃありませんわ」ようやくジャイルズ－デントン嬢が発言した。「衣装のほうが大切です……それとダンス」

「だったら、なぜ衣装やダンスを見せびらかすのは〈オールマックス〉にとどめて、オペラをそっとしておいていただけないの？」エミリーは声を張り上げた。

「おやおや」アグネスビー卿が寛大な口調で言った。「学識をひけらかす女とでも思われたいのかな、グッデナフ嬢」

「そのうち知的なことが流行するようになりますわ」エミリーは言った。

「ご婦人は、そうはいきません」アグネスビー卿が言った。「ぼくたちはご婦人を崇めます。彼女たちのために死にます。小さなかわいいものたち」コチニールで赤く染めた自分の指にキスして、空中で振る。「どこかの天使が無邪気なおしゃべりで元気づけてくれなければ、われわれ紳士はどうやって人生のきびしい現実に立ち向かえるだろうか？」

フリートウッド卿以外の全員が、同意のつぶやきを漏らした。伯爵は皮肉っぽく口もとをゆるめた。アグネスビー卿は、どんな婦人よりかわいい少年のために死にたいと思うだろうというわさがあったからだ。ミドルトン夫人はぎこちなく咳をして、エミリーがばかなまねをしないよう、危険を知らせる合図を送った。

エミリーは強情に、プディングの残りを見下ろしていた。

「同意していないようですね」伯爵が言った。

「ええ、してません」エミリーは答えたが、伯爵だけに聞こえるよう声を低くした。「きれいなドレスを着るのも、褒めていただくのも好きだけれど、本と音楽も好きだわ。それのどこが悪いの？」

「社交界の見るところでは、どこも悪くない――ただし、読書の範囲を、さっき話した本みたいなつまらないものにとどめておくならね」

「まあ、いやだ」

「伝奇小説《ロマンス》は読むのかい？」

「最近はあんまり。貴婦人や軍隊の将校のために書かれた有害な本だと思うわ。愛を人生のいちばんの目的にして、せっかちな婚約や不幸な結婚の原因になってるに違いないんだもの。でも、騎士道精神はまったく別よ。きっと多くの人が、ドン・キホーテの高潔さを吸収できるはずだわ。彼の狂気には染まらずにね」

「きみの言うとおりだ。でも今この瞬間には、正直なところ愛がとても重要に思えるよ」

エミリーは伯爵の目をのぞきこみ、自分のまなざしがとらわれてしまうのを感じた。夢のなかで味わったあの淫らで下品で貴婦人らしくない感覚が、体に広がり始めた。

「それと、新聞ね」エミリーは息を切らして言った。「何紙も読んでるわ」

「今はたくさん出ているね。混乱してしまうほどの数だ」フリートウッド卿が、まったく別のことを言っているかに聞こえる、撫でつけるようなかすれ声で言った。

「あらゆる新聞についての詩があるわ」エミリーは震え声で笑いながら、視線を伯爵から引きはがした。「出だしはどんなだったかしら？　そう、思い出したわ。

ああ！　ああ！　《世界《ワールド》》はすっかり滅びた！
《太陽《サン》》は夕方に出てきて
少しの光も与えない。
哀れな《アルビオン》はもはやなく、

《宵の明星《イブニング・スター》》は昇らず、
《真の英国人《トゥルー・ブリトン》》は嘘しか言わず、
《ブリティッシュ・プレス》を発禁《サプレス》にしたとて
なんの害もありはしない。
《時間《タイムズ》》が修復してくれる希望はない、
それにかまいはしないのだ、
たとえ《地球《グローブ》》が終わりを迎えても」

「なかなか気の利いた風刺詩だね」フリートウッド卿が言った。「でも長さが足りないな。イギリスでは少なくとも二百五十紙が発行されている。それらすべての新聞についての詩が想像できるかい？」

フィッツは、会話するふたりの表情を妬《ねた》ましい気持ちで眺めた。ふたりが何を言っているのかは聞こえる――新聞の話をしている――が、目はまったく違う会話を続けているように見えた。エミリーについて軽い調子でそっけなく話しておきながら、こっそりすべての男を出し抜くとは、いかにもフリートウッドらしい。フィッツは、エミリーの愛情を得るチャンスについて真剣に考え始めていたのだった。とても美しかったから、あまり希望があるとは思えなかった。しかし友人があんなに露骨に淫らなやりかたで言い寄っているのを見ると――たとえ今話しているのが文芸雑誌についてだとしても、フリートウッドがやっているのはそういうことだ――フィッツの胸に激しい競争心がわき上がってきた。もしエミリーが、フィッツの到着時に名前が告げられたのを聞いていなかったので、さっぱりと化粧を落とした新しいフィッツを、代役として連れてこられた伯爵の別の友人だと思いこみ、誰だか気づくのに二時間かかったと知ったなら、驚いて落胆したことだろう。

テーブルの向かいでは、ハリエット・ジャイルズ＝デントンとベッシー・プラムトリーが不機嫌な顔を見合わせた。どちらも、来なければよかったと考えていた。社交界への侵入者の引き立て役にされるのは、屈辱だった。エミリーが侵入者であることを、ふたりは確信していた。グッデナフ家など、うわさに聞いたこともない。あの女が王女だとかいうたわごとが広まったが、すぐに騒ぎは収まった。嫉妬がふたりの観察力をすばらしく鋭くしていた。エミリーの話しかたははっきりしていて訛りもほとんどないが、フランス語を差し挟むことも、デビューしたての令嬢のあいだで最近流行している舌足らずな赤ちゃん言葉を使うこともなかった。急進的といえるほどの、ひどく奇妙な意見の持ち主だ。ふたりは、エミリー・グッデナフ嬢をジャコバイト（現在の王家を否定し、ジェームズ二世の子孫を王とするスチュアート朝復活を望む勢力）ではないかと疑っていた。

フリートウッド卿は、エミリーと話すうちに、部屋のほかの部分が消えていく気がした。見えているのはエミリーだけだった。本当は何者なのだろうとぼんやり考えたが、ほとんどすぐさま、そんなことはどうでもいいと自分に言い聞かせた。たいていの貴族と同じく、伯爵も何かを強く望むと、極端なほどひたむきに突き進むところがあった。

晩餐会が終わって、彼女がすっと優雅な動きで立ち上がり、貴婦人たちを階下へ導いて、今夜は応接室という格式の高い名前を与えられた表の居間に案内するころには、この世で何より欲しいものはエミリー・グッデナフ嬢だと悟った。

貴婦人たちが応接室に入るとすぐ、プラムトリー嬢とジャイルズ－デントン嬢がエミリーに、奥の居間にあるスピネットで何か弾いてちょうだいと頼んだ。エミリーは楽器を習ったことがなかったので、助けを求めてミドルトン夫人をちらりと見た。

「わたしが弾かせていただきますわ、お嬢さまがた」ミドルトン夫人がきっぱりと言った。何年も弾いていなかったので、席に着いて楽譜を見たとき、右手の動きはよく憶えていたが――左手をどうすればいいのかわからず狼狽《ろうばい》した。

ミドルトン夫人はおぼつかない手つきで鍵盤をたたき、エミリーはレディ・ジャマーズのとなりに座って、先日見たある演劇について長々と詳しく語り始めた。

ベッシー・プラムトリーとハリエット・ジャイルズ－デントンは、エミリーがかなり不器量だという満足な結論にもうすぐ達しそうになっていた。人はどこかの女性に嫉妬するとき、相手と張り合うだけでなく同時に相手を見下し、そのせいで嫉妬という感情の弊害に自分ではほとんど気づけなくなる。エミリーの目の輝きと大きさはベラドンナの葉の汁（瞳孔を開かせる作用があり、かつて女性が目を大きく美しく見せるために点眼した）を使ったから、ウエストの細さはコルセットのおかげ、つややかな髪はかつら、とふたりは判断した。

紳士たちはそれほど長く食堂にとどまっていなかったが、ベッシーとハリエットがエミリーには並外れたところはひとつもないという結論を得るにはじゅうぶんな長さだった。だから、ハンサムな伯爵が、部屋に入ってきたとたんエミリーのところへまっすぐ向かったことにびっくりした。

フィッツはベッシーとハリエットに話しかけようとしたが、目はずっとエミリーと伯爵に釘づけになっていた。何を話しているんだろう？　エミリーに声をかけ、馬車での外出に誘う機会はあるだろうか？　そしてエミリーは今、フリートウッドをあんなに驚かせるような何を言ったのだろう？

エミリーは今、伯爵の姉が訪ねてきたことを話したのだった。

「わかっているさ」フリートウッド卿が怒りをこめて言った。「ぼくが殺人犯だときみに警告しに来たんだろう」

「ええ、そうよ」エミリーは言った。

「そして、きみは信じた」伯爵が苦々しい口調で言った。それは質問ではなく断言だった。

「いいえ」エミリーは言った。「わたしはうわさ話を聞くより、自分の目で人を判断するほうがいいわ。だって、自分に対してもそうしてもらいたいから」

「きみは、人を無条件に信頼できるのか？」

「ええ、ある程度は」

「ぼくと結婚してくれないか、グッデナフ嬢？」

ふたりは窓のそばに立っていた。エミリーはカーテンをつかんで体を支えた。

「まあ、ふざけてらっしゃるのね、伯爵さま」

「違う。ぼくは恐ろしく真剣だ。結婚してくれるかい？」

エミリーは伯爵の青い目と端整な顔をじっと見上げ、はいと答えたくてたまらなくなった。

「結婚が怖いんです」そわそわとカーテンを引っぱりながら言う。「わたしはロマンチストすぎるんでしょうけど、お腹立ちのお姉さまがたや、婚姻前契約や、時間のかかる取り決めは、ぜんぜんロマンチックじゃないんですもの」

「特別許可証で結婚して、正式手続きはぜんぶ省こう」フリートウッド卿が即座に言った。

ちょうどそのときフィッツが近づいてきたが、伯爵はすばやく怒りのまなざしを投げ、エミリーはそちらを見もしなかった。

フィッツはむっつりとして歩み去り、ベッシーとハリエットに興味を示そうとした。

「でも、新聞で発表すると、騒動が起こるわ」エミリーは言った。

「だったら、結婚式のあとで、結婚を発表しよう」

エミリーは、震える笑い声をあげた。「こんなことが起こるなんて信じられない。わたしのことなんて、何もご存じないでしょう」

「きみが姉を信じずにぼくを完全に信頼するつもりなら、ぼくはきみの最高の部分だけを信じるつもりだよ。結婚してくれ！」

「ああ、そんな、無茶だわ……あなたは叔父さまの許しを得なくてはだめよ。それに、わたしたちはどこに住むの？」

「どこでもいいさ。田舎に屋敷があるし、ヨークシャーには狩猟小屋、スコットランドには崩れかけた城もある。グローヴナースクエアの屋敷なら喜んで姉を追い出すし、パークレーンの貸家か――」

「ここでもいいわ」エミリーは抑えた声で言った。

「ここだって！　いやはや、エミリー嬢！」

しかしそのときやっと、六七番地のお屋敷つきの奇妙な使用人たちがどれほど支えになってくれているかが、エミリーにもわかってきた。どうしたらそんなに唐突に、見知らぬ新しい屋敷の使用人たちに向き合えるだろう？

フリートウッド卿が肩をすくめた。「お望みなら、それでいいさ。でも、二、三週間だけだよ。ということは、ぼくと結婚してくれるんだね？」

エミリーは、勝利感で胸がいっぱいになった。元チェインバーメイドのわたしが、伯爵夫人になる！　数週間か、数カ月もすれば、わたしが伯爵夫人だという事実によって、誰も素性に疑問を唱えなくなるだろう。それにフリートウッド卿は、世間への公表や悪い評判や大騒ぎに煩《わずら》わされずに結婚しようと言ってくれている。

エミリーは大きく息を吸った。

「はい」そう答えた。

客たちはそれほど長居しなかった。十九世紀初めの大食家の基準からしても、全員がものすごく大量に食べ、浮かれ気分の伯爵と嫉妬に燃えるフィッツ以外は眠くなってきたからだ。

レインバードは玄関広間に立って、客がショールやマントをまとうのを手伝いながら、片手をさりげなく差し出して心付けを集めた。ジャマーズ夫妻はとても気前がよかった——十ギニー。ベッシーとハリエットは、自分たちが金持ちの貴婦人であることを成り上がり者に見せつけたくてたまらなかったので、同じくらい気前よくふるまった。フィッツはいつでも気前がいいので五ギニー渡し、伯爵は天にも昇る心地だったので二十ギニー渡した。アグネスビー卿だけが、差し出されたレインバードの手を無視した。

フリートウッド卿がグッデナフ氏にあすの正午に訪問することを伝えたあと、全員が夜のなかへ姿を消した。

ミドルトン夫人はハイドンの曲をぶち壊すのをやめられてほっとし、階下にアンガスの様子を見に行ってくると言った。

「アンガスの看病が一段落したら」エミリーは言った。「全員を居間に集めてほしいの。発表したいことがあるから」

「どんな発表だい、エミリー？」ふたりきりになると、グッデナフ氏が尋ねた。

「フリートウッド卿に求婚されたのよ！」エミリーは、つま先でくるくると部屋を踊り回った。

グッデナフ氏がどさりと座りこんだ。「わたしたちには無理だ。お、お、おまえには無理だよ」震え声で言う。「伯爵の弁護士が、すぐにわたしたちの正体を見破る」

「そんなことないわ」エミリーは笑って言い、伯爵のおかしな求婚とひそかに結婚式を挙げるという約束についてすべて話した。

グッデナフ氏は両手をぎゅっと握って、震えを抑えようとした。「しかし、考えてごらん、エミリー。結婚したあと、ロマンスにのぼせた最初の期間が過ぎれば、伯爵はきき始めるだろう――おまえの両親は誰か、おまえの実家はどこか、そういうありとあらゆることを」

「彼はわたしを信頼してるの」エミリーは頑固に言った。「ねえお願い、わたしのために喜んでちょうだい。それに、ここに住むつもりよ。あのおかしな使用人たちの支えが必要だから」

「しかし、ここはただの貸家だよ。レインバードやミドルトン夫人に、永遠に頼ることはできん」

「ねえ、わたしのために喜んでちょうだい！　わたしの夫を見つけるためにロンドンに来たんじゃなかったの？　ちゃんと見つけたでしょう？　今さら弱気にならないで」

階下では使用人たちが、受け取った心付けを上機嫌で数えていた。「あのけちなアグネスビー卿も、少しは弾んでくれると思ったんだが」レインバードはぼやいた。「三ペンスもくれなかったよ！」

「いいえ、くださったわ！」ミドルトン夫人が言った。「しかもそれだけじゃなく、マグレガーさんへの伝言を預けてくださったの。十ギニーに添えてこの手紙を……待ってちょうだい、アンガスに読んであげるから」

ミドルトン夫人は、間に合わせのベッドに寝ている料理人のそばにひざまずいた。「聞いていてちょうだい、アンガス」家政婦は言った。「アグネスビー卿はこうおっしゃっているのよ。〝親愛なる料理人へ、きみは天才であり、きみの才能は死者をもよみがえらせるであろう。これほどすばらしいごちそうを味わったのは初めてだ。アグネスビー〟ほら！」

アンガスが、家政婦を見上げて弱々しく微笑んだ。「あんたがすべての仕事をこなしたんだよ、ミドルトン夫人」料理人が言った。「あんたは、メイフェアに足を踏み入れたどんな貴婦人にも負けないくらい立派だ」毛深く長い腕を伸ばして、びっくりしている家政婦の腰に回し、体を引き寄せて、唇にちゅっとキスをする。

全員が拍手喝采し、ミドルトン夫人は面食らってぼんやりしながら、震える指で帽子を整え、よろよろと立ち上がった。

「さて」レインバードは言った。「エミリーお嬢さまが、発表したいことがあるので、みんなに上階《うえ》に集まってほしいそうだ。しかし、行く前に言っておかなくてはならないことがある。グッデナフ氏は詐欺師だ」

「あのお優しいかたが！」リジーが叫んだ。「まさか、ありえないわ」

「卒中か何かを起こして、顔がゆがんでしまったんだ」レインバードは言った。「しかし、以前にどこで会ったのかを最近思い出した。彼の名前はスピンクスで、北のほうに住むサー・ハリー・ジャクソンというかたの執事だった」

「それじゃ、エミリーお嬢さまは？」

「おそらく、女詐欺師だろう」

衝撃の沈黙が流れた。

そのとき、「かまわないわ」とミドルトン夫人が言った。「お嬢さまは、優しくて愛らしいご婦人よ。何も悪いことはしていないって、わたしにはわかっています」

「そのことについては、あとで話そう」レインバードは言った。「しかし、わたしたちはおふたりに忠実でいる決意をしなくてはならないと思う。おふたりがかつて何者だったにしても、わたしたちは気にしない」

同意のつぶやきがあがった。

しかし、エミリーが得意げに発表を行うと、彼らの忠誠心はひどくぐらついた。エミリーが女詐欺師だとするなら、高望みをしすぎだ。もし別人のふりをして下層階級の血筋を伯爵家に持ちこみ、それがばれたら、エミリーは刑務所へ送られるかもしれない——結婚を無効にされたあとで。

それでも使用人たちは何食わぬ顔をして、エミリーの幸福を祈った。

エミリーがそれぞれの結婚の見込みについて女性たちをからかっているあいだ、レインバードはその晴れやかな顔をじっくり見つめ、エミリー嬢は一ギニーで結婚できてなんの質問もされないメイフェア・チャペル（十八世紀半ばに簡易な挙式を受けつけていた国教会のチャペル）の時代がとうに過ぎたことを考えてみたのだろうか、といぶかった。エミリーは、自分が言ったとおりの人間であることを証明する書類を提出しなくてはならないだろう。使用人たちが冗談を言ってくつろぎ始めると、執事は部屋から抜け出して、静かに階段をのぼった。

まっすぐ、エミリーの寝室にある机のところまで行く。引き出しには鍵が掛かっていた。レインバードはポケットから鍵の束を取り、小さな合い鍵を見つけた。そっと引き出しをあけ、燭台に立てたろうそくを机の上に持ってきて、座って書類の小さな山に目を通し始める。そしてようやく、カンバーランドのバートン・ハンプトン教会区が発行したエミリーの出生登録証明書を見つけた。出生名エミリー・ジェンキンズ、母レイチェル・プリティー、ハウスメイド、父エベニーザー・ジェンキンズ、鍛冶屋《かじや》。さらに、エミリーが合法的に名前を変えたことを証明する書類と、サー・ハリー・ジャクソンが全財産を執事のスピンクスに残すことを記した遺言書の写しもあった。つまり、ふたりの唯一の罪は、紳士と貴婦人を装っていることだ。ふたりが持っている金はすべて、今では合法的にベンジャミン・グッデナフとなったスピンクスが、合法的に所有している。レインバードは、すべての書類を元に戻した。引き出しに鍵を掛けようとしたところで、ふと考え直し、エミリーの出生登録証明書を抜き取る。それをポケットに入れて階段を下りると、ちょうどシャンパンによる最後の乾杯に間に合った。

その晩遅く、ミドルトン夫人は寝支度を整えようとしたとき、ふとアンガス・マグレガーのことを考えた。熱は下がったようだった。医者は、おそらく肺の炎症のせいだろうと言っていた。

ミドルトン夫人はためらい、身を震わせてから、背筋をぴんと伸ばし、片方の手に本、もう片方の手にろうそくを持って、アンガスが寝ている屋根裏へ向かった。レインバードとジョゼフはまだ階下の使用人部屋にいたので、料理人はひとりきりだった。少し前に、そのふたりが手助けして上階の寝室まで連れてきていた。

ミドルトン夫人は、ろうそくをベッドの脇に置いてささやきかけた。「起きている、マグレガーさん？」

「ああ」料理人が答えた。「アグネスビー卿からのすごい手紙のせいさ。なんだか興奮しちまってね。何しにきたんだい、ミドルトン夫人？」

「本を読んであげたら、落ち着いてよく眠れるかしらと思って」

「それはうれしいな」

そこでミドルトン夫人は読み始めた。

「月の光揺らめくモナンの小川で、
夜の雄鹿は心ゆくまで水を飲み、
寂しきグレナートニーの奥深く、榛《はしばみ》の木陰に
真夜中の褥《しとね》を整えていた」

ウォルター・スコット作『湖の麗人』の詩句が、料理人の耳に快く響いた。上掛けの下からそっと手を伸ばし、手袋をはめた家政婦の手を握る。ミドルトン夫人はびくりとして顔を

赤らめたが、手を握らせたままにして読み続けた。しばらくすると、レインバードとジョゼフが入ってきた。ジョゼフは、思いも寄らないふたりが手をつないでいるのを見て、口を開いて何か言おうとしたが、レインバードは従僕を肘で強く突き、にらみつけて黙らせた。

# 9

それは実際この上なく伝染性の強いゲームなのだ、

〝骸骨隠し〟というのがその名前である。

――ジョージ・メレディス

エミリーは不安と高揚感に心をかき乱されて、ほとんど眠れなかった。野心で頭がいっぱいになり、フリートウッド伯爵に感じていたかもしれない熱い恋心をすっかり忘れていた。

結婚してしまえば、何もかも、どうにかうまく乗りきれるだろう。最初の二、三週間は使用人たちが支えてくれる。臆病な娘が、夫となった人に自分の母親の世話を押しつけるように、エミリーは、この貸家と使用人たちを伯爵に押しつけようとしていた。フリートウッド卿の思いと夢については考えなかった。高貴な生まれの伯爵にも個人的な不安や心配があるかもしれないとは思いもしなかったのだ。単純に、称号さえあればどんな人間も、自分のような庶民が悩まされる不安定さや先行きの不確実さから守られるのだろうと想像していた。

エミリーは起き上がって、ぜいたくな午前用のドレスを選んで入念に身支度した。高いひだ襟がついた白いモスリン製のドレスで、裾は三重の豊かなレースのひだ飾りで縁取られていた。袖は長くぴったりしていて、手首のところできゅっと絞られている。髪を天使風《ア・ラ・アンジエリク》に整えたあと、まんなかで分けると見た目がいかめしすぎると考えた。エミリーの髪は生まれつき巻き毛だったが、ヘアアイロンを熱して、もっとカールを目立たせようとした。巻き毛が目の上と背中にこぼれたが、きれいにくるくると巻いて流行の髪型にすることができなかった。髪を整えようと奮闘するうちに両腕が痛くなり、不意にかんしゃくを起こして、ガチャンという音とともに床にブラシを放る。

下の通りから声が聞こえたので、窓のところへ行ってのぞいてみた。

スカラリーメイドのリジーが掃除用ブラシに寄りかかって、背の高い従僕と話していた。となりの屋敷の従僕だとわかった。

従僕はとてもハンサムで、リジーは若くてきれいで気楽そうに見えた。

エミリーの心臓がどくんとした。もしも使用人の地位にとどまっていたら、今ごろどうしていただろう？　もしかするとわたしも、あそこに立って、どこかの従僕にちやほやされていたかもしれない。その瞬間、エミリーは心の底からリジーをうらやましく思った。

こちらの視線に気づいたかのように、リジーが目を上げ、ルークに何か言った。従僕が微笑んで歩み去ると、スカラリーメイドは屋敷の外の舗道を掃き始めた。

きっとすてきなことだろうな、とリジーは胸につぶやいていた。エミリーお嬢さまのような貴婦人になるのは——それにあのかたは本物の貴婦人だ、レインバードさんが何を言おうと、あたしは気にしない——しかもハンサムな紳士に見初められて、あっという間に結婚できるなんて……。

リジーはとうとう、ルークと散歩に行く約束をした。ルークのことは好きではないが、関心を向けられてとてもうれしかった。かわいそうなリジーは、ただのスカラリーメイドだからという理由で、何度も何度もジョゼフに冷たくあしらわれてきた。自分が第一従僕の気を引けることをジョゼフに見せびらかせたら、すてきな気分だろう。使用人の序列では、第一従僕は、ジョゼフのようなお屋敷つきのただの従僕より一段上なのだ。朝食のとき、六七番地の使用人たちは宿屋について話し合ったが、リジーにはまたしても、自分に期待されているのは厨房で働き続けることだけのように思えた。しかし、はっきりと口にはされなかったが、当然のごとく、ジョゼフと結婚することも期待されているようだった。ほんの少し前なら、それをほのめかされただけで天にも昇る心地になっただろう。しかしリジーは、ルークに関心を向けられてのぼせ上がり、ジョゼフより優れた誰かのほうが自分にふさわしいのではないかと思うようになった。夕方ジョゼフが畑から家に帰ってくるという夢は、ものすごくばかげていた。ジョゼフは、自分の白い手をよごすようなことは絶対にしないだろう。銀器を磨くときにも手袋をしているし、夜になるとよく、椅子に座って厨房の猫と同じくらい入念に爪の手入れをしていた。

リジーの考えは、ふたたびルークに向いた。確かに彼はすごくハンサムだし、いつもあたしのことをきれいだと言ってくれる。過去にルークの意地の悪さを示すできごとがあったことは忘れていた。自分はきっと、第一従僕の関心を引けるロンドンでただひとりのスカラリーメイドだろう。第一従僕というものは、身を落とすようなまねはしないはずなのだから。

ルークは、今夜一時間ほどいっしょに散歩に出かけてもいいか、レインバードに尋ねてくれと言った。執事がルークを好いていないことはわかっているが、たとえジョゼフを苛立たせるためだけでも、許可をくれるはずだということもわかっていた。

エミリーを奮い立たせたのと同じ野心が、リジーを奮い立たせた。最後にもう一度、箒に怒りをこめて舗道を掃いてから、ゴホゴホとむせた。ごみ収集の荷車が残していった小さなほこりの山が、周囲で渦を巻き、ドレスを細かく白い灰で覆って、靴をよごした。

リジーはため息をついて、よごれを落とすため地階に下りた。

「幽霊でも見たのかい？」ジョゼフがあざけった。「全身真っ白じゃないか」

リジーは唇をぎゅっと結んで怒りのまなざしを投げてから、流し場のポンプのほうへ向かった。「きょうは金曜日だよ」ジョゼフが後ろから呼びかけた。

ロンドンの家々は、金曜日にはポンプで水をくめなかった。リジーは流し場の扉をばたんと閉め、よごれたドレスを脱ぎ始めた。皿洗いのためにきのうくんでおいたバケツの水を使うつもりだった。

頭上から、到着した馬車のゴロゴロという音と、レインバードがこう叫ぶ声が聞こえた。

「もう正午だ！　きっと伯爵さまだろう。あの代書人め、今すぐ来ないと殺してやるぞ」

上階では、フリートウッド伯爵がすぐに表の居間へ通され、グッデナフ氏と向き合った。レインバードはワインをテーブルに運んだ。部屋を出ていくかわりに、扉の内側に立つ。

グッデナフ氏は不調そうな、しょげ返った様子だった。

「ぼくがなぜ来たか、おわかりですか？」フリートウッド卿が尋ねた。

「はい、伯爵さま」グッデナフ氏が憂鬱《ゆううつ》そうに言った。

「お許しをいただけるでしょうか？」

「はい、伯爵さま」

「たぶん、この求婚のあわただしさと秘密主義のせいでご不満なんでしょう。ぼくとしては数カ月待って、思いきり華やかに、きちんと儀式を行って結婚してもかまいません。もしそのほうがご満足いただけるなら」

「まさか！」グッデナフ氏が甲高い声で叫んだ。

「では、結婚持参金と婚姻前契約のことですが……」

「わたしは具合が悪いのです、伯爵さま、すごく具合が悪い！」グッデナフ氏が叫んで、クラヴァットを引っぱった。「事務的なことは、まったく考えられません」

「では、弁護士たちに……」

「弁護士は大嫌いだ」

レインバードは窓のところへ行って、誰かを探すかのように外をのぞいた。

エミリーが部屋に入ってきた。伯爵が立ち上がり、彼女の前でお辞儀をした。

エミリーが苦しげな〝叔父〟を心配そうに見てから、フリートウッド卿に目を向けた。

「叔父の許しを得られなかったのかしら？」

「グッデナフ氏の許しを得ました」伯爵が言った。「でも、事務手続きのことで叔父さまを悩ませてしまったらしい」

「でも、そういう退屈でロマンチックじゃない取り決めは、なしで済ませるのかと思ってたわ」エミリーは声高に言った。

フリートウッド卿は返事に詰まった。金銭上の取り決めについて話し合わないのは、伝統に反すること、自分の性に合わないことだった。しかしエミリーは息をのむほど美しいし、ぼくを信頼してくれたのだ。せめてその信頼に報いることくらいはしたい。

「いいだろう」フリートウッド卿は言った。「きょう結婚特別許可証を手配するよ。でも、いくつか正規の手続きを取らなくてはならない」

レインバードが声をあげ、部屋から飛び出していった。

「どんな？」エミリーは尋ね、懸命に平静を装った。

「書類をもらわなくてはならない――きみが生まれた教会区の出生登録証明書だ」

「ちょっと座りたいわ」エミリーは小声で言った。こうなってはもう、求婚を断るしかないとわかっていた。伯爵は書類を見たあと、なぜ名前を変えたのか知りたがるだろう。両親が庶民だったことも知られてしまう。たぶん伯爵は激怒して、上流社会に訴え出るだろう。

フリートウッド卿は、エミリーが座っているあいだ辛抱強く待ち、彼女が両手を見下ろして黙って身をすくめているあいださらに辛抱強く待った。

「書類だよ、グッデナフ嬢」伯爵が優しく促した。

「ああ、そう、書類ね」エミリーは荒々しく言った。「叔父さま、ちょっと外していただきたいの。フリートウッド卿にお話ししたいことがあるから」

グッデナフ氏がエミリーのところへ行って、身をかがめ、頬にキスした。「とても残念だよ」ささやき声で言う。

フリートウッド卿はがっくりした。書類を求めたのは、ひどくまずいことだったらしい。エミリーは出生の秘密を隠したがっているのだ。その秘密がそんなに恐ろしいものなら、彼女とは結婚しないほうがいい。やろうと思えばいつでもスコットランドのグレトナグリーンに連れていき、なんの身分証明書もなしで結婚できるが、エミリーがそうしてあざむき続けることを望んでいないのは直感的にわかった――もし自分がまた疑い始めたとおりに、彼女が芝居を打っているとするなら。

レインバードがふたたび現れ、部屋の奥へ進んで、エミリーの横に立った。「書類をお持ちしました、お嬢さま」

エミリーは真っ青になった。「ありがとう、レインバード」抑えた声で言う。「あなたとはあとで話しましょう。わたしの机を探る許可は与えてないわ」

座って、手にした黄ばんだ紙を見下ろす。それを伯爵に渡せば、芝居は終わる。

そのとき、細長い手書き文字が目に飛びこんできた。エミリーは何度もじっくり眺めた。きっと見間違いだ。光のいたずらだろう。紙を窓のところへ持っていって、心臓をどきどきと高鳴らせながら読む。一七九一年七月三十日生まれ、エミリー・グッデナフ。母レイチェル・パーソンズ、未婚婦人。父、エベニーザー・グッデナフ、紳士。

青ざめた頬に、かすかな赤みが差した。これなら伯爵と結婚できる！　レインバードはわたしの秘密を探り出したのに、ばらさなかった！　どういう方法でか、この書類を偽造したのだ。

しかし、りりしい伯爵の顔を見ているうちに、エミリーの心に疑念がわいてきた。どうしたら、こんなふうに彼をだませるの？　どうしたら、偽りの生活を続けられるの？　しかしそのとき、野心が肩をぎゅっとつかみ、前へ押し出した。「これが、必要なものだと思うわ、伯爵さま」エミリーは言った。フリートウッド卿がお礼を言って、書類を見もせずにポケットに入れた。

「付添い人のミドルトン夫人はどこだい？」伯爵が尋ねた。「まだお祝いを言われていないな」

いくらか真実を告白できることにほっとして、エミリーは言った。「ミドルトン夫人は使用人部屋にいるわ。彼女はここの家政婦なの。わたしには健在の女性の親戚がいないし、ロンドンに着いたとき上流階級の女性に知り合いがいなかったから、付添い人の役を務めてもらったのよ」

「ずいぶん多才で気が利く使用人に恵まれているようだね、愛する人。しかし、じきにぼくたちが結婚したら、ぼくだけを頼りにしなくてはいけないよ」

フリートウッド卿が歩み寄り、腕にエミリーを抱いた。

顔をうつむけてキスをする。礼儀にかなった控えめな唇へのキスだった。しかしエミリーは、本物の貴婦人なら情熱を持ってはいけないことを忘れてしまった。ひんやりした伯爵の唇が触れると、エミリーのなかで炎が燃え上がった。ごく自然な流れで、エミリーは両腕で伯爵に抱きつき、キスを返した。

　すると伯爵がしっかり唇を奪い、エミリーは喉の奥からひどくはしたないうめき声を漏らして、全身全霊で反応した。

　フリートウッド卿はエミリーの耳から首、そして喉へと夢中で唇を這わせてからふたたび唇にキスしたが、そのとき礼儀作法を戒める冷たく小さな心の声が聞こえた。ドアはあいているし、玄関広間を横切るうわさ好きの使用人に、いつ好奇の目で見られてもおかしくないぞ。

　伯爵は顔を上げて、エミリーを軽く揺すぶった。「結婚するまで待ってくれ、愛《いと》しい人」撫でつけるような声で言う。「そうしたら、一日じゅうでもキスしていられる」

　エミリーは顔を赤らめ、惨めな気持ちになった。恥ずべきふるまいをしたことはわかっていた。あの哀れな架空のメイド、エミリアの本性があらわになったのは、まさにこういうふるまいからではなかった？

　しかし伯爵がお辞儀をして戸口まで歩き、立ち止まって振り返り、もう一度エミリーを引き寄せて激しく情熱的にキスをすると、エミリーの淫らで下品な裏切り者の体がまた勝手なふるまいをし始めたので、伯爵がやっとのことで手を離して立ち去ると、よろよろと椅子のところまで歩き、座りこんでしまった。しばらくたって、ようやくレインバードを呼べるまでになった。

執事が部屋に入ってくると、エミリーはそっけなく言った。「座って、レインバード」

「ありがとうございます、お嬢さま」レインバードが向かいの椅子の端に、かしこまって座った。

「わたしのことをエミリーと呼ばないのが驚きだわ――同じ階級の人間だとわかったのに」エミリーは言った。

レインバードはごく小さく肩をすくめた。「雇い主のたくらみに疑問を呈する義務はありませんから」

「登録証明書を偽造させたのね」エミリーは言った。「悪賢いわね――わたしの書類を読んだのも、すごく悪賢いやりかたよ。でも、心の底からお礼を言うわ。誰にも言わないでくれる？」

「はい、エミリーお嬢さま」

「それなら、わたしはフリートウッド伯爵夫人になれる」

「おめでとうございます。ですが、お嬢さま、伯爵さまには真実をお話しになったほうがよいとは思われませんでしたか？　遅かれ早かれ、知られてしまいますよ」

「なぜ？」エミリーは荒々しく問いただした。「わたしが貴婦人に見えないっていうの？」

「お嬢さまは貴婦人ですとも」レインバードが答えた。「しかし、伯爵さまはお嬢さまにすっかり恋していらっしゃいます。恋する男は嫉妬深く疑り深くなって、女性の秘密を感じ取れてしまうのです」

「恋は盲目だというわよ」エミリーは軽い調子で言った。

「ほんの短いあいだだけです」執事がまじめな顔で言った。「伯爵さまはきっと、真実を知っても、お嬢さまと結婚なさるでしょう」

「庶民の出だってことは、許してくれるかもしれない」エミリーは言った。「でも、使用人だったことは絶対に許してくれないわ。わたしはサー・ハリーの屋敷の使用人だったの。フリートウッド卿は、使用人が大嫌いなのよ」

「それについては、おそらく亡き奥さまの死について、たくさんのうわさがあったせいでしょう」

「だったら、使用人じゃなく、その醜聞を広めてるひどいお姉さまを責めたらいいのに。あの人は、彼が奥さまを殺したと言うために、わたしを訪ねてきたのよ！」

「でも、お信じにならなかったのですね？」

「ええ、信じない。わたしは人を信頼する人間なの」

「しかし、フリートウッド卿は、お嬢さまが心からは信頼してくれなかったと思うようになるかもしれません。なぜわたしがお嬢さまの書類を調べたのか、お話ししましょう。グッデナフ氏が、昔執事だったスピンクスだと気づいたからです。顔はずいぶん変わりましたが、別の誰かにも気づかれるかもしれません……あなただって、気づかれるかもしれませんよ、エミリーお嬢さま」

「わたしは、サー・ハリーが亡くなるまでの短いあいだ雇われてただけなの」エミリーは言った。「まだ子どもだったわ。ご主人がお客をもてなせるほど元気だった最後の年には、ほんの十六歳だった。サー・ハリーを訪ねてきたロンドン社交界の人とは、ひとりも会ってないのよ。それに、誰が使用人のことなんて気にするの?」

「お嬢さまが今と同じくらい、当時もおきれいだったのなら」レインバードは探りを入れるように言った。「どこかの紳士がよく憶えているかもしれません」

「ひとりだけ……いいえ、そういうことは心配したくないわ」興奮と高揚感がふたたび押し寄せてきた。「考えてもみて! わたしは伯爵夫人になるのよ!」

「伯爵さまはお嬢さまにとって、ただの称号以上に大切なかたかと存じますが?」レインバードは言った。

「ええ、もちろんそうよ。彼はすごくハンサムだし——おおぜいの人たちにうらやましがられるわね」エミリーが無邪気につけ加えた。

「もう少し、じっくりものごとを進められたほうがよいとは思われませんか、エミリーお嬢さま?」

「いいえ」エミリーが答えた。「時間がたてば不利になるかもしれない。わたしは伯爵夫人になるつもりよ。さてと、行ってそのことを叔父さまに伝えなくちゃ。あなたのおかげで、何もかもうまくいくわ」

レインバードは使用人部屋へ続く階段を下りながら、もやもやした不安を感じていた。もしかすると、偽造書類を用意したことが、エミリーにとってかえってあだになるかもしれない。

部屋に入ると、リジーがレインバードの袖を引っぱり、お願いがあると小声で言った。ジョゼフが疑わしげな目でリジーをにらんだので、レインバードは誰もいない厨房のほうへ連れていった。アンガスは、まだ発熱から回復しきっておらず、寝室にいた。

「なんだい、リジー」

「ルークのことです」リジーが言った。「きょうの夕方、ふたりで散歩に行けるように、一時間休みをもらってこいって言うんです」

「わかったよ、リジー」レインバードはなだめるように言った。「あの生意気な若造に、おまえのことは放っておけと言ってやろう」

「いいえ、違うんです、レインバードさん。あたし、ルークと散歩に行きたいんです！」

「リジー、あいつは感じのいい人間じゃないぞ」

「結婚するわけじゃありません」リジーがむっとして言った。「ルークは第一従僕です。きっと女性たち全員にうらやましがられるわ。アリスでもジェニーでもなくて、あたしが誘われたんだもの」

「おまえはきれいな子だよ、リジー、でも気をつけろ！　ルークは、ただジョゼフを苛立たせるだけのために、おまえを誘っているのかもしれない」

「行きたいんです」リジーが頑固に言った。「ルークは第一従僕だけど、ジョゼフはただのお屋敷つきの従僕だもの」

「おまえとエミリーさまはよく似ているな」レインバードは言った。「ふたりとも愛らしい女性だが、どちらも虚栄心にだまされている」

「不公平です」リジーがむきになって言った。「あたしにはなんの楽しみもありません。どうして出かけちゃいけないんですか？」

「わかったよ、リジー。でも一時間だけだぞ。もし一時間たっても帰ってこなかったら、捜しにいくからな」

レインバードは使用人部屋に戻った。

「さっきのひそひそ話はなんだったんです？」ジョゼフがだるそうに尋ねた。

「なんでもないよ」レインバードは答えた。「ときどき、おまえを揺すぶってやりたくなるよ、ジョゼフ。おまえがもっと男らしかったらな……ぶらぶらしていないで、居間にもっと石炭を運んでおきなさい。やらなければならないことがある」


「それじゃ、きみは結婚するんだね」その日遅くなってから、フィッツが言った。「しかも、あっという間に！　本気で結婚するつもりだって、警告しといてくれてもよかったんじゃないか。もうちょっとで、ぼく自身がグッデナフ嬢に言い寄るところだった」

「わざわざあんな夜会を開いてきみを王女に仕立て上げたときに、見当をつけたんじゃないかと思っていたよ」

「でも、彼女の素性についてのいろんな疑いはどうするんだ？」

「エミリーを信頼することに決めた――どちらにしろ、問題なかったんだ。書類で、良家に生まれたことは証明された」

「だったら、なぜ結婚をそんなふうに秘密にするんだ？」

「最愛の人が、そうしたいと言うからさ。それに、姉の陰気な顔で結婚式をだいなしにされたくないからな。さあ、祝ってくれよ、フィッツ。きみは新郎付添い役をみごとに務めてくれるはずだ」

「ぼくのなかのよい心は、最高の幸せを祈ってるよ。でも悪い心は、きみがわざとエミリー嬢を庶民だと思わせて、ぼくを争いの場から追いやったんじゃないかと言ってる」

「いやいや、フィッツ、きみはあの晩餐会までは、出走ゲートにもたどり着いてなかったじゃないか！」

「確かにな」フィッツが言って、気のない笑みを浮かべた。「まあ、いいさ。たぶん、ぼくの目を奪う新たな美女が現れるだろう。なんだか調子が出ないな。まだ自分の新しい姿に慣れてなくて、正直、こういう地味な服を着てると、退屈なやつになった気分がするんだ」

「ぼくの結婚式で、好きなだけ着飾れるだろう」

「とうとう独身仲間から抜け出すんだな」フィッツが言った。「新婚期間はどこで過ごすんだい？」

「クラージズ通り六七番地さ」

「まさか！　なぜだ？」

「愛する人が、お屋敷つきの使用人たちを気に入っていてね。あのミドルトン夫人は、なんと家政婦だったのさ」

「きみが、使用人ごときに愛着を持つのを許すとはね」

「ぼくのエミリーを手に入れられるなら、なんだって我慢できるさ。あそこが、ぼくにとっては幸運な屋敷だってことはわかっている。それに、ほんの二、三週間の辛抱だからな」


まるで貴婦人のように髪を頭のてっぺんでまとめ、緑と白の縞模様のドレスに温かい茶色のショールをまとって、その晩リジーはルークの腕を取り、誇らしげに外へ出た。

話の内容はほとんど耳に入ってこなかったが、ルークは自慢話をしていた。リジーは、ジョゼフからそういう長広舌を聞かされることに慣れていたので、この立派な若者と並んで歩く栄誉に浴することを思いきり楽しんだ。

六二番地のハウスメイドのスーザンが、ぽかんと口をあけてこちらを眺めているのが見え、リジーはうれしさで胸がはちきれそうになった。

宵の口で、ふたりがグリーンパークのなかを歩いていくと、バッキンガム・ハウスの雑然と並ぶ煙突の上に、緑と紫に染まる空が広がっているのが見えた。新芽をつけた木々が、薄明かりに浮かび上がる黒いレースのような姿で立ち、静かで眠たげな煙るロンドンの空気に、黒歌鳥が春の歌を響き渡らせていた。

「スカラリーメイドでいるのはたいへんだろうね」ふと気づくと、ルークが言っていた。

「ずっと訓練を受けたりやなんかで」

「いえ、平気よ」リジーは答えた。こんなすてきな晩には、心配ごとなど何もないように思えた。

「だけど、きみはきれいな子なのに、結婚持参金がないのはつらいだろ」

「いえ、持参金はあるわ」リジーは言った。「まあ、宿屋を買うときのあたしの分ってことだけど」

「宿屋？　宿屋って何？」

リジーは、自分たちの計画をルークに話してはいけない気がした。しかし、見栄を張りたい気持ちのほうが勝った。さっと顔を上げる。

「あたしたち、一所懸命お金を貯《た》めてきたの。全員分で三百ポンドくらいになったのよ」

ルークが低い音で口笛を吹いた。「もうじゅうぶん宿屋を買えるじゃないか。何をぐずぐずしてるんだい？」

「レインバードさんは、仕入れ品やグラスやリネンなんかを買うためと、商売を始めるまで食べていく分をちゃんと蓄えておくために、もっと必要だと言うの」

ルークが、リジーの細い腰に腕を回した。「あのレインバードってのは、ばかなやつだ。頭を使えば、来週末までに金を十倍にできるのに」

「まさか」リジーはくすくす笑った。身を引きかけたが、そのときクラージズ通りの外れにある〈ランベス厩〉の馬丁のひとりが公園を抜けてきて、こちらをじっと見ているのが目に入ったので、そのままの姿勢でいた。

「本当さ。ハンプシャー卿が、アスコットで牝馬を配当十倍で走らせるんだ。ぼくはたまたま、ほかの馬ども、えっと、馬たちが、薬を盛られたってことを知ってるのさ。だから、そのお金を持ってきてぼくに賭けさせてくれれば、みんなに三千ポンドあげられるよ。そのときの連中の顔を想像してみろよ！　三じぇん――三千ポンド！　どうだい、もう誰も宿屋で働かなくたっていいのさ。取引所に投資して、その収入で暮らせるよ」

「そんなことしないわ」リジーは言って、今度は身を引いた。「ジョゼフがお金を持ち出して、ぜんぶ馬に賭けちゃって、丸損したのを忘れたの？」

「ジョゼフ。あの腰抜け！」

「あなたの友だちだと思ってたけど。とにかく、ジョゼフはあたしの友だちなんだから、悪口を言わないでほしいわ！」

「ぼくにとっても友だちさ、リジー。でもほら、正直に言ってみなよ、あいつはちょっとばかし頭が弱いだろ。この牝馬はきっと勝つよ。ハンプシャー卿の従者の情報だからね」

「あなたはいくら賭けてるの？」

「五シリング。笑わないでくれ。ぼくの全財産さ」

「みんなは絶対に、あたしにお金を持たせてくれないわ」リジーは言った。「笑い物にするだけよ」

「じゃあ、言わなきゃいいさ！　きみが戻ってきて、テーブルにお金を放ったときの、連中の顔を想像してみろよ」

心惹かれる夢だったが、リジーは首を振った。

「あのさ、リジー」ルークが熱をこめて言った。「ぼくが頼んでるのは、こういうわけなんだ。きみのことが好きになったから、手助けしてほしいんだよ。きみの分の賞金があれば、ぼくたちが結婚して、自分たちの商売を始めるのにじゅうぶん足りるだろ。ほら、田舎にちっちゃな家と、ちっちゃな土地を買って、きみが家事をやって、ぼくは畑で働くのさ」

ルークがなだめすかすように、リジーの腰に腕を巻きつけた。リジーは目を閉じて、ルークにもたれかかった。自分とジョゼフが登場する将来の夢とそっくりだった。でも、ルークはジョゼフではない。背が高く、力強く、とてもたくましかった。リジーは、きれいな小さい家と、花が咲き乱れる庭、そして田舎道をこちらに向かって歩いてくるルークを思い描いてみた。ジョゼフではなく。

「できないわ」小声で言う。「それは盗みよ」

ルークがリジーの顔を上に向けさせ、唇に優しくキスした。熱烈なキスだったら怖くなっただろうが、ルークの柔らかいキスは温かく安心させるかのようだった。〝あたし、第一従僕に求婚されてるんだわ〟リジーはくらくらしながら胸につぶやいた。

しかしそのとき、ルークがアリスに言い寄っていたころのことや、以前リジーの腕を思いきりひねってあざをつけたことを思い出した。

「あなた、前はアリスを追いかけてたでしょ」リジーは言って、身を引いた。

「アリスは、結婚したくなるような女じゃないよ」ルークが蔑むように笑って言った。「ねえ、ぼくたちが住むその家について話そうよ……」

ルークがまじめな顔で長々と語り始め、ときどき言葉を切っては、リジーにキスして髪を撫でた。ぼうっとして、いい気分で、うれしくて、得意になり、生まれて初めて虚栄心のとりこになったリジーは耳を傾け、ルークがさらに話し、さらにキスして髪を撫でると、リジーのなかで、〝家族〟であるほかの使用人たちへの反発が強くなっていった。みんなはリジーを流し場の床の湿ったわら布団に寝かせておき、そのせいで病気になって、借り手のひとりがきちんとしたベッドが必要だときっぱり言ってくれるまで、状況は改善しなかった。グリーンパークの国王の鹿を獲《と》って全員逮捕されそうになったときには、リジーが自分の手首を切って、外階段に垂れた血が鹿ではなく自分の血であるように見せかけ、みんなを救ったのに、みんなはリジーの人生を好転させるようなことを何ひとつしてくれなかった。確かに、怪我《けが》が治るまでは優しくしてくれたけれど、そのあとはこれまでと同じくらい退屈な雑用を山のように押しつけてきた。

空は暗くなっていった。レインバードが「リジー！　リジー！」と叫ぶ声が聞こえるころには、リジーとルークは共謀者になっていた。

パーシヴァル・パードン氏は、ずいぶん久しぶりにロンドンに戻ってきた。あまり資金がなく、以前のようにぜいたくに人をもてなすことはできなかったが、古い友人であるプラムトリー夫人とジャイルズ－デントン夫人、それぞれの娘ベッシーとハリエットをお茶に招いていた。パードン氏は、まるで長いあいだ水を断たれて乾ききった男のように、あらゆるうわさ話を飲み干した。

「そういうわけで」ジャイルズ－デントン夫人が、心の底から楽しめる醜聞をひとしきりたっぷり味わったあとで言った。「とてもせわしなく過ごしておりましたの。そうそう、忘れてましたけど、ぜひにと言われて、かわいい娘たちをクラージズ通りのあの不吉な屋敷に行かせましたのよ」

「おや、そうですか」パードン氏は言った。あの不吉な屋敷には、いやな思い出があった。元借り手の女を誘惑しようと骨折ったが、恥をかかされただけで終わったからだ。

「ええ、わたくしも同行できたらよかったと思ってますわ。借り手が、前代未聞というくらい、おかしな女なんですって――エミリー・グッデナフ嬢とかいう名前よ」

「で、きれいなんですか？」

「並外れたところはぜんぜんありませんわ」ベッシーが答えた。「フリートウッドが、その娘にすっかりご執心ですの。だけど、あの娘は下品だと思いますわ。下品《ヴェルゲール》だったと思わない、ハリエット？」

ハリエットはしぶしぶ、最新流行の〝澄ました態度〟を中断した。知恵の女神アテナが、オリュンポス山からトロイアを見下ろしている姿を模したものだ。片方の足で立って、もう片方の足を後ろで上げ、片方の手を目の上にかざして、もう片方の手で想像上の盾《たて》を握るので、かなり疲れる〝澄ました態度〟だった。

「ええ、そうね、男たちみんなにもてはやされて、すごくいやな感じ《デグタン》だったわ」

〝新たな美女か〟パードン氏が、悪意の言葉を正確に読み取って考えた。〝顔を拝みに行くべきだな〟

# 10

ご主人さまは、上階ではわたしたちに平等であれとおっしゃるかもしれませんが、使用人部屋には平等など決して存在しないのです。

――サー・ジェームズ・バリー

六七番地の使用人部屋の厳格な序列は、冬にはゆるくなっていた。そしてシーズン中でもふだんは、ロンドンのウエストエンドにあるたいていの屋敷ほどきびしくはなかった。しかし、エミリーの結婚式を目前にしたあわただしさと仕事の多さと余裕のなさから、使用人たちはそれぞれの地位をしっかりわきまえて行動していた。レインバードを隊長とするよく訓練された連隊のように働かなければ、この仕事と準備はこなせなかったからだ。そして、使用人の社会秩序の底辺にいるのがリジーだった。スカラリーメイドに特別な注意を払う時間は、誰にもなかった。アンガスは病気から回復し、結婚披露宴の料理の準備に奮闘していて、リジーに次から次へと命令し、試しにソースをつくってみては、使わないことに決め、結果として残るべたべたしたものをリジーに洗わせた。厨房助手のデイヴは、使い走りをさせられていた。

そういうわけで、ルークの提案と結婚の計画は、リジーの疲れた頭に心地よく響いた。みんなに受けたたくさんの親切を忘れ、勉強や散歩をしたり、きれいなドレスを着たりするのを許してもらったこと、もっと不運なスカラリーメイドなら受けられないはずのあらゆる厚意を忘れてしまい、生まれて初めてむっつりした不機嫌な態度になった。

ジョゼフだけがリジーの変化に気づいていたが、率直にどうしたのかときくかわりに、からかったりいじめたりして、気をそらそうとした。

リジーは、貯金がどこに隠されているかを知っていた。以前パーマーがそれを盗んだことがあり、あの最悪の日以来、貯金はブリキの箱に入れて庭のゆるんだ敷石の下に埋められていた。エミリーの結婚式の前日が、アスコット競馬場でハンプシャー卿の馬が走る日だった。リジーはここしばらく、教会に行っていなかった。ウエストエンドの屋敷で仕事に就いたとき、夢がかなったように思えたあのころの気持ちは忘れてしまった。

ますます疲れてますます怒りっぽくなっていたが、それでも、もし結婚式の二日前に恥をかかされることがなかったなら、みんなのお金に手をつけようとは夢にも思わなかっただろう。

アンガスが銅製のソースパンを手に、流し場に戻ってきて、リジーの横にどすんと置いた。「これで、きれいにしたつもりか？」料理人が険しい口調で言った。「まだ底に何かくっついてるだろう」

「いくつもいくつも鍋を洗うの、もううんざりなんです」リジーは言った。「デイヴにやらせてください」

「これはおまえの仕事だろう、リジー」アンガスがそっけなく言った。「すぐにその鍋を洗え」

「最初から、この鍋を洗う必要なんかなかったのよ」リジーは言い返した。「あなたがよごしたあなたの鍋でしょ！　次から次へと試してばっかり。あたしの仕事を増やすために、わざとやってるんだわ！」

「ばかなことを言うな」料理人が言った。「それに、わたしに向かってそんな横柄な口を利くんじゃない」

「だったら、そのクソ鍋を自分で洗ったらどう？」リジーは苛立ちを爆発させて叫んだ。

その声は、使用人部屋まではっきりと聞こえた。レインバードは大股で流し場に入っていき、いったい何ごとだと問いただした。

「このばかな娘が、鍋を洗いたくないと言って、わたしに向かって悪態をついたんだ」アンガスが言った。

「なんて言ったんだ？」

「〝クソ〟と言った」アンガスが答えた。

休まず働いてくたくたになっていたレインバードは、リジーがスカラリーメイドであると同時に友人でもあることを忘れてしまった。ひと呼吸置いて考えることもなく、きたない口を利いた厨房のメイドにどこかの執事が対処するのと同じ方法で対処した。リジーの髪をつかみ、腕で頭を押さえて顔の向きを変えさせ、黄色い石鹸《せっけん》を取って、それで口のなかをごしごし磨く。

「これで懲りただろう、お嬢さん」レインバードは言った。「さっさと仕事に戻りなさい」

リジーは何も言わずに、流しの前にかがみこんだ。レインバードは、流し場の戸口で少しためらった。リジーの細い肩が、すすり泣きで震えていた。

執事は苛立たしい気分で首を振り、歩み去った。

その晩、ほかのみんなが眠ったあと、リジーは張り詰めた青白い顔で庭に出て、地面から貯金の入った箱を掘り出し、敷石を元に戻して、毛布の隅に箱を押しこんで寝た。

その日の早い時間に、外階段の上でルークと大急ぎで相談し、あすの朝六時に六七番地の外に来られれば、箱を渡すと約束してあった。

結婚式当日、エミリーはなんだか呆然として不安な気持ちだった。前日に、伯爵とともに、ロンドンのシティーの裏路地にあるセント・スティーヴンズという暗く見栄えのしない教会で、結婚式の予行演習をした。

結婚式の朝は、どんよりとした雨模様だった――不吉な予感。

アリスとジェニー、ミドルトン夫人が、九時に寝室にやってきて、ウェディングドレスを着せてくれた。ロンドンのうわさ好きの仕立屋に気づかれたくなかったので、伝統的なウェディングドレスではなかった。白いブラッセルレース製で、どちらかといえば午前用のドレスのように仕立てられていて、頭にはベールのかわりに白い絹の薔薇と真珠でできた飾り冠を着けた。

エミリーは、求婚されたとき以来、未来の夫とひとことも話す機会がなかったことを思い起こした。しかも伯爵は、結婚式の予行演習が終わるとすぐさま、駆けこみで片づけなくてはならない用事があるからと言って、立ち去ってしまった。

フィッツジェラルド氏が新郎付添い役で、ミドルトン夫人が新婦付添い役を務めることになっていた。何もかもがとんでもなく間違ってるわ、とエミリーは惨めな気持ちで胸につぶやいた。わたしは素性を偽って結婚する。何が起こっても、結婚は効力を失わないだろう。エミリー・グッデナフは、法律的にわたしの本名なのだから。でも、ああ、あの鼻持ちならない姉も含めた伯爵の親族全員が出席するなか、堂々と結婚式を挙げられたら、どんなにうれしいだろう。こんなこそこそした進めかたで、どこかの暗い教会に駆けこむのではなく……。

〝でも、わたしは伯爵夫人になるのよ〟エミリーは力強く自分に言い聞かせた。〝ほかのことはどうでもいいわ〟

エミリーの支度が終わると、ミドルトン夫人が両手で小さく追い払うようなしぐさをし、ジェニーとアリスは部屋を出ていった。

ミドルトン夫人が椅子を引き寄せて、エミリーのそばに座った。紫色のドレスと、〝王女〟の女官を装ったときに巻いていたターバンを身に着けている。

「さあ、エミリーお嬢さま」家政婦が優しく言った。「わたしがあなたの親戚だったらよかったのですけどね。そうしたら、若い婦人が結婚式の日に助言を受けるきちんとしたやりかたに従って、あなたに助言できたと思うのですけど」

「心配しないで、ミドルトン夫人」エミリーは言った。「わたしは記憶力がいいから、式の最中に何かを間違えたりしないわ」

「こほん」ミドルトン夫人が、絹のレースで縁取られたハンカチで口もとをそっと押さえてから、きびしい目をカーテンに向けた。「わたしがお話ししているのは……その……結婚の微妙な面のことです」

「ああ」エミリーの頬が熱くなった。突然、いろいろな思いが押し寄せてきた。伯爵夫人になることしか考えていなかった。それ以上のことは、何ひとつ頭になかったのだ。

「どうすればいいのかしら？」ささやき声できく。

ミドルトン夫人は昨夜のうちに、適切な忠告についてあれこれ記憶を探っていた。ずっと昔に新婦付添い役を務めたことがあり、花嫁に母親が忠告するのを耳にしたことがあったので、その忠告をエミリーに伝えるのがいちばんいいだろうと決めた。

「今夜、伯爵さまとベッドをともにすることになります、エミリーお嬢さま」

「ええ」

「何があろうと、常に旦那さまを愛し敬うことを忘れてはなりません。男性には、おかしな癖があるのです」

「続けて」エミリーが言った。「わたしはどうすればいいの？」

「固く目を閉じて、王さまのことを考えなさい」

エミリーが目をぱちくりさせた。「ジョージ王のことを？」

「そうです。国王陛下のことを」

「でも、頭のいかれた王さまのことを考えて何かから気をそらすなんて、できそうにないわ」

ミドルトン夫人はひどく驚いた。「そんな不敬な言葉を口にしてはなりません。陛下はお加減が悪いだけです。立派で高潔な紳士ですよ」

「でも、夫のことを考えるべきじゃないの？」

「結婚の親密な行為は、わたしたち女性にとってはつらいものなのです」ミドルトン夫人が言った。エミリーは〝夫人〟がただの儀礼上の敬称であることを知らなかったので、家政婦が経験から話しているのだと思っていた。「男性と同じ欲望と情熱を持つのは、本当にふしだらな女だけです」

〝わたしみたいな〟とエミリーはわびしい気持ちで考えた。口に出しては言わなかったが。

「でも、何もかもうまくいきますよ」ミドルトン夫人がなだめるように言った。「その経験のせいで死んだ女性がいるとは、聞いたことがありませんから」エミリーの手をぽんぽんとたたく。「さて、これで安心なさったでしょうから、わたしは階《し》下《た》に行って、披露宴のお料理の準備がきちんと整っているかどうか見てきますね」

ミドルトン夫人が出ていったあと、エミリーは両手で頭を抱えた。どうしたら夫のキスや愛撫《あいぶ》に激しく反応しないでいられるのだろう？

〝王さまのことを考えるの〟エミリーは必死に自分に言い聞かせた。〝王さまのことを考えるのよ〟

ドアをそっとたたく音がした。エミリーは震える声で「どうぞ」と言った。グッデナフ氏が部屋に入ってきた。

「とても美しいよ、エミリー」

「ありがとう」エミリーはぼそぼそと言った。まだ、自分のふしだらな体が見せてしまうかもしれない反応を心配していた。

「フリートウッド卿は立派な男だ」グッデナフ氏が言った。「勝手ながら、昨夜遅く、ふたりきりで話すために訪ねたんだよ」

「本当のことを話したんじゃないわよね？」エミリーは甲高い声できいた。

「ああ」グッデナフ氏が悲しそうに答えた。「でも、もう少しで話しそうになったよ。伯爵は尊敬すべき男だし、わたしは秘密を打ち明けて楽になりたくてたまらなかったが、そうはしなかった」

「だったら、どうして訪ねたの？」

「わたしがこの屋敷にいないほうが、おまえがうまく結婚生活を始められる気がしてね。いや！　最後まで聞きなさい。おまえはここにとどまることについて、わたしの意見を無視したね。おまえがここの使用人に頼りたい気持ちはわかる。しかし、彼らはただのお屋敷つきの使用人で、おまえはじきに夫の家で伯爵夫人としての地位に就かなくてはならないんだよ。わたしはフリートウッド卿とそのことについて話し合い、彼はわたしがきょうパークレーンに移ることに同意した。わたしはおまえの結婚を邪魔せずに、ほどよい距離にいるとしよう」

「いやよ、ベンジャミン」エミリーは叫び、サー・ハリー・ジャクソンの屋敷の敷地をふたりで散歩していたころのように、元執事をファーストネームで呼んだ。「あなたがいなくちゃ、この結婚に立ち向かえない」

「恋をしている女性の発言とは思えないな。おまえはフリートウッド卿に恋をしているんじゃないのかい？」

エミリーは、わからない、わたしは称号を手に入れるという考えに恋してるの、もしかしたらひどい間違いをしたのかも、と大声で叫びたかった。結婚を、どういうものだと思っていたのだろう？　想像のなかではなんとなく、伯爵はクラブか田舎で時を過ごし、そのあいだ自分はこれまでとほとんど変わらずグッデナフ氏と暮らし続けるつもりでいたのだ。しかし、グッデナフ氏はとても弱々しくとても不安そうに見えたので、エミリーは自分の恐怖を打ち明けて悩ませる気になれなかった。

「ええ、フリートウッド卿に恋してるわ」沈んだ声で言う。「本当に」

「それなら、万事うまくいくよ」グッデナフ氏が言って、エミリーの頬にキスした。「さて、そろそろ行かなくては」

それから数時間は、夢のように過ぎていった。雨のなか教会へ移動し、祭壇の前に伯爵がいて、教会内の新郎側には数人の静かな参列者――結婚のことを口外しないと伯爵が確信している参列者――がいて、新婦側には六七番地の使用人たちだけがいた。まあ！　あのリジーって子は、今にも気絶しそうだわ。その鮮明な姿が、エミリーのぼんやりした意識に刻みこまれ、そのあと何もかもがまた夢うつつになって、グッデナフ氏の腕を取り、祭壇に向かって歩いた。

まるで誰か別の人が誓いを立てているかのように感じた。フリートウッド卿はとても威厳があって、よそよそしく見えた。教会は暗くて寒く、外の強まる風が尖塔の鐘を揺らし、震えるようなかすかな物悲しい音を響かせた。

祭壇の向こうには、モーセの十戒が金の文字でくっきり書かれていた。すべての〝汝何々するなかれ〟が、疲れた罪人にいくつもの破戒を思い出させた。香のにおいが、参列者の麝香《じゃこう》のにおい、そして古い建物の乾燥腐敗のむせ返るような香りと混じり合っていた。

そうこうするうちに、すべてが終わった。結婚登録簿への署名が済むと、エミリーは雨のなかへ足を踏み出した。もうエミリー・ジェンキンズでもエミリー・グッデナフでもなく、フリートウッド伯爵夫人になったのだ。

「さて、これでぼくたちは夫と妻になったよ」馬車で家に向かいながら、伯爵が明るい口調で言った。

「そうね」エミリーは小声で答えた。

青ざめた落ち着かない表情に見えたが、フリートウッド卿はよくある花嫁の憂鬱だろうと考え、残りの道のりでは口を閉じて、心の準備をさせてやろうとした。しかし、その静けさのせいで、エミリーはさらに気分が悪くなった。伯爵は何を考えているのだろう？　こんな行動を取ったことを、もう後悔しているのだろうか？　高い鼻をした端整な顔は、物思いに沈み、少しいかめしく見えた。わたしは伯爵の何を知っているというのだろう？　奥方を殺したのだと、彼の姉は主張していた。もしそれが本当だったら？

結婚披露宴で、エミリーは伯爵の親戚の何人か――姉は招待されなかったのでいなかったが――と数人の友人に紹介された。エミリーは微笑んでそれぞれに挨拶したあと、すぐさま彼らの名前を忘れてしまった。

アンガスの奇跡のような料理が次々にテーブルに運ばれてくると、まわりから感嘆の低い声があがった。エミリーは休みなくワインを飲み始め、そのうち部屋や料理、夫や客たちが心地よくぼやけてきた。

食事のある時点で、屋敷の空気をつんざくような恐ろしい叫び声がして、それが長い苦悶《くもん》のむせび泣きになり、しだいに消えていった。レインバードが部屋から飛び出し、十分ほどで戻ってきたが、その表情はきびしくこわばっていた。ぼそぼそと詫びの言葉をつぶやき、厨房のメイドのひとりが火傷《やけど》をしたのだと説明した。しかし伯爵は、レインバードがそのあと、テーブルに着いていたミドルトン夫人のほうに身をかがめて何か耳打ちしたことに気づいた。家政婦が、驚きの叫び声を押し殺した。

エミリーは飲みすぎのせいでまわりで起こっていることに気づいていなかったが、伯爵には、レインバードもジョゼフも、メイドのアリスとジェニーも、悲痛な表情を浮かべているのがわかった。

食べたり飲んだりの四時間が過ぎ、結婚披露宴は終わった。

客たちはいとまを告げて、風と雨が吹きつける通りへ出ていった。

フリートウッド卿が、エミリーに微笑みかけた。「休もうか？　残り物は使用人たちに片づけてもらって」

「どこへ行くの？」エミリーはふらつきながら尋ねた。

「ぼくたちの寝室だよ」

エミリーは目をすがめて時計を見つめ、少し苦労しながらどうにか焦点を合わせた。「まだ五時よ、フリートウッド」叫ぶように言う。

「そうだな」伯爵が愛想よく言った。「おいで」

断頭台へ向かう貴族のように、エミリーは伯爵のあとについて寝室に入った。二階の食堂の奥にある部屋だった。

「さあ、愛する人……」フリートウッド卿が言いかけた。

すると地階から、悲鳴と叫び声と罵声が聞こえてきた。

「婚礼の日だというのに、いろいろありすぎだな」伯爵は苛立たしげに言った。「ぼくは常に、無作法な使用人に悩まされる運命なのか？」

呼び鈴を鳴らす。エミリーは座って、ぼんやり窓の外を眺めていた。

しばらくしてから、レインバードが呼び出しに応じた。

フリートウッド卿は、冷ややかに問いただした。「あの大騒ぎはいったいなんだ？」

「内輪の問題です、ご主人さま」レインバードがこわばった声で答えた。「ご主人さまと奥さまにはお詫び申し上げます」

「もちろん内輪《ドメスティック》の問題だろうな。おまえたちは全員、召使い《ドメスティック》なんだから」伯爵は皮肉っぽく言った。

「あの子、リジーのことれしょ」エミリーがろれつの回らない口調で言った。「教会で、真っ青らったわ。リジーの様子、見にいこ」

「そこにいなさい」フリートウッド卿は命じ、自分の妻がどれほど酔っているかに初めて気づいた。

「どうなんだ、レインバード」

「わたしたちは、宿屋を買うために貯金していました」レインバードが淡々と説明した。「ロンドンの旅館はとても買えませんが、たぶんあと一シーズンあれば、ハイゲートにある宿屋なら買えるくらいには貯まっていました。ところが、スカラリーメイドのリジーが、チャータリス卿の第一従僕のルークにだまされて、わたしたちの貯金を渡してしまったんです。ルークは、ハンプシャー卿の馬が配当十倍で勝つ、なぜならほかの馬は薬物を与えられているからと言ったそうです。その馬は走り、実際に勝ちました。ルークは、賞金のリジーの取り分だけ持って、ふたりで逃げ、結婚しようと約束していました。しかしルークは、わたしたちの金と賞金をぜんぶ持って、ひとりで逃げたのです」

「いくら盗《と》られたんだ？」

「わたしたちの貯金は、三百ポンドになっていました。ルークは三千ポンド勝ったのでしょう」

伯爵は音を立てずに口笛を吹いた。

「かあいそうなリジー」だしぬけにエミリーが言った。酔っ払いの洞察力を発揮して、つけ加える。「だいいち従僕と結婚するの、名誉なのよ。すごい名誉。のぼせちゃったのね」

「そうか、今回のことがおまえたち全員にとって教訓になるといいな」伯爵は冷たい口調で言った。「次回は貯金を安全な場所に置いて、スカラリーメイドたちにはその情報を教えないことだ」

「承知いたしました、ご主人さま」レインバードが無表情に言った。

「リジーに、お金がいるわ」エミリーがふらふらと立ち上がって、レティキュールをつかみ、中身を探り始めた。「リジーのためのお金」

「その問題には、あとで対処しよう」伯爵は不機嫌に言った。「あしたチャータリスに会って、その従僕の行き先を探ってみるよ。そいつは家族に会いに行くかもしれない」

しかしエミリーは、レティキュールから札束を出して、慎重に数えているところだった。

「三百！」得意げに言う。「持ってって」レインバードに札束を突きつける。

「いいから、その金を取って、さっさと出ていけ」フリートウッド卿はかんしゃくを起こしてどなった。準備万端で愛する人を腕に抱こうとしたところで、使用人の問題に邪魔されている。まったく使用人という連中は！　だから大嫌いなのだ。

レインバードが金を受け取ってお辞儀をし、急いで立ち去った。

「さあ」伯爵は言ってエミリーを引き寄せ、服を脱がせ始めた。

「何をしてるの？」エミリーが叫んで、夫の巧みな両手を弱々しくたたいた。

「服を脱がせているんだ」

「どうして？」

「愛を交わすために」

「王さまのこと、考えるのよ」エミリーはつぶやいた。「王さまのこと、考えるの」

しかし、フリートウッド卿がキスし始めた。エミリーは陶然としてふらつき、めくるめく感覚に包まれていった。

こんなふうにキスしながら、最終的にどうやってエミリーの服を脱がせ、自分も服を脱いだのか、不思議でならなかった。ぼんやりと、フェンシングやボクシングみたいな、紳士としての技能なのかしら、と考える。夫の素肌が自分の熱い体に重なると、ひんやりしたすばらしい感触がした。

最後にもう一度、ジョージ王のことを考えようという勇敢な試みをしたあと、両腕を夫の裸の背中に巻きつけ、興奮の赤い靄《もや》のなかをたゆたった。純潔を失うとき、痛みに驚いて叫んだが、やがて、きみはなんて美しいんだ、とささやく夫の声しか聞こえなくなった。ときどきエミリーは、部屋がぐるぐる回っているのは飲みすぎたせいなのか、それともすばらしく心地よいキスと愛撫のせいなのかと考えた。

ついには漂うように眠りに落ち、伯爵はエミリーをきつく抱き締めて、新しい花嫁となったこの情熱にあふれる奇跡のような裸体への感謝でくらくらしながら、もう少しでジョージ王に結婚初夜をだいなしにされるところだったとは夢にも思わずにいた。

「さあ」レインバードは、使用人たちが夕食を終えると、険しい顔で言った。「お金は戻ったんだし、もうけんかも非難もしなくていいだろう。わたしたちはみんなリジーにきびしいことを言ったが、それも無理はなかった。もっとも、ジョゼフは別だがな。ジョゼフ、以前賭けごとでお金をすったのはほかならぬおまえなのに、なぜ、その子をどなりつけたり、ののしったり、ぶったりするのか、わたしには理解できないね。何か食べなさい、リジー。おまえはもうじゅうぶんに罰を受けたと思うよ。それに、そう、おまえの口を石鹸で洗ったのは、悪かったよ。あんなに忙しく走り回っていなければ、おまえが何を悩んでいるのか聞いてやる時間が取れたんだが」

「恩知らず、それがこいつだよ」ジョゼフが荒々しく言った。「このあばずれ！」

「ジョゼフ、警告しておくぞ」レインバードは言った。「あとひとことでもリジーにきつい言葉を浴びせたら、わたしがおまえを引きずり出して、鞭《むち》で打ってやるからな」

ジョゼフは押し黙ったが、打ちひしがれ哀れな姿となったリジーをにらみ続けていた。リジーが自分を差し置いてほかの従僕に目を向けたというだけで、屈辱的だった。

リジーがやっとのことで口を開いた。「お願い、レインバードさん、教会へ行きたいんです」か細い声で言う。

リジーはローマカトリック教徒なので、ソーホースクエアにあるセント・パトリック教会に通っていた。ほかの使用人たちは英国国教会の信徒で、グローヴナー礼拝堂の礼拝にたまに行くくらいだった。

「わかったよ」レインバードはため息をついた。「でも、あまり遅くならないようにな」

リジーは頭からショールをかぶって、使用人部屋を静かに出ていった。

「あたしたちのリジーは、いったいどうしちゃったのかしら」アリスが悲しげに言った。

「リジーは賢い子で、ほかのみんなより勉強が得意だからな」料理人が言った。「ごみみたいに扱われてうんざりするのも、わからんではない」

「ごみみたいに扱ってなんかいないわ」ジェニーがむきになって言った。

「みんな結婚披露宴の大騒ぎのせいで、あの子をこき使ってただろう。誰よりもわたしがひどかった」料理人が悔やむように言った。「第一従僕と結婚するってのは、あの子にとっちゃすごいことだもんな。まあ、あれだ、女たちがふさわしい身分をきちんとわきまえないとどうなるか、これでよくわかるってことだ」

「新しい伯爵夫人に悪いことが何も起こらないといいんだが」レインバードは心配になって言った。「じきにここを出ていかれるだろうし、そうなったら奥さまをお守りするためにできることは何もなくなる」

リジーは、暗く風の強い通りを急ぎ足で歩いた。雨はやみ、ちぎれた雲が煙突のはるか上を流れていた。

屈辱感に押しつぶされそうだった。いったいどうして、第一従僕がスカラリーメイドと結婚だなんて、そんなみっともないまねをすると思えたのだろう？　ジョゼフの残酷な仕打ちが、傷口に塩を塗った。ほかのみんなの何倍も責め立てたのだ。

結婚披露宴の最中、リジーはどっちつかずの状態にもう耐えられなくなり、となりのチャータリス卿の屋敷を訪ねて、執事のブレンキンソップにルークと話せないかと尋ねた。「いいや、話せないね」ブレンキンソップがいかめしい顔で言った。「あいつはものすごい量の札束を振り回しながら駆けこんできて、わたしに恐ろしくがさつで無礼な態度を取った。次のステージへ進むために、街を出ていくとか言ってね。まったく、いい厄介払いだよ」リジーは震え上がって、従僕がどのステージへ進んだのかきき出そうとしたが、ブレンキンソップは、知らないしどうでもいいと答えただけだった。六七番地の厨房に戻り、かんかんに怒ったアンガスに持ち場を離れたことをしかられているころには、自分がだまされたことに気づいていた。きっとルークは迎えに来てくれると信じようとしたが、心の底では来るはずがないとわかっていた。それを悟ったとき、リジーは倒れこみ、すべてを打ち明けた。

恥ずべき記憶を消し去ろうとしながら、さらに足を速め、暗い通りを離れて神聖な教会のなかに飛びこめたときにはほっとした。

司祭に懺悔《ざんげ》しなければと考えただけで、体が震えた。そこでかわりに、時間をかけて懸命に祈り、許しを求めて、かつては自分を明るく心穏やかにしてくれた謙虚さが戻ってくることを願った。

ようやく、かなり気持ちが安らいだので、立ち上がった。長いあいだひざまずいていたせいで体がこわばっていた。外へ向かい、教会の入口のところに立って、頭にショールをしっかりと巻く。

また雨が降り出して、ぬかるんだ通りを太鼓のように打っていた。

「失礼、お嬢さん」背後から柔らかな声がした。「勝手ながら、家までお送りしてもよろしいでしょうか？　ぼくは傘を持ってます」

リジーはくるりと振り返った。こざっぱりした、感じのよい男性が、後ろに立っていた。

「お会いしたこと、ありませんよね」リジーはぎこちなく言った。

「自己紹介します。ポール・ジェンドローと申します。フランスの伯爵、サン・ベルタンさまの従者です」

リジーは膝を曲げてお辞儀をした。「リジー・オブライエンと申します」はにかみながら言う。「スカラリーメイドです」

男性がうなずいて、傘を開き始めた。

「お申し出はありがたいんですけど」リジーは言った。「だいじょうぶ、ひとりで家に帰れます」

「この雨では無理ですよ」男性が穏やかに言った。傘をふたりの頭の上に掲げる。

リジーは、男性の顔にちらりと目を向けた。輝く白い歯と、生き生きとしたふたつの目だけが見えた。

雨が強くなってきて、ぎらつく棒状の水が、前方の広場の敷石を続けざまにたたいていた。

リジーは小さなため息をついた。まさかそんなにすぐに、ルークの裏切りよりひどいことがふたたび身に降りかかることはないだろう。

リジーはおとなしく、新しい友人と歩調を合わせて歩き出した。

# 11

最も残酷な嘘は、たいてい沈黙によって告げられる。

――ロバート・ルイス・スティーヴンソン

伯爵とエミリーの結婚は、翌朝の《モーニング・ポスト》で発表された。

新婚夫婦は、オタリー夫人の騒々しい到着によって起こされた。耳障りな声が大きくなったり小さくなったりしながら、レインバードをどなりつけ、今すぐ弟に会わせるよう強く求めた。

ほどなく、寝室の扉を軽くたたく音がしてから、レインバードが申し訳なさそうな声で、オタリー夫人が表の居間で待っていて帰ろうとしないことを説明した。

フリートウッド卿はため息をつき、エミリーにキスして言った。「姉を追い払ってくるよ。起きて服を着るかい？　お腹は空いている？」

「ええ、フリートウッド」エミリーはつぶやくように言った。不意に、ベッドから下りた伯爵のたくましい裸体を見て、恥ずかしくなった。

「ぼくの従者がいればいいんだが」フリートウッド卿が言った。「しかし、使用人の寝室がいっぱいだからな」

「お姉さまはものすごく怒るかしら？」エミリーはきいた。

「ああ。でもきみには近寄らせないよ」

フリートウッド卿は下着をはいてから、ダマスク織のゆるいガウンをまとった。ここ二百年ほど、脱ぎやすさで好評を博してきた七分丈の上着だ。上靴に足を突っこみ、階段を下りていく。

エミリーは起き上がり、けだるさと、かすかな頭の重さを感じた。ナイトガウンとショールをまとって、上階にある以前の寝室まで行く。ほとんどの服は、まだそこにしまってあった。

夫の手荷物と服が、部屋に無造作に置かれていた。どうやら夫は、三階の寝室を衣装部屋として使うことに決めたようだ。

エミリーは、衣装箪笥から午前用のドレスを取り、ふと、机の上に伯爵が置いた書類と手紙の山に目を留めた。引き出しにまだ鍵が掛かっているか確かめようと、机のところまで歩く。もし、有罪を示す書類をフリートウッドに見つかったら、恐ろしいことになる。

引き出しには鍵が掛かっていた。エミリーはぼんやりと書類を見下ろしてから、体に寒気が走るのを感じた。

〝エミリア〟という名前が目をとらえた。気持ちが沈んでいくのを感じながら、ページをめくった。間違いなく、あのおぞましい本の覚書と初稿だった。ほかに解釈のしようがない。

夫のフリートウッド伯爵が、あのひどい本を書いたのだ。それでも、エミリーと結婚したのだから、出生の秘密を知っているわけでも、エミリアのモデルとしてエミリーを使ったわけでもないのは確かだった。

でも、もし突き止められてしまったら？　あの本の、成り上がり者エミリーに対する侮蔑はすさまじかった。

エミリーはどさりと座りこみ、両手に顔をうずめた。

きのうは、伯爵夫人になるという野望だけが重要だった。今では、フリートウッドの愛だけが欲しかった。その愛を失うことが、称号を失うことより怖かった。

階下から、オタリー夫人が延々と抗議し続ける声と、ときおり差し挟まれる伯爵の低く響く男らしい声が流れてきて、そのあとオタリー夫人の泣き声が聞こえた。

〝こんなふうに嘘をついたままじゃ、やっていけない〟エミリーはうろたえながら考えた。〝やっていけないわ。ほんのわずかでも、あの人がわたしを許してくれる望みはあるのかしら？〟

顔を洗って、服を着た。玄関扉がばたんと閉じる音がした。

伯爵が階段をのぼって、ふたりの寝室に入ったようだった。短い間があいたあと、三階にのぼってくる夫の足音が聞こえた。

部屋に足を踏み入れ、立ったまま、きびしい顔つきでこちらを見る。

「どうしたの、フリートウッド？」エミリーはたじろいだ。「お姉さまは、そんなにひどく怒ってらしたの？」

「ああ、しかし姉は、ついでに悪い知らせも持ってきた。弟のハリーが死んだんだ。勇敢に戦って死んだ。そしてこれで、ぼくの人生で最も悲惨な一章が終わりを迎えた」

フリートウッド卿が座りこみ、両手で頭を抱えた。

エミリーはどうすることもできずに夫を見つめた。おずおずと手を伸ばし、夫の髪を撫でる。伯爵がその手をつかんで、ぎゅっと握った。

「陸軍省に行かなくてはならないんだ、エミリー」フリートウッド卿が言った。「ぼくたちの結婚が、いやな始まりかたになってしまったね」

「いっしょに行きましょうか？」

「いいや。馬車に乗って、叔父さんに会いにいくといい。ぼくが迎えをやるまで、そっちにいてくれ。きょうはここに訪問者が押し寄せるだろうし、もちろんきみは連中を避けたいだろうからね」


六七番地の外では、パーシヴァル・パードン氏がじりじりしながら待っていた。新しい伯爵夫人に挨拶しようとやってきたのだが、ほかの訪問者たちと同様、きょうは伯爵も夫人も来客は受けつけないと断られた。

しかしパードン氏は、フリートウッドを射止めたその美女をひと目見たくてたまらなかった。今朝の新聞で発表を読んでからずっと、好奇心でいっぱいになっていたのだ。それに、新しい伯爵夫人に気に入られたくてたまらなかった。パードン氏は流行の最先端でいるのが好きで、それを達成する唯一の方法は、ロンドン社交界最新の人気者に取り入ることだと考えていた。ベッシーとハリエットとその母親たちは、哀れなフリートウッドがどこの馬の骨ともわからない女の〝罠《わな》にはまった〟と主張するかもしれないが、パードン氏は社交界のやりかたを心得ているし、その伯爵夫人がすでに上流社会の人気者になっていることも心得ていた。ハンサムな伯爵をとりこにしてみせた女性なら、誰だってそうなる。

待ったかいがあり、ほどなく六七番地を出ていくフリートウッド卿の興味深い姿が見られた。伯爵は黒い腕章を着けていた。フリートウッド前伯爵夫人の死にまつわるありとあらゆるうわさ話を思い出した。まさか、さっそく新しい花嫁を殺したんじゃあるまいな！

雨が馬車の窓を曇らせ、パードン氏はせわしなく袖でこすった。寒い雨模様の日だった。足もとに置いた保温用の熱い煉瓦《れんが》はすでに冷えてしまい、今にも貸し馬車の御者に移動を命じようとしたそのとき、六七番地の扉がふたたびあいて、エミリーが出てきた。

パードン氏はまじまじと凝視した。エミリーは石段の上に立ち、手袋をはめながら、執事に話しかけていた。上等な服を着ていても、すぐに誰だかわかった。イギリスじゅうを探しても、あんな美女はふたりといない。新しいフリートウッド伯爵夫人は、四年前、パードン氏がほれこんだあの小さなチェインバーメイドだった。〝ほれこんだ〟とは、つまりエミリーが危うく陵辱《りょうじょく》されそうになったということで、少女を守った執事は卒中を起こしたのだが、パードン氏は良心のとがめなどまったく感じなかった。

氏の考えでは、きれいな使用人の女たちは、摘まれるために咲いている花なのだ。ときには屋敷の主人と奥方がメソジスト派ばりの堅苦しさで屋敷から出ていけと命じるが、たいていの場合は、パードン氏の火遊びを見て見ぬふりをしてくれた。娼婦とは違って使用人の女たちは無料だし、病気を持っていることもめったにない。

パードン氏は、エミリーの馬車を追うよう御者に命じた。

馬車に揺られながら、鋭い頭で自分のふところ具合の寂しさについて考えた。きっと伯爵は、エミリーの素性について何も知らないはずだ。ちょっと待て。北の屋敷にいたとき、あの女はジェンキンズと呼ばれていたが、結婚前にはグッデナフと名乗っていた！

パードン氏は座席に背中を預けてにんまりした。あの伯爵夫人は女詐欺師だ。秘密を守るためなら、大金を払うに違いない。

エミリーの馬車が、パークレーンにある屋敷の外で止まった。パードン氏はエミリーがなかに入るまで待ってから、馬車の後部に立っていた自分の従僕を呼び、屋敷に住んでいる人の名前をさりげなく聞き出すように命じた。

十分後、従僕が戻ってきた。この屋敷にはフリートウッド伯爵夫人の叔父、ベンジャミン・グッデナフ氏が住んでいるという。

〝あの女の共犯者だな〟パードン氏は上機嫌で考えた。〝さて、わたしが名刺を出せば、外で長々と待たされたあと、追い返されるだろうな。わかってるとも。ならば、グッデナフ氏と約束がある、わざわざ取り次がなくてよろしい、と言って、入っていくことにしよう〟

レインバードはエミリーを見送ったあと、厨房へ下りていった。アンガスが炉火の上にかがんで、鍋に入った何かをかき混ぜていた。ほかの使用人たちは、デイヴまでが上階にいて、屋敷をきれいに片づけ、すべての部屋に火を灯《とも》していた。外の雨がみぞれに変わりつつあったからだ。

「なんという春だ！」レインバードはぶるりと身震いした。「なあ、今朝のリジーは、だいぶ元気そうに見えたな」

「ああ」アンガスが答えた。「奥さまがお金をくださったんだから、それほどひどい状況じゃないって気づいたんだろう」

「だとしても」レインバードは言った。「ルークがもう二度とこのあたりに近づかないことを願うよ。リジーは屈辱的なやりかたでだまされて、ひどく傷ついたんだ。だがな、アンガス、昨夜リジーが階段を下りてくる直前、外で誰かと話している声が確かに聞こえたんだよ」

「なんだったのか、きいてみたか？」

「じつを言うと、きく気になれなかったんだ。金を盗《と》ったのは悪い行いだが、あのことがあって、リジーが私生活や尊厳をまったく持てずにいたことに気づいた。しかし今になって、もし昨夜ルークが戻ってきて、リジーがあいつと駆け落ちするつもりだったら、と心配になってきた」

「そういう計画なら、あんなに落ち着いて見えるわきゃないだろう」アンガスが言った。「昨夜はすごく晴れ晴れして見えたし、今朝はすっかりいつものあの子に戻ってるようだったよ。教会は、いつだってリジーを元気にしてくれるからな」

「今朝は、何もかもが心配になってくるみたいだ」レインバードは言った。「天気のせいに違いない。さっきからずっと、奥さまとごいっしょして、パークレーンの使用人たちの様子を見てきたほうがよかったかもしれないと思っているんだ。執事のジャイルズはいいやつだが、グッデナフ氏は、ほかの使用人たちにつけこまれてもおかしくないかただからな」

「だったら、さっさと行って」料理人が苛立たしげに言った。「わたしの仕事の邪魔はしないでくれんか？」

レインバードは、パードン氏が入っていった数分後に、パークレーンの屋敷に着いた。ジャイルズが通してくれた。「来客中だよ」ささやき声で言う。「約束があると言って、どこかの気取り屋が無理やり入ってきてね。何かがおかしい気がするんだ。奥さまが叫ぶのが聞こえたからね。お茶やワインや何かを運ぶよう呼び鈴を鳴らしもしないから、何が起こっているのかさっぱりわからない」

「その男は名乗ったか？」

「ただ約束があると言って、入ってきたんだよ。応接間から声がしていたので、まっすぐそこへ向かった。でも、おふたりは追い出すようにとはおっしゃらなかったから、問題ないんだろうな」

「その男は、どんな様子だった？」

「ああ、厚化粧で、鼬《いたち》みたいな軟弱そうな顔をしていて、かなりのめかし屋だよ」

「わたしが上階《うえ》に行って、応接間の扉に耳を当ててみよう」レインバードは言った。

「そんなことはしちゃいかん！」ジャイルズが叫んだが、レインバードはすでに上階へ向かっていた。

レインバードは、応接間の緑と金の扉に耳を押しつけた。

「……だから払ったほうがいいぞ、召使いのお嬢ちゃん。わたしに黙っててもらいたいのならな」もったいぶった声が言うのが聞こえた。

「いくら？」エミリーの張り詰めた高い声が尋ねた。

「一万ポンド」

「そんな大金、払えないわ！」またエミリーの声がした。レインバードはグッデナフ氏に対して苛立ちを覚えた。なぜ彼女をかばわない？　なぜこの男への対処を、彼女ひとりに任せている？　しかし考えてみれば、エミリーの結婚前にも、グッデナフ氏はほとんどの問題への対処をエミリーに任せていた。

「忘れてるようだな」もったいぶったいやらしい声がまた聞こえた。「親愛なる伯爵夫人、あんたは言っただろう、サー・ハリー・ジャクソンから金は盗んでない、彼はここにいるスピンクスに遺言で全財産を残したんだと。あれは立派な屋敷と土地だった。一万ポンドなど、あんたにとってははした金だろう」

「パードンさん」エミリーが言うのが聞こえた。「もし一万ポンドがあなたの求めるすべてだとわかってるなら、その条件に応じる覚悟をしたかもしれません。でも、そのお金がなくなったら、あなたはさらに欲しくなって戻ってくるでしょう。何度も。いつだって、それがゆすり屋のやりかただわ」

「お若いのに、世の中というものをよくわかっていらっしゃる」パードン氏があざけった。「あすの夕方まで考える時間がありますよ。ここで六時にお会いしましょう。金を渡さないなら、直接フリートウッドのところへ行きます」

「何かありそうか?」声がしたので、レインバードはさっと振り返り、背後に立っているジャイルズを見た。

「いや、何も」レインバードは急いで言った。伯爵とは違って、ここの使用人たちの口の堅さを信じてはいなかったからだ。「誰かが戸口のほうへやってくるようだ」あわただしく言う。「フリートウッド卿は、奥さまの会話を盗み聞きしていたと知ったら、きみをクビにするかもしれない」レインバードはジャイルズの手を引っぱって、階段を下りていった。

「ぼくが持つよ、リジー」ジョゼフが叫んで、スカラリーメイドの手から重い石炭バケツを取り上げた。「こんな重いものを運んだらだめじゃないか」

「そうよ、階下《した》に行って、少し休んだらいいわ」ジェニーが言った。「もうじゅうぶん働いたんだから」

「まだ階段を掃除してないんです」リジーは言った。

「あたしがやっといてもいいわ」アリスが言った。「行ってきなさいよ、リジー」

「そうよ」ミドルトン夫人が言った。「もうすぐ終わりますからね。この春の花が、ちょっとばかり明るい色を添えてくれると思うわ」喇叭《らっぱ》水仙を一本つまんで、先ほどから生けている花々のあいだに差し入れる。

「そんなこと言われると、役立たずになった気がします」リジーは言った。「働いてるほうがいいんです……ほんとに」

みんなが互いに目配せをしてから、心配そうにリジーを見た。

「なら、階段をやってちょうだい」アリスが言った。「でも、へとへとになるまでがんばらないでね」

リジーはまばたきで涙を追い払った。みんなに親切にされると、また後ろめたさがどっと押し寄せてくるのを感じた。ジョゼフでさえ、ことさら努力してリジーに優しくしていた。

ぞうきんとブラシを持って上階に行き、階段を掃除し始める。屋根裏から下へ休みなく進むあいだ、ふと気づくと何度もポール・ジェンドローの姿を思い浮かべていた。家まで送ってくれたフランス人の従者だ。もっと明るい通りに出たとき、彼の顔がはっきり見えた。感じのいい顔だわ、とリジーは胸のなかでつぶやいた。少し血色が悪いけれど、引き締まった立派な顎と口をしている。どういうわけか、気づいてみるとリジーは、ルークとお金のことを何もかもジェンドロー氏に話していた。思いやりのある聞き手に苦しい胸の内を明かすことでとても心が安らいだが、今ではあんなにあけすけに話さなければよかったと悔やんでいた。彼はあたしをどう思っただろう？　自分に関心を示すあらゆる大ぼら吹きに恋してしまう、ばかな田舎娘と思ったかもしれない。彼のことを考えてはだめ。従者は第一従僕よりも一段上の地位だ――そしてこの虚栄心のせいでどんな結果になったか、見てごらんなさい！そしてジョゼフはまたいつものジョゼフになっていた――優しくて、からかい好きで、ちょっと間が抜けている。愛しいジョゼフ。

リジーは階段を一段ずつ掃除しながらお祈りを唱え始め、世俗的な考えをぜんぶさえぎろうとした。玄関広間の裏階段の扉がばたんとあく音が聞こえ、びくりとする。レインバードがこちらに目を留め、大声で言った。「みんなを呼んできてくれ、リジー。恐ろしいことが起こった！」

全員が使用人部屋のテーブルのまわりに集まった。レインバードはテーブルの上座に立ち、みんなに向かって話した。

「奥さまの秘密が、パーシヴァル・パードン氏に暴かれた。顔を憶えていたんだ。おそらく、サー・ハリー・ジャクソンを訪ねたとき、奥さまを見かけたのを思い出したんだろう。きみたちには話していなかったが、奥さまは庶民の生まれであるだけでなく、以前はチェインバーメイドとして働いていたんだ。グッデナフ氏は同じ屋敷――サー・ハリー・ジャクソン宅の執事だった。サー・ハリーは亡くなり、土地と財産を当時はスピンクスと呼ばれていたグッデナフ氏に残した。つまり、ふたりはまっとうな方法でお金を手に入れ、合法的に名前を変えたんだ。だがそのパードンが、奥さまをゆすって一万ポンドもの大金を要求している」

「でも、わたしたちからご主人さまに――奥さまからご主人さまに、本当のことを話せないかしら？」ミドルトン夫人が言った。「伯爵さまは心から奥さまを愛していらっしゃるから、きっとお許しになるわ」

「フリートウッド卿は、使用人階級をひどく嫌っていることで有名なんだよ」レインバードは言った。「奥さまを許さないかもしれない。奥さまが庶民の生まれであることもご存じないんだ。わたしたち――わたしが、代書人に書類を偽造させたからね。奥さまをお助けしなければならない。どうにかしなくてはならない。奥さまは、わたしたちによくしてくださった。とてもよくしてくださった」

「もし伯爵さまが、最初の奥さまを本当に殺してたとしたら？」ジェニーが言った。「このことを知ったら、新しい奥さまも殺すわよ」

「知られてはならない」レインバードは言った。「どうすればいいだろう？」

「そのパードンって、どんな男だ？」アンガス・マグレガーが尋ねた。

「外で待って、パードンのあとをつけて行き先を確かめたんだ。マウント通りにある、パン屋の上の質素な下宿に住んでいる。めかし屋だ。中年、道楽ですさんだ顔、ぜいたくな服装」

「強くはなさそうだな？」アンガスが言って、顎を撫でた。

「ああ、しかし、あしたまでに急死しそうでもない」レインバードは辛辣に言った。

「そいつを、脅せるかもしれないわ」アリスがゆっくり言った。

全員がアリスを苛立たしげに見た。おっとりした美しいアリスは、みんなにひどく頭が鈍いと思われていた。

「ばか言ってら」小さいデイヴが言った。「おいらたち、しょっぴかれちゃうぜ。あったりまえじゃん」

アリスがあくびをして、伸びをした。それから言った。「でも、そいつは伯爵夫人をゆすろうとしたんでしょ。そいつがしゃべるなら、あたしたちもしゃべるの。奥さまとグッデナフさまは、ひとつも法律を破ってないわ——まあ、偽造した書類は別だけど、いつでも燃やせるんだしね。だって、奥さまはきちんとした方法でお名前を変えて、グッデナフ嬢っていう正式なお名前で結婚なさったんだもの。だからそのパードンってやつは、大声で法に訴えたりしないはずよ。あたしたちは一致団結して、そいつが奥さまからお金を搾り取ろうとするのを全員で聞いたって言うの。やらなきゃならないのは、ご主人さまと奥さまが晩餐を終えたら、パードンをここに来させることだけよ」

「しかし、どうやってそれをやる？」レインバードはもどかしい気持ちできいた。

「わかった！」料理人が叫んだ。「やつを誘拐する——そういうこったろ」

ミドルトン夫人が、かすかな叫び声を漏らした。「そんなことできやしません。使用人が紳士を誘拐するだなんて」

「なるほど、アリスの提案はいいと思う」レインバードは慎重に言った。「これまで、きみにそういうひらめきがあるとは思っていなかったよ、アリス」

アリスが顔を赤らめた。「ずっと考えてたんです」はにかみながら言う。「秘密って、どうしたってばれちゃうものでしょ。まあ、誰かが奥さまにお金をせびるとは思ってなかったけど、何かが起こるような気がして、奥さまが心配で頭の回転がよくなったんだと思うわ」

「さて、そうだな」レインバードは言った。「屋根つきの馬車と頑丈な縄、それと口をふさぐ何かが必要だな」

「パードンさんが、夜どこかへ出かけたら？」リジーがきいた。

「戻ってくるまで待とう――ひと晩じゅうかかったとしても」

「でも、ご主人さまと奥さまが、使用人たちはどこに行ったんだろうと不思議に思ったら？」ミドルトン夫人が問いかけた。

「いや、女性陣はいっしょに来てはいけないよ」レインバードは言った。「おふたりは、応対する者が誰かいれば気づかないだろう。ご結婚なさったばかりで、お互いのほかは何も目に入らないさ」

「でも、ご主人さまの弟さまが亡くなったばかりですよ」リジーが疑わしげに言った。「それに、フリートウッド卿はすごくうろたえてらしたって、さっき言ってたでしょう。何も気づかないほどロマンチックな気分じゃないかも」

「ミドルトン夫人が何か言い訳を思いつくさ」レインバードは気ぜわしく言った。「さて、戦いの計画を立てようじゃないか……」

午後遅く、フリートウッド卿はパークレーンの屋敷に花嫁を迎えにいった。グッデナフ氏はベッドで休んでいるという妻の説明を受け入れ、弟の死をめぐる心痛にすっかりとらわれていたので、エミリーが不自然なほど青白く張り詰めた顔をしていることに気づかなかった。

家に戻るとすぐに、伯爵は上階に行って晩餐のために着替えた――が、その工程には丸一時間かかった。従者の手助けがないと、クラヴァットの複雑な結び目を完成させるのはむずかしいとわかった。そのあと、階下で妻を待たなくてはならなかった。エミリーはまだ夫の前での着替えを恥ずかしがっていたうえに、自分だけの衣装部屋にする予定の奥の寝室に、今のところ持ち物を移していなかったからだ。

ふたりで晩餐の席につくと、フリートウッド卿は、ポルトガルでの弟の葬式について知ったことを話した。エミリーは夫の顔に表れた心労と苦痛に気づき、自分がそこに追い打ちをかけるのだと悟った。パーシヴァル・パードンは絶対に秘密を守らないだろう。そのくらいはわかる。何度も何度も金を要求し、こちらがもう払えなくなったところで、触れ回るのだ。

花嫁が地獄の責め苦を味わっていることには気づかず、伯爵は低い声で、子どものころのハリーがとてもかわいい弟だったこと、ところがやがて、奔放で手のつけられない放蕩者《ほうとうもの》に変わってしまったことについて話した。

アリスとジェニーが食器を片づけてポートワインと胡桃《くるみ》を置いたとき、伯爵はようやく、エミリーの顔の青白さに気づいた。

「ぼくの家族の悲劇を、そんなに重く受け止めなくていいんだよ」優しく言う。「ハリーの死は、ある意味では慈悲……」

「あなたに言わなくちゃならないことがあるの」エミリーは言って、手の関節が白くなるほどテーブルの縁をきつく握った。


パーシヴァル・パードン氏は、世界のありかたに満足していた。エミリーを恐喝したことで、力があふれてくるような快感を覚えた。これで、こちらの口説きをはねつけたおてんば娘に思い知らせてやれる。

襟飾りにダイヤモンドのピンを刺して身繕いを終え、帽子とステッキを手にして階段を下りた。舗道に立って貸し馬車を探しながら、じきにまた私用の馬車を買えるようになるだろうと考えた。

屋根つきの馬車が近づいてきて止まった。厚地の外套《がいとう》とショールにくるまった大柄な赤毛の御者が、御者台に座っている。

「馬車が入り用ですかい、だんな？」御者が呼びかけた。パードン氏はためらった。御者にはスコットランド訛りがあった。パードン氏の田舎屋敷はスコットランドとの境界近くにあったものの、あのうんざりするほど独立心の強い民族全員をうさん臭く思っていたからだ。

しかし、馬車はしっかりした造りで、貸し馬車の基準からすればなかなかよさそうだった。

「〈ブルックス〉まで行ってくれ」パードン氏は言った。

馬車の扉をあけて乗りこむ。なかには男ふたりと少年ひとりがいた。口をあけてどなろうとすると、荒っぽくハンカチを押しこまれた。体をつかまれ、縄で縛られたあと、パードン氏は詰まった喉の奥で憤りのわめき声をあげたが、頭から麻袋をかぶせられてしまった。

# 12

というのも、ここには高潔な騎士道精神、礼儀、人道、親善、勇気、愛、友情、臆病、殺人、憎悪、美徳、そして罪が見られるかもしれないのだ。

――サー・トマス・マロリー

「いや」フリートウッド卿が静かに言った。「ぼくが言わなくてはならないことのほうが、もっと重要だと思う」

「でも、フリートウッド……」

「言わせてくれ。陸軍省に行ってからずっと、きみに話す勇気を奮い起こそうとしてきたんだ」

「それなら話して」エミリーは言ったが、本当は、自分だってなんとか勇気を振り絞ったところなのに、あまり長く待たされたら何も言えなくなってしまう、と夫に向かって叫びたかった。

　しかし、伯爵の次の言葉を聞いて、自分の苦境をめぐる思いのすべてが、頭から吹き飛んでしまった。

「ハリーがクラリッサを殺したんだ」フリートウッド卿がぽつりと言った。

エミリーは、ぎょっとして夫を見つめた。「きちんと聞こえなかったみたい。今言ったのは……？」

「そうだ。弟がぼくの妻を殺した」

「でも、ど、どうして？」

伯爵がため息をついた。「いったいどこから始めれば、クラリッサのことをきみに説明できるんだろう？ クラリッサはとても美しくて、とても頭の回転が速くて、とても愉快な人だった。ぼくは彼女にすっかり夢中になった。でもその愛は、結婚からほんの数カ月しか続かなかった。妻は浮気者だった。常にみんなの注目を求めただけでなく、どこかの男が自分に狂おしいほど恋をして、自分のために死ぬ覚悟をしてくれないかぎり満足できなかった。クラリッサには、その力があった。ぼくだけが、妻の本性を知っていたようだった。無神経で、うぬぼれが強くて、強欲な本性を。

クラリッサは、ひとり、またひとりと男を苦しめていった。ぼくは状況を改善しようと、社交界の外へ、ぼくの田舎屋敷へ妻を連れていき、悪癖を直さないかぎりロンドンには二度と戻らせないと言った。客も呼ばなかった。結婚は失敗だった、終止符を打つしかないとわかっていたが、つまらない自尊心が、結婚の誓いを立てたのだからそれを破ってはならないと自分をたしなめ続けた。そんなとき、ハリーが訪ねてきた。借金取りに追われているから、田舎に引っこむしかないと言ってね。ハリーは奔放で無分別だった。でもぼくの弟だし、さすがのクラリッサも弟には手を出さないだろうと思った。

しばらくのあいだは、思ったとおりにことは進んでいるようだった。ふたりはお互いを好いているようにさえ見えなかった。ところが、ハリーはやつれて病気がちになってきた。ぼくは心配になって、医者を呼ぼうと言った。弟は、自分のために頭を悩ます必要はない、自分はひどいろくでなしで、誰かに心配される価値などないんだから、と言った。

ぼくは、妻との夫婦の営みを絶っていた。だから、クラリッサが弟と関係を持っているとは気づかなかった。ふたりはとても慎重で、とても用心深かったから、うちのうわさ好きの使用人たちでさえ見破れなかった。

でも、クラリッサはハリーに飽き始めた。一度しっかりとりこにしてしまえば、どんな男にも飽きてしまうんだ。妻は屋敷の近くの森で弟と会い、もうあなたとはおしまいよ、と言った。弟は信じようとしなかった。クラリッサは、ふたりで駆け落ちしましょうと約束していたんだ。妻はハリーをあざ笑って、あなたは単なる半人前の男で、わたしのような女を喜ばせ続けるには力不足よ、と言った。ハリーは乗馬鞭を振り上げて、クラリッサを脅した。酔っていたんだ。やましさから、度を越して酒を飲むようになっていた。弟は、鞭で打つと言った。妻は大笑いして、できるものならやってみなさいと言った。ハリーは怒りと悲しみで頭に血がのぼって、クラリッサを何度も何度も打ちのめした」

フリートウッド卿が黙りこんだ。

「それで……？」エミリーは震え声で促した。

「当時、ぼくは何ひとつ知らなかったんだ。妻は猟場番人か使用人のひとりと関係を持っていたのだろうと思った。あるいは、どこかの浮浪者が領地をうろついていて、宝石を奪うために妻を殺し、そのあと急にうろたえて、妻の着けていた宝石を盗《と》らずに逃げたのだろうと考えていたこともある。

妻の葬式の前日、ハリーは別れの挨拶もせずに立ち去った。ぼくは弟に対して、弟がこんなに唐突に去ったことに対して、妙な胸騒ぎを感じ始めた。そして弟が陸軍連隊の大尉の権利を買ったことを知った。おかしな話だった。ハリーは昔から、戦争に行くやつはばかだと主張していたからだ。弟は一度も手紙を寄こさなかったが、ときどき風の便りで様子は聞いていた。去年、同僚士官のひとりが休暇で帰国して、弟がウェリントン卿の軍隊とともにポルトガルへ出航したと教えてくれた」

「弟さんが殺人を犯したことが、どうしてわかったの？」エミリーはささやき声で尋ねた。

「あのばかは、自分が死んだあとぼくが開封するようにと、封をした手紙を残したんだ。弟の司令官が読まなかったのは奇跡だよ。きょう姉に、ハリーがしたことについて話した。そして今、こうしてきみに話した。ふたりのあいだに秘密があってはいけないと思ったんだ」

「ああ、フリートウッド、本当につらいでしょうね！」

「いや、そうでもないよ」伯爵が不意に微笑んで言った。「じつは、ハリーがクラリッサを殺したことは薄々わかっていたんだと思う。ハリーとぼくは、クラリッサが死ぬ前から、かなり疎遠になっていた。あいつはいつも面倒を起こしていたんだ。本当のことを言うと、弟の死の知らせは慈悲深い救いになった。理解してもらえるかな？」

「ええ、わかる気がする」エミリーは答えた。

「とにかく、一定の期間は喪に服さなければならないが、この悲劇がぼくたちの結婚に影を落とす理由はないよ」

エミリーはうつむいて、グラスをもてあそんだ。

「さて、きみは何を話したいのかな？」フリートウッド卿が優しく尋ねた。「おぞましさでは、今ぼくが話したことには勝てないだろう」

エミリーは顔を上げた。あとひと晩だけ夫と愛を交わすために、もう少しで嘘をつきそうになった。

フリートウッド卿の傲然《ごうぜん》とした端整な顔が、今ではこの上なく愛しく思えた。しかし、今夜言わなければ、もう二度と勇気を出すことはできないだろうとわかっていた。

「脅迫されてるの」か細い声で言う。

「なんだって！　誰に？　どうして？」

「わたしを軽蔑するでしょうけど、フリートウッド、我慢して聞いて、できれば理解してほしいの」もう夫を見ていられず、エミリーはワイングラスに向かって言った。

疲れた平板な声で、エミリーは夫にすべてを話した。チェインバーメイドとしての日々から、伯爵夫人になりたいという野望、レインバードの文書偽造、パーシヴァル・パードンの脅迫まで。

伯爵は、まるで顔の前に鎧戸を下ろしたような表情をしていた。グラスをもてあそぶ妻を険しい目でにらみ、哀れなハリーがクラリッサを殺したように、喜んでこの女を殺せるだろうと考えた。

「どちらにしても、あなたに話すべきだった」エミリーはため息をついた。「こんなに深くあなたを愛してなかったとしても、話すべきだったわ、フリートウッド。あのかわいそうなスカラリーメイドは、第一従僕との結婚がすばらしいことだと思ったから、だまされてお金を盗んでしまったの。でも、たぶん幸いなことに、その従僕を愛してはいなかった――わたしにはそう見えるってことだけど……。弁護士に会って、あなたをこの結婚から解放するわね。それから――」

「ぼくを愛していると言ったか?」伯爵がさえぎった。

「ええ、そうよ、フリートウッド」エミリーはつらい気持ちで言った。「心から」

「そして、きみはチェインバーメイドだった?」

「ええ。それに、きょうあなたの書類を見て、あの本の原稿を見つけたの。チェインバーメイドのエミリアについての本。たとえパードンに脅迫されなくても、あの本のことだけで、正直に話すしかなくなってたでしょう。あなたが使用人を軽蔑してるって、わかってるもの」

「愛しい人」フリートウッド卿が言った。「お願いだから、ぼくを見てくれ」

エミリーは目を上げた。

夫が、思いやりと愛と苛立ちの混じり合った目で、こちらを見ていた。

「きみが伯爵夫人になりたかったと言ったときには、首を締めてやろうかと思ったよ。でも、ぼくを愛していると言ったとき、ぼくの人生のさえない風景に、ふたたび太陽が輝き出した」

「でも、わたしは使用人だったのよ！」エミリーは叫んだ。

「そして今は、伯爵夫人だ」フリートウッド卿は言って、笑い始めた。「この小憎らしい嘘つきめ、こっちへ来てキスしてくれ」

伯爵が立ち上がると、エミリーがすばやくテーブルを回って腕のなかに飛びこんできた。かがんでキスしようとしたが、唇が重なる直前、「助けて！」という恐ろしい悲鳴が、地獄で泣き叫ぶ魂の声のように、屋敷の深部から聞こえてきた。

「いまいましい使用人め」伯爵は、その階級の一員だった女性を腕に抱いていることを一瞬忘れて、無慈悲に言った。

「なんて恐ろしい悲鳴」エミリーが言った。「ねえお願い、どうなってるのか調べて」

「ふたりで地獄の地階へ下りていって、調べてから、ベッドに行こう」伯爵は言った。

妻の腰に腕を回して、裏階段を下りていく。

使用人部屋の戸口へ向かうあいだ、物音は聞こえなかった。「わたしたちの空耳だったのかも」エミリーが期待をこめて言った。

「ぼくたちの心臓はひとつになって鼓動を打っているかもしれないが、耳はそうはいかない」フリートウッド卿は言った。

扉を押しあける。エミリーが腕の上からのぞきこんだ。

パーシヴァル・パードン氏が、椅子に縛りつけられていた。恐怖で腰を抜かしたような姿だった。使用人たちがまわりに立っている。パードン氏はおびえた目をぐるりと回して、伯爵のほうを見た。「フリートウッド！　助かった。わたしを憶えてるだろう。パードンだ、パーシヴァル・パードン。何年か前、ダンスターの屋敷で会ったな」ひと呼吸置いて言う。「こいつらは、わたしを拷問《ごうもん》する気なんだ。赤毛のやつが今、厨房の火で火かき棒を熱してる」

「なんという名案だ」伯爵は言った。「さあ愛しい人、善良な使用人たちに、夜のお楽しみを続けさせてやろう」

「説明してもよろしいですか、ご主人さま？」レインバードが切り出した。

「それには及ばないよ」伯爵は快活に言った。「きっと、しごくもっともな理由があるんだろうから」

「助けてくれ」パードン氏が泣き声で言い、目に涙を浮かべた。

「フリートウッド」エミリーがあわてたように言った。「なんとかして」

「そうだな」伯爵は言って、腕組みをした。「説明を続けていいぞ、レインバード」

レインバードが心配そうにエミリーを見た。

「彼は知ってるわ、レインバード」エミリーが言った。

「本気で拷問するつもりではなかったのです」レインバードは言った。「このパードン氏が奥さまとグッデナフさまから、一万ポンドもの大金をゆすり取ろうとしたのです。奥さまがかつて使用人だったことを、ご主人さまにばらすと脅しました」

「それは本当なのか、パードン？」

「ああ！　本当だ！」パードン氏が叫んだ。「だが、ほんの冗談だった。悪意はなかったのだ。放してくれ、フリートウッド。そうしたら、ひとことも漏らしはしない」

「ああ、そうだろうな」伯爵は言った。「でなければ、あんたの惨めな人生がもっと惨めになるぞ。縄を解いてやれ、レインバード」

ちょうどそのときアンガスが、ちっとも熱くなさそうで実際に熱くない火かき棒を振りかざして入ってきた。料理人は、うっかり自分が火傷したら困るので、本当に真っ赤に焼けた火かき棒を悪党に突きつける気にはなれなかったのだ。

すぐさま使用人部屋の暖炉の火をつつき始め、まるで最初からそうするつもりだったかのようなふりをする。

パードン氏が縄を解かれ、手助けされて立ち上がると、伯爵は言った。「しばらくロンドンであんたの顔は見たくないな、パードン。遅くともあすの朝には確実に、街を出ていけ」

パードン氏がぼそぼそとお礼を言って、よろけながら出ていき、外階段から夜のなかへ消えた。

フリートウッド卿は進み出て、使用人のテーブルに着き、横に椅子を引き寄せて、エミリーに座るよう合図した。

「教えてくれ、レインバード」伯爵は言った。「ぼくに手助けを頼もうとは思わなかったのか？」

「思いませんでした、ご主人さま」執事が言った。「そうするわけにはいかなかったのです。奥さまがご主人さまにお話ししたいと思われたなら、それを伝えるのは奥さまご本人でなくてはなりませんでした。それに、ご主人さまが使用人を嫌っていらっしゃるのは有名です」

「おまえたちは、ぼくの見かたを急速に変えつつあるよ。おまえたちの妻への忠誠心は見上げたものだ。今では、なぜ妻がおまえたちみんなにこれほど愛着を持つようになったのかがわかる。もしよかったら、全員でうちに来ないか。ぼくはいい雇い主だし、賃金は最高水準だ」

フリートウッド卿は、使用人たちの唖然とした顔をしげしげと眺めた。なんておかしな連中だろう、と考える。外見はてんでばらばらなのに、まるで家族だ。口を開かなくても互いに意思の疎通ができそうに見えた。

「ありがとうございます、ご主人さま」レインバードが、ほかの使用人たちを見回してから言った。「ですが、お忘れではないでしょうか。わたしたちは来年には独立できそうなのです。宿屋を買うつもりです」

「ああ、例の宿屋か。雇われ仕事を続けたくなってきた者は誰もいないのか？　商売は失敗するかもしれないよ」

「思いきってやってみるしかありません」レインバードが答えた。「女性たちは自由に結婚できるべきですし、全員が自分の力でやっていきたいのです」

「それじゃ、おまえたちが宿屋を始めたら、そこをひいきにしよう。さて、レインバード、おまえは妻の出生登録証明書を偽造したようだな。婚姻の書類が正式に整うまでは安心できない気がするが、改めて結婚式を挙げることについては何も法律に違反してはいないはずだ。もちろん、全員を招待しよう」

伯爵が驚いたことに、うれしそうな顔をした使用人はひとりもいなかった。

「重労働なのよ、フリートウッド」エミリーが穏やかに言った。「結婚式に出席するだけじゃなく、また結婚披露宴の準備をしなくてはならないんだもの。それに、きっと次回はお客さんがもっと増えるでしょう」

「〈ガンターズ〉を雇おう」伯爵が鷹揚《おうよう》に言った。バークリースクエアにある仕出し屋のことだ。「うちの使用人に仕事をさせる。それと、新しい仕着せを注文していい」

「金モールがついた赤いフラシ天にしてもいいですか？」ジョゼフが熱をこめてきいた。

「なんでも好きなようにしろ」伯爵が応じた。

「おいらはね、ご主人さま」デイヴが、しなびたロンドン子らしい顔を伯爵の肘のあたりでひょこひょこ動かしながら言った。「花嫁の付添い役の子になって、奥さまのドレスの裾を持ってもいい？　青いビロードを着れたらすっげえかっこいいだろな」

「手回しオルガン弾きの猿みたいに見えるだろうよ」料理人が言った。

デイヴがしょんぼりしたので、エミリーは急いで言った。「あなたに裾を持ってもらいたいわ。青を着たら、きっとハンサムに見えるわよ」

それからエミリーは、リジーが期待をこめてこちらを見ていることに気づき、言い添えた。

「それと、女性たちには新しいドレスを。ミドルトン夫人は、また新婦付添い役を務めるなら、特別上等なドレスが必要ね」

フリートウッド卿はもう少しで、妻がただの家政婦を付添い人にする必要があった日々はもう終わったと反論しそうになったが、ミドルトン夫人の顔に浮かんだ心からの喜びと満足を見て、黙っていることにした。

レインバードが食糧貯蔵室へ行き、ワイン二本とグラスを持って戻ってきた。

「ご主人さま、ぜひ奥さまとごいっしょに、わたしたちとワインを一杯おつき合いいただけたら光栄に存じます」執事が言った。

「ええ、いいわ」エミリーが夫のかわりに答えた。伯爵は、花嫁をひとり占めしたくてたまらなかったので、かすかに眉をひそめた。

「何か弾いてくれ、ジョゼフ」レインバードが言った。

ジョゼフがマンドリンを取ってきた。

「音楽を演奏するのは、あまりよくないかもしれないわ」エミリーが言った。「伯爵は、弟さんが亡くなったという知らせを受け取ったばかりなの」

「弾いていいよ、ジョゼフ」フリートウッド卿は言って、このお屋敷つきの使用人たちともに過ごしたいという妻の望みをかなえてやることにした。

ジョゼフが演奏を始めると、全員がテーブルの席に着いた。

レインバードが立ち上がって、気の利いた短い挨拶をしてから、幸せな夫婦のために乾杯の音頭を取った。それからアンガスがスコットランドの悲しげなバラッドを歌い、ジョゼフが流行歌であとに続いた。レインバードがジャグリングの一種をやってみせると、使用人たちが拍手喝采した。

フリートウッド伯爵は椅子の背にもたれて、不意にくつろいだ幸せな気持ちになった。

チャータリス家の執事、ブレンキンソップは、〈走る従僕〉で和やかな一時間を過ごしたあと、となりの六五番地へ帰ろうとしていた。六七番地から陽気な浮かれ騒ぎの音が聞こえてきたので、外階段の手すりから身を乗り出して、使用人部屋の格子のついた高い窓からなかをのぞいてみた。

「いやはや、ありえんな！」ブレンキンソップは叫んだ。フリートウッド伯爵夫妻が、使用人たちと楽しそうに杯《さかずき》を傾けているではないか。「主人と奥方たちは、ご自身の地位をよく考えてふるまわねばならない。まあ、チャータリス卿はわたしたちの使用人部屋に足を踏み入れることすら絶対にしないがな」ブレンキンソップは髪粉をつけた頭をとがめるように振って、となりの敷地に入り、暗く陰気な使用人部屋へ下りていきながら、哀れなレインバードのように屋敷つきの執事でなくて幸運だったと自分に言い聞かせようとした。

フリートウッド伯爵は、三時間後——使用人たちのパーティーのあと、グッデナフ氏にもう心配はいらないと伝えるためにパークレーンへ行ったので——妻を腕のなかに引き寄せて、唇にキスし始めたが、反応が返ってこなかった。

「どうしたんだい、エミリー？」伯爵は尋ね、片肘を立てて体を起こし、ベッドでとなりに横たわっている妻を見下ろした。

「なんでもないわ、フリートウッド」エミリーが切なげな声で言った。

「ピーターと呼んでほしいな。せめてベッドにいるときは」

「なんでもないわ、ピーター。疲れたの、それだけ」

「それなら、眠るほうがいいかな？」

「ええ、ピーター」エミリーが小声で答えた。

フリートウッド卿は妻に背中を向け、ろうそくを吹き消した。

背後から、押し殺したかすかなすすり泣きが聞こえてきた。

伯爵は灯心草ろうそくからもう一度ろうそくに火を移し、振り返って妻を見た。

「いったいどうしたんだ？」いらいらしてきて、不機嫌な声で言う。

「わ、わたし、き、貴婦人らしく、ふ、ふるまいたいのに、できないの！」エミリーが泣き叫んだ。

「いったいなんの話をしているんだい、かわいい人？」

「貴婦人は絶対に情熱を持ってはいけないんでしょう」エミリーが言って、両手で顔を覆った。

「いったいどこから、そんなばかな考えを拾ってきたんだ？」

「あなたの本と……ミドルトン夫人よ」

「最愛のエミリー、ミドルトン夫人は本当は未婚で、純潔なんだと思うよ。ぼくの本について言えば、あれは人生についてひどく偏狭な考えを持つひねくれた男が書いたものさ。きみがぼくを成長させてくれたんだよ、エミリー。貴婦人は情熱を持っている。本物の貴婦人、きみのように温かく心の広い貴婦人はね」

エミリーは顔から両手を下ろした。

「それなら、わたしにうんざりしないのね、フリートウッド――じゃなくてピーター――あなたに反応しても？」

「むしろ反応しなかったら、うんざりするよ！」

エミリーが伯爵の胸に顔をうずめた。「それに、ちょっとクラリッサに嫉妬してたの」つぶやくように言う。

「どうして？」

「だって、あなた言ったでしょ。彼女は頭の回転が速くて、美しくて、魅力的で、それから――」

「それから、ひどく冷たかった。クラリッサが強く求めたのは注目と、それが与えてくれる力だけだった。彼女と結婚したときのぼくは、とても未熟だったのさ。ああ、エミリー、キスしてくれ。きみが、きみだけが、ぼくを天国へ連れていってくれる……」

「奥さまの悲鳴が聞こえたわ！」ミドルトン夫人が叫んで立ち上がった。

「どうしたのかしら？」リジーは叫んだ。

しかし男たちは笑って、アリスとジェニーは頬を染め、小さなデイヴでさえ、火のように顔を赤くして、グラスに鼻を突っこんだ。

「この屋敷では、なんでも聞こえてしまうのが困りものだな」レインバードが言い、片方のまぶたをさっと閉じてウインクした。「何か弾いてくれ、ジョゼフ。幸せなご夫婦をセレナーデで称《たた》えよう」

リジーとミドルトン夫人は同時に腰を下ろし、ふたりそろって戸惑いの表情を浮かべた。

「男女のことには、わたしには理解できないあれこれがあるようね」ミドルトン夫人がささやき声で言って、リジーの仕事で荒れた小さな手を握った。

「あたしにもわかりません」リジーは言った。「でも、ほかの誰も心配してないみたいだから、あたしたちもパーティーを楽しみましょう」

# エピローグ

われらの魂は、鳥が鳥撃ちの罠から逃れるかのごとく飛び立つ、罠は壊れ、われらは解き放たれる。

——英国国教会祈禱書《きとうしょ》

ついに、六七番地から不運は去ったんだわ、とリジーは考えた。

リジーはほかの使用人たちとともに、長いテーブルの端に座っていた。テーブルは、表の居間から奥の居間までずらりと結婚式の招待客が座れるように、一日だけ借りたものだった。

伯爵は約束どおり、自分の使用人を呼び寄せて、招待客と六七番地の使用人たちの給仕をさせた。リジーは、自分たちが招待客と同じくらい立派に見えると思った。ジョゼフはこれまでいちばん上等な仕着せに身を包み、輝かんばかりだった。しゃべりかたが洗練されすぎて、ほとんど意味が通じなくなっている。デイヴは新しい服の青いビロードをずっと見下ろしていて、誰にも見られていないと思ったときに、小さな手で袖をそっと撫でていた。ミドルトン夫人は、白と緋色《ひいろ》のメリノ毛織物のドレスを着て、髪に三本の羽根を挿し、とても堂々として見えた。ジェニーとアリスは、インドモスリンのドレスを着ていた。ジェニーが淡いピンク色、アリスが空色だ。レインバードは、ボルドー色の上着と緑と金の縞模様のベストでびしっと決めていて、アンガス・マグレガーは、糊づけして複雑に結んだクラヴァットと、バースから取り寄せた最高級の漆黒の布地で仕立てた上着で、すばらしく粋《いき》に見えた。

リジーは、自分のドレスを満足げにちらりと見下ろした。これまでに、インドモスリンを着ることを許されたスカラリーメイドがいるだろうか？　小さな白い水玉模様がついた若葉色の生地で、水玉のひとつひとつがプリントではなく刺繍されていて、そのぜいたくさに、最初見たときは喜びのあまり気を失いかけたほどだった。

この屋敷は、使用人たちにとってはそれほど不運ではなかったんだわ、とリジーは考えた。いつだって、あたしたちにとっては何もかもがうまくいく。

ジョゼフをちらりと見てから、目をそらした。ジョゼフは、上流社会の人たちと同じテーブルで給仕を受ける栄誉にのぼせ上がって、少し身のほどを忘れているようだった。結婚式の一週間前、ジョゼフはリジーを散歩に連れ出した。いつもどおり自分のことをたくさん話したが、自由の身になったらすぐ、どんなふうに結婚するかについても話した。以前のリジーなら、この意思表明を聞いて天にも昇る気持ちになっただろうが、今ではむしろ、奇妙なほど不安で憂鬱な気分にさせられた。教会から家まで送ってくれたフランス人の従者、ジェンドロー氏が忘れられなかった。とはいえ、街灯のかすかな明かりのなかで、あまりはっきり見えなかった感じのいい顔以外に、彼の何を知っているというのだろう？　ジェンドロー氏は自分のことはあまり話さなかったけれど、とても親身になって耳を傾けてくれた。

リジーは短い時間でも、誰かに耳を傾けてもらうことに慣れていなかった——もちろんジョゼフにも。

あれから、セント・パトリック教会に行くための時間は取れなかった。自分のドレスをもう一度見て、ポール・ジェンドローは気に入ってくれるかしら、と考えた。でも、彼を捜し出したってどうにもならない。使用人の身分によって六七番地に縛りつけられているように、忠誠心によってジョゼフに縛りつけられている。ほかのみんなと同じく、ジョゼフまでリジーとの結婚を当然と考えるようになっていたことに、これまで気づいていなかった。つまり、自由の身になっても、別の檻《おり》に閉じこめられるのだろう。

新しいドレスを身に着けた喜びは、いろいろな不安や、自分がもう彼らの一員ではないのだという奇妙な感覚のせいでしぼんでしまった。

レインバードは、お金のことを心配していた。エミリーが、結婚披露宴を終えたらすぐ、当日のうちにクラージズ通りを去り、夫とともに田舎屋敷へ旅立つことに同意したからだ。つまり、おそらく屋敷はシーズンの残りの期間、空いたままになる。それに、ここにいる立派な招待客からの心付けは期待できない。ジャイルズとパークレーンの屋敷の使用人たちが、差し出される心付けをすべて受け取るからだ。

ほかの使用人たちはみんな上機嫌で、アンガスなどはシャンパンで勢いづいたのか、ミドルトン夫人をそれとなく口説くようなまねをしている。家政婦は頬をピンク色に染めてうれしそうだった。

ようやく披露宴が終わり、全員が通りに立って、伯爵と夫人に別れの挨拶をした。グッデナフ氏もいっしょに旅立つことになった。

エミリーは使用人全員と握手をし、心からお礼を言って、レインバードに、宿屋を始めたら最初のお客になれるようすぐに知らせてほしいと頼んだ。伯爵も、レインバードとみんなにお礼を言ってから、執事になめし革のかばんを渡した。フィッツは花嫁にキスする許可を求め、あなたと同じくらいきれいな貴婦人をぼくのために見つけてくれとエミリーに頼んだ。オタリー夫人は指二本でエミリーの手を握ろうとしたが、弟に怒りの表情を向けられ、しかたなく手のひらを差し出した。

使用人たちにとってひどく腹立たしかったのは、ジャイルズとパークレーンの使用人たちが伯爵夫妻につき従って田舎へ発《た》ってしまい、クラージズ通りの使用人たちに後片づけをすべて押しつけたことだった。仕事着に着替える前に休んでおしゃべりをしようと使用人部屋に戻ったとき、レインバードは伯爵がくれたかばんを持ち上げて中身を出してみた。金色に輝くギニー金貨が二百枚、テーブルいっぱいに散らばった。

「わたしたちは自由だ！」レインバードは畏怖に打たれたように言った。「ついに自由になった。宿屋を買って、パーマーから逃れられるぞ」全員が拍手喝采したが、歓声が静まると、リジーが声をひそめて言った。「誰かが玄関をノックしてるわ」

レインバードは階段を駆け上がった。

何か忘れ物をした招待客のひとりだろうと思いながら玄関扉をさっとあけると、目の前にはペラム公爵の代理人、ジョナス・パーマーが立っていた。

「借り手に会いたい」パーマーがうなり声で言った。

「遅すぎましたね」レインバードは言った。「あなたはきっと、この情報を知らないロンドンでただひとりの人間でしょう。エミリーお嬢さまはフリートウッド伯爵と結婚なさって、グッデナフさまとともに先ほど田舎へ発たれました。でも、心配には及びません。お嬢さまは前払いしてくださいましたから。それと、話があるのですが……」

「わたしのほうからも話がある」ジョナス・パーマーが言って、レインバードを押しのけて、表の居間に入っていった。テーブルの上には、結構披露宴のごちそうの残りが広がっていた。パーマーがデカンターをつかんでポートワインをグラスに注ぎ、ひと息に飲み干した。

「けっこうなこった」ため息をつく。「あんな大騒ぎがこれまでにあったか？　新しい住人がくるぞ」

「新しい住人は必要ありません」レインバードは言った。

しかし、パーマーは耳を貸しもしなかった。

「ペラム公爵が戦争から戻られて、グローヴナースクエアの街屋敷を改装なさるおつもりだから、シーズンの残りはここに住むことになったんだ。あの性悪女、グッデナフが出ていったのは幸運だったな。もっとも、追い出してやれたら楽しかっただろうがな。ところで、ペラム公爵に賃金のことは何も言うなよ、いいな！」

「なぜですか？」レインバードは尋ねた。「屈辱的なほど少ないんですよ」

「なぜなら、おまえが賃金のことを公爵に話すなら、わたしはおまえがトランピントン卿の奥方を誘惑して屋敷をクビになったいきさつを話し、ついでにあのジョゼフのやつが盗みで主教につかまったいきさつも話すからさ」

「何度も言っているでしょう」レインバードは険しい口調で言った。「わたしたちはどちらも、責められるような罪は犯していません」

「しかし公爵は、おまえではなくわたしの話を聞くだろうな。トランピントン卿を呼んできて、口添えしてもらってもいいぞ」

レインバードは口を開いて、どなただろうと一分たりとも六七番地に滞在してもらう必要はないと言おうとしたが、そのときふと、ペラム公爵は使用人たちの哀れなほど低い賃金について何も知らないのだと気づいた。おそらくパーマーは、公爵に高い賃金を請求して、差額をポケットに収めているのだろう。パーマーが横暴でイカサマ師で嘘つきであることを暴けたら、飛びきり気の利いた挨拶とともに、屋敷勤めにおさらばできる。宿屋を買う金はある。自由になるまで、あと二カ月待てばいいだけだ。

「公爵さまは、いついらっしゃるのですか？」レインバードはよどみなく尋ねた。

「来週だ」パーマーがぶっきらぼうに言った。「おまえ、屋敷つきの執事にしてはえらくめかしこんでるじゃないか」

「フリートウッド伯爵が、わたしたち全員を結婚式に招待してくださったのです」

パーマーがぶよぶよした顔をレインバードのほうに突き出した。「身のほど知らずなことを考えるんじゃないぞ」どなり声で言う。「憶えておけ、おまえたちはただの使用人で、わたしがおまえたちをここで管理してるんだからな」パーマーが拳を固めた。

「話が済んだのなら」レインバードは冷ややかに言った。「お帰りください、仕事がありますので」

パーマーはごちそうの残りを物欲しげに眺めた。しかし、公爵がすぐに屋敷の帳簿を見たがるかもしれないとひどく心配だったし、もう一度点検して間違いがないことを確かめておきたかった。公爵とはもう何年も会っておらず、連絡手段は手紙だけだった。すらりとしたなかなか見目のいい若者だったと記憶している。何も問題はないだろうが、念を入れたほうがいい。

パーマーが立ち去り、レインバードはその知らせを持って使用人部屋に戻った。アンガスとジョゼフ、デイヴまでが、パーマーの正体を暴けるかもしれないという考えに喜んだ。しかし女性たちは怖がった。ただの使用人である自分たちが、どうすれば全権を握っているパーマーを失脚させられるというのか？　公爵の代理人は下の者に対して、地方の地主より強い支配力を持っているのだ。

しかし話し合って計画を立てるうちに、女性たちも明るい気分になってきた。これまでの成功を思い返し、今やパーマーにはなんの手出しもできないという考えに元気づけられた。公爵の代理人に悪い評判をロンドンじゅうに広められた使用人が、新しい仕事を見つけられる見込みはないだろう。しかし、資産を持つ紳士と淑女なら、危害を加えられない。自分たちはもうすぐそうなるのだ。

最後にレインバードは、自分たちがまだしばらくは使用人であることを忘れないようにと念を押した。彼らは仕事着に着替えて、片づけに取りかかった。それぞれが、ペラム公爵はどんな人なのだろうと考えていた。


数日後、フリートウッド伯爵夫人はベッドで物憂げに伸びをして、夫の裸の肩に頭をもたせかけた。

「あなたはあまりまじめな領主じゃないのね、ピーター」つぶやくように言う。「わたしたち、ほとんどの時間をベッドで過ごしてるみたいよ」

「世界でいちばんすてきな場所だ」伯爵が眠そうに言った。「きみは最高だよ、愛する人。本物の伯爵夫人だ。その地位に生まれついたと、人は思うだろうな」

「わたしが使用人みたいにふるまうかと思ってたの?」

「いいや。でも、きみが私兵団に頼らずに家事の切り盛りを引き継いでくれてうれしいよ」

「何団ですって?」

「あのクラージズ通りの使用人たちさ」

エミリーは笑った。「とにかく、彼らは使用人階級に対するあなたの態度を変えたでしょ」

「そうでもないさ。彼らは並の使用人じゃなかった。やはり、あの屋敷には奇妙な何かがあるのかもしれないな。あの屋敷が、彼らをきわめて有能な小部隊に変えたのかもしれない」

「そうかもしれないわね」エミリーは言って、あくびをした。「さて、あなたによいお手本を見せるために、起きることにするわ」上掛けをはねのけて、両脚をベッドの脇に下ろす。

伯爵が上半身を起こして近づき、両手でエミリーの裸の胸を包んで、うなじにキスし始めた。

「ああ、ピーター」エミリーはため息をつき、ゆったりと夫にもたれかかった。「どうしても貴婦人になれないところが、いくつかあるみたい」

# メイフェアの不運な屋敷に幕は下り

アルバート・シンクレア氏に

## 主な登場人物

ジェニー・サザランド……貴族令嬢。
ペラム公爵……クラージズ通り六七番地の屋敷の持ち主。
ポール・マナリング……陸軍の将軍。ペラムの友人。
ファーガス……ペラム公爵の従者。
レティシア・コルヴィル……ジェニーの叔母。
アグネス・フリーマントル……レティシアの友人。
メアリー・マドックス……上流階級の令嬢。
トビー・パリー……紳士。
ジョン・レインバード……執事。
ミドルトン夫人……家政婦。
アンガス・マグレガー……料理人。
ジョゼフ……従僕。
ジェニー……部屋係《チェインバーメイド》。
アリス……家事係《ハウスメイド》。
リジー……皿洗い係《スカラリーメイド》。
デイヴ……厨房助手。
ジョナス・パーマー……屋敷の管理人。
ブレンキンソップ……隣家の執事。
ポール・ジェンドロー……サン・ベルタン伯爵の従者。

# 1

倦怠《アンニュイ》はイギリスを起源に生まれたもの、
わが国の言語では表せないとしても――切り返してやろう
言葉ではなく事実で、そしてフランス人に翻訳させてやろう
眠りでは和らげられぬあの恐るべきあくびを。

――バイロン卿

「どういう意味だ、きみ、この宿屋に空いている部屋がないとは？」

〈釣鐘亭《つりがねてい》〉の亭主はそわそわと、宿屋の入口に立つ背の高い男性を見上げた。

「言ったとおりでして、旦那。今晩ここで集会が開かれるんで、それに出席する人があちこちから集まってるんです。部屋はぜんぶ埋まってまして、ええと、そちらさまは――」

「ジョンだ」背の高い紳士が言った。「ミスター・ジョン。部屋を用意してくれるなら、二倍の金額を払おう、亭主。きみが手はずを整えるあいだ、ぼくは酒場で待っている」

男性が使用人を従えてまっすぐ酒場へ向かい、残された亭主のサイクス氏は、口をあんぐりあけてその後ろ姿を見送った。

「どうしたっていうの？」背後から近づいてきた女房が尋ねた。

「ミスター・ジョンっていうどこかの紳士が、部屋を取りたがってな。二倍の金額を払うって言うのさ」

「そう、どうにかできるんじゃないかね」女房がじっと考えながら言った。「お若いパートリッジさんと友だちのクラフさんがいるでしょ。いざとなったら、あのふたりに相部屋をお願いすりゃいいわ」

「あのミスター・ジョンの高飛車な態度が気にくわないってことだよ」亭主は言った。

「お金はお金でしょ」実際的な女房が言った。「集会委員会は、十一月の聖マルティヌス祭まで一ペニーも払わない気なんだから」

「ああ、わかったよ」亭主はしぶしぶ言った。「だけど、おまえが行って、あの人に部屋が用意できそうだと伝えてくれ。酒場にいるよ。あの人を見ると、なんだか背筋がぞっとするんでね」

夫が上階へ行っているあいだに、サイクス夫人は帽子をきちんとかぶり直して、酒場のドアをあけた。

数人の地元民が、まるでたった今いつもの席から追い出されたかのような不機嫌な顔で、暖炉の前の最上席に座るふたりの男を見ていた。

サイクス夫人はよそ者たちに、二倍の代金だろうがなんだろうが、部屋が取れるのはとにかくとても幸運なんですからね、とはっきり言ってたしなめてやるつもりだった。しかし近づいていくと、背の高いほうの男が立ち上がったので、怒りの言葉はどこかへ消えてしまった。

みごとな形に結ばれたクラヴァットの真っ白なひだの上から、日焼けした顔に収まったふたつのアイスブルーの目が、こちらを横柄に見下ろしていた。髪は磨かれたギニー金貨の色。口は引き締まった由緒正しい形をしている。その姿には、富と権力がにじみ出ていた。サイクス夫人は膝を曲げてお辞儀をした。

「うちの亭主が、お客さんふたりに相部屋をお願いできるかききに行ってます」宿屋の女房は言った。「それでお部屋が空くと思いますよ、お客さまと、そちらの……」問いかけるように、背の低いほうの男を見る。

「ぼくの使用人だ」背の高い男性が言った。「ありがとう。ご親切に」不意に笑みを浮かべる。まばゆいほど優しい微笑《ほほえ》みで、急に、冷たく威厳のある雰囲気とはそぐわない感じになった。

「それと、もしあなたさまに今夜の舞踏会にご出席いただけましたら」サイクス夫人は、微笑みの衝撃で息を切らしながら言った。「集会委員会もたいへん名誉に思うことと存じます」

背の高い男が、考えこむように宿屋の女房を眺めた。「そうだな。考えておこう。部屋が用意できたら、すぐに知らせてくれ」

サイクス夫人はもう一度お辞儀をして、立ち去った。

ふたりの男は座った。「どうだ、ファーガス」背の高い男が言った。「田舎の舞踏会をのぞいてみようか？」

「気晴らしになるのでしたらどうぞ、公爵さま」従者が言った。「でも、なぜ別人になりすますんです？　なぜ宿屋の亭主に、自分は高貴なるペラム公爵だと名乗らなかったんです？」

「なぜなら、おべっか遣いや財産目当ての女たちにうんざりしているからだよ」公爵は物憂げに言った。「そういう身分から、少しのあいだ離れたいんだ。いいか、ファーガス。ぼくたちはもう何年ものあいだ、ともに多くの戦闘をくぐり抜けてきた。おまえには、誰よりも自由な言動を許してきた。だが、ぼくがこの一夜だけ匿名でいることを選んだとしても、おまえの知ったことではない」

ファーガスが日焼けした顔を不満そうにしかめたのをちらりと見て、公爵の目に一瞬だけ親愛のまなざしがよぎった。ファーガスは軍隊時代の忠実な従卒で、今は従者であり、相棒であり、ときには助言者でもある。

「しかし、ロンドンの呪われた屋敷の使用人たちは、あなたの正体を知ってますよ」ファーガスが言った。

「ああ」

「なぜ公爵さまがクラージズ通り六七番地でシーズンを過ごすことにされたのか、ぼくにはわかりませんね」

「なぜなら、というより忘れたのか、ぼくのグローヴナースクエアの街屋敷は改装中だから、街にある小さいほうの屋敷に住むしかないんだよ」

「でも、お父さまがそこで自殺なさったんでしょう、公爵さま！」

「イベリア半島の戦争からつい最近戻ったばかりなのに、もうぼくについてのうわさ話を仕入れたのか、ファーガス」

「嘘《うそ》なんですか？」

「いいや。でも、ぼくは感傷に浸るつもりはない。それに、幽霊も信じていない。父のことはほとんど知らないし、わずかな思い出もいやなことばかりだ。クラージズ通りでじゅうぶん満足だよ。もしかすると、シーズンの高揚感で、つきまとっているこの倦怠感《アンニュイ》をいくらか追い払えるかもしれない」

従者がいたずらっぽい目で公爵を見た。「あるいはもしかすると、どこかの美女があなたの興味を引くかもしれませんね」

ペラム公爵はため息をついた。「女は金《かね》にしか興味がない。あまりにも欲得ずくだ」

「その舞踏会に、わがままじゃない清らかな田舎の美女がいるかもしれませんよ」ファーガスが言って、友人らしい気軽な調子で雇い主とおしゃべりした。その友情は、ナポレオンの兵士たちを相手にした血みどろの戦いのなかで、主人と従者のあいだに生まれたものだった。

「女は生まれつきわがままなのさ」ペラム公爵は言った。「その話題には飽き飽きだ。別のことを話そう」

ジェニー・サザランド嬢は、鏡で自分の姿を眺め、心から満足した。こんな美人が田舎で無為に過ごしているなんて残念だわ、とたびたび浮かぶ考えがよぎる。しかし叔母《おば》のレディ・レティシア・コルヴィルは、シーズンのためにジェニーをロンドンに連れていく余裕はじゅうぶんあるはずなのに、そうする気配を絶対に見せなかった。

ジェニーは確かにきれいだった。たっぷりした柔らかな褐色の髪が、可憐《かれん》な顔を縁取っている。大きな茶色の目と長く黒いまつげ、まっすぐで小振りな鼻、完璧な形の唇。立ち姿はしなやかで女らしく、ウエストがほっそりしていた――けれど、ウエストラインが胸のすぐ下にある最新流行の服では、あまりそれが引き立たなかった。

両親は、ジェニーが六歳のときに〝フランス風邪〟で亡くなった。流感がこう呼ばれていたのは、フランスが鼻風邪から天然痘にいたるまで、あらゆる病気の責めを負わされていたからだ。独身の叔母であるレディ・レティシアが、ジェニーを育てることになった。叔母の育てかたというより、容姿の美しさが、ジェニーをわがままにしていた。子どものころから、甘い家庭教師に美しさを褒めそやされることに慣れてしまい、少しばかり慎み深さを身につけさせようとした叔母の努力はむだになった。

ジェニーは、白いペティコートに銀色の網目模様の紗《しゃ》を重ねたドレスを着ていた。白い絹の花と銀色のリボンでできた飾り冠が、巻き毛にしっくり収まっている。今夜の集会で、壁の花になる心配がないことはわかっていた。これまでのあらゆる集会で、ジェニーは常にいちばんの美女だった。

侍女のクーパーが、温かいショールと扇子とレティキュールを持って入ってきた。ジェニーはその扇子が気に入らず、侍女に別のものを取りに行かせたかったが、やめておくことにした。クーパーは、そういうささいな用事もレディ・レティシアに報告するだろう。すると叔母はすぐに、使用人に不必要な仕事をさせたと言ってジェニーをしかるのだ。

クーパーが石油ランプを持って廊下を照らし、ジェニーを階下の居間まで導いてくれた。レディ・レティシアは、居間の暖炉のそばに座っていた。

叔母は、四十代前半のすらりとした女性だった。豊かな茶色の髪には白髪一本なく、小さな黒い目は鋭く輝いている。均整の取れたやや胸の平たい体型で、白く長い指をして、細く幅の狭い足に山羊革《やぎがわ》の舞踏用の靴をはいていた。頭にはビロードのターバンを巻き、渋い緑色のアンダードレスに臙脂色《えんじいろ》のビロードを重ねて、金の紐《ひも》ボタンで留めたドレスを着ている。

レディ・レティシアは、ジェニーが部屋に入ってくると目を上げ、改めて、この子がこんなにまばゆいほど美しくなければよかったのにと考えた。知らぬ間《ま》に心のなかで、浮ついた姪《めい》が気に入るようなどこかの紳士――ジェニーにはまったく興味を示さない紳士が、舞踏会に現れないだろうかと期待していた。この子に必要なのは、一度、高慢の鼻をへし折られることだ。ジェニーは無慈悲なわけでも、不親切なわけでもない。ただ明らかに、自分の美しさが並外れていて、地元の紳士階級の誰とも釣り合わないと考えることに慣れてしまったのだ。要するに、うぬぼれている。

〝もしかすると、ジェニーをロンドンに連れていくべきだったのかもしれない〟レディ・レティシアは心のなかでつぶやいた。〝街にはたくさん美女がいるし、あの子に必要なのは競い合うことだもの。でも、ロンドンは放蕩者《ほうとうもの》や愚か者であふれている。田舎の夫のほうがましだわ〟

「わたし、どう見える？」ジェニーはきいて、叔母の前でくるりと回った。

「とてもきちんとしているわ」レディ・レティシアが抑えた声で答えた。

ジェニーは笑った。「叔母さまから褒め言葉を引き出すのは無理みたいね」

「あなたを甘やかさない人が、世界にひとりくらいはいたほうがいいでしょう」叔母が言った。「マントをお願い、クーパー」

レディ・レティシアは、バーミンスター郊外の大きな邸宅に住んでいた。ブリストルからロンドンへ続く街道沿いにあるにぎやかな市場町だ。ロンドンへ向かう途中のおおぜいの旅人が〈釣鐘亭〉に泊まることはよくあったが、集会に出る人はめったにいなかった。移動であまりにも疲れていて、田舎の舞踏会に参加することなど思いも寄らないのだ。

ジェニーはショールを控えの間に置いてから、舞踏室へ続く両開き戸の外の広間で叔母の横に並び、まるでなんだかすごいことが今にも起こるような気がして、興奮に身を震わせた。

ふたりは少し遅れていた。うぬぼれ屋のジェニーは、わざとぐずぐず身支度をし、注目を浴びて登場するのが好きだからだ。

「これは驚いた」レディ・レティシアに続いてジェニーが舞踏室に入ってくると、ペラム公爵はつぶやいた。

「あなたにぴったりの田舎の美女がいますよ」ファーガスが主人の椅子の後ろから耳打ちした。「しかも、なんたる美女だ！」

「自分の美貌には気づいているのかな」公爵はまだジェニーをじっと見つめながら言った。しかし、ジェニーの態度に、虚栄心をあらわにしているようなところは何もなかった。それは単に、ジェニーが一度も誰かと競い合う必要がなかったからだった。

レディ・レティシアはすぐさま、鋭い目をペラム公爵が座っているほうへ向けた。扇子を持ち上げて口もとを隠しながら、集会委員のひとりであるチャドリー夫人にささやく。「あの恐ろしくハンサムなお客さまはどなた？」

「有力者じゃないのは確かね」チャドリー夫人が言った。「ミスター・ジョンとかいう旅行者よ」

レディ・レティシアは部屋の奥にこっそり目をやり、気位の高そうな整った顔を眺めてつぶやいた。「ただの〝ミスター〟だなんて驚きだわ。おおぜいの人に命令することに慣れていそうだけれど」

「そうでしょうとも」チャドリー夫人が、優越感に満ちた忍び笑いをしながら言った。「あの人の使用人が、主人は陸軍大尉だったけど、少し前に軍職を売って退役したと言ってたわ」

数人の友人と合流したジェニーも、すぐにハンサムな客の素性を知った。

「お母さまは、たかだか大尉ふぜいに目をくれたら、わたしを撃ち殺すって言うのよ」友人のひとり、ユーフィミア・ヴィッカーズ嬢がくすくす笑った。「でも、あの人はとてもハンサムだし、すごく自信たっぷりね」

　ダンスが進むにつれて、出席者たちのあいだに〝大尉〟に対する敵意が高まっていった。彼がダンスをしなかったからだ。まるで昆虫学者がめずらしい昆虫の交尾の習性を観察するかのように、ただ興味ありげに踊る人たちを眺めている。

　そのとき、亭主のサイクス氏がチャドリー夫人にじりじりと近づいてきて、耳打ちした。「ポール・マナリング卿というかたが先ほど着きまして、ぜひ舞踏会に参加なさりたいそうです」

「貴族のかたが！」チャドリー夫人は叫んだ。「まあ、もちろん許可しますとも。ほかの委員に相談する必要もないくらいよ」

　サイクス氏がお辞儀をして退いた。チャドリー夫人は会場をあちこち走り回って、ポール・マナリング卿の到着を知らせた。聖書を暗記する人のように『貴族名鑑』を暗記している別の委員によると、ポール卿はインチキン老公爵の末の息子で、妻を亡くして今は独身、ウェリントン卿配下の陸軍将官とのことだった。

　舞踏室がこのわくわくするようなうわさ話でざわめくなか、ペラム公爵はだしぬけに立ち上がって、ジェニーのほうへ向かった。ジェニーは、彼が近づいてくるのを見てぎょっとした。そのポール卿が、すぐにでも現れたら？　サパーダンス（踊ったあと男性がパートナーを夕食にエスコートする）なのに、このミスター・ジョン——無名の男——とペアになってしまう。男が手を差し伸べる前に、ジェニーは参加者の一団のあいだをすり抜け、柱の陰に隠れた。ペラム公爵は立ち止まって眉をひそめた。いつもなら、若い女性たちはその場に釘《くぎ》づけになり、もったいなくもお声をかけてくださるのかと期待に震えるのだが……。公爵は肩をすくめ、席に戻った。

「サパーダンスですね」ファーガスがつぶやいた。

「誰でもいいから、誰かを連れていって、食べさせたら、休もう」ペラム公爵はあくびをした。「陽気なイギリス人たちが愉快に過ごすのを眺めているのは楽しかったが、もうすっかり飽きてしまったよ」

しかし、正確には飽きたのではなかった。自分が近づく前に逃げた若い美女に苛立《いらだ》ち、腹を立てていた。グラスを持ち上げて、ずらりと並んだ付添い人を眺め渡す。昔は、若い未婚女性より、あの集団のひとりと連れ立って夕食に行くほうが楽しく過ごせることが多かった。ペラム公爵はレディ・レティシアに目を留め、その佇《たたず》まいが気に入った。もう一度立ち上がる。ちょうどそのとき、舞踏室の両開き戸があいて、ポール・マナリング卿が友人とともに入ってきた。

若い女性たちのあいだに、落胆のつぶやきがさざ波のように広がった。公爵の末息子なら……そう、もっと若いだろうと期待していたからだ。なのにこの男性は、少なくとも四十代前半だった。真っ黒な髪には幾筋か白髪が交じり、力強くきびしい顔は褐色に日焼けしている。

「ペラム！」ポール卿が、公爵を見て目を輝かせながら叫んだ。「驚いたな、いつ戻った？」

「きみより少し前だと思うよ」ペラム公爵は笑顔を見せた。「どうやって、そんなにたやすく部屋を取った？」

「手紙を書いて予約しておいたんだ。友人を紹介させてくれ」ポール卿が言った。「ペラム、こちらはウォーカーさん。ジェームズ、ペラム公爵を紹介しよう」

このやりとりに聞き耳を立てていたチャドリー夫人は、興奮で気を失いそうになった。羽根飾りをひらひらさせ、ターバンをなびかせながら、この驚くべき情報を部屋じゅうに広める。ジェニーの顔は悔しさで真っ赤になった。公爵ですって！　しかも彼は、わたしをダンスに誘おうとしていたのに。

「どうぞ、パートナーをサパーダンスにお誘いください」司会者が三度めになる言葉を繰り返した。ぞくぞくするようなうわさ話のせいで、みんなダンスの定位置につくのをすっかり忘れていたからだ。

「さて、好みの女性を見つけるとするかな」ポール卿が言った。「ああ、ぴったりの人がいる」

ジェニーは、座っているレディ・レティシアのとなりに立ち、笑みを浮かべて物憂げに扇子をあおいでいた。すると、男性ふたりがずんずん近づいてくるのが見えた。どちらを選ぼうかしら？　ええ、もちろん公爵よ。彼のほうが若いし、地位も高いし。

ポール卿が、レディ・レティシアの前で身をかがめた。「よろしければ、ぼくと踊っていただけませんか？」

ジェニーは屈辱に息をのんだが、次にもっと悪いことが起こった。

「なんだと」公爵が言った。「よくも出し抜いたな。ぼくがそちらのご婦人を誘うつもりだったのに」

レディ・レティシアが、ぼうっとした様子でふたりの男を見上げた。

「でもペラム」ポール卿がにこやかに言った。「ぼくのほうが先にご婦人を誘ったんだよ」

「確かにそうだ」公爵が言った。「ぼくは二番めで満足するしかないな」舞踏室を見回す。とても背が高く、その目はジェニーの頭の上方をさまよった。

それから、あきらめたように小さくため息をつき、視線を落としてジェニーに言った。

「ぼくと踊っていただけますか、お嬢さん?」

ジェニーはすぐさま応じた。二番めと評されて腹立たしかったが、どちらの紳士も、年齢を重ねた叔母に大げさに礼儀正しくしただけだと考えて、自分を慰めた。

カントリーダンスだったので、会話する機会はほとんどなかったが、ジェニーがパートナーに期待するのは、崇めるような目でこちらを見つめてくれることだけだった。

しかし、ようやく公爵と並んで夕食のテーブルに着いたとき、こちらの目をのぞきこむ目に浮かんでいるのは崇拝ではなく退屈だと、はっきりわかった。

「あちらにいる、さっそうとしたご婦人はどなたです?」公爵がきいて、金色の片眼鏡《かためがね》をレディ・レティシアに向けて振った。

「わたしの叔母です、公爵さま」

「名前があるだろう？」公爵が、声にかすかに苛立ちをにじませて尋ねた。

「はい。レディ・レティシア・コルヴィルです」

「ああ、亡きマロック伯爵の娘さんか」

「はい、公爵さま。叔母は、わたしの亡くなった母の妹なんです」

「そしてきみは……？」

「ジェニー・サザランドと申します、公爵さま」

「どうしてぼくの称号を知っている？」

「少し前に、うわさになってました」ジェニーは答えた。

公爵が、皿に盛られた料理を食べ始めた。ジェニーは、公爵の従者が主人の背後に気をつけの姿勢で立っているのが気になって、落ち着かなかった。叔母のほうに目をやる。レディ・レティシアが言った何かが、ポール卿をとてもおもしろがらせていた。ジェニーは自分の友人たちがこちらをこっそり眺めているのを見てから、となりの公爵が会場じゅうの人々に向かって、パートナーより皿の食べ物のほうがずっと興味深いと態度で示していることに気づいた。

「つまり、大尉じゃないとすれば」ジェニーは言った。「戦争には行ってらっしゃらなかったのね」

「とんでもない、最近戻ったばかりだよ」

「この国の軍隊はどうなんですの？」ジェニーは尋ねた。戦争にはまったく興味がなかったが、こちらを観察している友人たちに、公爵がうっとりしているかのように見せたくてたまらなかった。

　公爵が話し始めた。ジェニーはドレスを見下ろして、ひだがきれいに垂れているかどうか確かめた。鏡を出して、自分がいつもどおり美しく見えることを確かめられたらいいのだけど。

「ぼくの話が退屈なようで、申し訳ないね」公爵のきびしい声が、物思いをさえぎった。

「とてもおもしろいですわ」ジェニーは頬を火照《ほて》らせて言った。

「だったらなぜ」公爵が抑えた口調で言った。「ぼくが話しているあいだ、ドレスをいじくったり、手袋を直したりしていたんだ？」

　その質問に対する答えは、これまでは美しくあること以外何ひとつ気にしてこなかったから、というものだった。「言っておきますけど」ジェニーは切り返した。「ひとこと漏らさず聞いてましたわ」

「それなら、ウェリントンが馬から落ちたという話をどう思った？」

「すごくおもしろかったです」

「そんな話はしていないよ」公爵が言った。

「あらそう」ジェニーは勢いよく顔をあおいだ。「わたしを嫌うと心に決めてらっしゃるみたいね」

「そんなことはない。でも無礼なふるまいは嫌いだし、きみは無礼だ。パートナーの話には、礼儀正しく耳を傾けたほうがいい」

　ジェニーは長いまつげをしばたたいて、扇子をひらひらさせた。過去の経験から、心ある男性なら陶然と見とれずにはいられないとわかっているふたつのわざだった。

　公爵がジェニーをにらみ、自分のグラスにワインを注いだ。ふたりは苛立ちを募らせながら互いをじっくり眺めた。ふたりは、みごとなまでの似た者同士だった。公爵は称号のおかげで、ひとこと漏らさず熱心に聴いてくれる人々に慣れていたし、ジェニーは盲目的な献身を当たり前に思っていた。

「きみの問題はな、お嬢さん」公爵が長いテーブルの向こうに視線をさまよわせながら言った。「自分を、この小さな田舎町の女王だと考えていることだよ。ロンドンでシーズンを過ごせば、すぐに自分の身のほどを知るだろう」

「身のほどってどの程度のことですの、公爵さま？」

「もちろん、ちっぽけなつまらない人間ってことさ」

　ジェニーは言った。「あなたほど意地悪な人には会ったことがないわ。あなたは傲慢で不親切よ。自尊心で頭がいっぱいなんでしょう。いいえ、わたしはロンドンには行きません。本当によかったわ。だって、もし行ったら、あなたのまぬけな顔をまた見たり、あなたのまぬけで無作法な態度にまたうんざりさせられたりするかもしれませんものね」

「きみが男だったら」公爵がひどく腹を立てて言った。「決闘を申し込むところだぞ」

　ジェニーは頬杖《ほおづえ》をついて、にっこり微笑みながら公爵を見上げた。「でもわたしは男ではありませんの。あなたは田舎の舞踏会に出席していて、そこで最善を尽くすしかないのよ」

アイスブルーの目がぎらりと光った。公爵が立ち上がり、少し身を引いた。「来い、ファーガス」大声で従者に言う。「ぶしつけなジェニー嬢との同席は、ひどく退屈だ」そして、部屋から出ていってしまった。

ジェニーは打ちのめされ、あまりの恥ずかしさに身を震わせた。

「なんてことだ！」ポール卿が叫んで、さっと立ち上がった。「ペラムはいったいどうしたんだ？　いつもはじつに礼儀正しい男なのに」

「お座りになって、ポール卿」レディ・レティシアはやんわりと言った。「今夜の騒ぎは、あれひとつだけでじゅうぶんだと思いますわ」

ポール卿がゆっくり腰を下ろした。「あいつを追いかけて、謝るように言ったほうがよくないでしょうか」

「もうしばらく待ってください」レディ・レティシアは穏やかに言った。「ジェニーが癇癪《かんしやく》を起こすかもしれませんし、あの子はもう長いこと、紳士たちを意のままにしてきたんです。ほら、見てごらんなさい！　パートリッジさんという若者と話し始めました。姪は彼にくどいほどお世辞を言われるでしょうから、すぐにあなたのご友人のことは忘れてしまいます。何か別のことを話しましょう。シーズンの終わりまで、ロンドンにいらっしゃるのよね？」

ジェニーは、パートリッジ氏の褒め言葉とペラム公爵に対する批判に慰められるはずだった。公爵があんな無骨者だとわかっていたら部屋を譲りはしなかった、とパートリッジ氏はきっぱり言った。ジェニーは、田舎にいるほうが気楽だった。善良で正直な人々に囲まれ、ロンドンの道楽者や放蕩者の侮辱にさらされることもない。

しかし、ジェニーは惨《みじ》めな気分だった。これまでは常に、美しさのおかげで侮辱や批判から守られてきた。それがぼろぼろに崩れ、無防備で未熟なまま放り出されたような気がした――機転も利かなければ、会話もできない田舎娘。

レディ・レティシアは、姪の打ちしおれた顔をひそかに見つめながら、シーズンの残りの期間、ジェニーをロンドンに連れていくべきだというポール卿の提案に耳を傾けていた。

ポール卿が言った。「姪御さんには静かな田舎の環境のほうが合っている、ロンドンのおべっか遣いたちの言葉にのぼせ上がってしまう、とお考えかもしれませんが、そろそろ、いくらかそういう連中との出会いも経験したほうがよくはありませんか？　もし、どこかの物静かな田舎の若者と結婚して、ある日その夫が彼女を街へ連れていき、妻がすっかりのぼせ上がっていることに気づいたとしたら？　姪御さんは、どんな奥方になるでしょうか？」

「とっても説得がおじょうずなのね、ポール卿」レディ・レティシアが笑って言った。「よく考えてみますわ」

ペラム公爵は、ファーガスに寝支度を整えてもらうあいだ、煮えくり返るような怒りを抱えたままでいた。

「公爵さまは、あのお嬢さんにずいぶんお怒りみたいですね」とうとうファーガスが言った。

ペラム公爵は、「ぐぬぬ」に近い不明瞭な声を漏らした。

「そんなにお気になさるなんて、あなたらしくないですよ」ファーガスが辛抱強く言った。「ご婦人がたに関心があるわけでもないでしょうに」

「ぼくは女嫌いではないぞ」公爵は、気乗りのしない笑みを浮かべて言った。「シーズンを過ごす目的は、妻を見つけることだ」

ファーガスが、抱えていた湿ったタオルの山を落としそうになった。

「妻！　なぜです？」

「跡継ぎが必要だ」公爵は不機嫌に言った。「自分ひとりでつくろうとしても無理だからな」

「本当に、きちんと考えてみたんですか？」ファーガスが慎重に言った。「女性たちのひとりに求愛して、気の利いた褒め言葉を言わなくてはならないんですよ、公爵さま」

「くだらない」ペラム公爵は皮肉っぽく言った。「いつイギリスの裕福な公爵が、女性に気を使わなければならなくなったんだ？　単にひとり選んで、パチンと指を鳴らせばいい」

「もちろん、その女性が、ジェニー・サザランド嬢みたいなかたでなければですけどね」

ファーガスがいたずらっぽく言った。

「あの女の名前は二度と口にするな。思い上がるのもいい加減にしてもらいたいものだ」

「ぼくの知ってる誰かに似てますね」ファーガスがつぶやいた。

「何か言ったか？」

「いいえ、公爵さま。何も」

帰りの馬車のなかで、レディ・レティシアがジェニーに言った。「ロンドンに引っ越すことに決めた、と言ったのよ。聞いていなかったの？　ああ、忘れていたわ。あなたは誰の話もほとんど聞いていないのよね」

「そんなことないわ！」ジェニーはむきになって言った。「ただ、突然だったからびっくりしただけよ。やっぱりロンドンには行きたくないって、心に決めたところだったから」

「あらそう？　でも、今回は、わたしのしたいようにさせてもらうわよ、お嬢さん。ポール・マナリング卿に、あなたを連れていくべきだって説得されたの」

「そうなの？」ジェニーは座席に背中を預けて、ポール卿のきびしくりりしい顔を思い出した。少し年寄りだけれど、貴族だ。ポール卿がわたしに興味を示すのは当然だろう。ジェニーの虚栄心がゆっくり戻ってきて、全身を温めてくれた。

「それなら、もちろん行くべきね」ジェニーは小さく笑いながら言った。「ポール卿をがっかりさせてはいけないわ」

叔母が悲しそうに首を振ってほんの少し肩をすくめるのを見て、ジェニーは不思議に思った。〝今言ったことの何が、叔母さまの気に障ったのかしら？〟

# 2

真実に向き合うとすれば、結婚は害悪だが、必要な害悪である。

――メナンドロス

「まっすぐクラージズ通りに向かうんですか、公爵さま？」ファーガスが、主人の旅行馬車の御者席に姿勢よく座ったまま尋ねた。となりに座った公爵が馬を御していた。

「いや。ホルボーンにあるパーマーの事務所を訪ねるつもりだ。帳簿を見たい」

「あの男が不正を働いてると考えてるんですか？」

「たぶんな。手紙では、ぼくをクラージズ通りに住まわせるのを奇妙なほど渋っているようだった。ぼくがあの屋敷を憶《おぼ》えていたことにさえ、ひどく驚いたらしい。あそこには使用人の一団がいて、屋敷は毎シーズン貸し出されていると言うんだ。今シーズンも貸し出されているので、ホテルに泊まるほうがいいのではないかとも書いてあった。ぼくは、借り手を追い出せと言った――かなり横暴だったかもしれないが――あいつが疑わしく思えてきたからね。パーマーは返事に、あの屋敷にはぼくの父の幽霊が取りついていると書いてきた。それでぼくは、大ばかぶりをさらしていないで、ぼくの到着を待てと返事を書いた」

ファーガスが身震いした。「もしかすると、本当かもしれませんよ、公爵さま」

「ばかばかしい。じつにばかばかしい。おまえにはびっくりだよ、ファーガス。父は身勝手な老人で、すっかり正気を失っていた。うまくこの世を立ち去れたんだから、二度と戻りたくないと思っているはずだ」

「ご自分ではどうにもならないのかもしれませんよ？」

「魂をメイフェアの街屋敷に取りつかせる天罰など、ぼくは信じないね。そこに馬車を止めよう」

パーマーはふたりを待っていた。公爵の差し迫った到着の知らせを受け取って以来、来る日も来る日も待ち続けていた。公爵は、ブリストルから手紙を出していた。

ジョナス・パーマーは窓から外を見下ろし、憂鬱《ゆううつ》な気分になった。ペラム公爵が馬車の御者席から降りる姿が見えたからだ。記憶のなかの公爵は、すらりとした見目のいい若者で、広大な領地に関することより勉学に興味を持っていた。祖国のために戦おうとイベリア半島に発《た》って以来、パーマーとは顔を合わせていなかった。あの見目のいい青年が、背の高い堂々たる姿の男に変わっていた。

パーマーはあわてて机に着き、台帳を開いて、いかにも公爵の領地の管理に精を出しているかのように、書きこみを始めた。

扉があいて、ペラム公爵が大股で入ってきた。「なんだ、ここは暑いな」そう言って窓のところへ行き、ぐいっとあけてから、乗馬用の上着をすばやく脱いで隅に放る。そして椅子を引き寄せ、パーマーに向き合った。

「さて」公爵は言った。「白状しろ」

「どういうことでしょう、公爵さま。何を白状しろと？」

「クラージズ通りに住むのを思いとどまらせようとした理由が知りたい。幽霊だとかいうあのたわごとはなんだ」

「誓って本当のことなんです」ジョナス・パーマーが言って、分厚い手で心臓のあたりをつかんだ。

ペラム公爵は椅子の背にもたれて、代理人を上から下まで眺め回した。パーマーは背が低くずんぐりしていて、むくんで脂ぎった反抗的な顔をしていた。「おまえは」公爵は冷たい声で言った。「霊的なものや超自然的なものなど、少しも信じていない男に見えるぞ」

「幽霊を見た人がいるんです」パーマーが言った。「悪いことが起こり続けてるんですよ、あなたの最愛のお父――」

「おい、先代のペラム公爵と呼べ」公爵はきびしく指摘した。

「先代の公爵さまが亡くなってからずっと。少女が殺されたりだの、殺人犯がつかまったりだの――」

「思うに、それはぜんぶ、おまえの借り手の選びかたに手抜かりがあったからにほかならない。もしあそこで悪いことが起こり続けているなら、それは屋敷が呪われているせいではなくて、おまえが住まわせた者たちの不品行のせいだろう。さあ、もうおまえのくだらない話はたくさんだ。帳簿を見せてくれ」

「ここにございます、公爵さま」パーマーが言った。

ペラム公爵は片眼鏡を出して、台帳のページをめくり始めた。「あの屋敷を一シーズン八十ポンドで貸しているんだな。おかしな話じゃないか、千ポンドだって取れるだろうに！」

「まわりに尋ねて回れば、あの屋敷が呪われてると考えてるのはわたしだけじゃないことがわかりますよ」パーマーが言った。「それ以上の家賃じゃ、誰も借りてくれませんでした。誓って申し上げますが、わたしはあなたさまに忠実にお仕えして、きちんと――」

「もういい。次は使用人たちだ。どれどれ。給料があまりよくないようだな」

「じゅうぶんですよ」パーマーは答えた。「言ってみれば、シーズン中だけ働けばいいんですからね」もし公爵が、使用人たちの実際の給料がどれほど少ないか、今調べている改ざんされた帳簿ではなく、本物の帳簿にはどれほど少ない金額が書かれているかを正確に知ったら、なんと言うだろうか。要するにパーマーは、使用人の賃金との差額を着服しているのだ。

「不平を言う理由はないですよ」そうつけ加えながら、使用人たちが不平を言おうものなら、執事と従僕のいかがわしい過去をばらして、ほかの連中も二度と仕事が見つからないようにしてやるからな、と心の内でつぶやいた。

「なるほど、あの屋敷についてはそれほど心配しなくてよさそうだな」公爵がようやく帳簿を閉じて言った。「あそこは、グローヴナースクエアの屋敷の改装が終わったらすぐに売ることにしよう。使用人たちには、うちのほかの屋敷で新しい仕事を見つけてやってくれ」

「はい、公爵さま」

「よし。では、クラージズ通りの使用人たちについて詳しく教えろ」

「執事のジョン・レインバードと、従僕のジョゼフがいます。それから、料理人のアンガス・マグレガーと、家政婦のミドルトン夫人。メイドは三人います。家事係《ハウスメイド》のアリス、部屋係《チェインバーメイド》のジェニー、それとちびの皿洗い係《スカラリーメイド》のリジーです」

「ぼくの到着は知らせてあるのか？」

「はい。公爵さま、こう申してはなんですが、屋敷を売るとき、わざわざ使用人たちの面倒を見る必要はないと思います。やつらはジャコバイト（現在の王家を否定し、ジェームズ二世の子孫を王とするスチュアート朝復活を望む勢力）と急進派の集まりですよ」

「なんだって！　だったらどうして解雇しなかったんだ？」

「連中が身のほどを忘れてることに、つい最近気づいたもので」

「今だって、すぐさま解雇できるじゃないか」

パーマーは汗をかき始めた。あの使用人たちを憎むあまり、罠《わな》にはまってしまった。執事のレインバードは、この先仕事に就く望みがないと思えば、賃金の少なさについての真実を公爵に話すだろう。レインバードが望みを持っているからこそ、悪い評判で脅すことができていたのだから。

「軽はずみな批判をしすぎたかもしれません」パーマーは急いで言った。「むろん、公爵さまご自身がお決めになることかと」

「ぼくはおまえに給料を払っているし、金額はじゅうぶんなはずだ」ペラム公爵がとげとげしい口調で言った。「使用人たちがジャコバイトになったかどうかなどという、つまらない疑問に悩まされずに済むようにな。よし、この機会に、ぼくが自分で対処しよう。だが、おまえはあした、ほかの所有地の台帳を持って、ぼくのところへ来い。そして、それぞれの領地管理人に、ぼくが今年じゅうに訪ねて、土地が肥えていること、小作人の家がきちんと修繕されていることを確かめるつもりだと、しっかり伝えておけ」

ペラム公爵が立ち上がって、上着を取り、一度もパーマーを振り返らずに部屋を出ていった。

パーマーはうめき声をあげた。各領地の管理人たちには、屋根や窓の修理といったどうでもいいことに金をむだに使うなと指示してあったのだ。そういうやりかたで、毎年それぞれの領地からかなりの金額をなんの心配もなく流用し、残りを公爵の銀行口座に預金していた。しかし、まだその痕跡を隠す時間はある。公爵は手紙で、シーズンの残りの期間をロンドンで過ごす予定だと言っていた。その後はたぶん、ほかの貴族たちと同じく、摂政皇太子を追ってブライトンへ行くだろう。

六七番地の使用人たちにとって不運だったのは、公爵がロンドンに到着した日が完璧すぎたことだった。彼らは主人をひたすら待ち続けていた。部屋は輝き、ベッドには新しいシーツが敷かれ、仕着せとドレスはブラシとアイロンをかけられ、物腰は堅苦しく形式張り、礼儀作法はロンドンの使用人たちのなかで最もきちんとしていた。しかし、公爵が現れないまま日々が過ぎていくにつれ、みんなは待つことに飽き始めた。その日は、夜が明けると、晴れ渡った美しい日になった。いつもはロンドンの上空に掛かっている煙の帳《とばり》が消え去っていた。暖かいそよ風がロンドンの通りを踊るように吹き抜け、背の高い建物のあいだに射す太い陽光のなかに細かいちりがふわふわと浮いている。

六七番地の窓は、暖かく新鮮な空気を入れるため、すべてあけ放たれた。パーマーは知らなかったが、使用人たちは屋敷勤めを終えようとしていた。シーズンごとに少しずつ心付けを取っておき、貯金に励んで、今では宿屋が買えるほどの額を貯《た》めたのだ。まだ使用人でいる理由はただひとつ、公爵が到着するからだった。礼儀作法と上品な物腰で公爵を感心させ、信頼を得てから、パーマーにもらっている賃金がいかに少ないかを訴える計画だ。おそらくパーマーが、実際に払っている賃金と、公爵に請求している賃金の差額をくすねているのだろうと、すでに見抜いていた。公爵が到着してすぐにこの件を訴えれば、たぶん信じてもらえないことはわかっていた。公爵の代理人はとても大きな力を持っているから、公爵はパーマーを信じて、使用人たちを嘘つきだと責めるだろう。それでは、どうしてもやり遂げたいパーマーに対する復讐《ふくしゅう》がかなわない。

執事のレインバードと従僕のジョゼフは、以前の仕事を不名誉な形で解雇されたので――罪は犯していなかったが――パーマーは、もし別の職場で働こうとすれば評判をだいなしにしてやると脅して、ふたりをクラージズ通りの屋敷に縛りつけていた。ほかの者たちは、執事への忠誠心と、まともな推薦状がなければ同じく別の仕事は見つからないという理由で、ここにとどまっていた。しかしもはや、何も気にしなくていい。最後となるシーズンの終わりには、自由が待ち受けている。

その美しい日、すべての厄介ごとの発端となったのは、ジョゼフだった――金色の髪をした、軟弱で愚かなジョゼフ。この従僕は、貴族的とされる小さい足になるため二サイズ小さい靴をはいていたが、その日は暑かったので、痛めつけられた足がすでにむくみ始めていた。ぱりっと糊《のり》づけされたクラヴァットが、顎に突き刺さった。あの公爵は来ないに決まってる、とジョゼフはぶつぶつ不平を言った。年間に幾日もない最高に美しい日を、うだるように暑い室内で過ごすなんて。

しかも、あのみごとな船があった。

スコットランド出身の料理人アンガスは、大砲と帆を備えた、ネルソン提督の旗艦〈ヴィクトリー〉号の美しい模型をつくり上げていた。ジョゼフはすっかり夢中になった。船が水上を進むのを見たくてたまらず、通りのほんの少し先にあるグリーンパークの貯水池に持っていこうと料理人に懇願した。アンガスは断ったが、それは単に公爵がもうすぐ押しかけてくるからだった。

〝あの船を走らせるのに、これほど完璧な日はもうないだろうな〟ジョゼフはむっつりしながら胸につぶやいた。〝必要もないのに、使用人としてぼくたちを待たせ続けるなんて、レインバードもばかだよな〟従僕は不機嫌な顔で階段をのぼった。ミドルトン夫人は、表の居間で花瓶に新しい花を生けながら、細く甲高い声で歌っていた。アリスとジェニーは、これ以上磨いたりふいたりする必要のない部屋を磨いたりふいたりし、階段掃除も担当しているスカラリーメイドのリジーは、蜜蠟《みつろう》で手すりを磨いていた。

　レインバードは食糧貯蔵室にいて、ワイン商から届いた何種類かのボルドーワインを試飲していた。アンガスは厨房《ちゅうぼう》で手早くいろいろなごちそうをつくり、厨房助手のデイヴがその手伝いをした。デイヴは、冷酷な煙突掃除人のもとからレインバードが助けてやった少年で、パーマーは今もその存在に気づいていなかった。

「リジー！」ジョゼフが呼んだ。リジーは手すりを磨く手を止めて、従僕を見下ろした。ジョゼフは垢抜《あかぬ》けた美男子だったが、今はもう、その姿を見てもリジーの胸が高鳴ることはなかった。それどころか、彼を見つめる目には苦痛と後ろめたさが混じっていた。ジョゼフ本人もほかのみんなも、屋敷勤めの日々が終わったらすぐにふたりが結婚するものとすっかり思いこんでいて、哀れなリジーは、結婚したくないとジョゼフに言う勇気を奮い起こせずにいたからだ。

「そんな目で見ないでおくれよ」ジョゼフが、気取ったわざとらしい口調で言った。「今年いちばん最高の日に、全員そろって屋内にいなくちゃならないのは、ぼくのせいじゃあないんだからね。リジー、レインバードさんに、公園へ行ってアンガスの船を池で走らせてもいいですかって、きいてきてくれないかな？」

「無理よ」リジーは言った。「みんなで公爵さまを待ってるんでしょう」

「もうずっと待ち続けてるじゃあないか」ジョゼフがすねた口調で言った。「もう待つのに飽き飽きしてしまったよ」

「どうしたんだ?」裏階段から現れたレインバードが尋ねた。

「公園に行って、アンガスの船を走らせたいんです」ジョゼフがぶすっとして言った。「あの公爵は、来やしないよ」洗練された口調を忘れて言い足す。「毎日待ってるのに、まだ来ないじゃないか。こんな日はもうないよ、当分はね」

リジーは、レインバードが従僕に、自分の仕事に取りかかれとそっけなく命じるのを待った。ところが執事は、玄関扉の上の明かり採り窓を通してきらめく陽光を、物欲しげに見上げた。

「行けたらいいと思うよ、ジョゼフ」レインバードは言った。「しかし、わたしたちは誠実さと勤勉さと性格のよさでペラム公爵を感心させなくてはならない。到着時に留守にしていたら、それができないからな」

「到着するならね」ジョゼフがふくれっ面で言った。

レインバードはその場に立って考えこんだ。執事は四十代のがっしりした男で、軽業師の体と喜劇役者の顔を持っていた。悲しんでいるときでさえ、まるでひとりで思い出し笑いをしているように見えた。

「いざとなれば」執事はゆっくりと言った。「デイヴをパーマーの事務所に行かせて、きょう公爵が到着するかどうか尋ねられるかもしれない。パーマーはデイヴを知らないから、ただの使い走りの子だと思うだろう。そして、もしパーマーが公爵の正確な到着日時をすでに知っているなら――それがきょうではないなら――出かけてもいいだろう」

「やった！」ジョゼフが叫び、喜びに跳ね回ってから、痛めつけられた足の抗議を受けて悲鳴をあげた。

デイヴは、ホルボーンまでずっと走っていった。パーマーは、レインバードからの短い手紙をじっくり読んだ。それからほくそ笑んだ。どうやら公爵はまっすぐクラージズ通りには行かなかったようだ。うまくいけば、出かけようとする使用人たちを見つけるかもしれない。パーマーは紙を一枚取って、ペラム公爵はあと二日はロンドンに到着しないだろうという旨を殴り書きし、吸い取り砂でインクを乾かしてから、デイヴに渡した。

ほんの二ブロック先では、公爵が本屋の涼しい店内で拾い読みをしていた。まっすぐクラージズ通りに行くつもりだったのだが、新刊の本がずらりと並んでいるのに引きつけられて、馬車を降りてしまった。

デイヴの知らせは、クラージズ通り六七番地で、歓声とともに迎えられた。レインバードとジョゼフは感謝しつつ暑い仕着せから着替え、アンガスはピクニック用の冷たい昼食を用意し、そのあと全員が――まるで本物の家族のように――クラージズ通りを歩き出し、ピカデリーを渡って、グリーンパークの涼しい木陰に飛びこんだ。

ジェニー・サザランド嬢は、ロンドンへ向かってガタゴトと揺れながら進む旅行馬車の座席に着き、乗り物酔いしませんようにと願っていた。レディ・レティシアは、街へ引っ越すと心を決めると、すさまじい速度で準備を始めた。ジェニーは知らなかったが、最終的に叔母を熱狂的な行動に駆り立てたのは、ジェニーがペラム公爵に向かって言ったことについてのひどく誇張されたうわさ話だった。レディ・レティシアは、しつけも作法もなっていない娘を育ててしまったのかと心配し始めた。街で磨きをかけることが、ジェニーにはぜひとも必要だ。神なき時代だったので、誰もレディ・レティシアに、姪っ子に必要なのは外側ではなく内側を磨くことで、謙虚さについて牧師に説教してもらうほうが効果的ではないかとは助言しなかった。

ふたりはレディ・レティシアの母親の友人のもとに滞在する予定だった――〝嘘でしょう、人ってそんなに長生きできるの？〟とジェニーはびっくりした。フリーマントル夫人というのが、ロンドンで世話になる人の名前だった。レディ・レティシアは、フリーマントル夫人には昔からぜひ泊まりにきてちょうだいとしつこく誘われていたので、速達郵便で到着予定を知らせてあると説明した。返事を待って時間をむだにする必要はなかった。

気づいていなかったが、ふたりは路上でペラム公爵とすれ違っていた。公爵は旅を一時中断し、ロンドン郊外にある陸軍の友人の家に滞在したあと、改めてロンドンに向けて発とうとしていた。ちょうどそのとき、レディ・レティシアの馬車がものすごい勢いで通り過ぎていった。公爵は物思いにふけっていたので乗客には気づかず、レディ・レティシアとジェニーはふたりとも眠っていたので、公爵の姿は目に入らなかった。

ジェニーはすでに最新流行の衣装を取りそろえていたし、出発を遅らせる理由は何もなかった。

ロンドンが近づいてくるにつれて、ジェニーの興奮はしだいに高まっていった。憎らしいペラム公爵のことを何度も思い出した。シーズンの残りの期間でめざましい成功を収める夢を見た。公爵が自分に恋をする夢も見た。いちばんの空想は、公爵が目の前にひざまずいて求婚するのだが、自分は冷ややかにはねつける、というものだった。

まだ心を奪われた経験のないジェニーは、結婚を単なる野心的な計画と考えていた。最も条件がよく、最も裕福な人を探し、そういう人と結婚する。ロンドンじゅうのあらゆる女性の羨望《せんぼう》の的になることこそ、人生のただひとつの目標だろう。美しさで武装したジェニーは、成功を味わいたくてたまらなかった。公爵に肘鉄砲を食らわされたことが、今も悔しかったからだ。

緑が生い茂る初夏の田舎の涼しさに比べると、ロンドンはよごれた騒々しい場所に思えたが、馬車がにぎやかな通りに入ると、ジェニーはすでにそのすべてが大好きになっていた。騒音、喧噪《けんそう》、たくさんの蜻蛉《とんぼ》が社会の波立つ水路をかすめて飛ぶかのように、あちこちをすいすいと疾走する軽装馬車、必要最小限の服しか着ていない横柄な貴婦人たち、滑稽《こっけい》なほどウエストを絞った服装で顔に化粧を施し、気取って歩く紳士たち。

「フリーマントル夫人はどこに住んでるの？」ジェニーは叔母にきいた。

「クラージズ通りよ」レディ・レティシアが答えた。「七一番地」

「感じのいいご婦人？」

「ええ、とっても。もう長いこと会っていないのだけど。礼儀作法に気をつけてね、ジェニー」

「わたしはいつだって礼儀正しいわ、レティシア叔母さま」

「あなたは嘆かわしいほど、誰にも耳を傾けないし注意も払わない」レディ・レティシアがきびしい口調で言った。「あなたは自分の容姿にとらわれすぎているわ。ロンドンには美しい女性がたくさんいるのよ。生まれて初めて、愛想を振りまいたり、気を引いたりする努力が必要になるでしょうね。美貌だけでは足りないのよ」

レディ・レティシアがひどく苛立ったことに、ジェニーは自己満足の小さな笑みを浮かべただけだった。まるでひとことも信じていないかのように。

馬車はゴトゴトとピカデリーを走り、道路が込んできたので速度を落として徐行し始めた。晴れ渡った暑い日だった。ジェニーは窓ガラスを下ろして、身を乗り出した。

「みんな、すごくのびのびしてるみたい」肩越しに叔母に向かって言う。「ねえ、見て。すごくすてきな船を、公園の貯水池で走らせてる家族がいるわ。あんなことしていいのかしら？　飲み水じゃないの？」

「ロンドンの水はすごくよごれているから、船一隻くらいではたいして変わらないと思うわ」レディ・レティシアが言った。「前回わたしが街にいたときには、貯水池に死んだ犬が浮かんでいたのよ」

「あの人たち、すごく楽しそう」ジェニーはなんだかうらやましくなって言った。一行の女性たちが、年上のずんぐりしたひとりを除いて、裸足《はだし》になっていることに気づいた。背の高い青年は靴とストッキングを脱いでいて、手の届かないところまで進んでしまった船を取り戻すため、貯水池のなかへ歩いていった。見ていると、青年は足をすべらせて転び、盛大に水しぶきをあげた。公園管理人が大声でどなりながら、集団のほうへ走っていく。がくんと馬車が揺れ、角を曲がってクラージズ通りに入り、小さな絵画のような情景は見えなくなった。

ジェニーは、みごとなフリルで飾られたモスリンのドレスの涼やかなひだを見下ろした。裸足になったことも、野原を駆け回ったこともなかった。足を濡らすとどんな感じがするのかさえ知らない――バスタブの外では、ということだけど……。自分のような美女は、完璧な外見を守り維持する義務があるのよ、ときびしく自分に言い聞かせた。「あの女性たちはたぶん、恐ろしく日焼けしてしまうわ」つぶやくように言う。

「着いたわ」レディ・レティシアが言った。「忘れないでね、ジェニー。最上の礼儀作法、最上のお行儀を心がけてちょうだい」

「もちろんよ」ジェニーはむっとして言った。

馬車はゆっくり止まった。レディ・レティシアの馬丁《ばてい》が踏み段を下ろし、ジェニーは叔母に続いて降りた。

〝なんておかしな格好の家政婦かしら！〟玄関の石段に立つ風変わりな人物を見て、最初にジェニーはそう考えた。背が高く痩《や》せた女性で、古ぼけた黒い服を着て、ゆるんだモスリンの縁なし帽を、長い馬のような顔の上に垂らしている。腰に巻いた鎖から大量の鍵の束をぶら下げ、モスリンのエプロンには卵の染みがぽつぽつとついていた。

ジェニーがぎょっとしたことに、その奇妙な人が「レティシア」と叫んで、石段を駆け下り、愛情をこめてレディ・レティシアを抱き締めた。

「アグネス、とてもお元気そうね！」レディ・レティシアが感嘆の声をあげた。「ジェニー、お辞儀をなさい。こちらはフリーマントル夫人よ。アグネス、わたしの姪のジェニーです」

フリーマントル夫人がジェニーに向かってにっこり笑い、力強く黄色い歯をむきだしにした。

「んまあ、見たことないくらいきれいな子じゃないの！」フリーマントル夫人がバス歌手のような低く太い声で言った。「まるで妖精のようだわ。暑いところにいないで、なかへお入り。そう、お茶ね！　お茶を飲むでしょう」

ジェニーは叔母とフリーマントル夫人のあとについて、屋敷に入った。

通りを見晴らす窓がある表の居間は、博物館のようだった。ありとあらゆるものが、いくつものガラスケースに収まっていた。動物の剝製、ガラス製の花、金色の時計、少立像――すべてがきらきら輝くガラスの墓に入っている。ほこりっぽい孔雀《くじゃく》の羽を挿した花瓶が火のない暖炉に置かれ、とても上等なペルシャじゅうたんの上には石細工のかたまりがいくつか転がっていた――古代の柱と頭のない胸像だ。座席を見つけること自体が障害物競走のようだわ、とジェニーは考えながら、もののあいだを縫うように進んだ。

〝こんな付添い人といっしょで、どうやって社交界の人たちと会えばいいのかしら？〟ジェニーは憂鬱な気分で胸につぶやいた。

レディ・レティシアはすごい勢いで、知人についてぺらぺらとまくし立てていた。ジェニーが知らない、あるいは耳にしたことがない人ばかりだが、それはおもに、過去に叔母が話したとしても自分に直接関係がないことは何も聞いていなかったからだった。

年老いた執事が入ってきて、大きな銀のトレイを重そうに支えながらお辞儀をした。そこにはティーポットと湯、ミルク、棒砂糖、バターを塗った薄いパン、レーズン入りケーキがのっていた。

「何か話の種はある、マイルズ？」フリーマントル夫人が尋ねた。

マイルズが、まるで関節に装着されたナットやボルトを無理にゆるめるかのように、ぎくしゃくした動きでまっすぐ立った。「はい、奥さま」執事が言った。「六七番地のあのおかしな使用人たちが、まるで子どもみたいに、公園に船を浮かべに行ってしまいましてね。少し前にペラム公爵が到着されたのですが、誰も応対しないとひどくお怒りでした。公爵は、使用人たちを見つけたらひとりずつ鞭《むち》で打ってやると大声で言いながら、屋敷の鍵を取りに代理人のところへ行かれました」

「うちのマイルズは優秀じゃありません？」フリーマントル夫人が声高に叫んだ。「どんな社交欄よりもずっとおもしろいのよ。下がってよろしい、マイルズ」

ジェニーはたじろいだ。レディ・レティシアは、あの憎らしい傲慢男、ペラム公爵に会ったことには触れずに、中断していた会話をふたたび続けた。ジェニーは、公園で見たあの〝家族〟を驚きとともに思い起こした。使用人だったなんて！　すごくのびのびと幸せそうだったのに、もうすぐあの冷酷人間に鞭で打たれてしまう。

「自分の部屋に行きたいんです、フリーマントル夫人、顔を洗いたくて」突然ジェニーは言った。

「もちろんですとも、お嬢ちゃん」フリーマントル夫人が叫んだ。「さっぱりしたら、戻ってきて座ってちょうだいね」椅子の横に置いた巨大な真鍮《しんちゅう》の呼び鈴を鳴らし、マイルズが応じると、ジェニー嬢を上階へ案内するように命じる。もしかすると、フリーマントル夫人はほかに使用人を雇っていないのかもしれない。

マイルズが先に立って暗く狭い階段を三階までのぼり、ギイッという音とともに奥の寝室の扉をあけた。ジェニーは、巨大な四柱式ベッドが空間のほとんどを占める散らかったかび臭い部屋を呆然《ぼうぜん》と見回し、マイルズに力なくお礼を言ってから、執事が立ち去るまで待った。

マイルズが行ってしまうとすぐに、そっと扉をあけて、静かに階段を下り始めた。自己中心的な人生を送ってきたジェニーが、なぜ急に他人の身の上を心配し出したのか、もし立ち止まって考えてみたなら不可解に思えたかもしれない。しかし、立ち止まりはしなかった。

ジェニーはひとりの使用人にも会わず、玄関広間まで歩いた。表の居間から、女主人の熱を帯びたとどろくような声が聞こえた。ジェニーは静かに少しずつ玄関扉をあけて、晴れ渡った通りに出た。冷酷非道のペラム公爵ににらまれていないかと、不安げにちらりと振り返ってから、グリーンパークに向かって急いで走る――それ自体がめずらしいことだった。いつものジェニーは、どこにいてもゆっくり優雅に動いたからだ。

六七番地の使用人たちは、貯水池のほとりの草地に広がって、冷たい昼食をとっていた。仕着せは着ていなかったが、ジェニーは直感的にレインバードを上位の使用人と判断した。

「急いで！」大声で呼びかける。「ご主人のペラム公爵が戻ったの。屋敷の鍵を取りに代人のところへ行ってるけど、あとであなたたち全員を鞭で打つつもりよ」

「ありがとうございます、お嬢さま」レインバードは言った。「急げ、みんな。走れ！」

ジェニーは、ここにいて手助けしたいという奇妙な切望を覚えた。しかし、自分の大それた行為が、急に恐ろしくなった。これからロンドンの人気者になるはずのわたしが、グリーンパークで使用人に囲まれて立っている！

ジェニーはスカートをつまんで全速力でフリーマントル夫人の屋敷に戻り、表の居間の外でやっと息をついてから、スカートを整え、礼儀正しく部屋に入った。

そして座って静かにお茶を飲みながら、玄関を出てどうなっているか確かめたいという思いを懸命にこらえた。

「いいか、ファーガス」ペラム公爵は、ふたたび馬車をクラージズ通りへ進めながら言った。「あそこの使用人は全員クビにする！　こんな無礼は前代未聞だ」

「結論を急いではいけませんよ、公爵さま」ファーガスがつぶやくように言った。「なんらかの緊急事態かもしれませんしね」

公爵は威厳のある声で言った。「ぼくの帰還よりも重要な緊急事態があるというのか？」

ファーガスはため息を押し殺した。公爵の高圧的な尊大さが、優しく楽しい人々やものごとを遠ざけてしまうことがあると、たびたび感じていた。

六七番地は、十八世紀に建てられた典型的なロンドンの街屋敷だった。縦に長く、壁は黒い。玄関前の石段には鉄製の二頭の犬が鎖につながれていて、いつもならそれが、無難そのものといった正面《ファサード》全体の唯一の装飾品だったが――きょうは違っていた。

二階の窓から、垂れ幕がぶら下がっている。〝おかえりなさい、公爵さま〟と書いてあった。玄関扉はあいていて、黒と金の仕着せを着たこざっぱりした執事が石段に立っていた。

「やっぱり、あなたを待ってたみたいですよ」ファーガスが言った。

「どうだかな」ペラム公爵は言った。「馬車を厩《うまや》に預けてから、合流しろ」

公爵は大股で石段をのぼり、玄関広間に入った。レインバードがすばやく前に回り、表の居間の扉をあけて押さえた。

磨き上げられたテーブルに、ワインとケーキとビスケットがのっていた。そこかしこに薔《ば》薇《ら》の花瓶が置かれ、その夏の香りが、家具の蜜蠟と、部屋の四隅に置かれた薬壺《くすりつぼ》から漂う砂糖と酢の家庭的なにおいと心地よく混じり合っている。

レインバードが深くお辞儀をしてから、主人に向かってにっこり微笑んだ。続いてパチンと指を鳴らすと、ほかの使用人たちがひとりずつ、すり足で部屋に入ってきて、公爵の前に立った。

ペラム公爵は、並んだ使用人の顔を順番に見ていった。家政婦のミドルトン夫人が最初に紹介された。ひどくおびえていて、糊づけされた巨大なリネンの帽子の陰で、兎《うさぎ》のような顔が不安げに引きつっていた。次は料理人のアンガス・マグレガーで、頭蓋帽《ずがいぼう》の下からのぞく髪は火のように赤く輝き、その目は公爵の目と同じくらい尊大な光を湛《たた》えていた。次にジョゼフがお辞儀をした。香水をつけたレースのハンカチをこれ見よがしに何度も振り回す大げさなお辞儀だった。次に、ハウスメイドの物憂げな金髪美人――アリスが膝を曲げてお辞儀をした。チェインバーメイドのジェニーは、小さくすばやく体をかがめてお辞儀をした。スカラリーメイドのリジーは、大きく穏やかな茶色の目で、まるで慈悲を請うかのように公爵を見上げた。厨房助手のデイヴはお辞儀をして前髪を引っぱってから、ロンドン生まれのしなびた小さな体をテーブルの下に隠したがっているかのように、あたりを見回した。

「なぜぼくが最初にここに着いたとき、おまえたちはいなかったんだ？」ペラム公爵はきいた。

「公爵さまのご到着に備え、特別な支度を整えていたのです」レインバードが答えた。

「パーマーさんは、あさってまでご到着されないだろうと知らせてきました。だから全員で、歓迎のための細々したものを買い足しに出かけていました」手を振って、周囲の花や食べ物やワインを示す。

「今後は」公爵は冷ややかに言った。「昼夜問わず、いつでもぼくの言いつけに対応できるようにしておけ。ぼくのはっきりした許可なしに、使用人が屋敷を離れることは許されない。わかったか？」

「はい、公爵さま」

ペラム公爵のアイスブルーの目が、リジーの顔に留まった。小さなスカラリーメイドのおびえた目が、涙でいっぱいになっていた。

生まれて初めて、公爵は自分ががさつな人間になったような気がした。

歓迎の垂れ幕には驚かされた。これまで、歓迎されたことなどなかった。所有する屋敷のひとつに着くと、使用人たちはいつもびくびくしてかしこまり、自分たちの義務以上の特別な努力を払おうとは決してしなかった。

ふと、公爵は笑みを浮かべた。「とてもうれしいよ、レインバード。ぼくを歓迎しようと苦心してくれて。今夜はここで食事をとろう。とりあえず、着替えてクラブへ行くつもりだ」

「かしこまりました、公爵さま」

「さて、きみ――ミドルトン夫人――部屋を見せてくれ」

「はい、公爵さま」ミドルトン夫人が唇を震わせながら応じた。

「おいおい」公爵は口調を和らげて言った。「取って食いはしないよ。案内してくれ」

ミドルトン夫人が先に立って階段をのぼっていった。「公爵さまのお部屋は、こちらに用意いたしました」そう言って、扉を押しあける。「ここがいちばん広い寝室です。となりが食堂です。お客さまがいらした場合は、上の階に寝室がふた部屋、用意されております」

ペラム公爵は部屋に入り、あたりを見回した。横に数枚のふんわりした厚いタオルが掛けられた化粧台には、三種類の色とりどりの石鹸《せっけん》が並んでいた——グリーン、アイボリー、ブラウン。ベッド脇のテーブルには、白い薔薇と垂れ下がった羊歯《しだ》の優美な小さい生け花が置かれている。部屋の中央にある別のテーブルには、最新の文芸雑誌と狩猟雑誌が広げられていた。

きちんと折り返されたぱりっとした白いベッドシーツからは、ほのかなラベンダーの香りがする。

「すごいな」公爵は言った。「ミドルトン夫人、きみみたいな使用人がいたら、繊細で女らしい雰囲気を求める男も、妻を探す必要がなくなるな！」

「だってそうでしょう」あとになって、ミドルトン夫人は使用人部屋で言った。「使用人にとって、あれ以上の褒め言葉はないと思うわ」

「あのパーマーのやつ！」ジョゼフが言った。「絶対わざとですよ、公爵があと二日は来ないだろうなんて言って」

「そうだな」レインバードは同意した。「あの若いご令嬢が警告してくれなかったら、本当にたいへんなことになっていただろう」

「どなただったのかしら？」リジーが言った。「ものすごくきれいだったわ。本物の貴婦人よ」

「ばか言ってら！」小さなデイヴが言った。「本物の貴婦人は、あんなふうに骨を折っちゃくれないよ」

「いいや、そんなことはないさ」レインバードは言った。「使用人をないがしろにするのは、貴婦人を気取る偽物なんだよ」

# 3

さあ、踊ろう、くるくると、
軽快なすばらしい爪先で

——ジョン・ミルトン

「ねえ、アグネス」レディ・レティシアが、いかにも長く満足度の高いうわさ話を堪能した様子で言った。「小さなジェニーが一流のお屋敷に出入りできるように、下地をつくらなければなりませんわ」

「とっくに取りかかっていてよ」フリーマントル夫人が声を張り上げた。「クラリンダ・ベサミーが——ほら、ケントのベサミー家のひとりよ——小さな家族の集いを開く予定なの。折よくあなたたちが到着するなら、他人行儀にしないで、あなたと姪っ子を連れていらっしゃいと誘ってくれたのよ。ささやかで質素なパーティーになるでしょうけど、トランプ遊びや、若い人たちのためのちょっとしたダンスもあるの」

「すてきだわ！」レディ・レティシアは言った。「パーティーはいつなの？」

「まさに今夜よ」

「願ったりかなったりだわ。ジェニーはとても上等なドレスを何枚か持っているから、野暮《やぼ》には見えないはずよ。部屋で横になりなさいな、ジェニー、ロンドンで初めての行事へ出かける前に、休みなさい」

ジェニーは機嫌の悪さが顔に出ないように気をつけながら、居間を離れた。どうしたら、ポール卿に求愛される夢や、ペラム公爵をはねつける夢が実現できるのだろう？　あの人たちと同じつき合いの輪に入れないとしたら？　フリーマントル夫人は、ぞっとするような変わり者だわ、とジェニーは階段をのぼりながら胸の内で嘆いた。レディ・レティシアは田舎ではとても洗練されていて優雅だったけれど、こんな友だちがいるのだから、本当は野暮ったいに違いない。

急に旅の疲れが出て、ジェニーはベッドに入り、今夜は頭が痛いのでベサミー夫人のさえない浮かれ騒ぎには出席できないと言うことにした。

次の瞬間、ぴんと背筋を伸ばし、白い頬に両手を当てて、かん高い悲鳴をあげる。

侍女のクーパーが駆けこんできた。ジェニーは蒼白《そうはく》になって、ベッドの端を指さした。侍女は、鼠《ねずみ》が出た場合に備えて火かき棒をつかみ、慎重にベッドの上を進んで、四柱のベッドカーテンのあたりを見回してから、ジェニーより大きな声で悲鳴をあげ始めた。

マイルズがぎくしゃくとやってきて、女主人があとに続いた。

「あらまあ」フリーマントル夫人が野太い声で言った。「見つけちゃったのねえ？　わたしの亡くなった夫はたいへんな旅行家でね、あの人が集めたものは、なんだろうとどうしても捨てる気になれないの。夫が旅から持ち帰った、なんてことない東洋の仮面がいくつかあるだけよ」

ジェニーは恐る恐る指のあいだからのぞいてみた。ベッドの端の天蓋からぶら下がってこちらをにらんでいるおぞましい顔は、確かに、木と毛髪でつくられたにやにや笑いの仮面にすぎなかった。

「どこかへやってください、お願い」ジェニーは言った。

フリーマントル夫人がマイルズに指示して仮面を外させてから、さてどこに片づけたらいいのかしらね、とぶつぶつ言いながら執事のあとについて部屋を出ていった。

そのあとレディ・レティシアが現れて、乱れたジェニーの髪を後ろへ撫《な》でつけ、眠るように説きつけた。

「こんな恐ろしい場所で、どうやって眠ればいいの？」ジェニーは散らかった部屋を見回しながら訴えた。しおれたパンパスグラスを敷いた一画に、象の足が置かれているのが目に留まり、身震いする。

レディ・レティシアが、上掛けの下に手を入れた。「シーツはぱりっと乾いているわ、お嬢ちゃん」叔母が言った。「それに、ベッドは寝心地がよさそうよ。眠りなさい、でないと今夜、最高のあなたを見せられないわよ」

叔母が立ち去ると、ジェニーは天蓋を見上げて、そのパーティーにはいかないという決意を新たにした。そして目を閉じ、ぐっすり眠りこんだ。

侍女とレディ・レティシアの差し迫った叫び声で目を覚ました。早めに起こすのを忘れていたのよ、と叔母が説明した。急がなくてはならない。眠くてふらふらしていたジェニーは、されるがままに入浴し、着替え、髪を巻き、ポマードをつけ、はっきり目を覚ましてようやく、頭痛のふりをするつもりだったことを思い出したが、もう遅かった。

着飾ったフリーマントル夫人を見ただけで、ジェニーの気分は小さな青い山羊革の上靴の先までまっすぐ落ちていった。

女主人は、ダンスに適した丈の、白いサテンのペティコートに、無地のクレープを重ねた舞踏会用ドレスを着ていた。裾のまわりと袖には縁飾りがあり、ウエストには金のスパンコールをびっしりつけた白いビロードのリボンが巻かれている。襟ぐりがとても深く、黄ばんだ肌ととがった骨の見栄えのしない部分があらわになっていた。頭にはとても貴重なレースで縁取られた上等なモスリンの帽子をかぶり、その下にまるで馬のたてがみでつくったかのような、ひどく安っぽい栗色のかつらをつけている。

そのドレスは十代の若く大胆な未婚女性のためにデザインされていて、高齢の婦人の装いとはいえなかった。レディ・レティシアは暗紅色のサテンのドレスをまとい、アンティークゴールドのずっしりしたネックレスを着けていた。頭には、ひだをつけた緋色《ひいろ》の絹の粋《いき》なターバンを巻き、金とルビーのブローチで留めている。

ジェニーは、玄関広間の背の高い鏡で自分の姿をちらりと見たが、自分の美しさも気分を高めてはくれなかった。ドレスは繊細な青のモスリン製で、刺繍《ししゅう》つきの白い紗のシュミゼットにはきれいなフリルとタックが施されていた。おろし立てのドレスだ。どんなにたくさんの夢をこのドレスに託していたか、どんな気持ちで特別な機会のために取っておいたかを、むっつりしながら思い出した。

それを、無名な人々の下品な視線にさらさなくてはならないなんて！

そのころペラム公爵は、クラージズ通り六七番地の鏡で自分の姿を注意深く点検していた。緑と金の縞模様《しまもよう》のマルセイユ織で仕立てられたベストの上に、金のボタンがついた渋い緑色の絹の夜会服を着ている。クラヴァットは〝数学的《マセマティカル》〟と呼ばれる形に結んであった。二重に編まれたメリヤス地の膝丈ズボンは、たくましい太腿を第二の皮膚のように覆い、両膝の裾には〝十六本の紐〟と呼ばれる金のリボンが留められていた。礼装用の剣を腰に携え、二角帽を小脇に抱えている。

「小物は持ったか？」公爵は肩越しに振り返ってファーガスに尋ねた。

「はい、公爵さま。香水瓶と扇子、トランプ用の現金、清潔なハンカチ二枚を持ちました」

「よし。準備完了だ。行くなんて言わなければよかったよ。マナリングに無理強いされてしまってね」

きょうの夕方のできごとを思い返し、首を振る。これまで、戦地を離れて休暇を取ることをすべて断ってきた。可能なかぎり祖国のために戦うのが義務だと感じていたからだ。しかし、ひどい発熱で入院することになり、長いあいだ取り損ねていた休暇を取るよう強く勧められた。弱って具合が悪く、無力感を覚えながらポルトガルで船に乗ったが、祖国へ向かう順調な旅で太陽と新鮮な空気の恩恵をぞんぶんに受けて、すっかり健康を取り戻した。しかし、故郷が恋しく、もう一度イギリスを見たくてたまらなくなっていた。それに、そろそろ妻を見つけて子どもを持ってもいいころだ。ロンドン社交界の服装のぜいたくさや、作法の奇妙さについては忘れていた。今はそれが、風変わりですばらしいものに感じられた。

　さらに、あらゆる機会でさめざめと泣くのが流行していることも忘れていた。紳士は〝底力〟を持つことを期待されていた――勇気と、冷静さと、堅実さのことだ。しかし同時に、紳士は感受性を持つことも期待されていた。政治家で日記作家のトマス・クリーヴィーが、〝誰もが涙する《ノット・ア・ドライ・アイ・イン・ザ・ハウス》〟という慣用句をつくった時代だった。誰がいちばん泣けるかを下院《ハウス・オブ・コモンズ》の政治家たちが競い合っていたエピソードが元になっている。

　熟練した泣き手への嫉妬《しっと》は、男に限られてはいなかった。華々しく軽薄な作家、ファニー・バーニーは、本人も熟練した泣き手だったが、意のままに泣けるらしいソフィー・ストリートフィールドという人物に負けることが耐えられず、彼女にひどい意地悪をするようになったほどだ。

　夕方、公爵が到着するほんの三十分ほど前に、クラブ〈ホワイツ〉で高齢の貴族が急死したので、会員たちはみんな、まるでその男がブランデーの毒気にやられて死ぬような品行の悪い意固地な老紳士ではなく、自分の最愛の人か近親の者であるかのように、わめいたり嘆いたり泣き叫んだりしていた。

だから、戦場で目にするいかめしい顔と冷徹な勇気に慣れていた公爵は呆気《あっけ》にとられてしまったのだが、自分以外で涙していないただひとりの会員、ポール・マナリング卿が喫茶室で座っているのを見つけて、ほっとした。

公爵と同じくポール卿も街に来たばかりだったが、ペルメル街でベサミー夫人に行き合い、自宅での小さなパーティーにぜひペラムとともに出席してほしいと誘われたという。

「なぜぼくのことを知っているんだ？」ペラム公爵は尋ねた。

「ロンドンに来る途中できみに会ったことを、ぼくが話したからだよ」ポール卿が説明した。「出席すると言ってくれ。ロンドンはぼくにとって、ひどくなじみのない場所に感じられるんだ。めかした男たちと半裸の女たちばかりで」

いい考えのように思えたので、ペラム公爵はレインバードに、六時に晩餐《ばんさん》を用意するよう命じた。

ところが、その晩餐は、これまでに味わったどんな料理よりすばらしいことがわかった。屋敷は清潔で、甘い香りがしている。使用人たちは手際よく物静かに仕事をこなしている。亡き父の幽霊に悩まされることもなかった。生まれて初めてペラム公爵は、自宅でくつろいでいるかのような奇妙な感覚に浸っていた。急進的な思想についてレインバードを問いただす必要があると思ったが、どういうわけか、家庭的な雰囲気をぶち壊す気になれなかった。

そう、それだ！　奇妙な使用人たちでいっぱいの屋敷の主人になったのではなく、ようやく家に帰ってきた最愛の身内になったような気分だった。おかしな話だ。心の底から、出かけることに同意しなければよかったと考えていた。

「使用人の寝室は問題ないか、ファーガス？」ふと思い出して、従者に尋ねる。

「はい、とても快適です、公爵さま」

「ほかの使用人たちは、おまえに礼儀正しく接して、ぼくの従者としての地位を尊重しているか？」

ファーガスは顔を背けて笑みを隠した。従者の見たところ、地階の奇妙な一団は、心のなかではどんな地位も取り立てて尊重はしていない。そして、アリスがいた。優しく、美しい、ブロンドのハウスメイド、アリス。その声は、クロテッドクリームを耳にそっと落としたかのように柔らかく響く。不意に、アリスの目を通して見た自分の姿が気になり、主人の肩越しに鏡をのぞいてみた。銀モールがついた薄青色の新しい仕着せをまとっている。ファーガスは三十五歳だが、こめかみのあたりに白髪が交じっているせいで老けて見えることに気づいた。少しばかり染料を使えばうまくいくかもしれないと考え、頭を左右に回してみた。顔が日焼けしすぎている。戦争のせいで、口の両側には深いしわが刻まれ、茶色の目には警戒のまなざしが浮かんでいた。しかし、体格はいいし、鼻はまっすぐで、口は引き締まっている。脚は、人工のふくらはぎや詰め物を必要としていなかった。しかも……。

「ぼくが視界をさえぎっているなら言ってくれ」ペラム公爵がとげのある口調で言った。

「いいえ、公爵さま」ファーガスは一歩下がって言った。「公爵さまの失礼にならないよう確認してただけです」

「おまえが自分の見た目を気にしたことなどあったか、ファーガス？」ペラム公爵が笑った。

「どの女だ？　大きな帽子をかぶったこの上なく貴重な家政婦か？」

「ぼくには年上すぎますよ」ファーガスは険しい声で言った。公爵がおもしろがるような笑みを投げかけてから、背を向けて歩いていった。

ファーガスはすっかり意気消沈して、主人のあとから部屋を出た。


ジェニー・サザランドはまだ不機嫌なまま、薄いスカートをつまみ、叔母と女主人に続いて馬車に乗りこんだ。街のどこか垢抜けない場所まで長距離を移動するのだろうと覚悟していた。もしかすると、ブルームズベリーかもしれない。ああ、いやだ！

ところが、ほんの短い距離を走っただけで馬車が止まったので、ジェニーは驚いた。不思議に思いながら、舗道に降り立つ。あらゆる窓に明かりが輝いている立派な街屋敷の前にいた。入口の石段の両側にずらりと並んだ従僕たちは、髪粉をつけ、裾に金糸の刺繍をした上着をまとって、金色の剣を携えている。

「すごいわ！」ジェニーは言った。「ここがベサミー夫人のお宅？」

「もちろんよ、お嬢ちゃん」レディ・レティシアが皮肉っぽい目つきで姪をちらりと見た。

「どんな想像をしていたの？　ベサミー夫人は社交界のたいへんな有力者なのよ」

「でも称号がないでしょう？」

「しーっ！　フリーマントル夫人に、教養のないところを見せないようにしてちょうだい。

上流社会の称号のない人たちは、称号のある人より大きな力を持っていることも多いの。ブランメルだって、ただの〝ミスター〟なんですからね」

ジェニーはぼうっとしながら、付添い人ふたりのあとについて湾曲した階段をのぼり、二階のひと続きの大広間に足を踏み入れた。ベサミー夫人は小柄で気ぜわしいブロンドの女性で、丸々と太っていて容姿は平凡だが、頭のてっぺんから爪先まで宝石に覆われていた。まるで着つけ係が女主人に向かって、投げ矢のかわりに宝石を投げたかのように見えた。ドレスのスカートにまで、ダイヤモンドのブローチが手当たりしだいに留めてあった。頭には、ダイヤモンドとルビーといくつかの準宝石をちりばめた大きく重そうなティアラを着けている。その下の丸い顔は小さく、平行に走るしわが寄っていたので、大きなティアラの重みが取り除かれればぱっと元に戻るかのように見えた。

フリーマントル夫人は温かく迎えられた。ジェニーは謎めいた一群の人々に紹介された。この国では今も髪粉をつける人が多かったが、ほとんどの紳士は地毛のままだった。非道な小麦粉税に加え、ウェリントン卿が軍隊に、髪粉のために年間六千五百トンの小麦粉を買うのをやめさせたことが大きかった。その消滅を惜しみ、優雅な時代に思えた日々を懐かしむ人もいた。サテンのコルセットを身に着けていたオーストリアの政治家カウニッツ公などは、毎朝一定の時間、部屋を行ったり来たりして、香水をつけた髪粉を四人の従者に振りかけてもらっていた。それぞれが異なる色で、落ちて混ざるときに主人の好みにぴったりの正確な色合いになるよう調整されていたそうだ。

ジェニーはいつもの落ち着きをかなり失っていた。ベサミー夫人やフリーマントル夫人のような変人が好意を持って迎えられるのに、称号のある美しい女性たちはそれほど高く評価されない奇妙な世界だった。

ロンドン社交界のしゃべりかたは予想とは違っていたので、ジェニーは懸命に耳をそばだて、その奇妙な発音をまねようとした。たとえば、〝甘やかす《スポイル》〟は〝スパイル〟と発音し、〝バイロン卿〟は〝バーロン卿〟、〝ロンドン〟は〝ロンノン〟になる。〝熟慮する《コンテンプレイト》〟と〝バルコニー〟は最初の音節にアクセントを置くので、ジェニーにはとても奇妙に聞こえた。これまで、〝バルコニー〟〝コンテンプレイト〟という紳士階級の発音しか聞いたことがなかったからだ。ただし、〝お茶《ティー》〟はやはり〝テイ〟と発音されていた。少なくとも、誰もそれを変えようとはしなかったらしく、たぶんこれからもずっと変わらないのだろう、とジェニーは考えた。

レディ・レティシアとフリーマントル夫人のあいだを静々《しずしず》と歩きながら、あたりに目を配り、耳を澄ました。こんなに明るく照らされ、こんなにぜいたくな家具が備えられ、こんなに豪華に花と絹で飾られた部屋に入るのは初めてだった。主要な大広間のひとつには、小さな大理石の噴水があり、水ではなくシャンパンが噴き出ている。「まったくばかげてるわ」フリーマントル夫人が声高に言った。「あれじゃ、気が抜けてしまうじゃないの。少しいかが、ジェニー？」

「ありがとうございます、フリーマントル夫人」ジェニーは礼儀正しく言った。「感謝い《オブリージド》たします」

「だめ、だめ、だめ」フリーマントル夫人が、どちらにしても部屋じゅうに聞こえる奇妙なささやき声で言った。「〝オブリージド〟なんて言っちゃだめよ。〝オブライジド〟よ、お嬢ちゃん。〝オブライジド〟」

「でも、摂政皇太子ご自身が、〝オブリージド〟とおっしゃるって」ジェニーはむっとして言った。

「演説法の先生、ジョン・ケンブルの教えを受けたからには、もうおっしゃいませんよ」フリーマントル夫人が言い、扇子で自分の腰をピシャリとたたいて、とどろくような笑い声をあげた。「そう、ついこのあいだ、ケンブルが言ったんですって。〝殿下、お願いでございますから、その堂々たる顎をあけて、オブライジドとおっしゃっていただけませんか？〟って」

ベサミー夫人がせかせかと近づいてきた。「プリニーがもうすぐここへいらっしゃるわ、フリーマントル夫人。あんな厄介な人がこれまでにいたかしら？　だって、招待もしてないのよ」

ジェニーは驚きに目を丸くして立っていた。摂政皇太子が出席なさるというのに、この女主人は喜んでいないんだわ！

そのとき、ポール・マナリング卿がこちらへ歩いてくるのが見え、ほんの顔見知り程度であることを忘れて、ジェニーはかなり大胆に呼びかけた。「こちらへいらして、このきれいな噴水を見てちょうだい、ポール卿」

「ジェニー」レディ・レティシアがひどくあわてて小声でしかった。

しかしポール卿は近づいてきて、ジェニーに微笑みかけ、レディ・レティシアの前で深くお辞儀をした。「きっとダンスがありますよね。もしよろしかったら、ぜひ……」

「もちろんですわ、ポール卿」ジェニーはえくぼを見せてにっこり微笑んでから、誘いに応じたのになぜポール卿はぎょっとした顔をしたのだろう、それになぜ叔母は眉をひそめたのだろう、といぶかった。

ポール卿がなんだかきまり悪そうにジェニーから目をそらしたあと、ぱっと顔を明るくした。「ペラムが来た」と叫ぶ。「来てくれてよかった」

ペラム公爵が微笑んでポール卿に挨拶してから、レディ・レティシアとフリーマントル夫人にお辞儀をした。ジェニーは無視されて、怒りで顔が熱くなった。

戸口から、摂政皇太子の到着を告げる大音声《だいおんじょう》が響いた。招待客たちは上品な足取りで二列に並んだ。

皇太子はでっぷり太った男で、青い目は習慣的な飲酒によって潤んでぎらついていた。

「殿下は、お祖母《ばあ》さまほどお歳《とし》を召した女性にしかご関心がなくてよかった」レディ・レティシアのつぶやきが聞こえた。「うちのジェニーは安全ですもの」

「あなたの姪御さんはとても美しいから」ポール卿が小声で言った。「今夜は誰に対しても安全とはいえないかもしれませんよ。プリニーでさえもね」

ジェニーはこの褒め言葉を聞いて、星のように目を輝かせた。摂政皇太子が歩み寄ると、ジェニーは背筋を伸ばしてから、膝を曲げて優雅なお辞儀をした。

「おや、こちらはどなたかな？」皇太子が大声できいた。

「ジェニー・サザランド嬢です」ベサミー夫人が答えた。「デビューしたばかりの令嬢たちのひとりです」

摂政皇太子がふだん若い未婚女性に興味がないというのは本当だったが、ジェニーのはつらつとした美しさには何かがあり、青いドレスには王位継承者の感じやすい心の琴線に触れるものがあった。

「きれいなサザランド嬢をワルツに誘うぞ」皇太子がこの上なく上機嫌で言った。「おい、音楽だ！」

部屋の端にいるオーケストラが演奏を始め、招待客たちがフロアの横へ移動すると、皇太子はジェニーの腰に腕を回し、先に立ってダンスのステップを踏んだ。

「皇太子殿下がなさるとおりにしなくてはだめよ」叔母があわてた声でささやくのが聞こえた。

王位継承者であるパートナーが泥酔していることに気づくのに、それほど長くはかからなかった。皇太子はよろめいたりふらついたりし、屈辱的なことに、ジェニーまでよろめいたりふらついたりするよう仕向けるのだった。助言を求めてすがるように叔母を見ると、そのまま続けるように指示するすばやいうなずきが返ってきた。摂政皇太子が酔っ払って踊るなら、相手をする女性も酔っ払っているように見えなくてはならないのだ。なんて奇妙な礼儀作法だろう。よろめき、ぐらつき、つまずきながら、忍び笑いを聞かされるのは最悪の気分だった。

つらい時間が十分ほど続いたあと、皇太子は飽きてきて、立ち止まり、背を向けて呼ばわった。「わたしのおもちゃを持ってこい。ご婦人たちがどれほどの腕前か、見てみようではないか」

側近が空気銃を運んできて、皇太子に差し出した。皇太子は続き部屋をのしのしと歩いていって、小さめの部屋にたどり着いた。そして、トランプ遊びは奥の壁際で行えと命じてから、狙いをつけた。ひどく酔っている人にしては、すばらしい目のよさだった。それから、女性たちに、的を狙ってみよと呼びかけた。ベサミー夫人がうめき声をあげた。レディ・レティシアは聞こえよがしに自分はひどい近眼ですからと言い、ほかの女性たちの多くもそれにならった。数人が試してみたが、射撃大会はすぐに中止になった。誰かがオーケストラのフィドル奏者のひとりを撃ったからではなく――ただのフィドル奏者を誰が気にするだろう？――あるふざけた若い女性が、的からかなり離れたところに掛かったベサミー夫人の先祖の肖像画を撃ち、矢《ダート》で目を射抜くことに成功したからだった。

皇太子はむっつりしながらトランプをしに行くと言い、友人たちとともに立ち去った。大広間ではダンスが始まった。

ジェニーはいつの間にか、ポール卿とレディ・レティシアのとなりに立っていた。期待をこめてポール卿に微笑みかける。またお決まりのワルツだし、先ほどポール卿はジェニーと踊りたいと言ってくれたはずだ。

ペラム公爵が歩み寄った。なんて不愉快でいらいらさせる男なのかしら、とジェニーは胸のなかで言った。まるでジェニーなど存在しないかのように頭の向こうを見て、レディ・レティシアに声をかける。「ぼくと踊っていただけませんか?」

ポール卿が声をひそめて何かつぶやいた。レディ・レティシアは少し驚いたようだったが、うなずいてお辞儀をし、公爵にフロアへ導かれていった。ポール卿がふたりの後ろ姿をにらんでいるのを見て、この人も公爵が大嫌いに違いない、とジェニーは考えた。

「本当に、なんて横暴な男なのかしら」ジェニーは言った。

「誰のことです?」ポール卿が、公爵とレディ・レティシアに視線を向けたまま、むっとした声できいた。

「あら、もちろんペラム公爵のことですわ」

ポール卿がジェニーを見下ろした。「あなたはご存じないのでしょうね、サザランド嬢、ぼくがペラムを軍人として、紳士としてとても尊敬していることを。でなければ、そんなおかしなことはおっしゃらなかったはずだ。失礼します」お辞儀をして、部屋の奥へ歩き、パグのような顔の陽気な令嬢が立っているほうへ行く。気がついてみると、ポール卿はパグ顔をフロアに導き、とても楽しそうに踊っていた。

ジェニーは小さな金色の椅子に腰かけ、扇子で顔をあおいだ。戸惑い、途方に暮れた気分だった。この部屋にジェニー・サザランドほど美しい女性はひとりもいないのに、なぜか自分は壁の花になる運命らしかった。

ジェニーはそのダンスが終わるまで座り続け、次のダンスのあいだも座り続けた。屈辱的なことに、レディ・レティシアが心配そうにこちらへ歩み寄ろうとしたのだが、次の瞬間、ポール卿にダンスに誘われるのが見えた。ペラム公爵はパグ顔をフロアに導き、ポール卿と同じくとても楽しそうな様子だった。

踊りたい人は踊り、社交界の面々がぶらぶらと脇を通り過ぎ、値踏みするようなきびしい目を何気なくジェニーに据えてから、さっとそらした。

もう耐えられなかった。ジェニーは立ち上がって、すばやく出ていき、この屈辱を隠せる静かな片隅を探した。

続き部屋の突き当たりに、閉じた扉があった。ジェニーは扉を押しあけて入り、小さな図書室にいることに気づいた。扉を閉め、おしゃべりと音楽を遮断する。

ジェニーは座って扇子を開いたり閉じたりしながら、頭のなかを整理しようとした。どうしてうまくいかなかったの？　故郷の町から誰か、たとえばユーフィミア・ヴィッカーズみたいな人がロンドンに来ていたらどうする？　その人が訪問を終えて故郷に戻り、町いちばんの美女が見向きもされなかったことをみんなに話したとしたら？

あのさえないドレスを着たパグ顔の令嬢に、公爵やポール卿のような人を引きつける何があるというの？

〝ベサミー夫人のせいに違いないわ〟若者にありがちな自意識過剰に陥って、とうとうジェニーは結論づけた。〝夫人はわたしに嫉妬してるのよ。だからわたしの社交界での将来をだいなしにしようと、悪口を広めたんだわ〟考えれば考えるほど、そうに違いないと思えてきた。思い返してみると、ベサミー夫人の気のないまなざしには、おびただしい悪意とねたみがにじみ出ていた。

〝ロンドンには意地悪な人がいるのね〟そう考えるうちに、気が楽になってきた。〝でも、もう少し待ってから、叔母さまに帰りたいと言おう〟

目の前のテーブルに何冊か雑誌があったので、一冊手に取って、続き物の初回を開き、読み始めた。

物語に夢中になっていたので時の経過を忘れてしまい、図書室の扉の取っ手が回る音がして初めて、はっとした。

ジェニーは何も考えずに雑誌を手から取り落とし、すばやく椅子の後ろに回ってしゃがんだ。

「ここには誰もいないようですよ」ポール卿の声が聞こえた。

次に、レディ・レティシアの甲高く心配そうな声がした。「あの子はいったいどこへ行ったのかしら？」

「それほど遠くではないと思いますよ」ポール卿が答えた。「ベサミー夫人はいつもささやかな家族のパーティーだと請け合うんですが、決まってとんでもない大混雑になるんです」

「パートナーたちからあなたを引き離してしまったわね、ポール卿」レディ・レティシアが言った。

「そんなことありませんよ」ポール卿が応じた。「でも今は、会場でいちばん魅力的なご婦人と踊りたくてたまらないな」

「ああ、ジェニーのことね」叔母が小さな笑い声をあげて言った。「ええ、いつものとおり、姪はここでいちばん美しい女の子ですわ。どうして誘われなかったのか不思議でなりません。別の場所も捜さなくては。よろしければ、ふた手に別れて部屋の両側を別々に捜していただけないかしら、ポール卿」

「喜んで。よかった、ペラムが来ましたよ。手伝ってくれるでしょう」

「それじゃ、すぐにあちらを捜しに行きますわね」レディ・レティシアが言った。「じつを言うと、ものすごく心配になってきましたの」

叔母が歩み去るにつれ、声が遠くなっていった。

そのあと、ジェニーのそばだてた耳にペラム公爵の声が聞こえてきた。「レディ・レティシアはどうしたんだ？」

「ジェニー・サザランド嬢がどこにも見当たらないんだ」

「たぶんどこかに隠れているんだろう。正当な手段ではまったく注目を集められなかったから、こずるい手段に訴えたに違いない。つまり、たぶんどこかのカーテンの陰に隠れて、自分が消えたことが大きな騒ぎになるまで待っているのさ」

ジェニーは、憤りの喘《あえ》ぎ声を押し殺した。

「きみはきびしすぎるよ」ポール卿の声がした。「捜すのを手伝ってくれ。見つかったら、ぼくは帰ろうと思う。旅の疲れが出てね」

「ぼくはたぶん、夜明けまではここにいる」ペラム公爵が言った。「小さなマドックス嬢は、愉快な人だな」

〝きっとパグ顔のことだわ〟ジェニーは胸につぶやいた。

「美しいジェニー嬢のまわりに崇拝者が群がっていないのが不思議でならないよ」ポール卿が言った。

「それは簡単に説明がつく」公爵が言った。「白状しろよ！　きみだってぼくと同じく、理由がわかっているんだろう」

しかしポール卿の返事は、ふたりの男性が部屋を出て、扉を閉める音にかき消されてしまった。

ジェニーはゆっくり立ち上がって鏡のところへ行き、自分の火照った顔を眺めた。何がいけなかったの？　なぜわたしの失敗が、そんなにわかりきったことなの？　ポール卿とあの憎らしい公爵が話題にするほどに？

昼間から痛いふりをするつもりだった頭が、急に本当に痛くなってきた。ジェニーはこっそり部屋から出て、叔母を捜しに行った。

「それで、飽きちゃって」ジェニーは帰りの馬車のなかで言った。「ちょっとひとりになりたかったの。それで部屋を出たのよ、叔母さま、だからそんなにあれこれきかないで」

「ジェニー」レディ・レティシアが言った。「あなたの田舎風の礼儀作法は、ロンドンでは通用しませんよ。あなたの物腰と態度には厚かましさがあるの、みんなの目が自分に集まるはずだっていう期待がね。そのせいで、紳士たちはあなたを無視したくなるんだと思うわ。あなたは無名なのよ。デビューしたての令嬢たちのなかで、人気者はすでによく知られた人たちなの。あなたは、マドックス嬢の物腰と態度をお手本にするといいわ」

「誰のこと？」

「最初にポール卿と踊った、魅力的な茶色の髪の女性よ」

「でもあの人、見た目はどうってことないじゃない。くしゃくしゃの小さい顔で、まるでパグ犬みたい！」

「ジェニー！　いつになったらあなたは学ぶの……もう！　腹の立つ子ね。わたしの話に少しも耳を傾ける気がないんだから！」

そのとおりだった。馬車が速度をゆるめてフリーマントル夫人の屋敷に近づくと、馬車の窓から外を見ていたジェニーの目に、六七番地の使用人たちの姿がちらりと映ったからだ。使用人部屋のテーブルを囲んで座っている。高い窓を通して眺めると、不思議な光景だった。マンドリンを弾く若い男と、それに合わせて歌うみんなの頭のてっぺんが見えていた。

レディ・レティシアとジェニーは馬車を降りた。叔母は御者に、引き返してフリーマントル夫人を待つように命じた。あの元気な老婦人は、ひと晩じゅうパーティーを楽しむと宣言していた。

「とにかく、ポール卿はわたしに夢中みたいだわ」ジェニーは階段をのぼりながら、大胆な口調で言った。

「いったいどこからそんな考えが出てきたの？」レディ・レティシアが、ひどく怒った顔になって言った。

しかしジェニーは、図書室に隠れていたとき、ポール卿が自分のことを（とジェニーは思ったのだが）会場でいちばん魅力的なご婦人と描写するのを聞いていたとは明かせなかった。

「それに、彼はあなたには年上すぎますよ」ジェニーが答えないのを見て、レディ・レティシアが続けた。

「ふふん！　彼はとてもハンサムよ。それに、ねえ聞いて、きっとベサミー夫人がわたしを嫌われ者にするために、何か意地悪なことを言ったに違いないわ」

「お黙りなさい、ジェニー」レディ・レティシアが言い、ジェニーは驚いて叔母を見た。いつもは穏やかな叔母の顔に浮かぶ怒りの表情が、手にした石油ランプの明かりに照らし出されていた。「あなたのうぬぼれと身勝手さ、そして礼儀作法と心の広さに欠ける態度には、もううんざりです！　ベサミー夫人はとてもご親切なかたよ。あなたが壁の花になっていることを心配して、どうにかしようと精一杯努力したのだけれど、あなたをダンスに誘うよう説得しても、ひとりの紳士も応じてくれなかったとおっしゃっていたわ」

レディ・レティシアは自室に入り、ジェニーの鼻先でばたんと扉を閉じた。

ジェニーは自室に駆けこんでベッドに身を投げ出し、泣きに泣いた。何がいけなかったの？　レティシア叔母さまは、いつだって優しくて思いやりがあって愛情に満ちていたのに。どうしてあんなひどいことを、どれひとつとして真実ではないはずのことを言ったのだろう？「わたしは身勝手なんかじゃないわ」やっとのことでジェニーは言い、起き上がってハンカチで目をこすった。「もしわたしがいなかったら、ペラムの使用人たちはすごく困ったことになってたのよ」

クーパーがジェニーの寝支度を整えようと入ってきたが、ジェニーは追い返した。

頭のなかで、突拍子もない考えが形を取り始めた。人が薬を求めるように、ジェニーは称賛を求めた。ジェニーにとって、自分の美しさは、じつのところ他者の目に映る姿のなかだけに存在していた。ペラムの使用人たちには、わたしに感謝するじゅうぶんな理由がある。そうよ、彼らの目には、わたしはヒロインに見えているはず！　ペラムは夜明けまであそこにいると言っていた。昼間にそうしたように、フリーマントル夫人の屋敷を抜け出して、六七番地まで走っていき、彼らを驚かせてやろう。わたしを見て、どんなに喜ぶだろう！　どんなに称賛し、どんなに敬意をいだくだろう！

ジェニーは赤くなった目を冷たい水で洗ってから、ほつれた巻き毛の房を元に戻した。とても暖かい晩だったので、マントやショールは必要なかった。

心を決めてしまうと、もう立ち止まって自分がしていることの愚かさについて考えようとは思わなかった。

ジェニーはひそかに屋敷の外へ出て、暖かくほこりっぽい夜のロンドンの空気を胸いっぱいに吸いこんでから、通りを走り、六七番地の外階段を駆け下りた。

「演奏をやめろ、ジョゼフ!」レインバードは呼びかけた。「戸口に誰かいる」

「夜のこんな時間に、いったい誰かしら?」ミドルトン夫人が上ずった声で言った。「強盗だった場合に備えて、アンガスにいっしょに出てもらうほうがいいわ」

「強盗は、大きな音でノックしてから入ろうとはしないと思うよ」執事は言い、アンガスを見て吹き出しそうになった。料理人が壁から巨大な喇叭《らっぱ》銃を外したからだ。

レインバードは扉をあけた。アンガスが執事の肩の上から、喇叭銃の銃口を突き出した。

昼間、公園で会った令嬢が戸口に立っていた。

「おやっ、お嬢さま!」レインバードは言って、驚きに一歩後ずさりし、アンガスにぶつかった。「いったいどうなさったのです?」

「話があるの」令嬢が言った。「入れてちょうだい」

「しかし、ご両親が……」

「ふたりとも亡くなったわ。入れてちょうだい」

レインバードは譲らなかった。「ご親戚か、付添い人とごいっしょでなければなりません」

「わたしはジェニー・サザランドといいます」ジェニーが言った。「叔母は寝てます。誰もわたしがいないことには気づかないわ。七一番地に住んでるの。少し話したいだけよ。わたしに会えて、うれしがってくれると思ったんだけど」

「いいでしょう」レインバードは言った。執事と料理人が脇に寄ると、今も夜会用ドレス姿のジェニーが軽やかな足取りで使用人部屋に入ってきた。ほかの者たちが立ち上がり、気をつけの姿勢を取った。

「お座りください、お嬢さま」レインバードは言って、椅子を勧めた。「サザランド嬢は」ほかの者たちに言う。「ペラム公爵のお戻りを警告してくださったあのお若いご婦人だ」

「ええ、でも夜のこんな時間に、そのサザランド嬢がここで何をしていらっしゃるの？」ミドルトン夫人が問いかけた。激怒した両親か保護者が使用人部屋に飛びこんでくる場面を想像して、不安げに顔を引きつらせる。

「サザランド嬢が説明してくださるところだ」レインバードは言った。ジェニーのためにワインを注ぎ、となりに腰かけて、ほかの者たちにも座るように身ぶりで示す。

「さて、お嬢さま」レインバードは言った。「わたしたちにどんなお手伝いができるのか、説明してください」

ジェニーが、ろうそくの明かりで照らされた一団を見回した。ジョゼフはリボンで飾ったマンドリンを膝の上に抱え、あけっぴろげな称賛をこめて令嬢を見つめていた。ミドルトン夫人は、親切な女性に可能なかぎり、きびしくとがめるような表情を装っていた。リジーの大きな焦げ茶色の目は、寝る前のお話を待っている子どもの目のように、ジェニーの顔をじっと見据えている。アリスはハンカチの縁取りをしていた。顔を上げて、ジェニーに温かい励ますような笑みを向ける。

　ジェニーはワインをひと口飲んで、黙ったままでいた。

「お嬢さまが気持ちを落ち着けられるまで、わたしが自己紹介と、ほかの者たちの紹介をしましょう」レインバードは言った。「わたしは執事のレインバードです。帽子をかぶった気品のある女性が、ミドルトン夫人。頭蓋帽をかぶった赤毛のスコットランド人が、アンガス・マグレガー。黒い髪の子は、あなたと同じ名前のジェニー、チェインバーメイドです。アリスはハウスメイドで、縫い物をしている子です。従僕のジョゼフは、マンドリンでわたしたちを楽しませてくれていました。リジーは」――レインバードはためらった。〝スカラリーメイド〟と言いかけたが、リジーは大きく変わり、精神面でも身体面でも成長したし、じきに自由を手にすれば、みんなと対等になる。「リジーは、雑務係《ジェネラルメイド》です」そう言うと、リジーが新しい立派な肩書きを与えられた喜びに、頬を上気させた。「そして、小さなディヴは厨房助手です」

　ジェニーはおずおずと微笑んだ。

「さて、あまり長居してはなりません」レインバードは言った。「何をお悩みなのか、お話しください。このなかの誰も、口外はしないとお約束します」いちばんのうわさ好き、ジョゼフに警告のまなざしをさっと向けてから、ジェニーを振り返る。ジェニーは執事の才気にあふれたひょうきんな顔と、輝く灰色の目を見て、小さな笑い声を漏らした。

「今夜、ロンドンで初めてのパーティーに行ったの」ジェニーは言った。「だけど、誰もわたしと踊ってくれなかった。わたしは会場で断然、いちばんの美人だったのに……。失敗してしまったの。パグ犬みたいな顔の令嬢がいて、みんなその人が大好きみたいで、レティシア叔母さまは、わたしが……う、うぬぼれてて……それに……それに……み、身勝手で……」そこまで言うと、ジェニーは両手で顔を覆って、また泣き始めた。

その姿は哀れを誘った。アンガスは咳払いをして背を向け、ミドルトン夫人はこみ上げた同情の涙をぬぐい、デイヴはクスンという音を立ててから袖でがさつに鼻をこすり、にらむような目でみんなを見回した。

レインバードは大きく清潔なハンカチをジェニーに渡した。すすり泣きとしゃくり上げが静まるまで辛抱強く待ってから、穏やかな声で言う。「あなたが会場でいちばんの美人だったとおっしゃいましたか？」

「え、ええ」ジェニーは言って、勢いよくはなをかんだ。

「どうしてそう思われたのですか、お嬢さま？」レインバードは尋ねた。

ジェニーは驚いて執事を見た。「だって、わたしを見ればわかるでしょう！」

「しかし、美貌は、温かさや快活さに比べたら取るに足りないことですよ」レインバードは声を大にして言った。「誰だって、内面が美しくなければ、外面も美しくはなれないのです」

「まあ！」ジェニーは息巻いた。「あそこまでしてあげたのに、よくもわたしを侮辱したわね……使用人のくせに！」

「あなたが助けを求めにいらしたんですよ」レインバードは動じることなく言った。「わたしの目には、お嬢さまはひたすらご自身の美しさだけに頼っていらしたせいで、人格の発達が止まってしまったように見えます。ご自分が誰より美しいと思うとおおっぴらに口にするのは、貴婦人にはまったくふさわしくないことです。たとえば、そのパグ顔のご婦人は、笑いと温かさと気さくさにあふれていたのではないでしょうか」

「ええ、そうよ」ジェニーが悔しそうに言った。「紳士たちみんなが、彼女の注意を引こうと競い合ってるみたいだった」

「でもうぬぼれてはいなかった。自慢げではなかった」

ジェニーがうつむいた。

「ええ」ささやき声で言う。

「ほらね、そういうことです」レインバードは明るく言った。「次に大きな行事に出席するときには、ご自分の容姿のことは頭から追い払っておしまいなさい。有力でない男性とのダンスでも、有力な男性とのダンスと同じくらい楽しそうにしなくてはなりません。ご自分が壁の花になっていることに気づいたら、ほかの壁の花に話しかけて、その人を慰め元気づけようとしてください。ひと月、鏡を見てはなりません」

恥ずかしくて惨めな気分だったが、ジェニーは思わず笑い声を漏らした。「でも、どうやって髪を整えればいいの？」

「侍女が整えてくれます。あなたは目を閉じて、何か別のことを考えるのです」執事が、貴婦人をまねた滑稽なパントマイムを演じ始めた。目を閉じて自分の容姿を無視しようとがんばり、今度は目をあけて自分の顔をうっとり眺め、また固く目を閉じて、殊勝ぶった表情を浮かべてじっと座る。

若さのおかげですぐに気分が変わり、ジェニーは先ほど惨めだったときと同じくらい極端に心が軽くなってきた。

「それから」レインバードが言った。「パグ顔嬢を探し出して、彼女をうらやむかわりに――」

「わたしが！　彼女をうらやむ？」

「はい、彼女をうらやむかわりに、その作法をお手本にしようと努めるのです」

「どうしてあなたの助言に従わなくちゃならないの？」ジェニーは険しい口調できいた。

「社交界に通じてるわけでもないくせに」

「いや、通じていますよ」レインバードが答えた。「使用人としての立場からですがね」そして、わざとぶしつけにつけ加えた。「ここにいる者はみんな、どう見ても、あなたよりきちんとした社交上の作法を身につけていますよ、高慢ちきなお嬢さん」

ジェニーは怒った子猫のように髪の毛を逆立てた。しかし、アリスは縫い物を続け、ほかの者たちは素直な同情をこめてこちらを見つめ続けていた。まるで自分たちがジェニーと対等で、まったく使用人ではないかのように。

「慰めを求めに来たのに、もらえるのはお説教ばかりね」ジェニーは言った。

「お説教は、あとから振り返るととても慰めになるものですよ」レインバードがまじめな顔で言った。「少しのあいだわたしが言った方法を試してみて、もしうまくいかなかったら、そう、ここへいらして、別の誰かの人生に口を出そうとするうぬぼれについて、わたしにお説教してください」

「あなたたちって、なんておかしな集団なのかしら」ジェニーは言った。「みんな血がつながってるの？」

「お屋敷勤めという縛りだけでつながっています」レインバードがしかつめらしく言った。ジェニーが驚いたことに、執事は立ち上がって側転でテーブルの回りを一周し、鮮やかに自分の席に着地した。

「レインバードさんは、お祭りで曲芸をしてたことがあるんだよ」デイヴが大喜びで拍手しながら言った。「もう一回やってよ、レインバードさん」

「だめだ」執事が言った。「ワインと音楽が必要だ」

「ひと晩じゅうただ音楽を聴きながら、ダンスをしたくてたまらなかったのよ」ジェニーは切ない気持ちで言った。「でも、誰も誘ってくれなかった」

「演奏してくれ、ジョゼフ！」レインバードが叫んだ。ぱっと立ち上がり、ジェニーの前で深くお辞儀をする。「サザランド嬢、どうぞわたしに、フロアへとお誘いする輝かしき栄誉を与えてはいただけませんでしょうか？」

拍手喝采が起こり、ジェニーが戸惑ったことに、使用人たちが立ち上がって、テーブルを壁際に押しやった。ジョゼフが軽快な曲を弾き始めた。

「いいわ」ジェニーは笑って、レインバードの手を取った。

彼らはカントリーダンスの隊形をつくった。先頭にレインバードとジェニー、続いてミドルトン夫人とアンガス、アリスとチェインバーメイドのジェニー、リジーとデイヴ。

ちょうどそのとき、ペラム公爵が馬車から降り立って、使用人部屋から流れてくる陽気な浮かれ騒ぎの音を驚きとともに聞いていた。

「たぶん、ぼくのワインで酔っ払っているんだろう」憤然としながらファーガスに言う。

ペラム公爵は、自分では気づいていなかったが、心にやましさを感じていたせいで機嫌が悪かった。ジェニーが社交の場で失敗したのは、おもに公爵のせいだったからだ。ジェニーが、まるで目を向けた者全員からの称賛を期待するかのように立っているのを見て、ひどく腹が立ったのだ。戦争から戻ったばかりのハンサムで裕福な公爵には絶対的なほどの社会的な力があることをきちんと意識しないまま、ジェニーの美貌に惹かれたらしいある若い男に、辛辣《しんらつ》な口調でこう言ってしまった。「サザランド嬢は魅力も機知もない田舎の無名な令嬢だ。上流社会の紳士のパートナーにはなれないね」苛立たしいことに、その若い男はすぐさまほかの紳士たちの大きな集団に加わって、このうわさ話を広めてしまった。蔑むような無礼な視線がジェニーの方向に投げかけられるのを見たが、自分のせいで彼女が恥をかいたとはどうしても認められなかった。しかし、ジェニーが帰ってしまい、田舎の舞踏会で公爵である自分に無礼を働いたジェニー・サザランド嬢の屈辱を眺めるという悪趣味な喜びが味わえなくなると、夜会はひどく退屈になった。

ペラム公爵はどすどすと表の居間に入っていき、呼び鈴に手を伸ばした。いや、だめだ！あの使用人たちとじかに対決してやる。「ここにいろ、ファーガス」従者が扉のほうへすべるように移動するのを見て、命じた。「ぼくが自分で対処する」

公爵は裏階段を下り、使用人部屋の扉をさっとあけた。ジェニー・サザランド嬢が、執事の腕のなかでくるくると回り、ほかの使用人たちが笑って喝采していた。

ジェニーが最初に公爵に気づいた。恐怖の喘ぎ声を漏らし、すべての喜びと活気が顔から消えていった。

「これはどういうことだ？」ペラム公爵が険しい口調できいた。

ジェニーは、この奇妙な使用人たちをあとに残して主人の激怒に向き合わせておこうかと一瞬逃げ腰になったが、何かがそれを押しとどめ、一歩も動かずにいた。

「悪いのはわたしなんです、公爵さま」ジェニーは挑むように言った。「今夜は惨めな時を過ごしました。馬車の窓からあなたの使用人たちが見えて、とても居心地よさそうで、とても幸せそうで、とてもくつろいでるように見えたから、訪ねることにしたんです。田舎ではそういうことをするのよ」軽い口調で言ったが、本当は田舎でもロンドンと同じように、夜中に貴婦人が使用人を訪ねるのはとんでもないことだとわかっていた。「パーティーで踊れなくて、悲しかったんです。だからレインバードさんに、わたしと踊るように命じたの。あなたの使用人たちは、命令に従うしかなかったのよ」

ペラム公爵は冷ややかな目で部屋を見回した。使用人たちが、まったく恐れることなく冷静に視線を返した。ミドルトン夫人でさえ、びくびくしていない。公爵は、使用人たちがそれぞれの胸に、もうすぐ自由の身になれる、パーマーを懲らしめる目的を除けば、ペラム公爵に嫌われてもおびえる必要はない、と言い聞かせていたことを知らなかった。

「叔母上に知らせなくてはならないな、サザランド嬢」公爵が言った。

〝自分の美貌ではなく、叔母さまのことを考えなさい〟ジェニーの耳に声が聞こえたが、あとになって、あれはレインバードの声だったのか、それとも自分の心の声だったのか、考えてもよくわからなかった。

「公爵さま」ジェニーは言った。「叔母はわたしのためならなんでもしてくれました。実の娘のように、わたしを育て、世話をしてくれたんです。レディ・レティシアに言えば、わたしではなく彼女を罰することになります。どうかお許しを」

ペラム公爵は、毅然《きぜん》とした小さな女性を見下ろした。飾り冠から巻き毛の房がいくつかこぼれ落ち、肩のあたりでしどけなく揺れている。「レディ・レティシアには話さないでおこう」気づくとそう言っていた。「しかし、うちの使用人は、きみをそそのかしてこんな愚かなことをさせるべきではなかった。罰しなければならない」

「いいえ、だめ！」ジェニーは言った。「彼らは親切にしてくれただけよ！　泣いたせいで、わたしの目がどんなに赤いかわかるでしょう？　わたしを慰めようとしてくれただけなの」

ペラム公爵はくるりと振り返って、壁を見つめた。サザランド嬢になんらかの感情があるとは思ってもみなかった。自分は、まだほんの子どもにすぎない令嬢の社交界での立場をだいなしにして、泣かせてしまったのだ。

向き直って、全員の顔を見る。「ことによると、この残念なできごとについては、何もかも忘れたほうがいいのかもしれないな。少しでも叔母上を大事に思うなら、もう二度と体面を汚すようなことはするなよ、ジェニー嬢」

その瞬間、ジェニーは公爵のことがものすごく好きになった。

「それなら、わたしが家に帰る前に、ダンスをしてくださいさい、公爵さま」

「いや、いや、いや」レインバードが声をひそめて言った。「それは行きすぎですよ」

しかし公爵は、あのうっとりさせるような笑みを浮かべて言った。「いいとも」

ファーガスは、きれいなアリスが、激怒した主人に解雇されるのではと心配で、こっそり使用人部屋の扉の前まで来たが、なかから先ほどと同じ陽気な浮かれ騒ぎの音が聞こえてきたのでびっくりした。恐る恐る扉を押しあける。

公爵が、ほかならぬあの若い令嬢とワルツを踊っていた。田舎の舞踏会にいた令嬢、そして今夜、ファーガスがほかの使用人たちとベサミー夫人宅の玄関広間にいたとき、屋敷から出ていくのが見えた令嬢だ。

「こっちへ来て、加われ、ファーガス」公爵が呼びかけた。

ファーガスはすぐさま部屋に駆けこみ、アリスの手を取ってダンスに誘った。

ジェニーは戸惑いながら公爵を見上げ、もしかするとこの人にも心があったのかしら、と考えた。笑みを向けられると、ジェニーはどぎまぎしてうつむいた。褐色の巻き毛が、公爵の額先をくすぐった。この令嬢はわがままな子どもにすぎないんだな、とペラム公爵は鷹揚《おうよう》な気持ちで考えた。機会がありしだい、傷つけてしまった彼女の評判を修復してやろう。

音楽がやんだ。公爵がその場に立ったまま、片手をジェニーの腰に当て、顔を見下ろした。ジェニーは全身がかっと熱くなるのを感じて、うろたえた。入り混じったよくわからない感情が駆け巡っていた。

「帰らなくちゃ」ジェニーは言って、身を引いた。

「それなら、送っていこう」公爵が言った。

「だめ！」ジェニーは言った。「もし見つかったら、服を着たまま眠ってしまって、夢を見ながら歩いてたと言いますから」背を向けて扉から走り出て、外階段をのぼる。

すぐに地上の舗道から、遠ざかっていくパタパタというジェニーの足音が聞こえた。

# 4

われはこの反則的な自由に疲れ
軽はずみな欲望の重みを感じる

——ウィリアム・ワーズワース

ロンドンの空が夜明けの赤い色に染まるころ、フリーマントル夫人が騒々しい音を立てながら帰宅した。夫人は奇抜な人として尊重されていたので、にぎやかな若者たちの一団に付添われてクラージズ通りに戻った。若者たち全員にお休みのキスをしてから、千鳥足で表の居間まで歩く。

レディ・レティシアは、外の大騒ぎで落ち着かない眠りから覚めてしまい、化粧着をまとって階段を下りていった。

居間に入ると、フリーマントル夫人は暖炉のそばの椅子にどっかり腰を下ろしていた。強烈な酒のにおいを発している。帽子は足もとでくしゃくしゃのかたまりになり、かつらは片方の目の上までずり落ちていた。両目を閉じている。

レディ・レティシアは、フリーマントル夫人の肩をそっと揺すった。「アグネス、ここで寝てはだめよ」

「えっ、なんですって！」フリーマントル夫人が目をあけて、ぼんやりあたりを見回してから、レディ・レティシアの心配そうな顔を見上げた。「ああ、レティシャ」回らない舌で言う。「愉快な、愉快な、パーティーだったわ。ペラムは、わたしがあのふ、、と、、ろ、、き、、な顔を扇子でぴひゃりと打ってやる前に、帰ってしまったの」

「どうしてそんなことをしようと思ったの？」

「あの男が、ジェニーにしたことよ」フリーマントル夫人の目がまた閉じていった。

「ふむ、これは聞いておかなければならないわ」レディ・レティシアはつぶやいた。厨房へ下りていき、ポット一杯の濃いブラックコーヒーを淹《い》れる。レディ・レティシアは、夜中につまらない仕事をさせるために使用人を起こすのは成り上がり者だけだと考える昔気質《むかしかたぎ》の人間だった。もっとも、うわさによると摂政皇太子はひと晩に四十回呼び鈴を鳴らして従者を呼び、ベッド脇に時計があるにもかかわらず、時刻を尋ねるのだという。

レディ・レティシアはカップとコーヒーを上階に運び、フリーマントル夫人をもう一度起こして、少なくとも二杯飲むように頼んだ。「ペラム公爵についておっしゃったことがどういう意味なのか、教えてほしいのよ」

フリーマントル夫人は命じられるままに朦朧《もうろう》としながら飲み、そのあとまっすぐ座り直して、すっきりと酔いが覚めたように見えた。人々が大酒を飲む時代だったので、レディ・レティシアは経験から、友人がしらふでいるのは一時的なことにすぎないと知っていた。

「さあ、アグネス」促すように言う。「ペラム公爵とジェニーのことを話して」

「頭に来る男」フリーマントル夫人がどなり、もう一杯コーヒーを注いで、ひと息に飲み干した。「いきなり、ジェニー嬢は機知も魅力もないだなんてけなしたのよ。上流社会の紳士なら死んでも彼女と踊らないとかなんとか言って、ジェニーの評判をだいなしにしたの」

「なんてこと」レディ・レティシアは言った。「どうしましょう？　じつを言うと、かわいそうなジェニーをひどくしかって、うまくいかなかったのは、ぜんぶあなたのうぬぼれのせいだなんて言ってしまったの」

「あまり気に病まないで」フリーマントル夫人が言って、老いた目を不意に鋭く光らせた。「冷酷ひろうなペラムのせいなんだから。それに夜が明けるまでに、わたしが傷のほとんどを修復しておきましたよ。でもジェニーは、高慢の鼻を折られることが必要ね。あのお嬢さんが、わたしを小ばかにしたようにちらちら見てたことに、気づかずにはいられなかったわ。あの子は人の外見にばかりこだわってるようね。どうしてそんなふうになったのかしら？　あなたがあの子を育てたのよね、レティシア」

「あまりにも長いあいだ、甘い家庭教師に預けていたせいだと思うわ」レディ・レティシアは悔やみながら言った。「ときには、イタリア語や水彩画やピアノより、もっと学問を教えるべきだと思うこともあった。でも、知的な女性なんて、誰も求めていないでしょう。あの子は昔から、かわいくて美しくて、みんなを喜ばせていたわ。少し前に家庭教師の仕事は終わったのだけど、そのときになってようやく、あの子がどんなにうぬぼれ屋に育ってしまったかに気づいたの」

「慎ましく見せることを学びさえすれば」フリーマントル夫人が言った。「必要なのはそれだけよ。じきにあなたの手もとを離れるわ。あれほどの美貌があれば、選び放題だもの」

「でも、わたしはジェニーを愛しているし、幸せになってもらいたいのよ。うぬぼれの強い人は、決して幸せになれないわ」

「ばかばかしい。ロンドンは、鏡で自分の姿にほれぼれして一日を始める気取り屋でいっぱいよ。自分自身にすっかり満足してるから、ほかの人にはまったく気を留めないの。まさにそれが流行なのよ……虚栄心が、ってことだけど。でも、ペラムのことはあの子には言わないでね。恥をかいたのはぜんぶ自分のせいだと思っても、害にはならないでしょう……つまり、本当にあの子の性格を直してやるつもりならね。さあ、今夜はデンビー家の音楽会に行くのよ。あの子が光り輝くいい機会になるわ」

「あなたはいつも、そんな頻度でロンドンじゅうを動き回っているの？」レディ・レティシアは尋ねた。

「いつもね」フリーマントル夫人が、洞穴のような大あくびをして答えた。「長生きの秘訣《ひけつ》よ」

ジェニーが立ち去って数分後には、六七番地のひとときのパーティーは終わった。ファーガスは主人の寝支度を整えてから、使用人部屋に戻った。全員がまたテーブルのまわりに座って、新聞の切り抜きをじっと見ている。しかしファーガスが顔を出すと、レインバードがすばやくそれをポケットに押しこんだ。ファーガスは何か話そうとしたが、みんながあからさまに追い払いたがっているようだったので、少し悲しい気持ちで寝室に引き上げた。

「さて」レインバードは、ふたたび切り抜きを取り出して言った。「ハイゲートのこの宿屋が、売りに出されている。かなり長いあいだ空いたままだし、安く手に入るだろう。北の街道沿いにあるから、とても忙しくなるはずだ。でも、くふうすればうまくやれるだろう。それに値段が安ければ、大工や建築業者を雇う金がたっぷり残る。あす――いや、もうきょうだが」時計を見て訂正して続ける。「公爵さまがお出かけになったらすぐに、わたしが駅馬車でハイゲートに行って、その建物を確保できるか見てみよう」

使用人たちはさらに三十分そこに座って、宿屋にどんな名前をつけるか、どんな内装にしたいかを話し合い、訪れてくれるはずの立派なお客さんたちを夢想した。ようやくレインバードが時刻を思い出させ、すぐに寝ないと朝になっても起きられないぞと言った。

しかし、何人かにとっては、落ち着かない夜だった。

リジーは何度も寝返りを打ち、ジョゼフとの結婚について考えた。今でももちろん、ジョゼフのことは好きだ。でも、結婚だなんて！　この仕事に就いて、まだほとんど読み書きができなかったころは、ジョゼフがとても偉い人に見えていた。しかし、かつての借り手のひとりに初めて教育を授けられ、ほかのみんなに継続して教えてもらううちに、リジーの見かたは変わっていった。長いあいだ自分を取るに足りない人間と考えてきたけれど、もしかすると、ジョゼフよりもう少し優しくて、うぬぼれ屋ではない人を望んでもいいように思えてきた。

　しかし、ずっとジョゼフに夢中だったから、今ではジョゼフ本人を含めてみんなが、ふたりの将来の結婚を決まったことと考えていた。リジーはまた、サン・ベルタン伯爵の従者、ポール・ジェンドロー氏のことを思い浮かべた。今シーズンの始めに、教会からの帰り道で会った人だ。リジーをまるで貴婦人のように扱い、とても親身に話を聞いてくれた。どんなにがんばっても、彼を忘れられなかった。でも、ジェンドローさんはフランス人だ。フランスの使用人は、イギリスの使用人よりさらに階級意識が強い。スカラリーメイドに慇懃《いんぎん》にふるまうことをおもしろがっていたのだろう。きっと、あたしのことなど思い出しもしないに決まっている。涙がひと粒、リジーの頬を伝って流れ、体に掛けた薄い毛布にぽとりと落ちた。

　アリスも、将来に不安を感じていた。ファーガスの日に焼けた力強い顔が、ずっと目に浮かんでいた。でも、もうすぐ自由を手に入れ、ハイゲートに出発すれば、公爵は別の使用人を雇うだろうし、ファーガスには二度と会えなくなる。ベッドを共用しているチェインバーメイドのジェニーに打ち明けたかったが、宿屋への期待にふくらむ友人の気持ちをしぼませてしまうかもしれないと思ってやめた。

　だから、ジェニーも不安を感じていたと知ったら、アリスは驚いたかもしれない。どういうわけか、自分と同じ名前を持つジェニー・サザランド嬢が、チェインバーメイドの心を乱していた。あちらのジェニーはきれいなドレスを着て舞踏会に行き、公爵と踊れるのに、使用人のジェニーは屋敷勤めの生活を送る運命だなんて、世の中は不公平だ。だって、とジェニーは憂鬱な気分で考えた。床を磨き、宿屋の酒場で客を待ちながら、すてきな誰かと結婚できるチャンスはほとんどないのだもの。リジーと同じようにジェニーも、もっと幸せな人生に恵まれてもいいような気がしていた——宿屋の共同所有者だとしても、結局は使用人として男性に求婚されるより、もっと幸せな人生に。たぶんあたしは、いくらかお金を稼げる工場と、洗濯と縫い物と掃除をしてくれる妻を常に探している粗野な田舎者のひとりに求婚されるのだろう。

となりの部屋では、ジョゼフも眠れないまま横になり、痛む足を上掛けの下で曲げ伸ばししていた。使用人たちは自由に向けてひたむきに邁進《まいしん》してきて、もうすぐその入口にたどり着こうとしている。ジョゼフはずっと、宿屋の入口に立って、ラインを硬い布地でかっちりと決めた最新流行の上着をまとい、高貴な人々を迎えるという薔薇色の夢を頭に描いていた。深々とお辞儀をし、奥方が主人にこうささやくのを聞くのだ。「まあ、なんて気品のある若者なんでしょう」

しかし今、レインバードは宿屋を確保しに行こうとしている——きちんとした状態にするには、たいへんな肉体労働が必要になる宿屋を。レインバードが全員に手伝わせようとしているのは明らかだ。ジョゼフは両手を目の前に持ち上げ、灯心草ろうそくの揺らめく明かりのなかで、その白さをじっくりと愛《め》でた。白い手袋やビロードの仕着せを身に着けることは許されないだろう。〈走る従僕〉へのちょっとした遠足もなくなる――ロンドンじゅうの上位の使用人が集まってうわさ話をする、すぐ近くのパブだ。ハイゲートは田舎にある。ジョゼフは初めて、自分が根っからの都会っ子であることに気づいた。田舎は大嫌いだった。あのにおい、蠅《はえ》、無骨者ども。もちろん、リジーが慰めになってくれるだろうけど……。でも、どうかな？　ジョゼフは眉をひそめた。読み書きができるようになってから、リジーは嘆かわしい自立心を見せ始め、もうジョゼフの一言一句に耳を傾けることはなくなっていた。

厨房のテーブルの下に敷いたわら布団では、小さなデイヴが身を落ち着けて、とっておきの空想にふけっていた。移動遊園地を巡業して、レインバードさんが曲芸を終えたら、帽子を回して投げ銭を集めるのだ。しかし、その夢はもうデイヴを慰めてくれなかった。未来はすぐそこにあり、その未来とは、みんなでずっと計画し、必死で働いて手に入れようとしてきた宿屋だった。「ちくしょう、宿屋なんて」デイヴは不機嫌につぶやいた。「買えなかったらいいのに。またリジーがばかなことしてくれないかな」リジーは今シーズンの始めに、となりのチャータリス卿のもとで働いていた第一従僕のルークに熱を上げていた。ルークはリジーを言いくるめ、貯金をぜんぶ預けさせて馬に賭け、賞金を持ってすぐさま逃げた。しかし、そのときの借り手がお金を肩代わりしてくれたので、宿屋を買えない理由はもうなくなった。

パーマーは幸運だった。公爵はたっぷり朝食をとって気持ちが和んでいた。アンガスのコーヒーと腎臓《キドニー》のあぶり焼きと薄いトーストは、最高のごちそうだった。外は晴れ渡って光に満ちあふれ、細長い街屋敷は輝かしいほど清潔で居心地がよかった。どの使用人も、昨夜の奇妙なできごとを、ちらりともにおわせはしなかった。公爵は、使用人のお祭り騒ぎに臨席する栄誉を与えてやったせいで、彼らが厚かましく無礼になることを心配していたのだ。

だからパーマーが帳簿を持って到着したとき、公爵はめずらしいほど無批判だった。レインバードは食堂のドアに張りついて耳をそばだて、公爵がこう言うのを憂鬱な気分で聞いた。

「何もかも、きちんと整っているようだな、パーマー。ただ、今もここの使用人たちの賃金は安すぎるという意見だが」

「今の賃金でじゅうぶん満足してますよ」パーマーがぶっきらぼうに答えるのが聞こえた。

つまりそういうことか、とレインバードは考えた。公爵が見ているのは、パーマーが実際に払っているわずかな金額よりずっと高い賃金の一覧だということには気づいていなかった。結局パーマーは帳簿をごまかしてはおらず、仕返しをする方法はないのだ、とレインバードは思いこんだ。あの宿屋を検討したあと、辞表を提出したほうがよさそうだ。

パーマーが立ち去ったあと、公爵はレインバードを呼んで、午後はプリムローズ・ヒルに住む友人宅で過ごし、いっしょに晩餐をとってから、夜に戻ってデンビー家の音楽会のために着替えると伝えた。楽しい気分が続いていた公爵は鷹揚に、今夜きちんと待機して要求に応じてくれるなら、使用人たちは自由時間を楽しんでよろしいと執事に告げた。

ファーガスは主人についていくことになったので、使用人部屋に挨拶しに行った。みんなが浮き浮きと一日の計画を立てているのを見て、うらやましくなった。レインバードだけは、計画を口に出さなかった。ファーガスは切ない気持ちで考えた。きれいなアリスを誘って公園を散歩できたら、どんなにすばらしいだろう。

リジーは、ソーホースクエアにあるセント・パトリック教会に行くつもりだった。宗教上の務めを怠ってはいけないからと自分に言い聞かせようとしたが、同時にずっと、ジェンドロー氏にひと目会いたいと願っていた。アリスとジェニーはあちこちの店をのぞき、アンガスとミドルトン夫人はサーペンタイン池のほとりへ散歩に出かけ、ジョゼフはうわさ話をしに〈走る従僕〉に行くつもりで、デイヴは断固としてレインバードといっしょに行くと言い張った。

みんなわくわくしながら待ち、ようやく公爵とファーガスが出かける音が聞こえると、一日を楽しむ準備に取りかかった。

レインバードは駅馬車に乗り、貯金が入っている金庫を持って、デイヴとともにハイゲートに向かった。陽光のきらめくとてもさわやかな日だったので、できるなら、風通しの悪いいやなにおいの駅馬車に詰めこまれるかわりに、無蓋馬車を借りる余裕があればよかったのだが。

〈柊亭《ひいらぎてい》〉という宿屋は、ハイゲートの外れ、村の外側を走る北の街道沿いにあった。村に住む郷士《スクワイア》ジェームズという人が、いくつもの寂れた物件とともに、そこを所有していた。身なりのだらしない太った男で、あの場所は値段の二倍の価値があると力説し、みずから案内を買って出そうなありがた迷惑な様子を見せた。しかしレインバードはきっぱりと、いろいろなことを自分たちで判断するほうがいいので、すぐに戻って意志を伝えると言った。

ふたりは駅馬車を降りて、〈柊亭〉へ歩いていった。草ぶき屋根のチューダー様式の宿屋だった。レインバードが驚いたことに、屋根はきちんと修復され、窓ガラスも割れていなかった。しかしなかを見ると、酒場は目も当てられないほど乱雑だった。まるで、昨夜ものすごいけんか騒ぎがあったが、誰も片づける気がなかったかのようだ。二階には、寝室が四部屋あった。裏には雑草だらけの庭が広がり、葦《あし》がびっしり生えた泥水の池がある。しかし、これも驚いたことに、建物の基礎構造はしっかりしていて、床は硬くよい状態だった。池はきれいにできるだろうし、庭にテーブルと椅子を並べることもできる。なかの掃除とこすり洗いを除けば、準備を整えるためにすべきことは意外なほど少ないだろう。

レインバードとデイヴは上機嫌で、郷士のところへ戻った。ふたりが入っていくと、スクワイア・ジェームズは飲んだばかりのブランデーの強いにおいを発していた。レインバードはまじめくさった浮かない顔で、すぐさま宿屋をけなし、乱雑さについて文句を言い始めた。郷士は激しく反論し、出ていけとどなった。レインバードは口ごもって、もし郷士が現金を受け取り、弁護士という役立たずで高くつく連中を使わずに済ませてくれるなら、購入を考えるかもしれないと言った。郷士は、弁護士についての見解には心から同意した。

レインバードは郷士と膝を交えて話し、一時間押し問答したあと、とうとう金庫からギニー金貨を何袋か出し、テーブルにまき散らすことで取引に決着をつけた。金貨を見た郷士の目が強欲そうにぎらりと光るのを眺めながら、紙幣をすべて金貨に両替しておいてよかったと考えた。紙幣は決して、金貨の眺めほど人の欲を刺激しないものだ。そういうわけで、郷士は喜んで、最初の請求額より安い金額で宿屋を売った。書類の束と合い鍵一式が引き渡された。

レインバードは明るい気分で外へ出た。眼下にはロンドンが、まるで夢に出てくる魔法の都市のように、柔らかな金色の霞《かすみ》に浮かんでいた。

「きょうはしっかり働いたな、デイヴ」レインバードは陽気に言った。「そして手もとには、まだお金がある。おいで、どこか気持ちのいい場所で何か食べよう」

ふたりは、じきに自分たちの競争相手になる〈近衛擲弾兵《このえてきだんへい》〉という宿屋の食堂に落ち着き、庭にある栗の木の涼しい木陰で、冷たいローストビーフと黒ビールという食事をとった。

「お客さんの前で曲芸をするの、レインバードさん？」デイヴが期待をこめて尋ねた。

「いいや、わたしは、見るからに気取った宿屋の亭主になるよ」レインバードはぱっと立ち上がって、想像上の太鼓腹を突き出し、もったいぶった足取りで草地を行ったり来たりした。

デイヴが声をあげて笑った。「ねえ、庭にはおいらたちしかいないよ、レインバードさん」誘うように言う。「何か曲芸をやってよ」

レインバードは肩をすくめて微笑んだ。テーブルのボウルからいくつか胡桃《くるみ》を取って、ジャグリングを始める。「ペラム公爵が、こんなふうにふるまうところを想像できるか？」

レインバードは笑った。尊大で冷ややかな目をデイヴに据えてから、なぜこんなものが手のなかにあるのかといぶかるように、ぐるぐる回る胡桃を恐ろしい目でにらむ。腹立たしいものを必死に捨てようとする傲慢な貴族を身ぶりで演じると、小さなデイヴが大笑いして袖で涙をぬぐった。

レインバードは胡桃を放ってボウルに戻してから、側転で庭を回り、テーブルの上に逆立ちして締めくくった。両脚をまっすぐ空中に伸ばし、片手で体を支えている。

庭に通じる戸口から拍手の音がしたので、レインバードはぱっと跳んで席に戻り、たった今演じていた滑稽なしぐさなど何も知らないという表情を装った。

「いやはや」拍手をしていた太った赤ら顔の陽気そうな男が言った。「あなたなら、グリマルディにも負けませんよ」グリマルディとは、摂政時代の有名なパントマイムの道化役者だ。

「座ってよろしいですか?」男は返事を待たずにテーブルに着いた。「わたしは、イズリントンにあるスパ劇場の舞台監督をしております。劇場の所有者でもあります。今、うちのパントマイムには、道化役がひどく不足しておりましてね。うちの一座に加わっていただけるなら、いい給料をお支払いしますよ」

レインバードは口もとをゆるめて、首を振った。道化役は、劇場の階級のいちばん下に位置する。最近の新聞に、グリマルディでさえ週に四ポンドしか稼げないと書いてあった。

「ご親切にありがとう、ええと、失礼ですが?」

「フランクです」

「フランクさん。先ほど宿屋を買ったばかりなんです。つまり、自立した紳士なので、道化役の稼ぎでは少なすぎてその気になれません」

「とんでもない。失礼ですが？」

「レインバードです。ジョン・レインバード」

「名声を得られますよ。それに、地方巡業でかなりたっぷり稼げます。四週間で一万四千ポンド、募金興行の夕べで百ポンドほど。うちの一座に加われば、売上の歩合給も期待できますよ」

「ちょっとした芸で、ずいぶん大金が稼げるようですね」

「周囲をわかせる能力がある者は、めったにいないのです。あなたこそ、わたしが求める人、わたしに必要な人だ、ジョン・レインバードさん。なんですと！　宿屋であくせく働き、観客の大笑いをその耳で聞くつもりはないと言うのですか？」

「ねえ、レインバードさん」デイヴが息を弾ませた。「宿屋をやる人は、ほかにいっぱいいるよ」

レインバードは首を振った。「友人たちのことを考える義務がある。それに、舞台に立っても失敗に終わるかもしれない」

フランク氏が椅子をぐっと近づけた。「ひと晩だけ」説きつけるように言う。「ひと晩だけ試せますよ。下稽古《したげいこ》が必要な台詞《せりふ》があるわけでもないし」

摂政時代の演劇はとても長く、五、六時間ほど続き、芝居のあとには必ず道化《ハーレクイネード》が主役の笑劇があった。道化がきれいなコロンバインを追いかけて踊り、意地の悪いパンタルーンに邪魔されるが、最後には木刀あるいはバットで敵どもを打ち負かし、恋人を勝ち取る物語だ。必ず滑稽な追いかけっこがあり、道化は曲芸やジャグリング、歌、当日の出し物についての早口の口上で観客を楽しませることを期待される。

レインバードは、日当たりのいい庭を見回した。身を落ち着ける前に劇場で演じることができたら、すばらしいだろう。ただ一度だけ。

「わたしは今現在、ペラム公爵の執事なのです。わたしの時間は、公爵さまの時間です。夜に抜け出すのはかなりむずかしいでしょう。どの日の晩をお考えですか？」

「早ければ早いほどありがたい。どの晩かはあなたが決めてください。うちにいる道化役は、年寄りの酔っ払いなんです。あなたがいらしたら、その晩は休ませます」

レインバードは不意に動揺して、指のつけ根を嚙《か》んだ。「しかし、わたしを知りもしない共演者たちとともに、おおぜいの観客の前で舞台に立つなんて！」

「笑わせてくれるなら、あなたが何をしようと誰も気にしません。観客は、ってことです。あなたが彼らを笑わせ、共演者はただあなたのあとに続こうとするでしょう」

「考えさせてください」レインバードは言った。デイヴが心配そうにこちらを見た。執事は蒼白になり、両手を震わせていた。

「やってください、レインバードさん。これがわたしの名刺です。何を失うというんです？成功すれば、目の前に世界が開けます。失敗したら、宿屋を始めて、ぜんぶ忘れてしまえばいい」

フランク氏がレインバードの肩をぽんとたたいて、ゆっくり立ち去った。

レインバードは名刺をじっと見下ろした。「なんてことだ」デイヴに向かってつぶやく。「いったいどうすればいい？　夢がいつか現実になるなんて、ふつうは考えもしないだろう。舞台に立つことを夢見るのはいいが、その夢が実際にこうして手のなかに落ちてきて、それをつかめないのはひどくつらい。フランク氏に会わなければよかったと思うよ。わたしは、大きな不満を抱えたまま宿屋の亭主になるんだ」

デイヴがよごれた手でレインバードの袖をつかんだ。「お願いだよ、レインバードさん。ひと晩だけ試してみて。いっしょに行くよ。デイヴがそばにいる。お願いだ、レインバードさん。あの人が言ったみたいに、ひと晩だけ試せばいいんだ。ひと晩なんて、どうってことないよ」


ジョゼフは、黒と金の仕着せ姿で髪粉をつけ、〈走る従僕〉のほうへゆるゆると歩を進めた。締めつけられた足先を、フェンシングの達人のように外側に向けて歩く。白い手袋をはめた片手には、レースの縁取りをしたハンカチを持っていた。青い目で、喜びとともに世界を見渡す。クラージズ通りの角を曲がったところで、危うくジェニー・サザランド嬢とぶつかりそうになった。ジェニーは侍女のクーパーを連れて、買い物から戻ってきたところだった。

ジョゼフはサザランド嬢に恥をかかせたくなかったので、軽く会釈して通り過ぎようとしたが、驚いたことに、ジェニーがぴたりと立ち止まって朗らかに挨拶した。「こんにちは、ジョゼフ。元気にしてる？」

「はい、とても」ジョゼフは答えたが、侍女がぎょっとしたのがわかった。

「包みを家に持っていって、クーパー」ジェニーが言った。「ちょっと、そんなに驚いた顔をしないでちょうだい。すぐに追いかけるわ」

侍女がしぶしぶ歩み去ると、ジェニーが言った。「昨夜のあなたのご主人は、初めて会ったときとはまったく違う紳士に思えたわ。ちっとも威張ってなくて」

レインバードだったら、道で使用人と立ち話などすれば体面にかかわると警告しただろうが、ジョゼフは自分を高く評価していたので何も問題はないと考えた。とはいえ、社交界きっての美女に話しかけられるという栄誉に、すっかりのぼせ上がってしまった。

「ぼくたちを飢え死にすれすれに保ってるくらいには威張ってますよ」おしゃべりなジョゼフは言って、ジェニーの目に好奇心に満ちた驚きのまなざしが浮かぶのを楽しく眺めた。ジェニーが立ち止まってジョゼフに話しかけたのは、誰だろうと他者に興味を持とうという新しい計画の一部だった。

「どういう意味？」ジェニーは尋ねた。「お給料がすごく少ないの？」

ジョゼフは、みんながどれほど少額しかもらっていないかを簡単に説明した。

「でもそれはあんまりよ……ひどいわ」ジェニーが言った。

「だけど」ジョゼフは言った。「レインバードさんは、公爵さまの代理人のパーマーが、ご主人をだましてるんじゃないかって言ってます。パーマーがぼくたちに安い賃金を払って、もっと高い金額を公爵さまの帳簿につけて、差額をくすねてると考えてるんです」レインバードはまだほかのみんなに、立ち聞きしたパーマーと公爵の会話について話していなかった。デイヴと宿屋を見に出かけることに興奮して、少しのあいだそのことを忘れていたからだ。

「わたしが公爵に話すわ」ジェニーがきっぱりと言った。

「いや、そんなことしないでください、お嬢さま」ジョゼフはあわてて言った。「えっと、それはつまりね」気取った口調を忘れて言う。「パーマーがぼくたちにほんとに払ってる賃金が書かれた紙の証拠を見つけるとか、帳簿で見るとかできれば、パーマーのことを公爵さまに話せます。でも、もし公爵さま本人が、安い賃金を払ってるんだとしたら？」

「そのパーマーの事務所に忍びこんで、帳簿を盗むべきよ！」ジェニーが叫んだ。

「まさか！」ジョゼフは甲高い声をあげた。「話すんじゃなかった。誰にも言わないですよね、お嬢さま？」

「あら、ばかね。クーパーが迎えに来たわ」ジェニーはさっさと通りを走っていった。

ジョゼフはばつの悪い不安な気持ちで、その後ろ姿を見送った。それから、サザランド嬢はどうせすっかり忘れてしまうだろうという希望的観測で自分を元気づけた。

〈走る従僕〉のドアを押しあけるまでには——酒場にいる上位の使用人たちが、レースのハンカチとぴかぴかの靴と白い絹のストッキングの大いなる輝かしさに目を留めているはずなので、戸口でしばし立ち止まったときにはすっかり――サザランド嬢と出くわしたことはジョゼフの頭から消えていた。

「こっちだ、ジョゼフ」耳慣れた声が呼びかけた。ジョゼフは得意になった。となりのチャータリス卿の執事、ブレンキンソップが、こちらに手を振っている。ジョゼフはさりげなく周囲に視線を投げて、自分が執事に誘われているのをほかの従僕たちが見ていることを確かめてから、澄ました足取りでブレンキンソップの席まで行き、優雅な身ぶりで向かいの席に座った。

ブレンキンソップは、ジョゼフが思うに、執事にふさわしい人物だった――でっぷりと太っていて、あまり頭がよくない。レインバードは才気が鋭すぎて、ジョゼフにとっては気楽でいられないことも多かった。

「何を頼もうか、ジョゼフ?」ブレンキンソップが快活に言った。

「シュラブを一パイント、お願いします、ブレンキンソップさん」ジョゼフは大喜びで言った。ブレンキンソップのような執事はふつう、下位の者たちにおごってもらうことを期待するからだ。

ジョゼフの飲み物が運ばれてくると、ブレンキンソップが言った。「あのごろつきのルークは、なんの連絡も寄こしやしないよ」

ジョゼフは顔を曇らせた。「あんなふうに、ぼくたちのお金をぜんぶ持って逃げやがって」怒りをこめて言う。「つるし首にしてやりゃあいい」

はっとして、顔を赤らめる。あんなに苦心して身につけた上品な口調がどうしていきなり消えてしまい、ロンドン訛《なま》りで泣きごとを言っているのか、よくわからなかった。

「心配無用、どうせあいつは惨めな死にかたをするさ」ブレンキンソップが言って、ライトエールが入った白鑞《しろめ》製のマグに鼻先をうずめた。そして、マグの上からどんよりした目で狡《こう》猾《かつ》そうにジョゼフを見た。「第一従僕がいなくてね」少し間を置いてから言う。

「序列の次の人がなるのかと思ってました」ジョゼフは言った。

ブレンキンソップがマグを置いて、太い指でジョゼフのベストのあたりをつついた。「まだ誰もなっていないよ。第一従僕には、ある種の、なんとも言いようのない魅力《ジェニー・セイ・クワイト》（本来のフランス語の発音ではジュヌセクワが近い）が必要だからな」

「確かに」ジョゼフは言った。

「たとえば、きみのような若者なら、その地位にふさわしいだろう」

「チャータリス卿は、あなたがぼくを雇おうとしてもお許しになりませんよ」ジョゼフは言った。「ブレンキンソップさん、あなたは秘密を守ってくれるだろうから、言ってもだいじょうぶだと思いますけど、公爵さまの代理人のパーマーは、辞めようとすればぼくの悪い評判を流して、ぼくを雇おうとする人には、バーナム主教の屋敷で盗みを働いたのはぼくだと教えてやる、と言ってるんです。でも違うんだ」ジョゼフは熱をこめて言った。「盗んだのは奥方なんです」

ブレンキンソップが太った体を揺すって、くっくっと笑った。「あの奥方を知らない者がいるか？　いいかね、つい先週、主教の奥方はチャータリス卿からかぎ煙草《たばこ》入れをかすめ取ったんだよ。うちのご主人さまは、彼女が盗んだことをご存じだ」

「なんだって！」ジョゼフは怒りで真っ赤になって、金切り声をあげた。「このぼくが、もう何年も、従僕がもらえる最悪の賃金で我慢してクラージズ通りのボロ屋敷で飢え死にしかけてたのは、主教の奥方の手癖を誰も知らないと思ってたからなのに」

「そんなに悪くはないだろう」ブレンキンソップが言い、皮肉をこめて従僕の高価な仕着せを見た。

「まあ、借り手に恵まれたんですよ」ジョゼフはしぶしぶ認めた。「だから、みんなで宿屋を買うつもりなんです」次の瞬間、また火のように真っ赤になって懇願した。「話すんじゃなかった。レインバードさんには言わないでください。鞭で打たれちまう」

「わたしの考えでは」ブレンキンソップが言った。「ジョン・レインバードみたいな男は、きみのような若者の繊細な気持ちが理解できないのだ」

「そのとおりです。本当に」ジョゼフは言った。

「しかし、もしきみたちがみんなで独立して宿屋を買うつもりなら、ふむ、きみに職を持ちかけても意味はないな」

「とても心をそそられます」ジョゼフは言った。「第一従僕になってみたいな」

ブレンキンソップは椅子の背にもたれて、ジョゼフの大きな青い目の奥に生じた葛藤を眺めた。本人に話すつもりはなかったが、ジョゼフに目を留めたのは落ち着きのない中年女、レディ・チャータリスで、その奥方が、ジョゼフを第一従僕として雇いたいと言い出したのだった。

ジョゼフは、ほかのみんなとは違って、使用人としての人生に不満があるわけではなく、クラージズ通りの民主的な使用人部屋ではふさわしい地位に就けないことが不満なだけだった。しかし、チャータリス卿のような人物の屋敷でなら、ほかの使用人たちから地位相応のきちんとした敬意が払われるはずだ。下位の使用人たちにかしずかれるだろう。チャータリス夫妻は社交界の行事によく出かけるし、レディ・チャータリスは必ずいちばん上位の従僕にお供をさせたがる。宿屋なんて冗談じゃない、とジョゼフは胸につぶやいた。手はぼろぼろになり、レインバードの愛情にあふれる小ばかにしたようなまなざしに悩まされ、リジーがますます自分から遠ざかるのを目の当たりにするだろう――ずらりと並ぶ本の鎖に引かれて離れていくのだ。多くの目上の人々と同じようにジョゼフも、下層階級に対する教育は危険なものと考えるほうだった。

「なれたらいいんですけど」ジョゼフは言った。

「ところで、宿屋についての取り決めはどうなっているんだい？」ブレンキンソップが尋ねた。

「まあ、全員が対等の共同経営者です」ジョゼフは答えた。

「さすが、ジョン・レインバードはとても公平だな」

「そうですね」ジョゼフはしぶしぶ言った。「でも、ぼくは田舎が嫌いなのに、その宿屋はハイゲートにあるんです」まるでハイゲートが外モンゴルにあるかのように言う。

「きみはわたしに似ているな、若者よ」ブレンキンソップがため息をついた。「わたしはロンドンの生活が好きなのだ。もちろん、冬には田舎に移動する。だが、わたしたちはきちんと扱われ、戸外に顔を出すことは決して求められない。戸外で働く使用人は、たくさんいるからね。それに、わたしはもうすぐ引退するし、そうなるとわたしの職に空きができる。後継者の訓練ができたら、すばらしいだろうな」

ジョゼフの丸い目が、さらに丸くなった。

「どうだい」ブレンキンソップが言った。「いざとなれば、きみの分の金を彼らに渡せるだろう。宿屋が成功したら、少しだけ自分のために取っておいてくれと言えばいい。投資と考えるのだよ。彼らにきみは必要ない。現時点で、宿屋をやる者はほかにおおぜいいるんだからね」


ミドルトン夫人は、料理人のアンガス・マグレガーとふたりで、サーペンタイン池のほとりを静々と歩いていた。自分たちの宿屋を持てることには心が躍ったが、家政婦の将来の計画には、ひとつ大きな黒い穴が残っていた。〝夫人〟は儀礼上の敬称で、本当は独身だった。ミドルトン夫人は田舎の貧しい副牧師の娘で、もう長いあいだ、みんなで独立したらジョン・レインバードと結婚したいと夢見ていた。けれど、レインバードさんはわたしと、というより誰とも結婚したがっている様子はないわ、とため息をつきながら考える。そう、最近では。どこかの役立たずのフランス人侍女に熱を上げ、鼻であしらわれてばかを見てからは。

「よし、もうすぐ自由になれるな」アンガス・マグレガーが言っていることに、はっと気づいた。

「ええ、なんだか不思議な感じね」ミドルトン夫人は応じた。「以前、ある男の話を読んだわ。何年も債務者監獄で過ごして、やっと友だちがお金を集めて出してくれたのだけど、外の世界ですっかりまごついて途方に暮れてしまったから、ひたすら賭けごとをやり続けて、また監獄に戻ってしまったの。わたしも、そんなふうに感じてしまうのかしら」

「この先もずっと使用人でいたがるような女性とは、結婚したくないぞ」料理人がぶっきらぼうに言った。

「ええっ！」ミドルトン夫人は驚いて無作法な叫び声をあげた。

「わたしはひどい癇癪持ちだ」料理人が悲しげに言った。「それに、しょっちゅう間違ったことをしてる。でも、これをきちんとやれるか、試してみよう」

アンガスは戸惑っているミドルトン夫人を、きらめく池のほとりのベンチに座らせ、きれいなハンカチを出して地面に敷くと、家政婦の前に片膝をついた。

「ミドルトン夫人」アンガス・マグレガーが言った。「わたしと結婚してくれませんか？」

ミドルトン夫人は目をぱちくりさせて、アンガスの頭の向こうのきらめく池を見渡した。その日のあらゆる色が信じられないほどくっきり鮮やかになり、雲の上のどこかからトランペットの誇らしげなファンファーレが響いてきたかのようだった。

「ええ、はい、アンガス」ミドルトン夫人は答えた。

「それならよかった」料理人が言って、ぱっと立ち上がった。「さて、わたしたちは婚約したんだから、腕を組んでいいんだよ」

ミドルトン夫人は立ち上がって、スカートを整え、アンガスが腕を取るのを許した。とても初々しく、か弱く、女らしい心地がした。顔を輝かせて、はにかみながら料理人を見上げると、おびえたようなしわが少しのあいだ消え失せた。

アンガスが家政婦の腕をぎゅっと締めつけた。「いいかい。わたしたちは、イギリスじゅうで最高の食事を出す、最高の宿屋をやっていこうな」

「ええ、そうしましょう」ミドルトン夫人は、幸せに息を詰まらせながら答えた。

リジーは神に祈っていた。集中して、俗世のことから心を遠ざけておこうとした。しかし、惨めな気持ちは変わらなかった。なぜ自分が行くと決めた日に、ポール・ジェンドローも同じ教会に来ているのと期待したのかはわからない。しかし、フランス人の従者がそこにいなかったことで、リジーはがっかりして打ちのめされた気分になった。

帰ろうとしたところで、もし神さまが何もかもご覧になっているのなら、きっと小さなスカラリーメイドが頭に浮かべる考えもご存知に違いないと気づいた。お願いしても罰は当たらないだろう。そこでリジーはまたひざまずき、もしそれが神さまのおぼしめしなら、ポール・ジェンドローにもう一度会わせてください、と心からお願いした。

少し気持ちが楽になり、リジーは教会を出た。前回の借り手に買ってもらった、きれいな若葉色のモスリンのドレスを着ていた。茶色の髪は洗ってブラシをかけ、さくらんぼ色の絹のリボンで結んである。リボンは、かつての借り手から生まれて初めてもらった贈り物だった。暗い教会のなかにいたので、太陽のまぶしさに目をしばたたいて佇む。クラージズ通りにまっすぐ帰る気にはなれなかった。ふと、フランス革命のとき地位を保つだけの富を持ち出せた亡命者たちが、マンチェスタースクエアあたりにフォブール・サントノレのような地区をつくり上げたことを思い出した。散歩にはうってつけの日だ。それに、ちょっとのぞきに行くくらい、かまわないだろう……。

ほどなくリジーは、オックスフォード通りの角を曲がり、マンチェスタースクエアにつながるデューク通りに入った。まわりじゅうから、フランス語で話す声が聞こえ始めた。ここまで来てしまったのだからと大胆な気分になり、マンチェスタースクエアに着くと、まずひとり、次にもうひとりを呼び止め、サン・ベルタン伯爵宅の方角を尋ねた。しかし、リジーが呼び止めた使用人たちは英語が話せなかった。フランス人の使用人たちは、主人と同じく受け入れ国を嫌っていることが多く、もしかすると少しは英語がわかったとしても、絶対に話そうとはしないのだった。ようやく、ちょうど馬車の御者席から降り立ったイギリス人の御者に行き合った。

「伯爵のお宅はあちらです、お嬢さん」御者が言った。「でも、お会いになりたかったのでしたら、遅すぎましたね」

御者が鞭で示した高い建物は、扉に忌中紋章が掲げられ、石段には声をあげて泣いている泣き屋がいた。

リジーは閉じた窓を眺め、しょんぼりした。

それでも知らず知らず、ゆっくり広場を回って、屋敷の前まで来ていた。もしかすると、もう一度会えたとしても、ジェンドローさんだとわからなかったかもしれない、とリジーは考えた。彼に会った日は雨が降っていて暗かったし、クラージズ通りの街灯の弱々しい明かりでちらりと顔を見ただけなのだから。

「失礼ですが、お嬢さん」耳もとで声がした。「どこかでお会いしませんでしたっけ」

リジーは、はっとして振り返った。記憶にあるよりぜいたくな服装をして、目には鋭く大胆なまなざしが浮かんでいたが、すぐにポール・ジェンドローだとわかった。

「少し前の夜、家まで送ってくださいました」リジーはおずおずと言った。

「ああ、そうだ、クラージズ通り。小さなスカラリーメイド。思い出したよ」

リジーは目を伏せた。どういうわけか、〝小さなスカラリーメイド〟という言葉が、すべての夢を打ち砕いた。

リジーはどうにか気を取り直した。「ご主人さまが亡くなられたこと、お悔やみ申し上げます」

ジェンドロー氏は両手を広げて、いかにもフランス人らしく肩をすくめた。「とてもご高齢で、予期されてたことだったんだ。悲しそうな目をしてるね。どうしてだい？　ぼくのためじゃないだろうね。ご主人さまは遺言で、ぼくにかなりの金額を残してくださったんだよ。どうだい《ヴォワラ》！　きみの前に立ってるのは、今や紳士になったポール・ジェンドローさ」

「よかったですね」リジーは抑えた声で言った。立ち去ろうと足を踏み出す。威勢のいい自信たっぷりなジェンドロー氏は、記憶にある物静かで思いやりのある従者とは違っていた。ジェンドロー氏が並んで歩き始めた。

「なぜきょうは自由にしてるんだい、オブライエン嬢？」

「あたしの名前、憶えててくれたんですか？」リジーは驚いて言った。

「うん、もちろんさ」

「今は、働いてるお屋敷の持ち主のペラム公爵が住んでらっしゃるの。公爵さまが、一日お休みをくださったんです」

「めずらしい貴族だね。たいてい彼らはぼくたちのことを、自分たちが楽しむあいだに奴隷のようにあくせく働く者と考えたがるんだけど」

「あなたのご主人さまもそうだったの？」

「まさにね。昔気質のフランス人貴族だった。ぼくは王制主義者だけど、ときどきご主人さまを見て、こう心のなかでつぶやくことがあった。〝なるほど、だからフランスでは革命が起こったんだな〟って」

マンチェスタースクエアの端にたどり着いていた。「さようなら、ジェンドローさん」リジーは礼儀正しく言った。「またお会いできて、楽しかったです」

「さようなら？」ジェンドロー氏がおうむ返しに言った。「すばらしい天気の日に、ふたりとも自由だ。ばか言っちゃいけない。〈ガンターズ〉まで歩いて、アイスを食べよう」

「〈ガンターズ〉！」リジーは甲高い声をあげた。「〈ガンターズ〉に行くのは、貴婦人と紳士だけです」バークリースクエアにある有名な菓子屋のことだ。

「でも、きみはおしゃれなドレスを着てるし、ぼくだって、紳士らしい服装をしてる。何年もがんばってお金を貯《た》めてきたけど、もう貯金は必要なくなった。ご主人さまが大金を残してくださったからね。さあ、オブライエン嬢」

ジェンドロー氏はオックスフォード通りを歩きながら、リジーの気を引き立てて話をさせようとしたが、リジーはきっと〈ガンターズ〉に足を踏み入れたとたん、出ていくように言われるだろうと確信していた。しかし、ふたりは丁重にテーブルに案内され、リジーが狼狽《ろうばい》のあまり口が利けなくなっているのを、ポール・ジェンドローはおもしろそうに眺めながら、めいめいに苺《いちご》のアイスクリームを注文した。

「ほら、リジー嬢」ジェンドロー氏が言った。「誰もぼくたちを追い出しはしないし、誰もぼくたちを見ていない。なぜそんなに悲しそうなのか、話してごらん」

才気に輝く目には、温かさと思いやりがあった。リジーは、宿屋についてさまざまなことを話し始めた。自由を想像すると怖くなること、ほかのみんなが自分を宿屋の共同所有者として扱ってくれるのか、それともスカラリーメイドとして扱い続けるのかをしょっちゅう考えていること。ときどき黙りこんだが、ジェンドロー氏の質問に促されて、パーマーのこと、これまでの借り手たちのこと、ジョゼフとの結婚を期待されていること、もうジョゼフを愛していないことも、すべて話した。ようやく、当惑しながら言葉を切る。こんなにたくさん自分について話したのは、生まれて初めてだった。

「きみは、好きな人と結婚しなくてはいけないよ」ジェンドロー氏が優しく言った。「ぼくたち使用人は結婚を許されてないけど、自由になったなら、好きな誰かと結婚するぜいたくを味わうべきだ」

「でもみんなが、ジョゼフとの結婚を当然だと思ってるんです」

「結婚のことを考えるとき」ジェンドロー氏が尋ねた。「どんな場面を思い描く？」

「ばかみたいに聞こえるでしょうけど」リジーはゆっくり言って、ジェンドロー氏の世事に通じていそうな感じのいい顔立ちと、才気にあふれる目を見た。「ずっと、田舎に小さな家が欲しいと思ってました。庭と、いくらかの土地と。ずっと、大切に思える紳士、同じくらい大切に思ってくれる誰かと出会いたいと思ってました」

リジーは深いため息をついた。大粒の涙が頬にこぼれ、皿の上で溶けかけた苺アイスの残りにぽとりと落ちた。ジェンドロー氏がハンカチを出して、濡れた頬をふいてくれた。

「ばかみたいじゃないよ」ジェンドロー氏が言った。「もちろん、まったくの田舎ではないけど、どこかの町に近い場所なら、両方の楽しみを味わえる。ぼくはバースが好きなんだ。たくさんのきれいな村がすぐ近くにあって、コンサートや喫茶店や本屋を楽しみながら、田舎のきれいな空気も満喫できる。以前、そういう家を見たよ」手帳と鉛筆を出す。「ほら、田こんな家だったんだ」そう言って、すばやく絵を描いた。「二階建てで、すてきな瓦屋根がついてる。草ぶきは好きじゃないんだ。不衛生だから。明かりが採れる窓がたくさんあるけど、多すぎはしない。でないと窓税（窓の数が七つ以上の家屋に課せられた累進税）で参ってしまうからね。正面には、こんなふうに四角い庭がある。そして、何本かの立派な楡《にれ》が影を落としてる。そして薔薇！赤と白、扉を囲んでるんだ……こんな感じに。それから、裏にはすてきな菜園がある。そして生垣の向こうには……」そばをうろつく給仕を苛立たしげに見上げる。「いや、きみ、まだ終えてないよ。お茶と、ケーキを選んで持ってきてくれ。行っていいよ。どこまで話したっけ？　ああ、そうだ、生垣の向こうには牧草地が広がってて、そうだな、牛二頭、馬一頭、もしかすると豚一頭も飼えるんだ」

「そして家のなかは？　なかはどうなってたの？」リジーは尋ねた。

「なかは見なかった。でも、こんなのはどうかな」ジェンドロー氏が手帳の白いページを開いた。

「食堂は玄関広間のこっち側、居間は反対側。大きな厨房。たぶん、今ある厨房を広げなくちゃならないだろう。上階に寝室が四部屋、屋根裏に小さい寝室が二部屋。もしじゅうぶんな広さがあれば、流水つきの風呂がある部屋をつくろう。今では、浴槽の上部にお湯を出せる機械がついてる風呂があるんだよ」

「家をきれいにしておくのが、とてもたいへんそうね」リジーは言った。

「もちろん、使用人を雇うのさ。執事はなし、従僕もなしだよ、いいかい《ヴーヴォワール》、でも料理人兼家政婦と、がっしりしたメイドがふたり、それから外で力仕事をする男がひとり。馬車については特に大きな構想はないけど、二輪軽馬車《ギグ》と馬一頭を持ってれば、バースまで行ける」

お茶とケーキがふたりの前に置かれた。リジーは上品な貴婦人たちがやっていたとおりに、きちんとお茶を注いで、外出のあらゆる瞬間を慈しんだ。

「レインバードさんが選んだ宿屋は、ハイゲートにあるんです」リジーは言った。「でも、あなたがバースに行くつもりなら、そんな遠くまで旅することはないでしょうね」

「きみはいつ自由になるんだい？」ジェンドロー氏がいきなり尋ねた。

「レインバードさんがそう決めたときです」リジーは答えた。「もうすぐだと思います。遅くとも、シーズンの終わりには」

「そんなに先じゃないいね」

「ええ」リジーは悲しい気持ちで言った。ガンターの最高級のケーキを食べかけのまま皿に置き、なぜ急に砂みたいな味になったのだろうと考える。

ジェンドロー氏がテーブルに両肘をついて、リジーを見つめた。「きみみたいな女性に会ったのは初めてだよ、リジー嬢。こんなにきれいな――こんなに謙虚な女性に」

リジーはさっと目を上げて、ばかにされているのかどうか確かめようとしたが、相手の目は真剣そのものだった。

「あなたの家のことをもっと話して」リジーは言った。「もっと聞きたいんです」

ジェンドロー氏がまた手帳を開いてから、ゆっくり言った。「ぼくたちの居間には、どんな家具を置こうか？」

「ぼ、ぼくたちって？　ジェンドローさん」

「そう、ぼくたちさ。ぼくたちのあいだにはもう、とても貴重なものが生まれてる。ぼくが夢の家について話すとき、そこにはきみが見えるんだ。きみも、そこにいる自分が見えてるんじゃないのかい？」

リジーは、はっと身をこわばらせた。「あたしは教会の教えに忠実なカトリック教徒です、ジェンドローさん。だから、男性とのそういうおつき合いは……」

「結婚以外ではありえない。もちろんだよ。きみがそれ以外を受け入れるような女性だったら、求婚なんてしないさ。そんなふうにまじまじと見ないで、かわいい人《シェリ》、それより実際的なことを話し合おう。さて、ぼくはね、今流行してる背のないソファが嫌いなんだ……」

「同じジェニーでも、与えられる人生はぜんぜん違うんだわ」チェインバーメイドのジェニーは、ストランド街のまんなかでいきなり立ち止まって言った。

「いったいなんのこと？」アリスがきいた。

「なんでもない」短気な小さいジェニーは答えた。

その嫉妬の対象、ジェニー・サザランド嬢はその晩、クーパーに髪を整えてもらいながら、固く目を閉じて鏡の前に座っていた。

パーマーの事務所に忍びこんで、帳簿を見つけたらすごいことじゃない？　ジェニーは胸のなかで言った。そうすれば、わたしが身勝手ではないことを自分にも、ほかのみんなにも証明できる。パーマーの事務所がどこにあるのか調べないと。

「どうして、ずっと目をつぶってらっしゃるんですか？」クーパーが、カール用のこてをくるくる回しながら尋ねた。

「こうすると、いろんなことがもっとよく見えるからよ」ジェニー・サザランド嬢は答えた。

# 5

もし善良な人々がみな利口で、
利口な人々がみな善良なら
世界はずっとよくなるだろう
それもありうると思っていた

しかしどういうわけか、両者が
うまくいくことはめったにない
善良な人は利口な人にきびしすぎ
利口な人は善良な人に無礼すぎる！

――エリザベス・ワーズワース

「階下《した》は万事うまくいっているか？」その晩ペラム公爵は、着替えながら尋ねた。
「はい、公爵さま」ファーガスが答えた。「使用人たちが、何かお気に障るようなことをしましたか？」

「いや、いつもどおり礼儀正しいよ。しかし、屋敷の雰囲気が変わったんだ。説明するのがひどくむずかしいんだが……。落ち着きのない、憂鬱な気配が漂っている」

ファーガスが不安げにあたりを見回した。「もしかすると、先代の公爵さまの幽霊《スピリット》かもしれません」

「むしろ、生きてここにいる者たちの憂鬱な気分《スピリット》だと思う。レインバードはいつもは自信たっぷりの執事だが、不安そうで落ち着きがなくて、ぼんやりしているようだった。ブロンドのきれいなメイド――名前はなんだったか……？」

「アリスです」

「そう、アリスは悲しそうな顔をしていた。小さなチェインバーメイドは、最近泣いたようで目が赤くて、怒りをこらえるかのように仕事をしている。なよなよしたジョゼフは極端に礼儀正しくふるまい、気取った態度で仕事をこなしているが、ときどき嫌悪をこめて横目でちらっと執事を見ている――きのうまでは、間違いなく、一家の父親と見なされていたはずの執事を」

「昨夜は全員、遅くまで起きてました」ファーガスが言った。「たぶん疲れてるんでしょう。それに、きょうはみんな一日じゅう出かけてましたからね」

「もしかすると、休暇を与えたのがよくなかったのかもしれないな。友人の、プリムローズ・ヒルに住むチェスターズ一家は、ぼくがなんの気なしにそのことを口にしたら、ひどく驚いていたよ。彼らによれば、使用人は年に二日休ませればいい。それ以外の取り決めは、怠惰や不実につながるんだそうだ。でもぼくは、こんなすばらしい天気の日に、必要もないのに使用人たちを階下に引き留めておく理由がよくわからない。不健康な使用人は、不健康な軍隊と同じように、何をするにも役に立たないからな。ぼくは寛容すぎたか？　彼らは不満なんだろうか？」

「ぼくは、何も変だとは気づきませんでしたよ」ファーガスは答えた。アリスが温かく微笑みかけてくれたので、ほかのことは何も気づかなかったのだ。アリスが微笑みかけてくれるなら、この広い世界は万事うまくいっているはずだ。

しかも、主人が使用人たちの心配をしているとすれば、明らかに、高慢な主人のかたくなな心になんらかの変化が起こったに違いない。というより、今では公爵は使用人たちを、自分の軍隊と同じように見ていた。イベリア半島の戦いで公爵の配下についた兵士たちは、公爵をよい指揮官だと認めた。部下の健康状態に油断なく目を配っていたからだ。こうして市民生活に戻っても、公爵は自分のもとで働く者たちの気質に気づく能力を保っていた。しかし、よくわからない何かがあった。

屋敷の平和で落ち着いた家族の雰囲気は壊れてしまった。不穏な空気が漂っていた。プリムローズ・ヒルから帰宅した公爵は、デンビー家の音楽会には行かずに、家で静かにくつろいで過ごそうと決めていた。しかし、細長い建物につきまとう張り詰めた空気が落ち着きのなさを伝染させて、知らず知らずのうちに、ファーガスに夜会服を出すよう命じていた。

小さなサザランド嬢は夜会に来るだろうか、と考えて、すぐさま彼女の姿を頭から追い払った。若すぎるし、気まぐれすぎる。昨夜はかわいらしかったが、きっと次に会えば、例のとおりうぬぼれ屋でわがままであることがわかるはずだ。

フリーマントル夫人が着替えに手間取ったので、ジェニーが付添い人ふたりとともに音楽会に到着するころには、客たちのほとんどは席に着いていた。三人は最後列に座るしかなかった。

ジェニーは、六七番地の使用人たちを助ける計画にすっかり夢中だったので、どの曲もほとんど聴いていなかった。コンサートが終わり、夜食を準備してある部屋にみんなが移動しようと立ち上がったところでようやく、ほかの客たちに意識を向けた。ペラム公爵を見つけてかすかに微笑むと、やや冷たい会釈が返ってきた。

レディ・レティシア、フリーマントル夫人、そしてジェニーは、ポール・マナリング卿といっしょに夜食をとった。ポール卿はとても礼儀正しく愉快で、演劇やオペラやその日仕入れたうわさを話題にした。ときどき、ジェニーの慎ましさを装った顔に、感心しているかのような目を向ける。しかしジェニーは、長いまつげの下で、そこかしこをちらちら見ていた。

〝パグ顔の君〟ことマドックス嬢が、彼女との同席をとても楽しんでいるらしい若い紳士のとなりに座っていた。ところが、マドックス嬢がドレスに少しワインをこぼしてしまい、ハンカチでふいたが染みが取れないようだった。ひょうきんなしかめっ面をしてから、立ち上がる。

ジェニーは息もつかずに「失礼します」と言って立ち上がり、マドックス嬢を追って急いで部屋を出た。

婦人の身繕いのために用意されている控えの間で、マドックス嬢を見つけた。侍女が炭酸水でドレスを軽くたたいていた。

ジェニーは髪をいじくりながら、どうやって話しかけようかと考えたが、ふとマドックス嬢がこちらを見てにっこりした。「赤ワインって、ほんとに困ったものね。ほんのちょっぴりなのに、こんなに広がって見えるんだから」

「なんでも、こぼすとすごく量が増えて見えるのよ」ジェニーは言った。「コップ一杯の水が、床にこぼすとナイアガラの滝になるの。自己紹介していいかしら？　わたしはジェニー・サザランド。最近街に来たばかりなの」

「わたしはメアリー・マドックスよ」相手が言って、手を差し出した。「初めまして、どうぞよろしく」

「こちらこそ、よろしく」

「ロンドンを楽しんでいらっしゃる？」マドックス嬢が尋ね、手を振って侍女を下がらせた。

「まだあまり見て回ってないの」ジェニーは答えた。「昨夜、ベサミー夫人のお宅のパーティーで、あなたを見たわ」

「ええ、そうね。あなたのこと憶えてるわ。わたしは踊ってばかり！　哀れな足がまだ痛むわ」

「わたしはぜんぜん踊らなかった」ジェニーは自嘲混じりに言った。「わたしの見た目は、人気がないみたい」

「何があったかご存じないの？」メアリー・マドックスが叫んだ。「もちろん、ぜんぶペラムのせいだったのよ」

「ペラム！　彼となんの関係があるの？」

「ベサミー夫人はあなたに話さなかったの？　夫人はひどく怒って、彼を冷酷だとがめてたわ。公爵はあのおしゃべりなカムデンさんに、上流社会の紳士ならあなたと踊るはずがない、って言ったの。それで、うわさ好きなカムデンさんが、ほかの紳士たちに話したのよ」

ジェニーは大きく息を吸った。「あの男、殺してやりたいわ」いきり立って言う。

「今夜、ペラムは何もかも否定して、サザランド嬢は並外れてきれいだから、大人気になるに違いないと言ってたわ」

「叔母のレディ・レティシアはそのことを知ってたのかしら」ジェニーは言った。「そんなはずないわね、だって、ぜんぶわたしの自業自得だって言ってたもの」

「レディ・レティシアって、あなたとフリーマントル夫人といっしょにいらっしゃる、ものすごくおしゃれなご婦人のこと？」

ジェニーはうなずいた。

「ご存じだと思うわ。だって、悲しそうな困った顔をなさってたから。でも、偉そうなペラムのことなんて心配しなくていいわ。あなたは飛びきりきれいだもの。みんなそう言ってるわ」

ジェニーは鏡を見た。いつものなじみ深いうぬぼれ屋のジェニーが見返した。なつかしい友だちと再会したかのようだった。ジェニーの目が輝き始めた。

「教えてくれて、本当にありがとう、マドックス嬢」

「メアリーと呼んでくれないかしら？　わたしたち、お友だちになれる気がするの」

ジェニーが返事をする前に、レディ・レティシアとフリーマントル夫人が部屋に入ってきた。「アグネスの裾をかがらなくてはならないの」レディ・レティシアが言った。「戻って、わたしたちがいないあいだ、ポール卿のお相手をしてちょうだい、ジェニー」

ジェニーは、メアリー・マドックスを紹介することもなく、部屋を飛び出した。レディ・レティシアは自己紹介して、姪の思慮のなさを謝った。

「サザランド嬢を驚かせてしまったみたい」メアリーが言った。「ペラム公爵が彼女について言ってたことを話したんです」

「あらまあ」フリーマントル夫人がよく響く声で言った。「これであの子は、得意満面で会場を練り歩くわね」

メアリーは困惑した表情を年上の女性たちに向けたが、レディ・レティシアはただ唇を固く結んで、レティキュールからひと巻きの絹糸と針を出し、かがんでフリーマントル夫人のドレスの裾を繕い始めた。

メアリー・マドックスは夜食の同席者、トビー・パリー氏のところへ戻った。パリー氏は生き生きした顔の若者で、もじゃもじゃの金色の巻き毛と、メアリーの鼻と同じくらい平凡な低い鼻をしていた。灰色の目が、メアリーの姿を見てぱっと輝いた。

「ロンドンの最新の美女、ジェニー・サザランド嬢とお話ししてましたのよ」

「あそこで、ポール卿のとなりに座ってる褐色の髪をした令嬢のこと？　ペラムが嫌いな女性？」

「ええ。お友だちになれたらいいんですけど。魅力的で、気取らない人よ」

「本当に気取らない人でしたか？」トビー・パリーは尋ねた。サザランド嬢は確かにとても美しいが、父親ほど年上のポール卿に媚《こ》びるような目をちらちらと向ける様子は、控えめに言っても少し無作法に思えた。

「ええ、本当よ。彼女を訪ねることに決めましたわ。もしかすると、あしたわたしと馬車で出かけてくださるかも」

「喜んでお供しますよ」トビーは熱をこめて言った。

「あら！」メアリーが笑った。「彼女はもうあなたをとりこにしたのね」

「違いますよ」トビーはあわてて叫んだ。「ぼくの愛情は、別のところに向けられてますから」

「まあ、その幸運なご婦人はどなたなのかしら？　向こうからアンジャーズさんがいらしたわ」

トビーは新参者をぎろりとにらんでから、腕を組んで座り、メアリーがアンジャーズ氏とおしゃべりを始めると、あからさまに不機嫌な顔になった。

「きみの叔母さまが戻る前に、サザランド嬢」ポール卿が言った。「お許し願いたいことがある。ひと目ぼれを信じるかい？」

ジェニーはびっくりした顔を相手に向けてから、ゆっくり温かな笑みを浮かべた。「ええ、物語の外にも、そういうことがあると信じてますわ、ポール卿」

ポール卿が大きく息を吸った。「それなら、ぼくが自分の名をきみの家族の名と結びつけたいと望んでも、驚きはしないだろう。あした正午に、クラージズ通りを訪ねるよ。あっ、レディ・レティシアがいらした。今は、この話はここまでだ」

ジェニーは椅子の背にもたれて、部屋を見回した。燦然《さんぜん》と輝く勝利に浸る。ロンドンに来て二日で、もう結婚の申し込みを受けた。ポール卿がレディ・レティシアに話しかけ、身をかがめて叔母の目をのぞきこむように微笑んでいる。ジェニーは、ほとんどふたりを見ていなかった。ペラム公爵と目が合ったので、いたずらっぽい笑みを向けた。友人が美しさという平凡なもののとりこになったことを知ったら、どれほど腹を立てるだろう。もちろん、ポール卿の求婚を受けるつもりだった。年寄りだけれど、親切だし、ハンサムだし、結婚相手として申し分ない。

〝あのおてんば娘が、急にうれしそうな顔になったのはなぜだろう？〟ペラム公爵は心のなかでつぶやいてから、同席者に向き直った。レディ・ベライルを誘って夜食をとっていた。

二十代後半の、洗練された品のいい未亡人だった。赤みがかった茶色の髪、流行の服装、長く細い鼻、ふっくらした唇、やや飛び出し気味の潤んだ茶色の目。金糸が織りこまれた茶色の絹のドレスは、みごとな体つきをあらわにしている。公爵は愛を信じていなかったし、すでに妻を探す計画に疲れてきたので、こんなに早いうちにレディ・ベライルに出会えたことをとても幸運に感じた。経歴や財産について調査しなければならないが、弁護士に任せれば事足りる。過去に醜聞が何もなければ、理想的な妻になるだろう。洗練されていて気が利き、しいて言えば劇場のやや低俗な面に興味を持ちすぎているかもしれないが——道化役のグリマルディを天才だと言い張っている——ほかにうんざりするような点は何もない。少しは甘い言葉をささやき、花を贈り、優しさを見せたほうがいいかもしれないとは思いもしなかった。公爵は自分の価値を知っていた。どんな女性でも、喜んで自分を受け入れるだろう。特に、未亡人は。

レディ・ベライルは、優秀な使用人を見つけるむずかしさについてぼやいていた。ペラム公爵は、クラージズ通りの街屋敷を売りに出す計画を話し、使用人たちを推薦した。「何人かについては仕事場を見つけてやれそうですが」と言い添える。「結束の固い一団だから、別々の屋敷で働いているところなど想像もできないんですよ。きょうは遠出をしたので彼らに一日休暇をやったんですが、友人たちの意見では、それは愚かなことで、使用人に余分な休暇を許してはならないそうだ」

「わたしも使用人に、今夜は休みを取らせましたわ」レディ・ベライルが言った。「侍女と、御者と従僕のほかは。厨房の者たちは地階で暮らす時間が長すぎるし、新鮮な空気を吸いに出ることが許されなければ、病気になって、医者を呼ぶのに大金がかかるかもしれません。うちの使用人たちは怠けがちですけど、彼らにうまく規律を守らせている優秀な執事がいますの。でも、必要のないときに、使用人たちを屋敷につなぎとめておくのは意味がないと思います。今は、使用人の健康に関心をいだくのは流行《はや》らないかもしれませんけど、とても重要なことですわ。長いあいだ不満を抱えさせたまま放っておくのは危険です。いつでも何を悩んでいるのか、いやな思いをしていないか、知っておくことが大切よ。でないと、辞めてしまうかもしれない。そうなったら、新しいメイドの訓練監督という疲れる仕事をするはめになるわ」

「それじゃ、ぼくがしたことを間違いだとは思わないんですね」ペラム公爵は言った。「うちのおかしな一団に、思いがけない自由時間を与えたことを?」

「ええ、少しも」

「もしかすると、何か問題があるのか尋ねてみるべきかもしれない」公爵はひとりごとのように言った。「説明のしようがないんですが、レディ・ベライル、今朝の屋敷の雰囲気はすばらしく楽しげだったのに、夜にはすっかり変わって落ち着かない感じになっていたんですよ」

「もしよろしかったら、わたしがあなたのかわりに彼らと話しましょうか、公爵さま」

「いや、自分で対処できます。ですが、またお会いできたらたいへんうれしい、レディ・ベライル。あす五時に、馬車で出かけませんか？」五時は、上流階級の人々が公園で馬車を走らせる時刻だった。

レディ・ベライルがためらった。ペラム公爵は露骨に眉をひそめた。こちらがたいへんな栄誉を授けたことにレディ・ベライルが気づかないとしたら、彼女に対する評価を下げざるをえないだろう。

「はい、公爵さま」レディ・ベライルがようやく答えた。「ぜひ行きたいですわ」

デンビー家の音楽会から帰る前に、メアリー・マドックスはレディ・レティシアに、ジェニーを馬車での外出に連れていく許可を得た。「とても礼儀正しくてすてきなお嬢さんだこと」メアリーが歩み去ると、レディ・レティシアが言った。

「ええ、しかもとんでもないことを教えてくれたのよ！」ジェニーは叫んだ。「ペラム公爵がわざと、わたしを社交界で失敗させようとしたの」

「ええ、そうですってね」レディ・レティシアが抑えた声で言った。

ジェニーは驚いた顔をした。「なのに、わたしにあんなひどいことを言ったのね！」

「あのときは、ペラム公爵がしたことを知らなかったのよ。それに、彼の行動──訂正しようと苦心している行動について聞いたの。今夜、何人かのおしゃべりな紳士たちに、そんな悪口は言っていないし、あなたは最高級のダイヤモンドだと話したんですって。彼のそういう行動について聞いたから、あなたには言わなかったの。またあなたのうぬぼれが強くなると困ると思ったからよ。そのときはどんなに無慈悲に思えたとしても、いっぺん高慢の鼻を折られることが、あなたにはどうしても必要だったの」

ジェニーはかんかんになった。「わたしも言わせてもらうわね、叔母さま。みんなが叔母さまほどわたしを見下してるわけじゃないのよ。じつを言うと、もうわたしの将来について頭を悩ませてくれなくていいの。ポール・マナリング卿が、結婚を申し込むために、あすの正午にクラージズ通りを訪ねていらっしゃるのよ」

レディ・レティシアが扇子の鼈甲《べっこう》の中骨をきつく握り締めたので、ぴしっと音がした。抑揚のない声できく。「本当なの？」

「ええ」ジェニーは顔を輝かせて答えた。

「あなたには年上すぎるわ」レディ・レティシアが淡々と言った。

「彼はとってもハンサムよ」ジェニーは巻き毛をさっとかき上げて言った。「貴族だしね」

「彼を愛しているの？」

「そういうのは、あとから芽生えるものよ」ジェニーは言った。「彼は結婚相手として申し分ないわ。ねえ、叔母さま。喜んでくれると思ったのに」

レディ・レティシアが顔を背けた。「そう、そうね」苛立たしげに言う。「さあ、帰りましょう。頭痛がするの。フリーマントル夫人はいつもどおり、最後の最後まで残ると決めていらっしゃるわ。あとで馬車を戻らせましょう」

帰り道、ジェニーは叔母に話しかけようとしたが、レディ・レティシアはきびしい口調で黙らせた。

レディ・レティシアはあまり眠れなかった。明け方、フリーマントル夫人のとどろくような声で目が覚めた。下の通りから「お休み、子どもたち」という叫び声がし、続いて男たちが歌うしゃがれ声の合唱が聞こえた。

「また酔っ払って寝てしまうのね」レディ・レティシアはつぶやいた。「でも、誰かに話さないと」

今回はまっすぐ厨房に下りていって、先にコーヒーを淹れた。しかし、表の居間の扉を押しあけると、そこには誰もいなかった。立ち止まってぐずぐずしてから、階段をのぼり、フリーマントル夫人の寝室の扉をあける。

老婦人はドレスと装飾品をすべて身につけたまま、うつぶせでベッドに横たわり、大きないびきをかいていた。

レディ・レティシアはしょんぼり歩み去ろうとしたが、フリーマントル夫人が最後にうなるような大いびきの音を響かせてから、目を覚ました。「なんにゃの？」と叫ぶ。

「わたしよ、レティシア。お、起こしてしまって、ご、ごめんなさい」レディ・レティシアはテーブルにコーヒーを置いて、わっと泣き出した。

「あらまあ！　どうしたの！」フリーマントル夫人が、驚きのあまり酔いを忘れて叫んだ。

「じゃ、そのまずいものをちょっと飲みましょうかね」よろよろとコーヒーポットのところへ行き、自分でカップに注いで、熱い中身をひと息に飲み干す。「さて」夫人は言ってから、レディ・レティシアの震える肩に腕を回した。「アグネスにぜんぶ話してごらんなさい、ほら！」

「ジェニーのことよ。あの子が、結婚するの」

「きっと、どこかの山師とだね。心配しないで。あの子を田舎へ帰しましょう、安全なところへ」

「そうじゃないの。ポール・マナリング卿と結婚するのよ」

「まあ」フリーマントル夫人がベッドに座り、となりをぽんとたたいて、レディ・レティシアが座るまで待った。「そうなの」夫人が慎重に言った。「彼は結婚相手として理想的ね。紳士で、貴族で、裕福で」

「わたしはジェニーと同じくらいうぬぼれ屋なのよ」レディ・レティシアは涙をふいた。

「だって、彼がわたしに惹かれていると思っていたの」

「ええ、あなたはすてきな女性だもの。たくさんの男たちに囲まれてるでしょ」

「でもポール卿は、これまでに出会ったなかで、わたしが恋に落ちたただひとりの男性なのよ」

「おや、おや。そんなことは信じませんよ。前にも誰かに出会ってるでしょ」

「昔一度、恋をしたと思ったけれど、両親が結婚を禁じて、わたしは悲嘆に暮れたわ。両親はその人を、ろくでなしと言ったの。わたしは一生、結婚はしないと誓った」

「ろくでなしだったの？」

「ええ、結局のところ、両親は正しかった。でもそのころまでには、結婚のことは考えなくなって、そこへジェニーの世話が舞いこんできたの」

「あなたはあの子の叔母よ。彼との結婚は許さないと言いなさい」

「そんなことはできない。もしポール卿があの子を望むなら、わたしは立派にふるまわなくてはならないわ。彼は、あんなふうにわたしを見つめていたのに、そのあいだじゅうジェニーのことだけを考えていたのね」

「あの子は本当に愛らしいものね、いまいましいことに」フリーマントル夫人が言った。

「さて、あの子は、起こしてやらないときっと寝坊するわよ。わたしがマナリングと話して、本気なのかどうか確かめましょう」

「いいえ、責任を逃れるわけにはいかないわ」レディ・レティシアは言った。「わたしが自分で会います。そして、ええ、許可を与えるつもりです」


ジェニーは寝坊しなかった。興奮と期待で、早く目が覚めた。ポール卿に求婚されるのが楽しみというより、そのことをメアリー・マドックスに話すのが楽しみだった。メアリーは人気者かもしれないが、まだ誰にも求婚はされていないはずだ。

ジェニーは部屋で朝食をとり、いちばん上等なドレスを着て、クーパーに最新のギリシャ風の髪型に整えてもらい、楽しい朝を過ごした。ひと月は鏡を見てはいけないと告げるレインバードの声が頭のなかに響いたが、ジェニーは、もううぬぼれてなどいないし、レティシア叔母のために望ましい夫を射止めることができてうれしいだけだと自分に言い聞かせた。

鏡は、自分がこれまでにないほど美しく見えることを教えてくれた。頭のてっぺんの結び目から褐色の細かい巻き毛がこぼれ、白いサテンのアンダースカートに重ねたごく淡いピンク色の上等なモスリンのドレスには、濃いピンク色の花が刺繍されていて、すばらしくよく似合っていた。

レディ・レティシアが正午少し前に、げっそりと疲れた様子で入ってきた。「ここで待っていたほうがいいわ、ジェニー」叔母が言った。「わたしがポール卿の申し込みに許可を与えてから、あなたを呼びにやります」

「叔母さま、とても悲しそうだわ」叔母が立ち去ると、ジェニーはクーパーに言った。

「レティシアさまは、お嬢さまが大好きですもの」クーパーが言った。「お嫁に行かれることを思うと、お寂しいんですよ」

「ねえ、クーパー」ジェニーは言った。「この屋敷には、マイルズとあなた以外、ほかに使用人はいるの?」

「ええ、いますよ、お嬢さま。チェインバーメイドがふたり、ハウスメイドがひとり、客間係《パーラーメイド》がひとり、従僕がひとり、もちろん料理人とスカラリーメイドもいます」

「見たことがないわ」

「フリーマントル夫人は、使用人を置くのはよくないことと思ってるんです。使用人たちみんなが、自分の力でやっていけるようになるべきだと思ってるんです。だから、いつでも見えないところに行きなさいと言います——マイルズは別ですけど。そうすれば、雇ってないと思いこめるんですよ」

　教会の時計が十二時を打つと、ポール卿が徒歩で到着した。レディ・レティシアは表の居間で椅子の背につかまって立ち、扉を見つめて、彼が通されるのを待っていた。

　ポール卿はとてもりりしく、とてもうれしそうに見えたので、レディ・レティシアは身をよじるような嫉妬を覚えた。

　恐ろしい感情をどうにか抑えつけ、丁重に椅子を勧める。

　ポール卿はレディ・レティシアの悲しそうなやつれた顔を見て、うれしい気持ちがいくらか薄れたようだった。

「もしかすると、ぼくがこれから言うことに驚かれるかもしれません」ポール卿が切り出した。「昨夜あなたにお話しすべきだったんですが、サザランド嬢の許しを得たあと、勇気がしぼんでしまって、きょうまで先送りすることにしたんです」

「だいじょうぶです」レディ・レティシアは礼儀正しく言った。「ジェニーから、あなたのご訪問については聞いています。許可を与えますわ、ポール卿」

　ポール卿の顔が喜びに輝いた。「受け入れてくれるんですね？　結婚を申し込んでいいんですね？」

「はい」

「ああ、ぼくは最高に幸せな男だよ」

ポール卿が歩み寄って、椅子の背を強く握っていたレディ・レティシアの手を優しく外させた。それから腰に両腕を回して、戸惑いに揺れる目を微笑みながら見下ろした。

「ああ、レティシア」ポール卿がかすれた声で言った。唇が下りてきて、気がついてみると、レディ・レティシアは熱烈にキスされていた。

義務感と情熱が激しい戦いを繰り広げ、義務感が勝った。レディ・レティシアは身をよじって彼の腕から逃れ、後ずさった。

きらりと目を光らせて言う。「キスは姪のために取っておいたらいかがですか」

ポール卿が唖然《あぜん》として立ち尽くした。「でもそれは、ひどく不道徳だよ、愛する人」

突然、レディ・レティシアは座りこんだ。「きょういらしたのは、ジェニーに求婚するためではなかったの？」

「まさか、違うよ！」ポール卿が気色ばんだ。「ぼくが愛しているのはきみだ。どうしてぼくのような歳の男が、小さな女の子と結ばれたがっているなんて思えるんだ？　ぼくはきみをひと目見て、恋に落ちたんだよ」

「ポール！」レディ・レティシアはポール卿の胸に飛びこんで、わっと泣き出した。

上階で、ジェニーは部屋のなかを行ったり来たりし始めた。レティシア叔母は、何にこんなに時間をかけているのだろう？　ポール卿が到着したのは、窓から外をのぞいたときに見えた。さらに十分待ってから、階下に行って、表の居間の前で立ち聞きしようとした。

閉じた扉に耳を押し当てたが、なかからは何も聞こえなかった。急に不安な気持ちになった。何かの理由で、レディ・レティシアはポール卿を追い返したのだろうか？

ジェニーはそっと扉をあけた。

ポール卿とレディ・レティシアが、情熱的に抱き合っていた。ふたりともわれを忘れて夢中になっている。たとえジェニーが悲鳴をあげたり気を失ったりしても、気づかれはしなかっただろう。

ジェニーはそっと扉を閉じてそこにもたれ、真っ青な顔でしばらく立っていた。

それから、ゆっくり階段をのぼり始めた。

# 6

彼女は相手をはねつけても
とても優しい物腰で遇するので
その巧みさのおかげで、拒絶さえ
まるで好意のように見えるのだ

――ウィリアム・コングリーヴ

若いジェニーにとって、人生最悪の日になった。自分が恥ずかしくてたまらず、そのうえさらに恥ずかしくて惨めでたまらなくなったのは、レディ・レティシアの婚約といううれしい知らせを聞いたフリーマントル夫人に、叔母を昨夜あそこまで不必要に苦しめたことをきびしくしかられたからだった。

ジェニーは、すでに引退してバーミンスターに住んでいる元家庭教師のフィップス嬢にとてもなついていて、美しさに対するその女性の卑屈な称賛が危険なものだったことに気づいていなかった。ジェニーがすることや考えることすべてが、フィップス嬢の目には正しく映った。ジェニーほどきれいな少女は誰も、不必要な教育で頭を混乱させて時間をむだにする必要はない、と家庭教師は主張していた。フィップス嬢によれば、美しさは力であり、美しい女性にはその力を最大限に利用する権利がある。なぜなら男性は身勝手なけだものなので、ちょっとくらいからかったり、戯れたり、心を傷つけたりしても、たいして害にはならないそうだ。ジェニーは、そんなばかげたことまでは信じていなかったものの、自分の美貌をあまりにも高く評価するようになっていた。

今、改めて、もう自分の美しさをそんなに重要なものと考えるのはやめようと誓った。自分が身勝手でも無頓着でもないと、どうしても自身と世界に証明したかった。またパーマーのことを思い出した。あの使用人たちを助けるために何かできさえすれば、もう一度自分を好きになれるかもしれない。

とりあえず、メアリー・マドックスとトビー・パリー氏との馬車での外出に耐えなくてはならなかった。

メアリーは明らかに、新しい友人が何を悩んでいるのか心配しているようだった。ジェニーに向かって、紳士たちがみんなあなたの美しさに見とれていると言ったが、ジェニーは小さく鼻を鳴らして話題を変えた。ジェニーは悲嘆のせいで感覚が鋭くなっていたので、トビー・パリー氏がメアリーにすっかり夢中であること、メアリーがそれをまったく知らずにいることに気づいた。また、メアリーはとても人気者なのに、自分の魅力をまったくわかっていないらしいことにも気づいて、少し驚いた。もしかすると、メアリーのような佇まいになることのほうが大切なのかもしれない、とジェニーは考えた。本人のとても率直な親しみやすい態度から、まわりの人の心を引きつけるような佇まいに。

「あなたの天敵、ペラム公爵がいるわ」メアリーが声高に言って、ジェニーの物思いをさえぎった。「知らん顔してやりましょうか？」

「いいえ」ジェニーは答えた。「軽く会釈すればいいと思うわ」

「あの並外れて美しい子は誰かしら？」ジェニーとメアリー、トビーが横を通り過ぎると、レディ・ベライルが公爵に言った。

「ジェニー・サザランド嬢といって、街に来たばかりです」

ペラム公爵は、小さなサザランド嬢に何があったのだろうと気にかかった。少し前に泣いていたらしく目のあたりが赤くなり、しょんぼりと悲しそうに見えた。どうしたのか尋ねるために、思わず馬車の方向を変えてジェニーを追いかけそうになった。良心がひどくうずいた。ベサミー夫人のパーティーで、彼女についてあんなばかなことさえ言わなければ……。しかし、やらなくてはならないもっと重要な仕事があった。

今朝、弁護士たちを訪ねると、彼らはレディ・ベライルの過去を調査する必要はないと請け合った。偶然、その貴婦人の弁護士でもあったからだ。夫のベライル卿は三年前に亡くなり、妻にかなりの財産を残していた。非の打ちどころのない貴婦人であることは、昔から変わっていない。レディ・ベライルの名にかかわる醜聞は何ひとつなかった。

そこでペラム公爵は、求婚という仕事をできるだけ早く済ませようと決めた。すでにシーズンには飽きていた。到着してすぐに街屋敷で味わった思いがけない家庭的な雰囲気のせいで、田舎に引きこもって自分自身のくつろげる家庭をつくりたくなってきた。ずっと街で暮らしてきたレディ・ベライルが田舎にこもるのを嫌がるかもしれないとは、考えもしなかった。公爵と結婚する貴婦人なら、何ひとつ反対などしないはずだ。

ペラム公爵はまだジェニーの悲しそうな顔が気にかかっていたが、求婚が滞りなく受け入れられるまで、そのことを頭の片隅に追いやろうとした。

公園の静かな場所へ馬車を向けようとしたところで、苛立たしいことに、レディ・ベライルが群衆のなかの誰かを呼び止めた。「道化役探しはうまくいっている？」

「むずかしいですな、奥方さま」フランク氏が答えた。

レディ・ベライルが、公爵に劇場主を紹介した。公爵はこわばった会釈をして、レディ・ベライルの性格にただひとつ欠点があるとすれば、それはあらゆる形態の劇場に夢中なことだと考えた。これまでの会話からすでに、彼女がおおぜいの劇場関係者と親しくつき合っているらしいことがわかっていた。

フランク氏は鋭い目で公爵を見上げた。なるほど、これがレインバードの主人か。そうだ、公爵を必要な時間だけ街屋敷から遠ざけておけるようお膳立てする方法があるぞ。

「しかし」フランク氏は言った。「あすの晩、新しい道化役を試しに使ってみようと思ってるんです。その男は天才ですよ。グリマルディよりすごい」

レディ・ベライルが笑った。「誰もグリマルディにはかなわないわ」

「あすの晩、奥方さまと公爵さまが、ささやかなるわが劇場に、来賓として足をお運びいただけたら光栄に存じます」フランク氏は言った。

　ペラム公爵はいらいらと眉をひそめたが、レディ・ベライルは振り返り、いつもよりはつらつとして誘いかけた。「おもしろそうじゃありません？　おつき合いくださるかしら？」

　公爵は不機嫌な顔で「はい」と答えるしかなかった。

　フランク氏はお辞儀をして、王族の前から退くかのように後ずさりしたあと、急いで喫茶店へ行き、ペンとインクと紙を持ってこさせた。

　考えこみながら、羽根ペンの先を噛む。もしレインバードに主人が見に来ると言えば、あの執事は絶対に出てこないだろう。しかしもし、ペラム公爵が公演の時間中ずっと、どこかしらへ出かけているという情報を得たと伝え、スパ劇場の入りはあまりよくないだろうと言えば、執事もやる気になるかもしれない。ペラムはきっとレインバードをクビにするだろうから、それで何もかもうまくいく。フランク氏は、レインバードが成功すると確信していた。解雇された執事は、すぐさま自由に新しい仕事を始められる。

　そのころペラム公爵は、上流階級の群衆から少し離れたところまで馬車を進め、枝を広げる楓《かえで》の木の下で手綱を引いて馬を止めた。

　レディ・ベライルが劇場についてのおしゃべりをやめてくれればいいのだが、と考える。特に、ハーレクイネードは低俗に思えた。

　ようやくレディ・ベライルが息をつくために間を置いたので、その機会をとらえた。

「結婚することに決めました」ペラム公爵は言った。

レディ・ベライルが、目をいたずらっぽく光らせてこちらを見た。「まあそう！　あのきれいなお嬢さんね――名前はなんだったかしら？――ああ、サザランド嬢でしたわね」

「ばかな」公爵はどきりとして言った。「いったいなぜ、そんなふうに思ったんです？」

「あなたから、あの子への興味と気遣いが感じ取れたからよ」

「サザランド嬢はあまりにも若すぎる」ペラム公爵はいらいらしてきて言った。

レディ・ベライルが驚きの目を向けた。「わたしの見たところ、サザランド嬢は二十歳くらいだし、あなたは三十歳くらいでしょう、公爵さま。完璧に釣り合いの取れた年齢よ」

「ぼくは、行儀作法と品性の立派な貴婦人に興味があるんです」公爵はとげとげしい口調で言った。

「あら、サザランド嬢には、そのふたつがきちんと備わっていると思いますわ」レディ・ベライルはわざと嫌味をこめて言った。ペラム公爵があの令嬢をけなしたといううわさ話を聞いていたので、きっとサザランド嬢が尊大な公爵をはねつけたことがあるのだろうと推測したのだった。

「ぼくの言うことを聞いてくれませんか？」ペラム公爵はかっとして叫んだ。

レディ・ベライルが驚いた顔で見つめ返し、公爵はかすかに顔を赤らめた。「どなったりして申し訳ありません」ぎこちなく言う。「ぼくがあなたに結婚を申し込もうとしていることに、お気づきでないのかと思ったものですから」

レディ・ベライルがさっとうつむいたので、少し飛び出た目が急に見えなくなった。

長い沈黙があった。そよ風が太陽に照らされた頭上の葉をひらひらと揺らし、ふたりの顔にまだらの影をちらつかせた。公園の向こうから、近衛歩兵第一連隊が演奏するさっそうとした行進曲のかすかな旋律が聞こえた。馬たちは頭を垂れ、草を食《は》んでいた。

「お返事をいただいていませんね」ようやく公爵は言った。

「あるものを待っていましたの」レディ・ベライルが言った。

「よくわかりません」

「ふつうなら」レディ・ベライルが優しく言った。「なんらかの愛か好意の言葉を口にするものでしょう。それがきちんとしたやりかたよ。ご存じのとおり、わたしは求婚されるのに慣れていますの」

「なんですって！」

「あら、本当よ。わたしはとても裕福で、家柄もいいし、子どももいないわ。どうしてわたしと結婚したいんですか？」

「今あなたがおっしゃった理由からです」

「そう、わたしがまだ独身でいるのもそれが理由よ。愛してくれるかもしれない誰かを待つぜいたくができるの」

「レディ・ベライル、ぼくたちのような者にとって、愛が問題になったことなどありますか？」

「結婚がたいてい、商取引に近いものであることはわかっています。最初の結婚は、そういうものでしたわ。わたしはとても不幸せだったけれど、今は自由を楽しんでいます」

「はっきり言えば、あなたはぼくの求婚を断っているんですね」公爵は愕然《がくぜん》として言った。

「はい、公爵さま」レディ・ベライルが静かに言った。「まさにそれが、わたしのしていることです。きっと、わたしたちは合わないわ」

「だとしたら、ご迷惑だったのでしょうね」

「いいえ、ちっとも」レディ・ベライルが落ち着いて言った。

公爵はむっとして相手を見た。せめてちょっとした後悔か、女性らしい動揺くらい見せてもいいではないか、と考える。

手綱を取った。「家までお送りしましょう。かなり肌寒くなってきました」ぎらぎらとまぶしい光と熱を放つ太陽のもとに、馬車を進めた。レディ・ベライルが、フリルつきのパラソルを広げた。

「あす、お迎えに上がります」ペラム公爵はこわばった声で言った。「公演は何時に始まるんですか？」

「七時です、公爵さま。でも、こんな状況ですし、もしあまり気が乗らないのでしたら……」

公爵はまったく気が乗らなかったが、そう口にするのは無粋で失礼に思えた。「六時半にお迎えに上がります。なんという芝居ですか？」

「『復讐、あるいは守銭奴の娘の悲しき物語』という題名よ。そのあと、ハーレクイネードがあるの」

公爵は憂鬱な気分で、おそらく芝居はいつもどおり五時間近く、そのあとハーレクイネードが一時間続くのだろうと考えた。イズリントンのぱっとしない劇場で、自分と結婚する気のない女性とともに、合計六時間も!

レディ・ベライルを家まで送ったあと、公爵はクラブへ行き、そこでポール・マナリング卿に会って、婚約の知らせを聞いた。

「おめでとう」公爵は友人のうれしそうな顔を見て、心から言った。「求婚のしかたをきみに教わらなければならないようだな」

「そんな必要があるのか?」

「残念ながら、あるんだ」ペラム公爵は哀れっぽく言った。「きょうの午後、レディ・ベライルに結婚を申し込んだ。ふさわしい相手だと思ったからね。弁護士に調査依頼もした。しかし、彼女は断った!」

ポール卿がおもしろがるかのように公爵の顔を見つめた。「心はなんともないが、誇りが傷ついたようだな。愛の言葉を口にしたあと断られるのは、ひどく決まりが悪かったに違いない」

「そういう言葉は口にしていない」公爵は言った。「必要ないと思ったんだ、わかるだろう。それに、不正直なことは言いたくなかった」

「ぶっきらぼうな求婚でも受け入れるのは、どうしても結婚しなくてはならない若い令嬢だけだと思うよ。自立を楽しんでいる裕福な未亡人は、まったく別だ」

「でも、レディ・レティシアは裕福なオールドミスだろう！」

「ああ、でもぼくは、頭がおかしくなるほど彼女に恋しているからね。断られても引き下がらないつもりだった。受け入れてくれるまで追いかけ続けるつもりだった」

「ぼくをうぬぼれた傲慢なやつだと思うか？」いきなり公爵は尋ねた。

「なぜ？」

「うぬぼれた傲慢なやつの気分だから」

「気にするな。裕福な公爵でいるのは、ひどく厄介なことに違いない。裕福な貴族でいるだけで、かなりたいへんだからな。いつも女性たちに追いかけ回されていて、いよいよ求婚したとなれば、受け入れてもらえると期待して当然だろう」

「まったく、うんざりだな」公爵は言った。「そういう女たちのひとりを口説くしかないのか？」

「もしきみが愛を信じていないなら、すべきことはふさわしい令嬢を選んで、その両親に近づくことだけさ。きっと娘のために受け入れるよ」

「レディ・ベライルの身に起こったのは、そういうことだったんだな。結婚生活は不幸せだったと言っていた」

「かなり多くの女性がそうだと思うよ。でも、それが彼女たちの運命だからね」

「しかし、どんな男が不幸せな女と結婚したいと思うんだ？」ペラム公爵は声高に言った。

「ああ、でも多くの場合、夫は妻が不幸せであることにまったく気づかないのさ。妻は満足しきっているように見えるし、たいてい新婚のころは幸せで、友人たちにうらやましがられる。意志が強い女なら、結婚後に愛人をつくるかもしれない。そういうことがありがちなのは、知っているだろう」

「すべてはすごく単純に思えた」ペラム公爵はため息をついて言った。「軍事作戦みたいに。目標を定めて、狙いをつける。まったく、なんてばかなんだ。なぜ自分を求めていない女に求婚しなくてはならない？」

「ずっと、きみのことをロマンチストだと思っていたよ」ポール卿が言った。「取り決めによる結婚をしたあと、別の誰かに恋してしまったらどんなに悲惨なことになるか、考えてもみろよ！」

「ぼくは、恋に落ちるような柄ではないんだ」

「誰だって、少なくとも一度は恋に落ちるものさ」

「ぼくはジェニー・サザランドと同じくらい、どうしようもないな」公爵は言った。

「レディ・レティシアの姪御さんか？　なぜ？」

「彼女はあの美しさのおかげでちやほやされることに慣れすぎていて、すべての男が自分の足もとにひれ伏すと思っている。そしてぼくは、おべっか遣いと結婚をまとめようとする母親たちに慣れすぎていて、軽くうなずいてみせるだけでどんな女も腕のなかに飛びこんでくると思っているのさ。憶えているだろう、あの母親たちは、娘を引き連れてイベリア半島までぼくを追いかけてきた」

ポール卿は口もとをゆるめた。公爵が言ったことは本当だった。不屈の既婚婦人のなかには、娘を戦場に行かせれば、いわば戦争の過酷さによって条件のいい結婚を進められるかもしれないと考える者もいた。そして多くの母親はその方法を使って、最初のシーズンで惨めな失敗をした不器量な娘たちをうまく結婚させた。ポール卿は、ジェニーが叔母ではなく自分が求婚されると勘違いしたことを友人に話そうか迷ったが、レディ・レティシアへの忠誠心から黙っていた。

「きみとレディ・ベライルは、友人として別れたんだろうね？」かわりにそう言った。

「ああ。それで、イズリントンのスパ劇場での、なんとかいう長くて退屈な芝居につき合うと約束してしまったのさ！」ペラム公爵は笑った。「わかるかい、ぼくはどなってわめき立てて〝よくもぼくをはねつけましたね！　よりによって、このぼくを〟と言いたかった。しかし、そうするかわりにおとなしく、もちろんです、いっしょに劇場へ行く約束は今も有効です、と言ったのさ」

ペラム公爵は家に着くと、レインバードに表の居間までついてくるよう命じた。レインバードは、フランク氏からの手紙を十分前に受け取ったばかりだった。フランク氏が使いの者に手渡しで届けさせた手紙だ。

「今夜は屋敷で食事をとる」公爵が言った。「あすの晩は六時ごろ出て、遅くまで戻らない。起きて待っている必要はない。なんだか屋敷の雰囲気が変わったのは、使用人部屋で夜更かししすぎるせいじゃないのか。使用人が疲れていると、不満が生まれるからな。全員が適切な時間に寝られるよう、気をつけてやれ」

「はい、公爵さま」

「よし、ファーガスを呼べ」

ファーガスが入ってくると、公爵は苛立たしげな目を向けた。従者まで疲れた悲しげな顔をしていたからだ。

「この屋敷では、誰もじゅうぶんな睡眠を取っていないようだ」公爵は言った。「おまえもな、ファーガス。ぼくは今夜は家にいて、あすの晩は遅くまで出かける。おまえが同行する必要はない」

ファーガスの顔がぱっと明るくなったので、公爵は、喜ばせるようなことを言っただろうかと不思議に思った。ファーガスがすぐさま、あすの晩はアリスを散歩に誘おうと計画したことは知らなかった。

「かしこまりました、公爵さま」ファーガスは言った。

「それと、睡眠不足以外に、階下《した》で何か厄介ごとがあるのか探ってみてくれ」

ファーガスはお辞儀をして立ち去った。

しかし、ほかの使用人たちがおおっぴらに話せなかったのは、ファーガスがほとんどいつも使用人部屋にいるせいだった。ミドルトン夫人とアンガスは、自由になったらすぐに婚約を発表するつもりでいた。あらかじめ発表すれば、ファーガスが主人に話すかもしれず、公爵は使用人の結婚が許されないことを知っているので、奇妙な婚約の理由を知りたがるだろう。リジーは、落ち着きなく張り詰めた気持ちだった。ジェンドロー氏は、シーズンの終わりまでに婚約のことをみんなに話すようにと言った。自由時間があったらマンチェスタースクエアに伝言を送って、会えるようにしてほしいとも言った。リジーは今、どうすればその伝言を送れるのかと考え、小さなデイヴに秘密を打ち明けるかどうか迷っていた。

ジョゼフが何か感づいているのではないかと怖かった。やけにぶしつけで不機嫌だったからだ。しかしジョゼフは、ブレンキンソップに第一従僕の職に就くと返事をしたのに、レインバードに伝える勇気が持てず、無意識のうちに、できるだけひどいふるまいをしてけんかを引き起こし、激しい口論のなかですべてをぶちまけようとしていた。

公爵はファーガスに劇場に行くとは言わなかったので、レインバードは主人が観客のなかにいるとは夢にも思わず、公爵が出かけたらデイヴと散歩に行くつもりだとみんなに告げた。デイヴは、レインバードが劇場に行くつもりだと察し、興奮で目を輝かせた。ファーガスは、もじもじしながら散歩に行こうとアリスを誘い、承諾を得ると瞬く間に、ほかのことは何ひとつ、目にも耳にも入らなくなった。

チェインバーメイドのジェニーは、ミドルトン夫人がアンガスと夕方ぶらぶら散歩するつもりだと言うと、いっしょに行きたいと申し出た。ミドルトン夫人はがっかりした気持ちをとてもうまく隠した。

レインバードは外階段をのぼり、玄関前の石段に立って、ロンドンの観客に向き合うなどというとてつもない危険を冒すのは愚かだろうかと考えた。サザランド嬢が帰宅して、友人ふたりに手を振って別れを告げるのが見えた。ジェニーは振り返って家に入ろうとしたが、何気なく通りを眺めてレインバードに目を留め、すばやく駆けてきた。

「通りで使用人に話しかけているところを見られてはなりません」レインバードはきびしく言った。

「そうね」ジェニーは答えたが、少しも気にしている様子はなかった。「このあいだ、ペラム公爵の代理人についてちょっと小耳に挟んだのだけど……なんていう名前だったかしら？」

「パーマーです。ジョナス・パーマー」

「ああ、そうね。それと、彼の事務所は、トテナム・コート・ロードにあるんじゃなかった？」

「いいえ、お嬢さま。事務所はホルボーン二五番地にあります」

「あら、おかしいわね。友だちは何もかも聞き間違えてたみたい。ありがとう、レインバード」

「パーマーさんについて、何をお聞きになったのですか？」

「あなたがしかるのも当然ね」ジェニーは取り澄まして言った。「ここに立ってあなたに話しかけるなんて、いけないことだわ」

ジェニーがそそくさと立ち去り、残されたレインバードはその後ろ姿を見つめていた。

ペラム公爵はその晩、何度も寝返りを打ちながら、レディ・ベライルに求婚を断られたことを考え続けていた。ポール卿が言ったように、自分はロマンチストなのか？　確かに、裕福で快適な暮らしを離れて祖国のために戦いたいと望むのは、ロマンチックな考えかたかもしれない。しかし、結婚は文明化された取り決めであるべきだ。たとえばジェニー・サザランド嬢のような娘が期待するはずの、ため息や涙でいっぱいの煩《わずら》わしく騒々しい求愛ではなく。

それでもたぶん、今の自分が耐えているような自尊心《アムールプロプル》に対する打撃を、サザランド嬢が受けることはないだろう。いつかはふさわしい紳士を受け入れ、子どもを産み、穏やかで太った奥方になる。太ったサザランド嬢を目に浮かべてみようとしたが、思い出せるのは、使用人部屋で踊っていたすばらしく魅惑的な姿と、鼻をくすぐる巻き毛のことだけだった。

二軒先で、公爵の物思いの対象が、やはり目を覚ましていた。ジェニーは、ジョナス・パーマーの事務所に忍びこむ方法を、頭のなかであれこれ検討していた。〝手助けしてくれる男性がいるといいんだけど〟ジェニーは胸のなかでつぶやいた。

# 7

余はこの屋敷にて、なんというまぬけども、腰抜けどもを育ててしまったのだ、余のためにあの成り上がりの聖職《クラーク》に復讐せんとする者がひとりもおらぬとは！

——イギリス王ヘンリー二世

翌日は公爵のさまざまな友人が訪ねてきたので、使用人たちはずっと忙しくしていた。レインバードは公爵が劇場に行くことを知って一瞬ぎくりとしたが、ファーガスにひょっとして公爵はイズリントンのスパ劇場に行くのかと尋ねると、従者は驚いた顔をして、主人はそんな垢抜けない場所には絶対に行かないはずだと答えた。

リジーは、どうしてもデイヴには秘密を打ち明けられなかった。デイヴはレインバードが大好きだから、リジーがフランス人の男に手紙を書いていると知れば、それを伝えるのが自分の義務だと考えるかもしれない。そこで、どうにか抜け出して通りを渡り、向かい側の屋敷の一軒で働いている小姓に駄賃を与え、マンチェスタースクエアに手紙を届けてもらった。

いっとき、表の居間は一日じゅう居座りそうな紳士たちでいっぱいになったが、次の瞬間には誰もいなくなり、公爵は急いで夜会服に着替え始めた。

とても暑い日で、ここ数日のように晴れ渡ってさわやかなそよ風が吹くことはなく、空気はよどんで重苦しかった。

厨房と使用人部屋は、かまどのようだった。さらに悲惨なことに、アンガスが来客のためにビスケットとケーキを焼き続けていたので、厨房の火が日中ずっと燃えていたうえに、今度は公爵の入浴用の湯をわかすためにまた火をかき立てなければならなかった。

レインバードは、これから出かけると言った。ジョゼフは甲高い声をあげて、公爵の浴槽を空《から》にして階下に戻すのに手助けが必要だと訴えたが、レインバードは聞いていないようだった。

「子どもたちのパーティーで手品をするんですか、レインバードさん？」リジーは尋ねた。執事の手品の箱、昔お祭りで曲芸をしていたころの思い出の品を、デイヴが肩にかつぐのを見たからだ。

「いや……ああ」レインバードは答え、デイヴを後ろに従えて、勢いよく階段をのぼった。

イズリントンへ向かう途中ずっと、レインバードは知らず知らずのうちに、劇団の道化役がひと悶着《もんちやく》起こして、役を降りるのを拒否し、残りの俳優たちも自分の出演を拒否してくれないだろうかと願っていた。

しかし、スパ劇場に到着すると、道化役は酔って人事不省に陥っていて、どちらにしても演技はできそうになく、残りの俳優たちはその男の出演を危ぶんでいた。レインバードは共演者たちと打ち合わせをした。コロンバインを演じるジェレミー・トリップという名のたくましい若者と、パンタルーンを演じるフォルスタッフ並みに肥満した老俳優ビリー・ブライトだ。三人は型どおりのハーレクイネードをやる予定で、レインバードはたいていのイギリス人と同じく、その物語をよく知っていた。しかし、ほかにも道化役が早口の口上や手品で埋めなければならない長い合間がいくつかあった。レインバードはフランク氏に、冒頭の場面でほかの俳優を何人か使ってもいいか尋ねた。フランク氏はにんまりして、台詞を覚えることを求めたりしないかぎりは、何人でも好きなだけ使っていいと言った。

不快なほど暑い夜だったので、レインバードは観客がまばらでありますようにと願い続けていた。こんな晩は、劇場のなかで汗だくになるより、新鮮な空気を吸いに外へ出かけるほうがいいに違いない。レインバードは、〝グリマルディ以来最高の道化役〟と宣伝する刷りたてほやほやの芝居の広告ビラが、路上で配られていたことを知らなかった。フランク氏は勝負師なので、直前にビラを刷り上げるために大金を注ぎこんでいた。万が一、激怒したペラム公爵が使用人を連れ戻そうとする場合に備えて、楽屋口を警備する屈強な男ふたりを雇いさえした。

ペラム公爵は、馬車に乗りこむとき、七一番地から友人のポール卿がレディ・レティシアとジェニー・サザランドを伴って出てくるのを目にした。サザランド嬢は少しのあいだ石段の上に立っていた。薄っぺらい白いドレスのひだが、むっとする空気のなか、揺れもせずに体の周囲に垂れ落ちていた。とても美しく、とても悲しそうだ。レディ・レティシアとポール卿が、微笑んで手を振った。公爵も微笑んで手を振り返した。サザランド嬢は小さく頭を下げて、冷ややかな会釈をした。

どうやら、公爵が彼女の人格を批判したことを知ったようだ。ああいう態度を示されるのも当然だろう。しかし、あの悲しい顔には心をかき乱された。怒った顔や、横柄な顔をしていたなら、少しも気にならなかったのだが……。ペラム公爵は馬車を出発させ、サザランド嬢のことを忘れようとしたが、今の悲しげな姿と使用人部屋で踊っていた朗らかで楽しげな姿を、頭のなかで比べてみずにはいられなかった。

ジェニーは、シーズンの新たな行事、亀料理の晩餐会に連れていかれるところだった。フリーマントル夫人が、どこか別の場所へトランプ遊びをしに出かけてくれてよかった。あの強健な老婦人にとがめるような目で見られると、気持ちが沈んでしまうからだ。フリーマントル夫人は、ジェニーが叔母をあそこまで不必要に苦しめたことを、まだ許していなかった。

馬車が出発すると、六七番地でチェインバーメイドのジェニーが外階段の上に立っているのが見えた。ジェニーは馬車の窓から見下ろして笑みを向けようとしたが、チェインバーメイドは怒りをこめた目でこちらをにらんでから、きびすを返して階下へ戻った。

〝誰もわたしを好きになってくれない〟ジェニー・サザランドは打ちひしがれた気持ちで胸につぶやいた。〝ああ、六七番地の使用人たちのために何かできないか、確かめなくちゃ。真夜中にホルボーンに行くには、どうしたらいいの？　たとえすごく地味な服を着て使用人に見せかけようとしても、襲われる危険はあるでしょうね〟

ジェニーはその問題についてじっくり考えてから、ポール卿に言った。「わたしたちは、どこにでも付添ってくれる使用人を雇える身分で幸運だわ。たとえば、どこかの貧しい女の子が真夜中にロンドンの通りを抜けていかなくちゃならないとしたら、きっとすごく危ないでしょうね」

「ロンドンのどのあたりかにもよるよ」ポール卿が言った。

「たとえば、ホルボーンは？」

「うん、とても危険だ。その貧しい女の子は、お金を貯めて貸し馬車を雇ったほうがいいね」

そうだわ、とジェニーは考えた。必要なのは貸し馬車よ。お小遣いならたくさん残っている。御者に、待っていてくれるよう頼めばいい。あとは、この退屈な晩餐会があまり長く続かないことを願うばかりだった。


ホルボーンでは、ジョナス・パーマーが自分の帳簿を細かく調べていた。とうとう、ため息をついて羽根ペンを放り出す。公爵の各領地に立つ小作人の家々のひどい状態は、弁解のしようがなかった。たとえ時間があったとしても、すべてを修繕するには自腹を切らなくてはならない。パーマーは、ペラム公爵の領地から盗んだ金をすべて自分のものと考えるようになっていた。事務所の隅へ行き、ゆるんだ床板を持ち上げて、そこに隠した金貨の袋を取り出して眺める。

アメリカ行きの船の切符を買い、あちらで新しい人生を始められそうだった。金を手に入れることを楽しむより、公爵の召使いたちを支配することを楽しんでいたが、これ以上この国にとどまるのはひどく愚かなことだと悟った。ずっと、ふた組の帳簿をつけることを楽しんできた。本物の帳簿は、自分がいかに賢く私腹を肥やしてきたかを示していた。しかしこうなると、その帳簿は処分しなくてはならない。

　パーマーは金貨の小袋をひとつ取り出し、ポケットにすべりこませた。家に帰って、今夜はぐっすり眠ろう。朝になったらブリストル行きの駅馬車の席を予約し、ここへ戻ってきて、金貨を回収し、帳簿を処分すればいい。


　ジョゼフは涼しい空気を求めて、ロンドンの通りを澄ました足取りで歩いていた。日は暮れかけていたが、空気はまだ暑く息苦しかった。空気のなかには、何かを予期するような奇妙な感じがあった。まるで大きな都市全体が、息をひそめているかのように。

　ジョゼフは、暑さがこれ以上クラヴァットの糊を溶かしてしまう前に、〈走る従僕〉へ行くことにした。パブも暑いだろうが、焼けつくような通りよりはましだろう。かかとの低い黒いパンプスの薄い靴底を通して、焼ける舗道の熱を感じるほどだった。

　そのとき突然、リジーの姿が目に飛びこんできた。オックスフォード通りの反対側を、紳士と腕を組んで歩いている。いちばん上等な緑色のドレスを着ていた。男の顔を見上げる目には、恋におぼれる惚《ほう》けたようなまなざしが浮かんでいた――というより、それはジョゼフが自分に言い聞かせた描写だった。

とにかく、従僕はひどく腹を立てていた。チャータリス家の仕事を受けることを後ろめたく感じてずっと惨めな気分だったのは、すべてリジーが嘆き悲しむと思ったからだ。なのにリジーはああして、どこかの外国人らしき紳士の愛人に収まったらしい。

「レインバードがこのことを聞いたらどうなるか、見てろよ！」ジョゼフは声に出して言ったあと、こちらを見てくすくす笑っている貴婦人を恐ろしい目でにらんだ。

かつてリジーが、まさにああいう表情を浮かべて自分を見上げていたことをふと思い出して、胸がちくりと痛み、目に涙があふれそうになった。しかしジョゼフは怒りをこめて涙を払い、〈走る従僕〉に着くまでには、苦境からの脱出法を見つけた安堵《あんど》感《かん》で、感傷的な気持ちをすっかり追いやっていた。宿屋の経営に加わらないという決断を、リジーの不実のせいにしよう。そうすれば、あの軽薄なスカラリーメイドにふさわしいだけの苦しみを与えてやれるだろう。


「不公平だわ！」チェインバーメイドのジェニーは、公園のベンチに座りこんで、わっと泣き出した。アンガスとミドルトン夫人は、ふたりだけの世界を歩いていたが、驚いてさっと振り返った。

「いったいどういうこと、ジェニー？」ミドルトン夫人は尋ねた。家政婦がジェニーの片側に座り、料理人が反対側に座った。

「あのもうひとりのジェニー、あのサザランド嬢が、夕方出かけるのを見たの」チェインバーメイドが泣きじゃくった。「あたしと同じ名前の誰かが、パーティーに行ったりきれいなドレスを着たりできるのに、あたしには働き続ける人生しか待ってないなんて、おかしいと思うわ。それに、あたしはきっとひとりになっちゃう！　アリスは、あのファーガスに夢中なんだもの」

ジェニーは手の甲で涙をぬぐい、挑むかのように夕日をにらんだ。

「だけど、おまえは自立した婦人になれるじゃないか。あと二、三週間のうちに、みんな自由になれる」料理人が言った。「どっちにしろ、神さまはわたしたちに定められた身分をお与えになるんだから、社交界にデビューする貴婦人になりたいと願っても、どうにもならんよ」

「あたしは床をごしごしこすって、両手を真っ赤にしながら、給仕をし続けるんだわ。なんにも変わりゃしない」チェインバーメイドが荒々しく言った。

「でも、自分のために働けるだろ」料理人が言った。

「働くのはもう飽きたの」ジェニーが声を詰まらせながら言った。「結婚したい」

ミドルトン夫人はずっとあとになってから、婚約中の女性という新しい立場を得たことで、頭の働きが驚くほど活発になっていたのだろうと考えた。これまでは、何か厄介ごとがあると、いつもレインバードを頼っていたからだ。

家政婦は、ジェニーの肩に腕を回して慰めた。「大きな秘密をあなたに打ち明けるわね。アンガスとわたしは結婚するの」

「おめでとう」ジェニーが、勇敢にもうれしそうな顔を見せようとして言った。

「今思いついたのだけど」ミドルトン夫人は、ゆっくり手探りで進むように言った。「もしマグレガーさんが反対しなければ、あなたを養女にするわ」

「ええっ！」アンガスが叫んだ。

「そう、養女にするの」ミドルトン夫人はきっぱりと言った。「娘として、わたしたちがあなたの面倒を見て、ふさわしい若者を見つけてあげましょう。あなたは一家の令嬢という身分になるのよ。ご両親は亡くなったんでしょう？」

「ええ、たぶん」ジェニーが言った。「どっちにしても、どんな人たちか知らないの。でも、あたしを養女にって！」

「いい考えかもしれないな、ミドルトン夫人」料理人が、最初の驚きから立ち直って言った。「うん、自分がきびしい父親役をやってるところが目に浮かぶぞ」背筋をぴんと伸ばして、恐ろしい目つきをする。「なるほど、あんたはわたしの娘を散歩に連れていきたいって言うんだな、ブランクさん？　じゃ、あんたの将来の見通しは？」

「でも、アリスとリジーはどうするの？」ジェニーが尋ねた。

「ほら、リジーにはジョゼフがいるし、アリスにはファーガスがいるみたいじゃない。そして、あなたにはわたしたちがいる」ミドルトン夫人は言った。「考えてみて、ジェニー、きっと楽しいわ。レインバードさんは、宿屋が軌道に乗れば、たいした仕事はないと言っているの。アンガスはとてもすばらしい料理人だから、すぐに繁盛するようになるでしょう。

あなたはわたしたちの娘として——繁盛している宿屋の娘として——もてはやされるはずよ」

ジェニーは夢見るような目で家政婦を見た。「そして、きれいなドレスを着られる？」

「わたしたちが買えるいちばんきれいなドレスをね。もう使用人の服じゃないわ。一家の令嬢なんだから、エプロンを着けなくてもいいのよ」

「本気で言ってるの？」ジェニーが、仕事で荒れた両手を固く握り締めて言った。

「ええ」ミドルトン夫人は答えた。「だから、目の前のジェニー・サザランド嬢をうらやむのはおやめなさい。あのかたは、今シーズンにデビューしたほとんどの令嬢たちと同じ運命をたどるでしょう——叔母さまが選んだどこかの男性を受け入れるのよ。でもあなたは、自分の好きな人を選べるわ」

「両親がいたことなんてなかった」ジェニーが言った。「というか、なんにも憶えてないの」

「だけど、今はいるだろ」料理人がにんまりして言った。「あんたもたいした女だな、ミドルトン夫人。結婚前に、わたしを父親にするなんて。さあ、おいで。お祝いしなけりゃな」

レディ・ベライルとはとても気楽につき合えるとわかって喜んだペラム公爵の最初の気持ちは、ぱっとしない芝居が長々と続くにつれて、しぼみ始めていた。初めは、レディ・ベライルが公爵の求婚をすっかり忘れた様子だったのでほっとした。しかし今は、退屈だった。ところが連れの女性は、長く退屈な芝居や、何百本もの燃えるろうそくを立てた頭上の巨大なシャンデリアのせいでいっそうひどくなる劇場のすさまじい暑さに、少しも疲れたりばてたりしていないようだった。

芝居は、公爵にはありきたりで陳腐に思えたが、レディ・ベライルにはとてもおもしろいらしかった。ペラム公爵は、夜が永遠に続くのではないかと疑い始めた。しかし、やっとのことで俳優たちが拍手に応えてお辞儀をした。公爵は義務的に手をたたいてから、立ち上がりかけた。

「公爵さま！」レディ・ベライルが言った。「お忘れになったの。ハーレクイネードがあるのよ。新しい道化役、レインバードが出るんですって」

ペラム公爵はため息をついて、席に座り直した。「うちに同じ名前の執事がいるよ」そう言って時計を見る。ハーレクイネードはたいてい、一時間ほど続く。入浴の効果はずっと前に消え失せ、砂でざらざらして、不快で、暑かった。女性たちは透き通るほど薄いモスリンを着ているから何も問題ないだろうが、男は糊づけしたクラヴァットとベスト、体にぴったり合わせて仕立てた上着に膝丈ズボンという格好なので、地獄だった。

劇場は四分の三しか埋まっていなかったが、今では満員になっていた。みんな新しい道化役を見たいのだ。

幕が上がり、観客はきょとんとしたまま黙って座っていた。これまでに見たハーレクイネードの始まりかたとは違った。貴族の服装をした俳優たちの一団が、居間で暖炉の前に半円を描いて座っている。

〝居間〟の脇の扉があき、レインバードが舞台へと歩いてきた。軽騎兵将校の服装で、髪粉をつけ、緋色の軍服を着て、かかとにまで届く剣を携え、大きなマフを着けている。

　そしてレインバードは、〝人の輪から外れる《ブレイキング・サークル》〟という上流社会の芸を演じ始めた。恐ろしく礼儀作法にきびしかった時代、紳士たちは〝どうやって帽子を脱ぎ、もう一度かぶるか〟について講師に金を払って一時間の教えを受けていたほどだった。なかでも人の輪から外れることは、最もむずかしい礼儀作法と考えられていて、社交界の紳士たちは大金を払ってその技術を学んでいた。まず、人の輪を突破し、わずかに体を傾けながら、周囲を歩いていく。それから、女主人のほうへ進んで挨拶し、威厳を持って退きつつ、帽子と剣と大きなマフに対処しなくてはならない。

　レインバードの表情がひどくもったいぶっていて、偽のもみあげがやたらと大きく、喉を締めつけたような声でまくし立てていたので、ペラム公爵は執事だとは気づかなかった。軽騎兵に扮したレインバードは、人の輪から抜け出そうとするが、そばに行くと俳優たちが椅子を互いに引き寄せて通れないようにした。巨大なマフと、脚のあいだで常に絡まっている剣を帯びたおどけたしぐさが、観客をわかせた。そのまったくのばかばかしさが、どんどんおもしろくなっていった。公爵は生まれてから一度も経験したことがないほど、続けざまに大笑いした。レインバードがしていることというより、この人物の何もかもが飛びきりおもしろいのだ。道化役が突然、助走をつけて跳び、俳優たちの頭を越えて、女主人の足もとに着地して倒れこむと、劇場は笑いと喝采でどよめいた。

ての歌を歌った。

次に幕が下り、コロンバインが現れて、上ずったファルセットで路地にいるサリーについ

レインバードは軽騎兵の衣装をすばやく脱ぎ、ちょうどジャグリングの道具を手にしたところで、小さなデイヴに腕をつかまれた。

「あの人がいる」デイヴがささやいた。

「誰が？」

「公爵さま」

「本当か？」

「あそこの横のボックス席に、女の人といる」

「ああ、参ったな。どうすればいいんだ？」レインバードは情けない声で言った。「解雇されてしまう」

「かまうもんか」デイヴが勢いこんで言った。「宿屋があるじゃないか」

「そうだな」レインバードはゆっくり言った。「でも、もうパーマーについて何も突き止められなくなる」

「おいらたちの賃金が少ないのはわかってるって、パーマーが公爵さまに言ってるのを聞いたんだろ。おいらに、もう忘れてしまえって言ったじゃないか」

「だけど、ずっと考えていたんだよ」レインバードは言った。「もしかすると――もしかするとだが――パーマーは不正を働いていたのかもしれない。もしかすると、賃金は、公爵さ

まに話した額よりもっと低かったのかもしれない。公爵さまは公平なかたに思える。わたしたちが実際に受け取っている額を知ったら、きっとひどく驚いて、すぐにわたしを呼びにやっただろうと思うんだ」

「どうしたんだね？」フランク氏が汗をかきながら現れた。「ジェレミーの出番は終わったぞ。きみが急いでくれないと、劇場じゅうが非難ごうごうの嵐だよ」

「事務所から、台帳を二冊持ってきてください、フランクさん」レインバードはてきぱきと言った。「それから――そうだな――アイザックスさんの着替えを止めてください。台詞がひとつだけあるので、伝えてください。わたしがこんなふうに彼を見たら、こう言うんです。〝帳簿を見せなさい、パーマー〟。準備ができるまで、ジェレミーに別の歌を歌わせてください」

哀れなコロンバインが、ふたたび観客のあざけりと野次のなかへ押しやられた。やけになって、かなり野太いふつうの声で『古きイングランドのローストビーフ』を歌い始める。これに観客は笑い出し、機嫌がよくなった。

舞台の袖から誰かが声をかけ、ジェレミーは優雅にお辞儀をして、ほっとしながら退場した。

レインバードがふたたび現れると、観客は拍手喝采した。ペラム公爵は座席から身を乗り出して叫んだ。「あれはうちの執事だ。ここで待っていてくれ、レディ・ベライル。あいつをつかまえないと」

「彼は、あなたがここにいることを知っているわ」レディ・ベライルが諭すようなささやき声で言った。「まっすぐあなたを見ている。待ってちょうだい！　あとで好きなだけ彼をどなりつければいいでしょう。でも、わたしがこれまでに見たなかで最高の喜劇役者の演技をだいなしにするのは許さないわ」

ペラム公爵は座席に深く座り直し、レインバードをにらんだ。あの使用人たちが急進派だというパーマーの警告に耳を傾けておけばよかった。〝急進派〟どころではない。あいつらは気がふれている！

レインバードは地味な仕着せ姿だった。大きな台帳を両腕に一冊ずつ抱えている。アイザックス氏が澄ました足取りで入ってきた。「帳簿はどこだね、パーマー？」

「あいつを殺してやる」ペラム公爵はつぶやいた。

「しーっ！」レディ・ベライルがたしなめた。

「おお、高貴なるペラム公爵さま、ここにございます」レインバードが言って、片方の台帳を差し出し、もう片方を背後に隠した。

「帳簿がわたし用に一冊、公爵さま用に一冊あることは、わかりっこないさ」レインバードが傍白で観客に向かって言った。

観客はそわそわし始めた。これはあまりおもしろくない。

しかし、次に舞台上の公爵がまた帳簿を求めると、レインバードがその二冊に、インク壺と物差しと砂壺を加えてジャグリングし始めた。アイザックス氏は即興が大の得意だった。

レインバードをつかまえようとし始め、そのあいだレインバードはジャグリングを続けながらあちこち駆け回り、観客は足を踏み鳴らして喝采した。

短い寸劇は、すぐに終わった。レインバードは観客にお辞儀をしてから、振り返って、公爵が座っている横のボックス席に向かってわざとゆっくりお辞儀をした。

それから観客に向き直り、その日のニュースをひどく滑稽に詳しく語って笑わせ始めた。語りのほとんどは、辛辣な中傷だった。

ペラム公爵が呆然と座っているあいだ、多芸多才の執事はコロンバインを追いかけ、パンタルーンと決闘して、ジャグリングと手品をし、跳ね回って踊った。

「おお、ブラヴォー！」終幕になると、レディ・ベライルが叫んだ。「ブラヴォー！」観客が声をとどろかせた。

「あのすばらしい執事をわたしに紹介してちょうだい」レディ・ベライルが言った。「なんて人でしょう！」

「レディ・ベライル、もう遅い時間です。あのイカサマ芸人には、あいつが帰宅してから対処します。まずは、あなたをお送りしましょう」

「そんなに堅苦しいことを言わないで、ペラム」レディ・ベライルが言った。「あの人は天才よ。お認めなさい。彼が軽騎兵将校を演じたときには、あなただって笑っていたじゃない。でも、舞台の上であなたの名前を使ったのは、悪ふざけがすぎたわね。だけど本当に、パーマーという男を雇って帳簿をつけさせせているの？」

「ああ。なるべく早くあいつのところへ行ったほうがよさそうだ」

ペラム公爵はレディ・ベライルを家まで送ったが、お茶の申し出は断った。「あの執事にあまりきびしくしないでね」レディ・ベライルがたしなめた。「彼は奴隷ではないのよ。今夜以降、また使用人として働く気になるかどうかは、かなり疑問だと思うわ」

「もうレインバードの心配はしていない」公爵は言った。「あいつはぼくに、パーマーが帳簿をごまかしていると伝えようとした。しかし、いつでも好きなときに自宅の居間でぼくに直接言えばいいのに、なぜ舞台で演じる必要があったのかはさっぱりわからない」

レディ・ベライルが家に入ると、公爵はクラージズ通りに馬車を向けたが、屋敷に着く前に考え直した。〈ランベス厩〉まで馬車をまわし、馬丁のひとりに、馬たちにブラシをかけて馬車を車庫にしまうよう命じる。それから、ポケットにピストルを押しこんで、暑く暗い夜の通りをホルボーンの方向へ歩き始めた。はるか遠くの西のほうから、低く不穏な雷のとどろきが聞こえた。

ジェニーは、亀料理の晩餐会にメアリー・マドックスがいるのを見て、ほっとしていた。しかし、晩餐会は五時間続き、長いあいだメアリーに話しかける機会がなかった。となりにトビー・パリー氏が座っていたので、ジェニーはできるだけ彼を楽しませようとした。メアリー・マドックスについて話すように水を向け、晩餐会の終わりには、ほんの二回ほどを除いて自分の容姿について考えていなかったことに気づいてとてもうれしく思った。

婦人たちと居間に退き、婚約のお祝いを受ける叔母をその場に残して、メアリー・マドックスのとなりに座った。驚いたことに、メアリーはふさぎこんでいて、ジェニーのあらゆる質問にそっけない返事をした。

ジェニーはもう少しであきらめて立ち去り、もっと陽気な話し相手を探しそうになったが、新しいジェニーならきっとここにとどまって、メアリー・マドックスが何を悩んでいるのか確かめようとするだろうと自分に言い聞かせた。

「ねえ」ジェニーは力強く言った。「友だちなら、言いたいことを言い合えるものよね。だからきくわ、メアリー。なぜそんなに悲しそうにしてるの、それに、なぜそんなにはっきりわたしを追い払いたがってるの？」

そして、ジェニーは勇敢に答えを待った。新しくできた友人が何かひどいこと、たとえば〝それはあなたが、とんでもないうぬぼれ屋だからよ〟みたいな言葉を返してきたら？

メアリーが小さなため息をついた。「美しくないってつらいことね」ぽつりと言う。「美しければ、みんなが愛してくれる。あなたみたいになりたかった」

「でも、わたしはロンドンに来てからずっと、あなたみたいになるべきだってまわりじゅうから言われてる気がするわ」ジェニーは言った。「気さくな会話のしかたや、礼儀作法のすばらしさを見習うようにって」

「美しさにかなうものなんてないわ」メアリーが悲しそうに言った。「今夜あなたとお話ししてるときほど、くつろいで楽しそうなパリーさんを見たのは初めてだもの」

「ばかね！」ジェニーは叫んだ。「あの青年の心をつかむ方法をわたしは知ってるのよ。あなたのことを話したの！」

「わたし？」

「そう、あなたよ、おばかさん。かわいそうなパリーさんがあなたにすごく関心があるってわかってたけど、あなたのほうは関心がないのかと思ってた」

メアリーがジェニーの両手を取って、ぎゅっと握った。「からかってるんじゃないわね？」

「そんなことしないわ。あなたのことを話して、あなたについていろいろ尋ねてたんだけど、話題を変えそうになるたびに、パリーさんはつまらなそうな顔をするの」

紳士たちと合流したとき、メアリーが幸せそうにトビー・パリーのとなりに座って話しているのを見て、ジェニーはうれしくなった。誰かの人生に幸せを運ぶ助けになれて、すばらしい気分だった。晩餐会のあいだ、ジェニーはホルボーンへ行くのはやめようかと決心を鈍らせていた。

しかし今は、これまで以上に固く心を決めていた。

# 8

復讐に勤《いそ》しむ者は、みずからの傷を癒そうとはしない。

――フランシス・ベーコン

ジェニーは、レディ・レティシアが眠ったあと、屋敷を抜け出す前に自分の姿を確かめて、とても満足していた。麦わらのボンネットから羽根と装飾品をすべてもぎ取って、質素な形に変えてあった。飾り気のない午前用のドレスを着て、肩には亡き母の古いショールを巻いていた。玄関を出る前に鏡をのぞいて、みすぼらしい見た目に安心する。ぜいたくな服装は人目を引きすぎるだろうから。

しかし、ピカデリーで呼び止めた貸し馬車の御者は、ジェニーのさえないドレスを疑わしげに見下ろし、前払いで代金を求めた。

「いいわ」ジェニーはむっとしながら言って、一シリング渡した。「でも、用事が済むまで待っててちょうだいね」

御者がうなり声で応じ、ジェニーは悪臭を放つ馬車に乗りこんだ。窓を押しあけたが、入ってくる空気は新鮮とはほど遠かった。ロンドンは下水の不備と馬糞《ばふん》のせいで、ひどいにおいがした。

古びた馬車はガタゴトとやかましい音を立てたので、ジェニーには近づいてくる嵐の音が聞こえなかった。

だから、ホルボーンに降り立ったとき、ほぼ頭上でものすごい雷鳴が響いたことに驚いた。馬たちがおびえて飛び跳ねた。「待っててくれるわね？」ジェニーは御者に大声で呼びかけた。

「帰りの代金はもらっちゃいませんよ、お嬢さん」御者が叫び返した。「だから嵐が来る前に、とっとと帰りまさあ」

ひどく腹立たしいことに、馬車は走り去った。

〝まったくもう〟ジェニーはぷりぷりしながら胸の内でぼやいた。〝これで、用事が済んだら別の貸し馬車を見つけなくちゃならなくなったわ〟

通りから建物のなかへ通じるドアは、錠があいていた。ジェニーは取っ手を回してなかへ入り、擦り切れた狭い石の階段をのぼって、手探りで上へ向かった。どうしてランタンかろうそくを持ってこなかったのだろう？　とはいえ、公爵の代理人ほどの重要人物が、屋根裏に事務所を構えはしないはずだ。二階の踊り場でしばらく待っていると、鋭い稲光が、マホガニーのドア横に貼られた真鍮の表札を照らし出した。〝ペラム公爵領事務所〟という文字が、唐突な金色のまぶしい光のなかにぱっと浮かび上がったあと、階段はふたたび暗闇に沈んだ。

〝ほら、着いたわ〟ジェニーは今になってひどくおびえながら、心のなかで言った。サザランド家には狂気の血が流れているのだろうか、といぶかり始める。雷雨のまっただなかに、ホルボーンの階段に立って、いったいわたしは何をしているの？　しかしまわりには誰もおらず、嵐が静まるまではここを離れられそうになかった。ジェニーは肩を怒らせ、大きく息を吸ってから、ドアの取っ手を回そうとした。しっかり錠が下りていた。

ジェニーは、どうやって代理人の事務所に侵入するかについて、しっかり計画を立ててはいなかった。突っ立って、戸惑った表情でドアを眺める。ふと、伝奇小説《ロマンス》を読んだとき、ヒロインがじめじめした地下牢の錠をヘアピンでこじあけていたことを思い出した。レティキュールを探って、骨ピンを取り出し、仕事に取りかかる。

頭上では嵐が激しさを増し、建物自体が猛攻撃を受けて揺れているようだった。いじくったりつついたりしても、まったく成果は上がらなかった。しかし、本のヒロインは、その作業に三十分かけていた。ジェニーは頭をかがめて、これまで以上に懸命に取り組んだ。一心に集中していたのと、騒がしい嵐のせいで、背後から誰かが階段をのぼってくる足音は聞こえていなかった。

ペラム公爵は、誰だかわからない小さな黒い人影が、錠の上にかがんでいるのを目にした。最後の段をひと跳びでのぼり、荒っぽくジェニーの体をつかんで振り向かせる。

「おまえは誰だ？　いったい何をしている？」

ジェニーは悲鳴をあげて、自分の顔の上にあるぼんやりした白い顔を拳でたたいた。また鋭い稲光が、階段を照らし出した。

公爵が両腕を脇に下ろした。「サザランド嬢！」と叫ぶ。「いったいここで何をしているんだ？」

「ペラム。いやだ、どうしよう」ジェニーは言った。「話さないとだめかしら？」

「当たり前だ」

「あなたの使用人たちを助けに来たの。誰に聞いたかは言えないんだけど、彼らはあなたの代理人が不正を働いてると思ってて、もし会計簿が見つかれば、そのことを証明できると信じてるの」

「ぼくはそんなに冷酷な人間に見えるのか？　使用人たちが自宅でぼくのところへ来て、疑いを口にできないほどに？」

「だって、それはね」ジェニーは熱をこめて言った。「そのパーマーじゃなくて、あなたがものすごいけちん坊だとわかったら困るからよ」

「こんなばかばかしい騒ぎは、もううんざりだ。馬車と侍女のところへ戻れ、サザランド嬢、そして、ぼくの問題には二度と口出ししないでくれ」

「でも、無理よ」ジェニーは泣き声で訴えた。「侍女は連れてきてないし、貸し馬車は待っててくれなかったわ」

「それなら、いっしょに来い。ぼくが送ろう」

「ドアをあけないの？」

「錠をピストルで撃ってあけるつもりだった。きみが気を失ったり悲鳴をあげたりするんじゃ、それはできない」

「気を失ったり悲鳴をあげたりなんかしないわ」ジェニーは、公爵への怒りですっかり勇気を取り戻して言った。

「女性はみんな、銃声を聞くと気を失ったり悲鳴をあげたりするものさ。ああ、わかったよ。下がっていてくれ。次に雷が落ちるまで待とう。近所の住人に夜警を呼ばれたくない」

ジェニーは少し後ろへ下がった。稲妻が鮮やかに一閃《いっせん》し、つかの間の静けさがあった。次に前置きのゴロゴロという音、そしてすさまじい爆発、続いて公爵が、バリバリという雷鳴の最中にピストルで錠を撃った。

「くそっ」公爵がつぶやくのが聞こえた。「離れていてくれ、サザランド嬢。まだ錠ひとつしか壊せていない。もうひとつ撃たなくてはならない」

もう一度、ふたりは待った。ずっと上のほうで、雨が屋根を打ちつけていた。

そしてまた稲妻が光った。ジェニーは今回、両耳に指を入れた。

公爵がタイミングを誤ったらしく、バリバリという雷鳴が響く前に銃声がした。

少しのあいだその場に立って耳を澄ましてから、ドアを蹴りあける。

ジェニーはあとに続いてなかに入った。火口箱《ほくちばこ》を使う音が聞こえてから、パーマーの机に置かれた石油ランプが黄色い光を放った。

ペラム公爵はランプを持ち上げて、ジェニーを見た。地味なドレスを着ていても、ボンネットの下から褐色の巻き毛がこぼれ落ち、甘い夢のような姿をしている。大きな目が、白い顔のなかで漆黒《しっこく》に輝いて見えた。

「座ってくれ」公爵は言った。「そして頭をかがめて床を向いていろ。やることがたくさんあって、きみを失神から回復させている暇はないんだ」

「前にも言ったけど、あなたってほんとに無作法で傲慢ね」ジェニーは地団駄を踏んだ。「失神なんてしないわよ」

「それなら椅子を見つけて、座って静かにしていろ。なんて都合がいいんだ。代理人は、ついさっき帳簿を見ていたらしい」

公爵が代理人の机に着いて、ランプを引き寄せ、帳簿を読み始めた。

ジェニーは公爵をじっくり眺めた。とてもハンサムだった。がさつな横暴男で、本当に残念だわ、とむかむかしながら心につぶやく。ひたすら待ち、何度もあくびをした。「せめて教えてほしいわ」ついにジェニーは言った。「代理人が正直な男なのかどうか」

「正直とはほど遠い」公爵が答えた。「クラージズ通りの使用人たちは、小才を働かせてどうにか暮らしてきたに違いないな。あいつが払ってきた賃金だけでは、今ごろ骨と皮になっているはずだ。しかし、なぜレインバードはぼくに言わなかった？　なぜ公共の舞台を跳ね回らなければならない？」

「執事のレインバードのこと？　どういう意味？」

「今夜、レディ・ベライルとイズリントンのスパ劇場に行ったんだ。驚いたことに、うちの執事が道化役を演じていた。おまけにパーマーの役も演じて、主人から帳簿を隠そうとするパントマイムをやった。だから、芝居が終わったあとまっすぐここへ来たのさ」

「レディ・ベライルと結婚なさるの？」ジェニーはきいた。

「サザランド嬢。ぼくたちは真夜中にロンドンの事務所に侵入した。きみは付添い人も連れていない。なのに、暇を見つけてどうでもいい質問をして、くだらない好奇心を満たそうとするのか！」

ジェニーは顔を赤らめて、視線をそらした。隅のゆるんだ床板に目を留める。そして立ち上がった。

「どこへ行くんだ？」公爵がきいた。

「あそこの床板がゆるんでるのよ」ジェニーは言った。「もしかするとパーマーは、あの下に何袋もの金貨を隠してるかもしれないわ」

「きみたち女が、ラドクリフ夫人のロマンス小説で頭を混乱させるのをやめさえすれば、もっと……。床板はそのままにしておけ。それはただのゆるんだ床板にすぎない」

しかしジェニーは隙間の下に指をすべりこませ、持ち上げていた。

それからかがみこみ、なめし革の袋を引き出して、口をあけた。

「ほら見て！」ジェニーは勝ち誇って叫んだ。「ぜんぶあなたのお金よ。もしかすると、公爵さま、少しだけご自分の頭を混乱させてみたら、そんなに堅苦しく心の狭い考えかたはなさらないかもしれませんわね」

公爵が近づいてきて、床に膝をつき、金貨の袋を次から次へと取り出した。

「謝って！」ジェニーは叫んだ。

公爵は無言でひざまずいたまま、金貨を眺めていた。

「謝って」ジェニーはもう一度言って、公爵の肩を揺すぶった。

ペラム公爵は振り返って、ジェニーを見上げた。その目はいたずらっぽい笑いにあふれ、ショールは肩からすべり落ち、こちらに向かってかがんだときに、ドレスの深い襟ぐりからかすかな両胸のふくらみが見えた。

公爵は不意に、熱をこめた真剣な目でジェニーを見つめた。ふたりの頭上に、巨大な雷のとどろきが滝になって落ちてきた。

手を伸ばしてジェニーの肩をつかみ、引き下ろして自分の前に膝をつかせる。

「ぼくはなんてばかなんだ」公爵は言った。「すぐ目の前にあるものに気づかないとは」

「パーマーのこと？」ジェニーが目を丸くして、不思議そうに尋ねた。

「いいや」公爵は優しい声で言った。「きみのことだ」

両手を細い腰にすべらせる。「ジェニー」柔らかな声で言った。

「まあ、いやだ」ジェニーが言った。「まさかあなたが。よりによって、あなたがそんなこと」

ペラム公爵は眉をひそめた。「それはどういう意味だ？」

「あなたはすごく形式張ってて堅苦しいから、弱みにつけこんだりしないと思ってたのに。

今夜のわたしが恥ずべきふるまいをしたことはわかってるけど、道徳心はこれっぽっちもなくしてないわ」

「黙ってくれ。きみにキスしたいんだ」

「わたしにキスはできないわ。レティシア叔母さまに、わたしに求婚する許可を求めてないじゃない」

「いいかい、きみと結婚したいとは言っていない、キスしたいだけだ」

「だとしても、結婚なしではキスできないし、わたしはあなたと結婚したくないの」

レディ・ベライルに求婚を断られたことには誇りを傷つけられ腹が立ったが、それだけだった。しかしジェニーに結婚したくないと言われると、公爵は胸をぐさりと刺されたような激しい苦痛を覚えた。徐々に大きくなる驚きとともに、ジェニーを見る――こんな小娘が、すでにこれほどの苦しみを自分に与える力を持っていることへの驚き。

その苦しみを和らげるために思いつく方法はただひとつ、彼女にキスすることだった。だから、そうした。

公爵は胸をたたく拳の雨を気にせず、キスを続けた。そのキスは優しく、真剣で、情熱と激しさがこめられていた。ジェニーは必死に考え、抵抗をやめてまるで気を失ったかのように腕のなかでぐったりしてみせれば、すぐにキスをやめるだろうと判断した。しかし、公爵が唇を離す前に、ジェニーの体はすでにとんでもない反応を見せ始めていた。自由になったことがわかった瞬間、ぱっと立ち上がるはずだった。ところがなんと、両腕がひとりでに公爵の首に巻きついたようで、唇はやみくもに彼の唇を求めていた。

しばらくすると、公爵はジェニーのボンネットのリボンをほどき、頭から脱がせて、髪に唇をうずめた。

嵐の騒々しさと激しさそのものが、ふたりの情熱と相まって、守るべきしきたりをすべて頭から追いやってしまった。それは、ただのキスだった。どんなに雷鳴と稲妻がすさまじくても、公爵がそこまでわれを忘れることはなかった。しかし、キスはますます長く、けだるく、苦しいほどに甘くなっていった。

ふたりは並んで床に寝そべり、ジェニーの両手は公爵のうなじの縮れた金色の巻毛に埋められ、公爵の両手はジェニーの顔をぴったり包んでいた。そのとき、荒々しい声が聞こえた。

「こりゃどういうことだ？」

ペラム公爵は弾かれたように立ち上がり、ジェニーがあわててそれに続いた。

夜警が教会区の治安官とともに、戸口に立っていた。

「心配する必要はない」公爵は横柄に言った。「ぼくはペラムだ」

「だったら、わたしはカンタベリー大主教さね」夜警があざ笑った。「夜中にピストルを撃って、近所の住人を怖がらせやがって。さあ、あんたとあんたの情婦を、留置場に連れてってやるよ、ご立派な旦那さん！」

嵐が起こる前、使用人部屋にはすでに、ぴりぴりする張り詰めた空気が漂っていた。まるで、感情の嵐が黒い雷雲に乗ってゆっくり西から近づいてきて、ロンドンを覆い尽くすかのように。

ジョゼフは、交錯する恨みとやましさにさいなまれていた。もしかすると、全員がまともな時間に寝ていれば、このままの状態がもう少しだけ保たれたかもしれない。しかし、レインバードがまだ戻っていなかったので、みんなは執事とデイヴを待ちながら、いったいどうしたのだろうと考えていた。

「たぶん雷の音を聞いて、どこかで雨宿りしているんでしょう」ミドルトン夫人は言った。ちょうどそのとき、頭上を稲妻が切り裂いて、強烈な白い光が使用人部屋に射しこんだ。ミドルトン夫人は悲鳴をあげた。そこへ激しい雷鳴が響いた。

「ああ、アンガス！」ミドルトン夫人は叫んだ。「まるで世界の終わりみたいな音だわ！」

「さあ、さあ」料理人が言った。「わたしがいるよ、おまえさん。怖がることなんてなんにもありゃしない」

肩に腕を回されると、ミドルトン夫人はわれを忘れてアンガスにもたれかかり、まっすぐ笑みを向けた。

「なんだそれは？」ジョゼフが叫んだ。「つがいの鸚哥《いんこ》みたいにべたべたいちゃいちゃして。レインバードさんは、この件について黙ってないと思うね」

「ご婦人にかまうな、人のことは放っておけ、青年」ファーガスが抑えた声で言った。アリスの手に自分の手を重ねると、アリスが顔を赤らめてうつむいた。

「忠誠を尽くしてきた結果がこれだよ」ジョゼフが叫んだ。「みんなが春のにおいをさせてる。リジー以外はね。彼女は体を売るほうがいいんだ」

アンガスが厨房を抜けてきて、従僕のクラヴァットをぐいと引き上げて立たせた。

「石鹸でおまえの口を洗ってやろうか」料理人が言った。

「ほんとだよ」ジョゼフが言った。「きいてみなよ。さっきオックスフォード通りを誰と歩いてたのか、リジーにきいてみな。ふうん、ぼくたちは宿屋を手に入れるんじゃなかった？　そして、みんなでいつまでも幸せに暮らすんじゃなかった？　ミドルトン夫人がレインバードと結婚して、ぼくがリジーと結婚して、あの田舎の崩れかけた不潔な宿屋で、幸せな大家族になるんだ。へーえ！　リジーがどこに行ってたのか、何をしてたのか、きいてみなよ」

アンガスがあきれたように鼻を鳴らし、従僕から手を離した。ミドルトン夫人が穏やかな口調で尋ねた。「リジー、どういうことなの？」

「話すつもりだったんです」リジーが言った。「でも今まで、勇気が出せなくて。結婚するんです」

「結婚？　誰と？」

「ポール・ジェンドローさんという人です。サン・ベルタン伯爵の従者だったんですけど、伯爵が亡くなって、遺産を受け取りました」

「それで、ころっとだまされたんだ」ジョゼフがあざけった。「金持ちの従者が、きみみたいな女と結婚するとでも思うのか？」

「彼はあたしと結婚するわ」リジーが叫んだ。「だからあたしはいなくなるし、宿屋には行かない。そう決めたの！」

「だったら、ぼくも宿屋には行かないよ」ジョゼフがどなった。「ぼくはチャータリス家の第一従僕になるんだ。そして、これはぜんぶきみのせいだからね、リジー。きみが裏切ってるって知ってたんだ」

「あたしのことなんか、ちっとも気にかけてないくせに」リジーが言った。「これっぽっちも！　あなたが気にかけてるのは自分のことだけよ、この見栄っぱりのキッツキ男！」

ジョゼフは逆上して、リジーの顔を引っぱたいた。料理人がうなり声をあげて従僕に向かっていき、ふたりは床を転げ回って、アンガスがジョゼフを殴り、ジョゼフが悲鳴をあげて蹴ったり引っかいたりした。

扉があいて、レインバードが足を踏み入れ、デイヴがあとに続いた。執事は、けんかしているふたりに飛びかかり、ファーガスに助けを求めてふたりを引き離そうとした。ようやくジョゼフとアンガスが体を離した。

「いったい何ごとだ？」レインバードは問いただし、タオルをつかんで雨に濡れた顔をぬぐった。

あちこちからいっせいに、怒りの声が答えた。

「一度にひとりずつだ」執事は言って、腰を下ろした。みんなの顔を順番に見る。「まずはきみだ、ミドルトン夫人」

「わたし、アンガス・マグレガーと結婚します、レインバードさん」ミドルトン夫人が言った。

ジョゼフは悪意に満ちた目をすばやく執事に向け、その顔が怒りにゆがむのを待ったが、驚いたことに、レインバードは心からほっとした表情をしていた。執事が立ち上がって、ミドルトン夫人の手を唇まで持ち上げてキスした。

「ふたりとも、おめでとう。これはけんかじゃなく、お祝いの種じゃないか。さて、ごたごたの原因はなんだ？　リジー？」

リジーは涙ぐみながらも挑むような調子で、婚約までのいきさつを話した。

「そうか、きちんとした求婚なら、わたしも祝福するよ」レインバードは静かに言った。「しかし、なぜそのジェンドローくんは、わたしを訪ねて来ないんだ？」

「宿屋のことがあるからです」リジーが泣きそうな顔で言った。「みんなといっしょに行かないって言う勇気が出せなくて」

「それなら、わたしを訪ねるよう彼に言いなさい、あした――いや、きょう」レインバードは、時計をちらりと見て言い直した。「おまえにはわたしたちしか家族がいないから、誰かがおまえのためにその紳士と会って話す必要がある」

「リジーは、ぼくと結婚を約束してたんだ」ジョゼフが言った。「知ってるでしょう」

「ああ、暗黙の了解でな」レインバードは言った。「しかし、わたしはずっと、おまえではふさわしくないと思っていた」

「なんだって！」ジョゼフは、まるで鸚鵡《おうむ》が尾羽を引っこ抜かれたかのような声でわめいた。

「それに、ジョゼフもわたしたちといっしょに行かないんですって」ミドルトン夫人が言った。「チャータリス卿の第一従僕になるそうよ」

「だから、ブレンキンソップがおまえを追い回していたんだな？」レインバードは言った。

「もうすぐ自由が手に入るのに、どうして使用人でい続けようなんて思えるんだ、ジョゼフ？」

熱心に耳を傾けているファーガスが、彼らの将来について知らないはずであることを、みんな忘れていた。

「リジーがぼくを裏切ったせいだよ」ジョゼフがぶすっとして答えた。

「本当の理由を言いなさい、ジョゼフ」レインバードはきびしい声で言った。

「ほんとだってば……」

「ジョゼフ！」

「その、田舎には行きたくないんだ」ジョゼフがぼそぼそと言った。「あっちには、ぼくがやるべきことなんて、なんにもありゃしない。馬とか牛とか羊とか、そういう臭い動物ばっかりでさ。普段着で給仕するんだろ。お仕着せじゃなく」

「しかし、お仕着せは、屋敷勤めであることのまさに象徴じゃないか！」

「あなたは、自分のお仕着せについて好きなように考えりゃいいさ」ジョゼフがむきになって言った。「でも、ぼくのお仕着せ姿はすごくかっこいいんだ……ブラシとアイロンがかけてあって、あと、スコットランドから来た野蛮人に小突き回されたりしてなけりゃね」

「もうたくさんだ、ジョゼフ」料理人がけんかに戻ろうとするのを見て、レインバードはしかった。「では、今の状況だと、リジーもジョゼフもいっしょに行かない……あとは……？」

執事は首を傾け、ファーガスと手を握り合って座っているアリスに、問いかけるような目を向けた。

「まず、ご主人さまに話さなくちゃならないんですが」ファーガスが言った。「自分と結婚してくれないかとアリスにきいたら、彼女は、はいと答えてくれました。公爵さまの許可がなくちゃ結婚できませんが、たぶん、どこかの領地の管理人か何かの仕事を見つけてくださると思います。公爵さまはすごく横柄になることもありますが、ぼくに対しては一度もそんなことはありませんでした。それに、ここにいらしてからは、ほかの人たちに対する態度も和らいできたように感じられます」

「でも、いつだって宿屋の経営に加わってくれてかまわないのよ」ミドルトン夫人が言った。

「はい、もしかすると」ファーガスは答えた。しかし、嫉妬深いファーガスはアリスをひとり占めしたかったので、使用人たちといっしょに暮らしたくなかった。自分に対しておおぜいの義母のような態度で接するようになるかもしれないと心配だったのだ。

「それじゃ、ジェニーは？」レインバードは尋ねた。

「アンガスとわたしが、ジェニーを養女にするつもりよ」ミドルトン夫人が言った。「リジーとアリスが身を落ち着けたんだから、ジェニーには一家の令嬢の地位を与えるのが公平でしょう」

ほかの使用人たちはその思いつきに拍手喝采して笑い、チェインバーメイドに、アンガスがすぐさまゲール語をしゃべらせようとするに違いないと言った。ジョゼフだけが、黙って座っていた。誰も、ぼくがいなくなることに対して叫びもしなければ、反対もしなかった。誰も、ぼくを養子にはしたがらない――アンガス・マグレガーみたいな変人を父親に持ちたいわけじゃないけど。

「わかった、それじゃ、わたしとミドルトン夫人とジェニー、それにレインバードさんとデイヴで宿屋をやるんだな」アンガスが言った。

「いいや」レインバードは声を落として言った。

これ以上黙っていられず、デイヴがいきなりしゃべり出した。「レインバードさんは舞台に立つんだよ、おいらがその手伝いをする。おいらたち、すんごい金持ちになんのさ。うひゃー！　みんなも見れりゃあよかったね、今夜の客が大笑いして、やんややんやの大騒ぎをしてさ、ペラム公爵も横のボックス席で、レインバードさんがパーマーの役をして、帳簿をジャグリングすんのを見てたんだよ」

レインバードは瞬く間に全員に囲まれ、いったいデイヴはなんの話をしているのかと問い詰められた。執事は今夜の芝居のことと、どうして舞台でパーマーの正体をばらすことにしたのかについて話した。

驚きの声と質問の嵐が収まると、ファーガスがきいた。「なぜご主人さまに、その疑念について相談しなかったんですか?」

「なぜなら」レインバードは答えた。「公爵さまとパーマーの会話を扉の前で立ち聞きしたとき、公爵さまはわたしたちの賃金の安さに驚いていたようだったが、それほど衝撃を受けてはいなかったんだ。まだお人柄をよく知らなかったから、もしかすると吝嗇家《りんしょくか》なのかもしれないと思った」

「公爵さまは、そんなかたじゃないですよ」ファーガスが忠実な従者らしく言った。「使用人と兵士のどちらに対しても、一見冷たく無関心に見えることが多いんですが、いつだって公平に扱い、彼らの快適な暮らしに気を配ってらっしゃいます。ぼくのことは、使用人というより、友人みたいに扱ってくれてますよ。いただいてる給料に不満を感じたことは一度もありません」

「でも、そうなると、宿屋を経営するお金の余裕はあるのかしら?」ミドルトン夫人が尋ねた。「アリスとリジーには、持参金がいるでしょう。ジョゼフは自分の分のお金を取っておくわよね、あなたとデイヴも」

「わたしの分は使ってかまわない」レインバードは言った。「デイヴの分も。帰り道で、話し合ったんだ」

「ジェンドローさんは、持参金はいらないって言ってました」リジーが言った。「だから、あたしのも使ってください」

「もし公爵さまが結婚を許してくださって、なんらかの仕事に就けてくださるなら」ファーガスが言った。「アリスの持参金を欲しいとは思わないよ」

「玄関をドンドンたたくあの音はなんだ！」レインバードは叫んで、すばやく立ち上がった。

裏階段を駆け上がると、ジョゼフ、アンガス、ファーガスがあとに続いた。

騎馬パトロール隊の巡査が、青い外套《がいとう》、黒い革の帽子、緋色のベストというひと目でそれとわかる格好で、石段に立っていた。

「しゃれた身なりの男が情婦といっしょに留置場に閉じこめられているんだが、そいつは自分をペラム公爵だと言っている。そいつによると、従者のファーガスが来れば、本人であることを証明できるそうだが」

「みんなで行こう」レインバードは言った。「公爵さまご本人に違いない。まだ戻っていらっしゃらないから」

使用人部屋で起こったあらゆる重大なこと、将来の計画に対するあらゆる変化が、みんなを極度に興奮させ続けていた。女性たちはあとに残されるのをいやがった。

そういうわけで、騎馬パトロール隊の巡査が驚いたことに、家じゅうの使用人が巡査の馬の後ろにつき、雨に洗われた通りを留置場まで歩いていった。ねじれてごちゃごちゃした煙突群のはるか上空で、雷がゴロゴロと最後の恐ろしげな音を響かせ、澄みきった空に星が輝いていた。

ペラム公爵は、使用人たちが到着したあとも、永遠に解放されないのではないかと考えた。全員が大声で事情を説明している。ジェニー・サザランド嬢は、われを忘れて使用人ひとりひとりに駆け寄り、彼らを抱き締めて〝最高にいい人たち〟と呼び、パーマーが本当に公爵をだましていたのよ、と話した。

公爵が小さな集団の前でようやく留置場から出されると、レインバードがなんとしてもまっすぐパーマーの住まいへ行ってじかに対決する気になっていた。

「おまえたちがぼくの身元を確認してくれたあと、すぐにパーマーを逮捕するよう命じたよ」ペラム公爵はぐったりして言った。「その件は、当局に任せておけ。あいつがぼくから盗んでいた金は、ぼくがぜんぶ見つけた」

「わたしが見つけたのよ！」ジェニーが息巻いた。「あなたひとりじゃ、見つけられなかったはずだわ。ねえ、行かせてちょうだい、ペラム、そして物語の結末を見るのよ」

ジェニーが公爵の腕につかまって、微笑みながら顔を見上げた。公爵の心臓がどきりと音を立てた。「いいだろう」力なく言って、レインバードを振り返る。「しかし、屋敷に帰ったらすぐに、説明してもらうからな」

パーマーは、オックスフォード・サーカスの外れにある下宿に住んでいた。しかし、彼らが到着したとき、代理人はすでに逃げたあとだった。事務所の上の屋根裏に住んでいる男が銃声を聞いて治安官に通報してから、パーマーの下宿まで走っていって、ペラム公爵を名乗る詐欺師が逮捕されたと伝えたのだ。聞かされた〝詐欺師〟の人相から、パーマーはすべてがばれたことを悟った。公爵が翌朝の面会を待たずに事務所のドアを銃で破ったとすれば、なんらかの方法でパーマーの策略を突き止めたに違いないからだ。

「馬車駅を当たってみましょう」レインバードが叫んだ。

「いや、放っておけ」ペラム公爵は言った。「見つかるとすれば、当局が見つけるだろう」

今回はみんなおとなしく従い、徒歩でクラージズ通りに向かって出発した。

静かな集団だった。レインバードは、これから厄介な尋問を受けることがわかっていた。ファーガスは、結婚が許される職を公爵が与えてくれなかったらどうしようかと恐れていた。ジェニーは、パーマーの事務所での自分のふるまいを思い出してすっかり恥じ入っていた。留置場にいたあいだずっと、公爵は愛の言葉をひとことも口にせず、ただ解放を求めてどなり散らしてばかりだった。

「全員、表の居間に集まれ」六七番地に着くと、公爵が言った。「問題の真相を探ろうじゃないか」

ジェニーは少し後ろへ下がった。公爵は、ジェニーの存在を忘れているかのようだった。家に帰ったほうがいいと思ったが、公爵があと一度だけ、ほんの少しだけでも、微笑むか、気にかけているなんらかのしるしを見せてくれなければ、眠れないことはわかっていた。

最初、ペラム公爵はいったい何がどうなっているのか理解するのに苦労した。全員がいっせいに話し始めたからだ。彼らは宿屋を買うつもりだった。チェインバーメイドは、料理人の娘になると叫んでいた。従僕は、リジーが裏切ったとキンキン声でわめいていた。ファーガスは、猟場番人の職か、できるだけ早く結婚できるなんらかの仕事を与えてくれと懇願していた。

しかしやっとのことで、公爵は全員を静かにさせ、ことの顚末《てんまつ》を最初から順番に聞いた。

「しかし、なぜパーマーはおまえたちに安い賃金を払っていると言ったんだろう？　たとえ、実際におまえたちが受け取っていた額よりは高いとしてもだ。ぼくからもっと巻き上げることもできたはずなのに」ある時点で、公爵は言った。

「それはおそらく」レインバードが答えた。「この屋敷の運営について、あまり公爵さまの注意を引きたくなかったのでしょう。屋敷の家賃の安さについてはうまく釈明できます。この屋敷は不運を招くとうわさされていますし、人々はあまりに迷信深くてじゅうぶんな家賃を払おうとしないからです。しかし、もし一年じゅうひとそろいの使用人を妥当な賃金で雇っていることにお気づきになったら、公爵さまはさらにあれこれご質問なさったかもしれません。パーマーは、わたしたちを支配することを楽しんでいました。わたしたちの惨めな姿や、飢えている姿を見るのを楽しんでいました。どんなお金より、それが重要でした。あの男は、いつもの習慣から、その点でもあなたさまをだましていたのです」

「あいつは確かに、ほかの方法でもたっぷり盗んでいたよ」ペラム公爵は言った。「しかし、決して多すぎはしなかった。ぼくが――ぼくたちが――見つけた金貨のほとんどは、たぶん何年もかけて蓄えたものだ。強欲になりすぎない程度には、賢かったらしい。安い賃金で働かされていた使用人はおまえたちだけではないが、おまえたちほどひどい暮らしをしていた者はいない。シーズンが終わったら、すべての賃金を見直すつもりだ。おまえたちをひどい目に遭わせてきた埋め合わせとして、宿屋のためにまとまった金を渡そう。さて、ほかに何かあるか？」

あった。レインバードが演劇の道へ進む決意について説明し、ファーガスがアリスと結婚させてほしいと懇願し、さらに三十分が過ぎた。

「いろいろありすぎだろう」公爵は言って、金色の巻毛をぎゅっとつかんだ。「わかった、ファーガス。おまえには、ぼくのそばで働ける仕事を見つけてやる。おまえがいなくなると困るからな」アンガス・マグレガーを振り返る。「つまり、おまえとミドルトン夫人が、その宿屋を経営するわけだ。うまくいくと思うか？　建物はしっかり修繕されているか？」

「まだ見てないんです、公爵さま」アンガスが答えた。「レインバードさんが買ってくれました。わたしたちは、シーズンが終わったあとお屋敷を離れる計画でしたから。ハイゲートに行く時間はありませんでした」

「そうしたいなら、すぐに行ってもいいぞ」ペラム公爵は言った。「全員、自由の身になったと考えていい。しかし、みんないくらか眠ったほうがいいんじゃないか」

しかし、〝自由〟という言葉が、全員の夢――ジョゼフを除いて――を現実にした。

「今すぐ行くのはどう？」ミドルトン夫人が、意を決したように言った。「眠れそうにないの。今すぐ出かけられるでしょう。ほら、もう明るくなっているわ」

「サザランド嬢」公爵は、ジェニーの疲れた顔を見て言った。「どうぞお帰りを。レディ・レティシアに、のちほど訪問しますと伝えてくれ」

「いっしょに連れていって」ジェニーはいきなり、ミドルトン夫人に向かって言った。「その宿屋を見に、連れていってちょうだい」ジェニーは、使用人たちとの時間が終わってしまうのが怖かった。それがペラム公爵との時間の終わりになるのが怖かったからだ。

「サザランド嬢、レディ・レティシアは、あなたが寝室にいないと気づいたら心配しますよ。捜そうとするかもしれない」

「あなたと馬車で出かけたと言えばいいわ、ペラム……」ジェニーは言った。

「朝の六時に？」公爵は言った。「そんなばかな」

「ええ、そうよね」ジェニーが悲しげに言った。顔を真っ赤に染めて、両手を見る。

ペラム公爵は驚き、はっと気づいた。ジェニーは、公爵が気まぐれにキスをして、今ではすべてを忘れたがっていると考えているのだ。そんなことはなかった。

もう一度キスしたかった。ロンドンの別の男が彼女を見初める前に、確実にひとり占めしたかった。しかし、公爵というものは、留置場でひと晩過ごしたあと、使用人たちと宿屋を見にハイゲートへ行ったりはしない。公爵というものは……。

ジェニーの唇が震えた。

「ばかげているが」公爵は言った。「きみの叔母さまに、状況を説明する手紙を残していけばいいだろう。よし、みんなでハイゲートへ行こう！」

あの恐るべき女性、フリーマントル夫人は、いつもどおり夜明けに帰宅し、少しふらつきながら七一番地の石段に立ち、送ってくれた若者の一団に向かって酔っ払いらしいしぐさで手を振った。玄関の錠をあけ、敷居につまずいて、玄関広間に長々と寝そべる。床のタイルは冷たく心地よく、ひと眠りしようかと目を閉じかけたところで、頭のすぐ脇に手紙が置かれているのが見えた。拾い上げて仰向《あおむ》けになり、厚い封蠟を破ってあけ、目をすがめて読む。「ペラム」フリーマントル夫人はつぶやいた。「ハイゲートにある宿屋に、ジェニーと行く……求婚の許可を求めるために、のちほど訪問……あらやだ、これ、レティシア宛てだわ」脇に手紙を放って、目を閉じる。青銅色の山羊革のローマンサンダルをはいた両足が、戸口の石段の上に突き出ていた。ターバンは頭から外れ落ち、そよ風が緋色のかつらの硬い髪を揺らしていった。

しかし、眠りに落ちる前に、たった今読んだ文面の恐ろしい衝撃が、頭のなかで炎の文字となって燃え上がった。

「なんですって！」フリーマントル夫人は叫び、弾かれたように立ち上がった。「レティシア！　レティシア！」よろよろと階段まで進み、どうにか四段駆け上がってから、綱渡りをしている人のようになすすべもなくぐらつき、また倒れこむ。

四つん這いになって、まるでアルプスの山の頂上をめざすかのように階段をよじのぼり、やっとのことで三階にたどり着いた。大きく息を吸う。「レティシア！」夫人は叫んだ。

レディ・レティシアがぼうっとした心配そうな顔で、寝室から出てきた。

「ペラムがジェニーと結婚するのよ」フリーマントル夫人は言ってから、しゃっくりをした。

「ええ、そうですとも」レディ・レティシアはなだめるように言った。フリーマントル夫人は、四つん這いのまま、顔を前方へすべらせて眠り始めた。

「あらまあ」レディ・レティシアは言った。「どうしてアグネスがこんなに大量にワインを飲みながら生きていられるのか、わたしにはわからないわ。ベッドに寝かせる前に、コーヒーを取ってきましょう」

自室に戻って化粧着をまとってから階下へ向かうと、玄関扉があけ放たれていて、自分宛ての手紙が封蠟を破られ、朝のそよ風に吹かれてタイルの床をふわふわと漂っているのが見えた。

レディ・レティシアは手紙を厨房へ持っていき、火をおこしてやかんをかけてから、厨房のテーブルに腰をもたせかけて、手紙を読んだ。

「まあ、どうしましょう」レディ・レティシアは言った。厨房から走り出て、階段をのぼり、声をかぎりに叫ぶ。「アグネス！」

その朝目を覚ましたフリーマントル夫人の使用人たちは、やかんが空焚《からだ》きになって底に穴があいているのを見て、ぶつぶつと不平を言った。

# 9

少しの仕事、少しの遊びを、
精一杯生きていくために——だから、こんにちは！
少しの温もり、少しの光を、
愛が授けてくれるもの——だから、お休み！
悲しみと釣り合うだけの、少しの楽しみを
日々が育ててくれるもの——だから、おはよう！
死にゆくときには少しの信頼を
まいた種を刈り取ろう！　だから——さようなら！

——ジョージ・デュモーリエ

二台の馬車がハイゲートに向かって出発したのは、屋根の上で鳥がさえずり始め、雨に濡れた通りが乾いたころだった。

どういうわけかペラム公爵は、誰かがマンチェスタースクエア経由で行こうと提案したとき、おかしいとはまったく思わなかった。そこにはまだジェンドロー氏が住んでいて、亡き主人の遺品が整理されるのを待っていた。

レインバードはジョゼフの悪意がまだ少し心配だったが、まじめで快活なフランス人の従者に会って安心した。ジョゼフは、そうはいかなかった。厨房の床でアンガスとけんかしたせいで仕着せはまだほこりにまみれ、こめかみの青あざはずきずきし始めていた。みんながあのフランス人従者、あの蛙食《かえるく》い野郎に愛想よく親しげに挨拶したのは不誠実に思えたし、リジーのふるまいはまったく目も当てられなかった。こいつらにはがっかりだ、とジョゼフは胸のなかでつぶやいた。自分から進んでチャータリス家に行きたがったことなど、すっかり忘れていた。

ジェニー・サザランド嬢は、二頭立て四輪馬車に公爵と並んで乗っていた。残りのみんなは公爵の旅行馬車に詰めこまれ、後ろに続いた。ジェニーは、公爵が怒っているのかどうか確かめるために目を上げて顔を見たかったが、その勇気がなかった。叔母にどんな手紙を書いたのだろう？　求婚する許可を求めたのか、それとも別の書きかたをしたのか？　公爵は、結婚したくはない、キスしたいだけだと言った。だけどわたしには、何を書いたのか尋ねる権利があるはずだ。

ジェニーは咳払いをした。ひどく緊張していたので、ふつうの声が出るのか、それともおびえた甲高い声になってしまうのかと気がかりだった。公爵を愛しているのかどうかは、よくわからない。ただ、彼がわたし以外の誰かを愛していたらと思うと耐えられないことはわかる。レディ・ベライルのことを思い出し、心が沈んだ。

「ペラム」ジェニーは思いきって言った。

「なんだい、サザランド嬢？」

よくない出だしだった。もし〝なんだい、愛する人〟か、せめて〝なんだい、ジェニー〟なら、もっとずっと心強かったのに。

ジェニーはごくりと唾をのみ、ぼんやりニューロード養樹園を眺めて、それ以上何かを言う勇気を出せずにいた。やがて馬車は、ハイゲートへと北に続くイズリントン通り裏手のパンクラス・ロードに入った。

「叔母さまへの手紙に、何を書いたの？」ジェニーはようやく尋ねた。

「きみを馬車でハイゲートに連れていくと説明した」

「それだけ？」

いや、それだけではなかったし、公爵にはわかっていた。サザランド嬢に、きちんと話さなくてはならない。きょうのうちに彼女の叔母、レディ・レティシアを訪ね、ジェニーへの求婚の許可を求めるつもりだということを……。しかし、もしジェニーが断ったら？　もし恐怖からキスを返しただけだとしたら？　頭を振り絞ってみたが、思い出せるのは自分自身の激しい情熱だけだった。あれほど多くの戦いと冷静に向き合ってきた自分が、このデビューしたての令嬢に断られるかもしれないと考えてしりごみするとはどういうことだ？

「いや、それだけではない」公爵は言った。手綱から手を離すと、馬が速度を落とした。使用人たちを乗せた馬車が追い越し、レインバードといっしょに屋根に乗ったデイヴが、御者用の長い喇叭をいたずらっぽく吹き鳴らした。

「レディ・レティシアにはこう書いた」ペラム公爵は淡々とした口調で言った。「きょうのうちに訪問します、と」

「レティシア叔母さまは間違いなく、説明を待ち受けてるでしょうね」ジェニーは言った。「わたしが相談もなしに、明け方にあなたと馬車で出かけるなんてすごく変だと思うでしょうし、そんな約束をいつしたのか知りたがるでしょう」

「ああ、わかっている」

ジェニーは期待をこめてちらりと様子をうかがったが、公爵はまっすぐ前を向いていた。威厳があり、よそよそしく見えた。午前用の服装に着替えている。青い燕尾服《えんびふく》、白いクラヴァット、つばが巻き上がったビーヴァー帽という格好は、ジェニーのみすぼらしいドレスとショールに比べるととてもきちんとしていた。たぶんボンネットは、代理人の事務所の床にまだ転がっているのだろう。公爵が着替えているあいだに家に戻って着替えるべきだったが、見つかるのが怖かった。

「それで、レティシア叔母さまには、なんと言って説明するつもり？」

公爵は馬を止めて、となりに座っている小さく悲しげな女性を振り返った。

「率直に、きみを愛しているから結婚したいと言うつもりだ。うまくいけば、この知らせを聞いて、叔母さまの頭からあらゆる質問が消し飛んでしまうだろう。きみの名誉にかかわることをした以上、結婚しなくてはならないと思っている」

「だったら、わたしは昨夜のことについて嘘をつき続けるわ」ジェニーは言った。「義務としてやむをえず結婚しなくてはならないと思ってる男性とは、絶対に結婚しない」

「こんなのはばかげている」公爵が言った。両腕でジェニーを抱き締め、熱烈にキスし始める。「ぼくを愛しているか？」しばらくたってから尋ねた。

「ええ、はい」ジェニーは答えた。「愛してるわ、本気よ」公爵がまたキスし始め、そのあいだ馬車につながれた二頭の馬は、振り返って驚いたような目を向けていた。

荷車で通りかかった市場労働者たちの騒々しい冷やかしで、公爵はようやくわれに返った。

「ほかの者たちに追いついたほうがよさそうだ」しぶしぶ言う。「でないと、その宿屋を探してハイゲートじゅうを何時間も走り回ることになる。しっかりつかまってくれ。飛ばすぞ」

ジェニーが脇の手すりにつかまると、四輪馬車は通りを勢いよく走り抜け、田舎道に入った。ジェニーは幸せのあまりくらくらして、野原や林や茂みが飛ぶように過ぎていくなか、叫び出したいような気分だった。

ふたりはほどなく、ほかのみんなに追いついた。公爵が速度を落とし、一行は二台の馬車を上品に進めて、ハイゲート村を抜け、その先にある宿屋にたどり着いた。

レインバードが扉の錠をあけ、全員が宿屋に足を踏み入れると、料理人が尋ねた。「それはなんだ、ジョゼフ？」従僕は、側面に空気穴をあけた大きな厚紙の箱を持ってきていた。

「風来坊《ムーチャー》だよ」ジョゼフが答えた。

ムーチャーとは厨房の猫で、虎縞模様の巨大な体をした、ジョゼフのペットだった。

「どうしてここに連れてきたんだ？」アンガスがきいた。

「新しい勤め先には連れていけないからさ」ジョゼフが言って、大きな猫を抱き上げ、膝にのせた。「ちゃんと面倒を見て、優しくしてくれなきゃ困るよ。だって、この広い世界で、ぼくを愛してくれるのはこいつだけなんだから」ジョゼフが猫の毛に顔をうずめて泣き始めた。

公爵とジェニー、ファーガス、ポール・ジェンドローは、使用人たちがジョゼフのまわりに集まるのを眺めていた。

「わたしたちはみんな、あなたを愛しているわ、ジョゼフ」ミドルトン夫人が言った。「お屋敷勤めを続けるのはおやめなさい。いっしょに来るのよ。わたしたちが、あなたも養子にするわ」

アンガスはうめき声を押し殺した。

「聞きなさい、ジョゼフ」レインバードは言った。「おまえは、ほかのみんなにどんなことが起こっていたかを知る前に、ブレンキンソップの申し出を受けたんだ。わかっているだろう。おまえはリジーにこれまでと同じように、自分を追いかけ、自分の話にじっと耳を傾けてもらいたいんだろうが、彼女と結婚したくはないんだ。でも、もし第一従僕として働くことをそんなに惨めに思うなら、やめなさい。ミドルトン夫人に提案されたとおり、ここにとどまりなさい」

ジョゼフは涙をふいて、取り囲んだ人たちの顔を探るように見回した。リジーの目は涙でいっぱいだった。ムーチャーが両前足をジョゼフの肩にのせ、まばたきもせずじっと目をのぞきこんだ。

従僕は、ブレンキンソップに言われたことを思い出した。特注の新しい緋色と金の仕着せを着られるうえに、繊維ガラスのかつらをつけられるので、髪粉を振る手間もなくなるだろう、と。そういう華やかな装いのことを考えただけで、ジョゼフの心に温かい光が射した。重い猫が、かすかにニャオと鳴いた。ジョゼフはもう一度リジーを見た。性格のよい面が、いっときだけ表に出てきた。

「ごめんなさい」ジョゼフは言った。「あなたの言うとおりだよ、レインバードさん。ぼくは本気で、あの仕事がしたいんだ。泣かないでくれ、リジー。ただ、ときどきぼくに会いに来ると約束してよ」

「約束するわ」リジーが優しく答え、ジェンドロー氏はそれを見守りながら、できるだけ長いあいだ、あの見栄っぱりのキツツキ従僕にはリジーを近づかせないことにしようと考えていた。

「それなら、決まりだな」レインバードは言った。「さあ、なかを見て回ろう」

公爵とジェニーはその場を離れて庭に入り、雑草だらけの池のそばに座って、使用人たちが屋根裏から地下室まで好きなだけ宿屋を下見できるようにした。

「使用人というものは、みんなあんなふうなのか？」ペラム公爵がきいた。

「いいえ」ジェニーは言った。「つらい暮らしが、彼らをとても強く結びつけたのよ」

「ファーガスをどうすればいいだろう？　家と、なんらかの地位が必要だな」

「あの憎らしいパーマーの仕事をやってもらったらどう？」ジェニーは提案した。「帳簿のつけかたなら、きっと誰かに教えてもらえるでしょう。そうしたらあなたは、正直な代理人を雇ってるって、ずっと安心していられるわ」

ペラム公爵はさっと立って、ジェニーを抱き上げてから、膝にのせたまま椅子に座った。

「きみは、とてもいい奥方になるだろうな」ジェニーの髪に唇を寄せてつぶやく。「ファーガスを代理人にしよう。きみは美しいうえに、頭も切れる。なのに、きみをうぬぼれ屋だと思っていたとは！」

「おまけに、わたしがあなたを傲慢男だと思っていたとはね」ジェニーは言った。ふと、眉をひそめる。「でも、わたしはとてもうぬぼれ屋だったと思うし、あなたは本当に傲慢男だったと思うわ。クラージズ通りの屋敷は、幽霊に取りつかれてるというわさね。たぶん、人をいい方向へ変えてくれる優しい幽霊たちに取りつかれてるのよ」

しかし、それについてさらに話し合うことはできなかった。公爵が、またキスし始めたからだ。

レディ・レティシアとフリーマントル夫人は、宿屋の庭で抱き合っているふたりを見つけて、すっかり仰天してしまった。

「恥を知りなさい、ペラム！」フリーマントル夫人が太い声でどなった。

公爵とジェニーは、手を取り合って立ち上がった。

「祝福してください」ペラム公爵は言った。「ぼくたち、結婚します」

「そうでしょうとも」レディ・レティシアが何か言う前に、フリーマントル夫人が言った。「わたしたちを死ぬほど動転させて、大急ぎでここへ追って来させたりして。教えてちょうだい、ペラム、いったい何がどうなって、あなたとジェニーが使用人たちといっしょにこの崩れかけた宿屋にいるんです？　教えてちょうだい、なぜ夜明けに馬車で出かけるのがいいことだと思ったんです？」

「お座りください、ご婦人がた」公爵が言った。「長い話なんです」

公爵が話をするあいだに、太陽は空高くのぼっていった。ジェニーがほっとしたことに、突飛《とっぴ》なできごとが順を追って語られるうちに、ふたりの女性の顔から狼狽の色が消えていった。フリーマントル夫人はとてもおもしろがり、レディ・レティシアは若いふたりの冒険が、どちらにも何より必要だった変化を起こしたと考えたらしかった。

そのあと、レインバードが庭に入ってきて、村まで出かけて昼食用の食べ物と飲み物を買ってきたと告げた。テーブルが庭に運ばれ、ほどなく全員が戸外の食事を楽しみ始めた。ムーチャーは、陽を浴びてみんなの足もとの草地を転げ回っていた。

すべてのカップルのために、お祝いの乾杯が行われた。ペラム公爵は幸せのせいで穏やかな心地になり、アンガスに微笑みかけた。「なあ、マグレガー、おまえとミドルトン夫人は、結婚祝いに何が欲しい？」

「犬です」料理人が言った。「あの犬が欲しいです」

「犬？　どの犬だ？　屋敷には犬がいるのか？」

アンガス・マグレガーが、火のように赤い頭を振った。「玄関の石段につながれてる、二頭の鉄製の犬です。生活が苦しいときにゃ、あの犬になったみたいな感じがしました。あいつらを、ここの石段に置きたいと思うんです」

「だったら、犬はおまえたちのものだ。このままここにいるか？　ぼくは一時的に使用人なしということになるのかな？」

「あと一週間は、屋敷にとどまるつもりです」レインバードが言い、ほかの者たちに問いかけるような目を向けた。みんながうなずいた。

「よかった。おかげでいろいろな手はずを整える時間ができる」

太陽が傾きかけてようやく、一行はロンドンへ向けて出発した。

クラージズ通りに到着すると、ペラム公爵はジェニーに別れの挨拶をして、あすの朝できるだけ早く訪ねると約束した。ジェンドロー氏は、リジーを脇へ連れていった。「きみをあの男、ジョゼフといっしょに残していきたくないな」

「ジョゼフはだいじょうぶよ」リジーが言った。「あたしは今もジョゼフを愛してるけど、恋してはいないの。わかってくれるかしら？」

気配りのあるジェンドロー氏はうなずいたものの、本当はぜんぜんわからなかった。ジョゼフが大嫌いだったが、嫌いだと口にすればリジーを悲しませてしまうだろう。一週間どうにか耐え忍んでから、リジーをかっさらって、クラージズ通りに駆け戻れないようできるだけ忙しくさせておくほうがいい。

今は、リジーを公爵の旅行馬車の裏に引き寄せ、初めてのキスをするにとどめた。そのキスは、何もかも望んでいたとおり、夢見ていたとおりで、リジーのうっとりした幸せそうな顔を見ると、ジョゼフへの嫉妬による不安は和らいだ。

ファーガスが主人の寝支度をしていると、地階から漏れるジョゼフのマンドリンの軽快な演奏が、ふたりの耳に届いた。

「あいつらは寝ないのか？」ペラム公爵はあくびをした。「あした話そう、ファーガス。おまえのための計画がある」

「はい、公爵さま。下《した》がってもよろしいでしょうか？」

「つまり、まっすぐ地階に行って、仲間に加わっていいかということだな？　よろしい、ファーガス」

ファーガスは地階へ走っていった。みんなは使用人部屋のテーブルのまわりに集まっていた。アリスはレインバードを見て笑っている。執事は、ジョゼフの伴奏で滑稽な歌を歌っていた。ファーガスは、胸を突かれるような嫉妬を覚えた。アリスはここの連中と親しすぎる。

このなかの誰とも、親類でさえないというのに……。ファーガスは椅子を持ち上げてアリスとアンガスのあいだに無理に割りこみ、独占欲もあらわに彼女の手を握りながら、ずっと侵入者のような気分を味わっていた。

シーズンは終わりを迎えた。社交界の人々は、摂政皇太子のあとについてブライトンへ向かった。ジェニーとレディ・レティシア、そしてペラム公爵は、ふたつの結婚式の準備を始めるために、シュロップシャーにある公爵の大邸宅へ移動した。レディ・レティシアは公爵の田舎屋敷でポール卿と結婚することになり、ジェニーと公爵の結婚式はその一週間後に予定されていた。

リジーは特別許可証でジェンドロー氏と結婚し、ふたりは夢見た家にできるだけ近いバース郊外の家を買って、引っ越した。

アリスとファーガスは公爵とともに田舎屋敷へ行き、主人の結婚式の一週間後に、公爵家の私的な礼拝堂で結婚することになっていた。

アンガス・マグレガーとミドルトン夫人は、みんなが出発する前に結婚した。六七番地の使用人たちが別れ別れになる前の最後の集まりで、全員がそこにいて、アンガスと新たなマグレガー夫人、じきにマグレガー嬢となるジェニーに手を振って別れを告げた。

レインバードは今や、観客であふれ返るさまざまな地方の劇場に立っていた。デイヴはそばで雑事を取り仕切り、小道具を運んだ。

新しい仕着せできらびやかに着飾ったジョゼフは、〈走る従僕〉に集まる使用人たちの羨望の的になった。女主人の思わせぶりな秋波をかわすのに少し苦労していたが、この問題には対処していける自信があった。チャータリス家の使用人たちは、第一従僕という地位にふさわしい敬意を払って接してくれた。ジョゼフはほんのときたま、六七番地の閉ざされた窓の前を通り過ぎ、かつて二頭の鉄製の犬が鎮座していた石段の何もない場所を見て、切ない気持ちになるのだった。

ジョナス・パーマーは上下に揺れる悪夢、つまり自分をアメリカへと運ぶ船のなかで、ふてくされて座っていた。人生がこんなに不公平になりうるとは、信じられなかった。ブリストルにたどり着くと、財布をすられていた。自身がお尋ね者なので、当局に訴える勇気はなかった。しかし、イギリスにとどまる勇気もなかった。金のない男が、無料でアメリカに渡れる道はひとつだけだった。

ジョナス・パーマーは無給労働者となり、フィラデルフィアへ向かっていた。そこでとにかく七年間、賃金なしで働かなければならなかった。パーマーは、すべてをレインバードのせいにした。罪深い秘密を突き止めて公爵に報告したのは、執事に違いないと確信していた。パーマーはたびたびレインバードの顔を思い浮かべ、公爵に放り出されて飢え死にしてしまえと願っていた。

リジー・ジェンドローは読んでいた手紙を置き、夫が部屋に入ってくると、やましさに顔を赤らめた。

リジーはついに、既婚婦人としてのしかるべき地位を手に入れた。最初は、自分の使用人を管理して新たな地位を受け入れるのにひどく苦労したが、結婚一年が過ぎようとしている今では、スカラリーメイドとしてクラージズ通りで働き始めたあの幼い日々に感じたことを、ほとんど忘れかけていた。

「誰からの手紙だい？」夫が尋ねた。

「マグレガー夫人からよ」リジーは答えた。「憶えてるでしょう、家政婦のミドルトン夫人だった人。ひと月後に再会の集いができたらすばらしいんじゃないかと思ったんですって――あの宿屋で」

「きっと、あの気取り屋ジョゼフも行くんだろうね？」

「ええ。でも、ジョゼフのことを心配する必要はないって、わかってるでしょう。それに、みんなにすごく会いたいの」

ジェンドロー氏は、妻の哀願するような顔を見た。「わかったよ」穏やかな口調で言う。「ぼくがあそこまで送って、一日彼らにきみを預けよう。でも、それだけだよ。夜には迎えに行くからね」

こうして、六月のある夕方、六七番地のかつての使用人たち全員が、ハイゲートの〈柊亭〉に集まった。宿屋の名前についてみんなであれほど長々と話し合ったのに、マグレガー夫妻が〈柊亭〉という名前を変えようとしなかったのは、考えてみると奇妙なことだった。

宿屋は、再会の集いを祝して丸一日休業になった。彼らはおしゃべりに花を咲かせた。取り交わすべき近況報告がたくさんあった。ジョゼフはこれまで以上に洗練されて、ロンドン社交界のうわさ話をたっぷり仕入れていた。かつてのチェインバーメイド、現ジェニー・マグレガーは、もうすぐ地元の農夫と結婚する予定だった。アリスは妊娠していた。レインバードは成功に次ぐ成功を収め、デイヴはとても立派な服装をして、少しばかり気取っていた。アンガスは最初の一年で起こった数々の劇的な事件について語り、自分の料理が今やあちこちから客を引き寄せていること、ここを馬車宿に変えるために建築業者を雇うつもりであることを誇らしげに話した。ジョゼフがマンドリンを取り出して、古い歌を演奏した。しかし夜までには、訪問者たちはそわそわして、早く帰りたくなってきた。

「もう昔には戻れないんだね」リジーとふたりで外に出たジョゼフが、悲しそうに言った。

「あのころのぼくたちは、ひとつに結びついてた」

「みんな成長したのよ、ジョゼフ」リジーは柔らかな声で言った。「あなたは幸せなんでしょう？」

「うん」ジョゼフが答えた。「うん、幸せだ」宿屋の石段に鎖でつながれた二頭の犬を見下ろす。「ねえ、ぼくはこいつらを、数えきれないほど何回も磨いたんだよ」

空気は穏やかで暖かく、鳥たちは宿屋の壁を這う蔦《つた》のなかで眠そうにさえずった。

「きみが幸せそうでうれしいよ、リジー」ジョゼフが言った。「今じゃあ、本物の淑女だ」

突然の衝動に駆られて、ジョゼフはリジーをぎゅっと抱き締めた。

ちょうどそのとき一頭立て二輪馬車で到着したポール・ジェンドローは、何も言わなかったが、かつてと同じく、できるだけ長いあいだ妻を昔の仲間と再会させないことにしようと誓った。

レインバードが真新しい馬車でジョゼフをロンドンまで送り、クラージズ通りで降ろした。

「またすぐに会おう、ジョゼフ」声をかける。「本当に、すぐに会おうな。またみんなで集まろう」

ジョゼフはその場に立って、レインバードの馬車がピカデリーの角を曲がるまで見送っていた。

六五番地に入りかけたが、思い直して向きを変え、となりの六七番地の外に立って、暗い地階を見下ろした。

何か大切なものが、人生から消えてしまった気がした。知らず知らずのうちに、手すりをつかんで、あの暗がりにろうそくの明かりが灯《とも》り、仕事に取りかかるよう命じるレインバードの声が響きはしないかと願っていた。

悲しい気持ちで六五番地に戻り、使用人部屋に下りていく。

「こんばんは、ジョゼフさん」ハウスメイドが顔を赤らめて言った。「ちょうどこれから、夕食をとるところです」

「ありがとう、エイミー」ジョゼフは尊大な口調で言った。そしてブレンキンソップのとなりに座り、パチンと指を鳴らして料理を運ぶよう合図した。

（完）

# 訳者あとがき

ついに、メイフェアの不運な屋敷に幕が下りる日がやってきました。第一巻『メイフェアの不運な花嫁　英国貴族の結婚騒動』から四年余りでここまでたどり着くことができ、感無量です。最終巻では、シリーズ第五話「メイフェアの優しい悪女」と第六話（最終話）「メイフェアの不運な屋敷に幕は下り」の二篇をお届けします。

偶然ですが、物語のなかでも四年の歳月が流れました。本シリーズにコミカルな姿でときどき顔を出すジョージ皇太子（のちのジョージ四世）は、第五話直前の一八一一年二月に、摂政皇太子となっています。クラージズ通り六七番地の屋敷には不運が取りついていると言われますが、ここ数年の借り手たちはそれぞれに幸せを見つけて旅立っていきました。

屋敷には相変わらず、八人の常勤の使用人がいます。機敏な頼れる執事レインバード、育ちがよくおっとりした家政婦ミドルトン夫人、短気だけれど腕のよい料理人アンガス・マグレガー、ちょっと自分勝手で気取り屋の従僕ジョゼフ、黒髪のはしこい部屋係《チェインバーメイド》ジェニー、器量よしでのんびりした家事係《ハウスメイド》アリス、貧相な子どもからきれいな若い娘に変わりつつある皿洗い係《スカラリーメイド》リジー、そしてやんちゃな厨房《ちゅうぼう》助手デイヴ。彼らは、腹黒い代理人パーマーのせいでわずかな賃金しかもらえず、苦しい生活のなかで家族のように団結し、いつかみんなで宿屋を買って独立しようと少しずつお金を貯《た》めていました。誠実な働きぶりで常に借り手に信で来ています。

頼されてきた彼らは、金銭的な援助も受けて、宿屋を買えるまであとひと息というところま

「メイフェアの優しい悪女」では、エミリー・グッデナフ嬢と叔父《おじ》のベンジャミンが屋敷を借ります。じつはこのふたり、元使用人で、亡くなった主人の莫大《ばくだい》な遺産を相続し、こっそり社交界に入りこみました。すてきな結婚を夢見る美しいエミリーは、六七番地を訪ねてきたフリートウッド伯爵に憧れをいだきます。ところがつい昔の癖が出て、伯爵の前で下品な言葉遣いをしてしまい……。

使用人たちは最初、エミリーを横柄な締まり屋だと思いこんで屋敷から追い出そうとしますが、のちに女主人の優しさや清らかな心に気づいて、いつもの忠誠心を大いに発揮します。レインバードはもちろん、今回はミドルトン夫人もエミリーの付添い役や、料理人の補佐として大活躍。フリートウッド卿の前妻の死をめぐる謎や、第一話に登場したなつかしい（かどうかは微妙な）人物の再登場など、最後まで気の抜けない展開です。地階でも大きな事件が起こり、みんなの気持ちがばらばらに……？

そして表題作である最終話「メイフェアの不運な屋敷に幕は下り」では、屋敷の持ち主ペラム公爵が、満を持して登場します。ナポレオン戦争から帰国した公爵は、田舎の舞踏会で、はっとするほど美しいジェニー・サザランド嬢と出会います。ところが、ハンサムで少し傲

慢な公爵と、自分の美しさを鼻にかけていたジェニーは、初対面で大げんか。お互い二度と顔も見たくないと思っていましたが、なんとクラージズ通りでご近所に住むことになってしまいます。ジェニーは、六七番地のおかしな〝家族〟になぜか心惹かれて彼らを訪ね、それがきっかけで公爵と急接近することに……。わがままなふたりが、使用人たちとの交流を通してどう変わっていくかが読みどころです。

地階でも、八人の人生に大きな転機が訪れます。あくどいパーマーに復讐《ふくしゅう》し、いつか自由の身になるために、心をひとつにしてきた使用人たち。けれど、それがついに実現しそうな今、自分が本当にやりたいことはなんなのだろう？　四年のあいだに少しずつ成長した使用人たちは、それぞれの人生を見つめ直します。彼らが出した結論とは……？

ここまでシリーズを追ってきた読者なら、涙なしでは読めない最終話です。さすがＭ・Ｃ・ビートン、単なる大団円では終わらせません。満ち足りた幸せと同時にどこか切なさと寂しさを感じさせる結末は、いかにも著者らしいと思います。

ご参考までに、〈メイフェアの不運な屋敷〉シリーズの既刊をまとめておきます。

『メイフェアの不運な花嫁　英国貴族の結婚騒動』「メイフェアの不運な花嫁」（“The Miser of Mayfair”）「メイフェアの勇敢なシンデレラ」（“Plain Jane”）の二篇収録（二〇一五）